# आपातनामा

# आपातनामा

(आपातकाल के इतिहास का लेखा-जोखा)

यह एक उपन्यास है और स्वाभाविक है कि यह काल्पनिक ही होगा

*इस उपन्यास में अनेक घटनाओं का रचनात्मक प्रयोग परिवेश निर्माण के लिए किया गया है।*

मनोहर पुरी

ज्ञान गंगा, दिल्ली

प्रकाशक : ज्ञान गंगा, 205–सी चावड़ी बाजार, दिल्ली–110006
सर्वाधिकार : सुरक्षित / संस्करण : 2018 / मूल्य : चार सौ रुपए
मुद्रक : एस.बी.एम. इंडस्ट्रीज प्रा.लि., राई (हरि.) ISBN 978-93-82901-49-5

**AAPAATNAMA** *novel* by Manohar Puri ₹ 400.00
Published by Gyan Ganga, 205-C Chawri Bazar, Delhi-110006

समर्पित

स्वर्गीय श्री बालेश्वर अग्रवाल

की

पावन स्मृतियों को।

# कारागृह में शब्द

मैं जब भी इतिहास में दर्ज दिल्ली की तुलना आज की दिल्ली से करता हूँ तो मेरा पूरा शरीर उस भवन निर्माता की तरह ही रोमांचित हो उठता है जिसने स्वयं गेहूँ का खेत काटकर उस भूखंड पर किसी विशालकाय इमारत का निर्माण यह सोचकर किया हो कि एक दिन इस भवन से पूरे क्षेत्र की भूख और गरीबी मिटने का प्रबंध हो जाएगा। मैं जानता हूँ कि दिल्ली अब वह दिल्ली नहीं रही थी जिसे राजधानी के रूप में विकसित करने का निर्णय 12 दिसंबर, 1911 को उस समय लिया गया था जब ब्रिटिश साम्राज्य के सम्राट् जॉर्ज पंचम ने यहाँ पर अपना दरबार यह सोचकर लगाया था कि अंग्रेज अब सदा-सदा के लिए यहीं के बाशिंदे बनकर रहनेवाले हैं। दरबार में उसके साथ ब्रिटेन की 'महारानी मेरी' भी उपस्थित थी। यह दरबार इतिहास में दिल्ली दरबार के नाम से जाना जाता है। दिल्ली दरबार में ही इस आशय की घोषणा की गई थी कि दिल्ली को भारत की राजधानी बनाया जाएगा। उस समय उनके मन में यह बात बिलकुल नहीं आई होगी कि जिस किसी ने भी दिल्ली को बसाया, उसने यहाँ से अपने आपको हमेशा के लिए उजाड़ा है। संभवत: पांडवों से लेकर मुगलों के इतिहास की ओर देखना उन्होंने आवश्यक ही नहीं समझा था। कुछ ऐसा ही विचार संभवत: श्रीमती इंदिरा गांधी के मन में भी नहीं आया होगा जब उन्होंने भारत में आपातकाल की घोषणा की होगी और दिल्ली पर निरंकुश राज करने का प्रण किया होगा।

सन् 1911 तक अंग्रेजों की राजधानी कलकत्ता, जिसे इन दिनों कोलकाता कहा जाता है, ही थी। कहा जाता है कि दिल्ली किसी गरीब की इज्जत की तरह बार-बार उजड़ती और बसती रही है। जैसे अनेक बलात्कारियों के शिंकजे में फँसी किसी निरीह युवती को यह पता नहीं रहता कि कितनी बार उसके साथ बलात्कार हुआ; इसके प्रमाण जुटाने के लिए उसका मेडिकल टैस्ट भी पूरी तरह से काम नहीं आता। डॉक्टर और पुलिसवाले उसका अनुमान ही लगाते रह जाते हैं। वैसे ही कुछ लोगों का मत है कि दिल्ली आठ बार बसी और कुछ विद्वान् मानते हैं कि यह सोलह बार उजड़ी और बसी।

जैसे बलात्कारी अपने शिकार को दबोचने के अतिरिक्त किसी दूसरी बात पर ध्यान नहीं देता, वैसे ही अंग्रेजों ने दिल्ली के माध्यम से पूरे देश की अस्मिता को और भी अधिक निर्ममता से लूटने का मन बनाकर ही यह निर्णय लिया होगा। कुछ इसी तर्ज पर श्रीमती इंदिरा गांधी ने भारत को अपनी व्यक्तिगत संपत्ति बनाने का प्रयास किया था।

अधिकतर इतिहासकारों का मानना है कि 'सातवीं दिल्ली शाहजहाँनाबाद' के दक्षिण-पश्चिम में आठवीं दिल्ली के रूप में नई दिल्ली के विकास की योजना बनी जिसे उस समय लुटियन्स जोन कहा गया। बीमार दिल्ली को नई और स्वस्थ राजधानी का स्वरूप प्रदान करने का दायित्व प्रसिद्ध ब्रिटिश वास्तुकार, जो स्वयं बचपन से ही बीमार रहता था, एडिवन लैंडसियर लुटियन्स को सौंपा गया था। लुटियन्स अपने एक ईष्यालु सहयोगी हरबर्ट बेकर के साथ इस कार्य में जुट गया और रायसीना की पहाड़ी के आसपास विकसित की गई नगरी को लुटियन्स की दिल्ली कहा गया जबकि इसका वास्तविक नाम अंग्रेजों के स्वभाव और व्यवहार के अनुरूप लुटेरों की दिल्ली होना चाहिए था। 1947 से स्वतंत्रता के बाद यहीं से देश का राजकाज चलाया जाने लगा।

भारत की स्वतंत्रता के समय नई दिल्ली और पुरानी दिल्ली की कुल जनसंख्या मात्र आठ लाख थी जो अब लगभग डेढ़-पौने दो करोड़ के आसपास पहुँच गई है। स्वतंत्रता के पश्चात् सुरसा के मुख की भाँति दिल्ली का इतना अधिक विस्तार हुआ कि पहले की बसी समस्त बस्तियों को वर्तमान दिल्ली ने उदरस्थ कर लिया। जिस समय आठवीं दिल्ली के निर्माण की घोषणा की गई, उस समय इंग्लैंड का एक चौथाई धरती पर अधिकार था। उसके शरीर से लगभग एक सौ गुना अधिक लंबी उसकी पूँछ थी। यह कहा जाने लगा था कि ब्रिटिश साम्राज्य की पूँछ के किसी-न-किसी भाग पर सूर्य चमकता ही रहता है। यह स्थिति तो तब थी जब इंग्लैंड सन् 1776 ई. में अपराधियों एवं देश से निकाले गए लोगों द्वारा बसाई गई धरती, अमेरिका, को अपने शोणित से भरे हाथों से गँवा चुका था। उसकी भरपाई करने के लिए सन् 1757 ई. से ही उसने भारत की धरती पर अपने खूनी पँजे जमाने प्रारंभ कर दिए थे। 18वीं और 19वीं शताब्दी में व्यापार करने के लिए आई ईस्ट इंडिया कंपनी ने लगभग पूरे भारत को अपने कब्जे में ले लिया था। इस कंपनी ने किसी भी दुर्दांत दस्यु की भाँति भारत की धरती को इतना अधिक लूटा-खसोटा कि इंग्लैंड की आत्मा भी काँपने लगी। सन् 1857 के प्रथम स्वाधीनता संग्राम के पश्चात् विश्व के सभ्य समाज के सामने अपनी कटती हुई नाक को बचाने के लिए इंग्लैंड की महारानी ने भारत की बागडोर अपने हाथों में ले ली।

नई दिल्ली को राजधानी बनाने का निर्णय तो 1912 में कर लिया गया था परंतु अनेक प्रकार के जोड़-तोड़ करने के बाद यह परियोजना अधिकृत रूप से 1929 में संपूर्ण हुई। 1931 में उस दिल्ली का विधिवत् उद्घाटन किया गया जिसे आज हम नई

दिल्ली के नाम से जानते हैं। जिस समय इस दिल्ली का निर्माण हो रहा था, उस समय भी अंग्रेज शेखचिल्ली की तरह यह निश्चित मान रहे थे कि भारत में ब्रिटिश शासन कभी समाप्त नहीं होगा। राजनैतिक और अंतरराष्ट्रीय घटना-क्रम इतनी तीव्रता से घटित हुए कि अंग्रेज अपनी बनाई आधुनिक दिल्ली में दो दशक भी ठीक से रह नहीं पाए और उन्हें दुम दबाकर भागने के लिए विवश होना पड़ा। भारत के प्रथम प्रधानमंत्री पंडित जवाहरलाल नेहरू के बाद जब सत्ता की बागडोर इंदिरा गांधी के हाथ में आई तो उन्होंने इसे एक प्रकार से अपनी विरासत ही मान लिया। जब उनकी इस तथाकथित विरासत को इलाहाबाद हाईकोर्ट ने निरस्त कर दिया तो उन्हें आपातकाल की घोषणा के अतिरिक्त कोई दूसरा चारा नहीं दिखा जिसके दम पर वह सत्ता पर काबिज रह पाती।

यही छोटी सी दिल्ली राजधानी बनने के बाद अदरक की तरह अपने हाथ-पाँव फैलाने लगी। स्वतंत्रता के पश्चात् पांडवों की राजधानी इंद्रप्रस्थ के चारों ओर की धरती को यह अपने भीतर समाहित करने लगी। आज एन.सी.आर. अर्थात् नेशनल कैपीटल रीजन के नाम पर दिल्ली एक विशाल महानगर का रूप धारण करने के पश्चात् आसपास के राज्यों में भी फैलती जा रही है। एन.सी.आर. के दूसरे अर्थ 'नेट क्राइम रेट' के अनुसार भी इसे देश की राजधानी होने का गौरव प्राप्त है। इसी एन.सी.आर में एक छोटा सा कस्बा है धीर पुर, जहाँ कभी मेरे पूर्वज रहा करते थे। कभी धीर पुर अच्छी कृषि भूमि के रूप में प्रसिद्ध रहा था। जैसे बागों की नगरी दिल्ली के बाग एक-एक करके आवासीय आवश्यकताओं की भेंट चढ़ते हुए सीमेंट के जंगलों में परिवर्तित होते गए, वैसे ही धीर पुर की कृषि भूमि पर भी छोटी-मोटी फैक्टरियों का कब्जा होता गया और कई छोटे-बड़े कारखानों का विषैला धुआँ धीर पुर के स्वच्छ आकाश को महकाने लगा। इंदिरा गांधी भी ऐसे विषैले विचारों के साथ पूरे देश पर एकच्छत्र राज्य की योजना बनाने लगीं थीं। केवल प्रधानमंत्री की कुरसी संभवत: उन्हें अपनी महत्त्वाकांक्षाओं को पूरा करने के लिए छोटी दिखाई देने लगी थी। भारत के आसपास के देशों में पनपती तानाशाही उन्हें अधिक लुभावनी लगने लगी थी। परंतु लाख प्रयास करने के बाद भी इतिहास के ये काले दिन अपना अस्तित्व 19 महीने से अधिक बचाकर नहीं रख सके।

□

## मोहन सिंह

'बोले सो निहाल' के जयकारे की आवाज रात के सन्नाटे को चीरती हुई सारी कॉलोनी में फैल गई। उस जयकारे के प्रत्युत्तर में 'सत श्री अकाल' की प्रतिध्वनियाँ चारों ओर से सुनाई देने लगीं हालाँकि इस समय रात के तीन बजे थे। साधारणतया इस समय तक गलियों में घूमनेवाले आवारा कुत्ते भी पुलिस के सिपाहियों सरीखे कहीं-न-कहीं अपना मुँह छिपाकर पड़ जाते हैं। चौकीदार भी ऊँघने लगते हैं, और जो जागते भी हैं उनकी

सीटी बजाने एवं लाठी पटकने की ध्वनि सुस्त पड़ने लगती है। लोकसभा के चुनावों के परिणाम रेडियो पर विशेष समाचार बुलेटिन द्वारा प्रसारित किए जा रहे थे। काले इतिहास के अंतिम दिनों की 20 मार्च, 1977 की वह रात कितनी अजीब रात थी जब रेडियो पर प्रसारित किया गया कि इंदिरा गांधी रायबरेली संसदीय निर्वाचन क्षेत्र से चुनाव हार गई हैं। वर्तमान प्रधानमंत्री और देश की राजनीति की सबसे अधिक चतुर और घाघ खिलाड़ी की हार से मैं रोमांचित हो उठा था। मैं ही क्या पूरा देश ही रोमांच से भर उठा था। मोहन सिंह भी।

सारी रात सो नहीं पाया था मोहन सिंह, एक-एक सीट का चुनाव परिणाम बहुत उतावली से सुनता रहा था वह। इंदिरा सम्राज्ञी के एक बड़े वजीर, जिनके कंधे पर देश की सुरक्षा का दायित्व था पहले ही अपनी विकेट गँवा चुके थे; क्योंकि रक्षा मंत्री बंसी लाल के चुनाव हारने का परिणाम पहले ही आ चुका था। यद्यपि अब हवा का रुख पता लग रहा था परंतु पूरी तरह स्पष्ट न था। रायबरेली का चुनाव परिणाम सुनते ही उसका दिल अपने स्थान से हटकर जैसे मुँह में आ गया था। मस्तिष्क के सारे तंतु श्रवण इंद्रियों में केंद्रित हो गए थे जैसे। परिणाम सुनते ही वह उछल पड़ा था, और पास ही सोई पत्नी को उसने झिंझोड़कर जगा दिया था। इस पर भी उसकी तृप्ति नहीं हुई थी और छज्जे पर जाकर उसने 'बोले सो निहाल' का जयकारा बुलंद कर दिया था।

उसी की भाँति कॉलोनी के अन्य लोग भी शायद आज बिस्तरों पर लेटे तो अवश्य थे परंतु सोए नहीं थे। शायद यही स्थिति पूरे देश की भी रही हो। सबके कान पास रखे रेडियो पर ही लगे हुए थे।

शीघ्र ही सरदार मोहन सिंह के जयकारे के प्रत्युत्तर में जयकारों की आवाजें आने लगी थीं। मैं भी रेडियो से कान सटाए लेटा था। मोहन सिंह का उत्साह देखने की गरज से मैं कब अपनी बालकनी में आ खड़ा हुआ, मुझे ज्ञात ही नहीं हुआ। शायद किसी सम्मोहनवश मैं खिंचा चला आया था वहाँ।

हमारे मकान के आसपास कोई चहल-पहल नहीं थी। दूर से रह-रहकर जयकारे की आवाजें गूँजतीं तो मोहन सिंह तत्काल छज्जे पर आकर चिल्ला उठता, लगता था उसके पाँव जमीन पर टिक नहीं पा रहे, परंतु वह स्वयं को कुछ कर पाने में असमर्थ पा रहा था। दूर से ही उसकी अंदरूनी छटपटाहट को मैं अनुभव कर रहा था। उसकी मानसिक स्थिति से मैं पूरी तरह परिचित जो था।

मोहन सिंह के हृदय में बचपन से ही एक ऐसा शूल गड़ा हुआ था जो उसे निरंतर सालता रहता था। दिल के भीतर तक पैठ चुके उस शूल को लेकर ही उसने बचपन से जवानी में कदम रखा था। प्रारंभ से वह सुनता आया था कि किस प्रकार इंदिरा गांधी के पिता पंडित जवाहरलाल नेहरू ने अपने प्रधानमंत्री बनने की महत्त्वाकांक्षा को पूरा करने

के लिए भारत माँ को दो भागों में विभाजित करवा दिया था। उसे इस बात पर भी अचंभा होता था कि क्यों महात्मा गांधी ने अहिंसा का पुजारी होते हुए भी एक ऐसी योजना को स्वीकार कर लिया जो हजारों-लाखों लोगों की लाशों के ढेर पर पूरी होनेवाली थी। यह एक ऐसा कदम था जिसका सभ्य इतिहास में अन्य कोई दूसरा उदाहरण उपलब्ध नहीं था। यह भी निश्चित तौर पर गांधी-नेहरू को ज्ञात था कि देश का यह विभाजन मात्र घृणा के आधार पर ही होगा और इस कार्य में खून की नदियों का बहना पूरी तरह से तय था।

आज तक इतिहासकार और समाजशास्त्री यह पता लगाने में विफल रहे हैं कि आखिर वे क्या कारण थे जिनसे आकर्षित होकर महात्मा गांधी ने अंग्रेजों की उस कुटिल चाल को सफल होने में अपनी सहमति व्यक्त की। मोहन सिंह का हँसता-खेलता समृद्ध परिवार इस विभाजन की बलि चढ़ गया था; और किस प्रकार उसके परिवार के लोगों को निर्ममता से मौत के घाट उतारा गया था; इसके कितने ही लोमहर्षक किस्से वह घुट्टी में पीकर बड़ा हुआ था। आज शायद मोहन सिंह को दिल की वह टीस कुछ कम होती जान पड़ रही थी।

मोहन सिंह मध्यमवर्गीय परिवार का एक साधारण गृहस्थ था। पंजाब के विभाजन के बाद उनका परिवार दिल्ली में आ बसा था। कठोर परिश्रम के फलस्वरूप एवं परस्पर सहयोग से इस परिवार ने 150 वर्ग गज के प्लॉट पर इस कॉलोनी में अपना मकान खड़ा कर लिया था। मोहन सिंह का मकान जब बनना प्रारंभ हुआ था तभी पहली बार मैंने देखा था उसे। मुझे भावी पड़ोसी होने के नाते बुलाने आया था वह। मेरे मकान के बिलकुल सामने ही तो उनका प्लॉट था। अखंड पाठ का प्रसाद बाँटने के बाद नींव खोदने के लिए भूमि पर पहला फावड़ा मोहन सिंह के भाई महेंद्र सिंह ने मारा था। तुरंत ही दोनों भाई आत्मविभोर होकर परस्पर लिपट गए थे। उनके आनंदाश्रु देखकर मेरी ही तरह अन्य लोग भी विस्मित थे।

धीरे-धीरे घनिष्ठता बढ़ने पर मोहन सिंह ने बताया था कि उसके पिता अपने वतन में अपने मकान का अरमान लिये हुए ही इस संसार से विदा हो गए। मकान बनाने का दायित्व हम दोनों भाइयों पर आ पड़ा था। उस दिन दोनों भाइयों को अपने पिता की कमी कितनी खली होगी, इसका अनुमान सहज ही लग सकता है। मोहन सिंह की नम हो आई आँखों का रहस्य तब मेरी समझ में आया था। दोनों भाइयों का यह अपूर्व मिलन भी मुझे हमेशा याद रहा है।

जब मोहन सिंह ने मुझे अपने अतीत के संबंध में बताया तब चालीस वर्षीय मस्तिष्क में लाहौर के पुराने घर की धुँधली यादें कोहरे की तरह जमी थीं, और उस घर से जुड़ी थी उसकी माँ की अस्वाभाविक मौत। जब कभी यह कोहरा पिघलता तो उसकी

आँखों से झरना बह निकलता।

मोहन सिंह को अब तक याद है कि जब शहर में चारों तरफ कोहराम मचा था, अत्याचार, लूट-खसोट और कत्ल का बाजार गरम था, ऐसी स्थिति में उन्हें अपना भरा-पूरा घर छोड़ना पड़ा था। जब सब लोग घर छोड़कर किसी अनजाने रास्ते पर चलने के लिए तैयार हो रहे थे तो उसकी जननी ने घर से बाहर आने से साफ इनकार कर दिया था। जो मकान उसने स्वयं 'सद्दरों' से सजाया था, जिसके साथ उसने न जाने कितने सपने पिरोए थे, उसे यूँ ही 'बैरियों' के हाथों में सौंप देना उसे पसंद न था। मोहन सिंह के पिता सरदारा सिंह उसे रह-रहकर बच्चों का वास्ता देते रहे परंतु अपनी बीवी को घर की दहलीज से बाहर न ला सके। तभी पूरा मकान आग की लपटों में घिर गया और मोहन सिंह की माँ की चिता वहीं बन गई, जहाँ कभी उसकी डोली आई थी। यह आत्महत्या थी या जौहर, यह तय करने की फुरसत तत्कालीन इतिहासकारों को नहीं थी। घर-घर में ऐसे ही न जाने कितने जौहर हो रहे थे और इतिहास के निर्माता अपनी जान और नाक बचाने के प्रयत्नों में जुटे थे।

अमृतसर पहुँचकर भूखे-प्यासे परिवार ने अपनी जननी का तेरहवाँ किया था। कैंप से मिले मुट्ठी भर चावल दान करके मृतात्मा की शांति के लिए दुआ माँग ली गई थी। भाग्य के आगे सारा परिवार छटपटाकर रह गया था। मोहन सिंह के पिता ने स्वयं ही 'अरदास' पढ़ ली थी और शाम को सब लोग स्वर्ण मंदिर में मत्था टेक आए थे। उसके बाद पूरे परिवार के पास अगले दिन खाने को कुछ नहीं बचा था।

दोनों बेटों और एक बेटी को लेकर किसी तरह सरदारा सिंह अमृतसर से दिल्ली पहुँच गया। इतने दिन तक पूरा परिवार किस प्रकार जीवित रहा, इसका आश्चर्य वह जीवन भर करता रहा। दिल्ली पहुँचने पर बहुत कठिनाई से उन्हें एक कोठरी में सिर छिपाने की जगह मिली। अब सबसे बड़ा प्रश्न था रोजी-रोटी का। सरदारा सिंह ने शायद कभी कल्पना भी न की हो कि उसे ऐसे दिन भी देखने होंगे। जो व्यक्ति दिल्ली में हर वर्ष सैर-सपाटे के लिए आता हो, चाँदनी चौक का महत्त्व जिसके लिए कभी एक अच्छे बाजार से बढ़कर न रहा हो, उसे जब वहीं रोजी-रोटी की तलाश में भटकना पड़ा तो उसे क्या अनुभव हुआ होगा, इसकी कल्पना सहज ही की जा सकती है।

छोटे-छोटे बच्चों पर तरस खाकर, सरदारा सिंह के साथ की कोठरी में रहनेवाले एक मजदूर ने उसकी सहायता की और उसे अपने साथ हाथ-ठेला खींचने के लिए रख लिया। गली के बाहर एक चाय की दुकान पर महेंद्र सिंह कप-प्लेट धोने लगा। इसका पता उसे तब चला जब महीने बाद चायवाले 'सेठ' ने उसे दस का नोट थमाते हुए कहा कि तुम्हारा लड़का काफ़ी होशियार है। बहुत गहरे तक बींध गए थे वे शब्द सरदारा सिंह को। पर दस रुपए के नोट का सम्मोहन कम नहीं था। इस नोट ने अनायास ही उसे

कोठरी के किराए की चिंता से मुक्त कर दिया था।

धीरे-धीरे सरदारा सिंह की गृहस्थी जमने लगी तो उसका ध्यान बच्चों की शिक्षा की ओर गया। पाकिस्तान में महेंद्र आठवीं और मोहन दूसरी श्रेणी में पढ़ते थे। महेंद्र सिंह की पढ़ाई जारी रखना तो संभव ही नहीं था, फलत: मोहन सिंह को एक सरकारी स्कूल में भरती करा दिया गया था। ज्यों ही गृहस्थी सँभलने लगी सबसे छोटी निहाल कौर घर की बड़ी-बूढ़ियोंवाला दायित्व सँभालने की शिक्षा स्वत: ही पाने लगी। बिचारी समझ ही नहीं पाई कि बचपन क्या होता है। शायद उसका बचपन उसकी माँ के साथ ही जलकर राख हो गया था। होश सँभाला तो घर-गृहस्थी का पूरा दायित्व अपने छोटे-छोटे कंधों पर पाया। दिनभर कभी पिता और कभी किसी भाई की सहायता से वह धीरे-धीरे घर का काम-काज निपटाती रहती। इसी तरह दस वर्ष पंख लगाकर उड़ गए और सरदारा सिंह की गृहस्थी एक कोठरी से उठकर तीन कमरों के मकान तक जा पहुँची।

सरदारा सिंह अब सब्जी मंडी में जमा हुआ आढ़तिया था और कई छोटे-छोटे 'माशा खोर' उसके लिए काम करते थे। लगे बँधे व्यापारी उसके पास आते और अपना माल उसे सौंपकर निश्चिंत हो जाते। कुछ व्यापारी तो ऐसे भी थे जिनकी शक्ल सरदारा सिंह कभी-कभार ही देखता था। पर नियमित रूप से उनका माल आता और उन्हें रकम भेज दी जाती। सब्जी मंडी में ही महेंद्र सिंह ने भी एक खोखे में चाय की दुकान बना ली थी, जहाँ से उसे दिनभर फुरसत नहीं मिलती थी। मोहन सिंह को इन दोनों कामों में रस नहीं आया और वह निरंतर अपनी पढ़ाई में जुटा रहा। बी. ए. करने के बाद उसे एक बैंक में क्लर्क की नौकरी मिल गई।

लाहौर से पूरी तरह उजड़कर आया यह परिवार अब अच्छी तरह जम गया था। घर के चार सदस्यों में तीन कमानेवाले और एक सँभालनेवाला था। निहाल कौर को अब कोई और घर जाकर सँभालना चाहिए, इस बात की चिंता भी उन्हें होने लगी थी, परंतु उससे पहले निहाल कौर के स्थान पर घर में किसी स्त्री का होना भी अनिवार्य मान लिया गया था।

महेंद्र सिंह के विवाह के शीघ्र बाद ही निहाल कौर को भी ससुराल भेज दिया गया। दो वर्ष बाद मोहन सिंह का विवाह उसी की इच्छानुसार एक बंगाली लड़की से कर दिया गया। यह लड़की उसी के बैंक में नौकरी करती थी और उसका परिवार भी पूर्वी बंगाल से विस्थापितों के रूप में निकलकर दिल्ली आ बसा था।

ज्यों-ज्यों सरदारा सिंह के अच्छे दिन आते गए, वह अपने आपको अधिक दु:खी अनुभव करने लगा। घर में होती चहल-पहल उसे अनायास मोहन सिंह की माँ की याद दिला देती। कभी-कभी वह घंटों पुरानी यादों में खोया रहता और उसकी आँखें अपने

आप नम हो जातीं।

पत्नी के साथ ही जुड़ी हुई मकान की स्मृतियाँ भी उसे सदैव झकझोरती रहतीं। मोहन सिंह की माँ की स्मृति को सदा जिंदा रखने के लिए अपने मकान का निर्माण उसे अत्यंत अनिवार्य लगने लगा। अब वह निरंतर इस जोड़-तोड़ में रहने लगा कि शीघ्र ही अपना मकान खड़ा हो जाए। उसकी इस भावना की कद्र सभी ने की और शीघ्र ही श्यामाप्रसाद मुखर्जी पार्क में 150 वर्ग गज का प्लॉट ले लिया गया। यह कॉलोनी भी यमुना नदी की धारा से छीनी गई भूमि पर बनाई जा रही थी। प्लॉट का कब्जा अभी नहीं मिला था कि सरदारा सिंह ने चारपाई पकड़ ली और ऐसी पकड़ी कि फिर कभी उठ नहीं सका। अंतिम समय में तो उनकी हालत देखी तक नहीं जाती थी। घर के सब लोग यथासंभव उपचार में लगे थे। डॉक्टर निराश हो चुके थे और अब सब लोग किसी भी क्षण अंतिम घड़ी की प्रतीक्षा कर रहे थे। घर के सब लोगों की यह इच्छा थी कि इस दुर्दशा से अच्छा है कि प्राण छूट जाएँ। निरंतर गुरु ग्रंथ साहब का पाठ उनके पास चलता रहता था पर न जाने कौन सी अतृप्त इच्छा थी जिसमें उनके प्राण अटके हुए थे।

एक दिन सरदारा सिंह ने अपने क्षीण स्वर में मोहन सिंह से कहा, 'बेटा, मेरे प्राण न जाने क्योंकर अटके हैं; मैं समझता हूँ कि जब तक तुम मुझे अपने मकान में नहीं ले जाओगे मैं मर नहीं सकूँगा। डॉक्टरों के परामर्श के विरुद्ध एक बार दोनों बेटे उसे सहारा देकर यहाँ प्लॉट दिखाने ले आए थे और जहाँ महेंद्र सिंह ने पहला टप्पा मारा था वहीं पर सरदारा सिंह ने प्राण त्यागे थे। तब से दोनों भाइयों ने शीघ्रातिशीघ्र मकान पूरा करने की शपथ ली जिसके फलस्वरूप उन्होंने अपने पिता की पहली बरसी उसी मकान में संपन्न की।

अखंड पाठ और कीर्तन में सारी कॉलोनी को सम्मिलित किया गया था। तब मैं मोहन सिंह को तीसरी बार मिला था। उसके बाद तो यह सिलसिला चल निकला। मेरे मितभाषी होने के कारण मोहन सिंह को ही हमेशा पहल करनी पड़ती थी और इसमें उसे कभी झिझक हुई हो, ऐसा मुझे अनुभव नहीं हुआ। हाँ, मेरी पत्नी का उनके घर काफी आना-जाना था और वह यदाकदा मुझे उस परिवार के बंगाली मिश्रित पंजाबी के किस्से चसके लेकर सुनाया करती।

वास्तव में दोनों भाइयों का परिवार एक साथ रहता था और दोनों औरतें विभिन्न रीति-रिवाजों और भाषाओं के वातावरण को भूलकर सगी बहनों सी रहती थीं। कभी-कभी भाषा का अलगाव उन्हें खलने अवश्य लगता था, क्योंकि मोहन सिंह की बीवी कभी-कभी अपनी जेठानी संत कौर को सौत कौर बना देती और संत कौर से अपर्णा कहते ही नहीं बनता था, फलतः वह हमेशा उसे अपरने कहकर ही बुलाती थी। भाषा का यह मनोविनोद उस घर में उसी तरह घुल-मिल गया था जैसे मक्के की रोटी और

साग का अद्‌भुत मेल चावल-मछली के साथ हो गया था। जब कभी अपर्णा 'जोल खाबे' कहती तो सारा घर किस प्रकार हँसी से चहक उठता है, इसका वर्णन सविस्तार मेरी पत्नी कई बार कर चुकी थी।

धीरे-धीरे मैं सिंह परिवार के संबंध में इतना अधिक जानने लगा जितना घर के सदस्य जानते हैं, जबकि मेरा उनके यहाँ कोई विशेष आना-जाना नहीं था। सिंह साहब ही कभी-कभार आते और अपने स्वभाव के अनुसार सारे घर को ठहाकों से गुँजा देते। कभी-कभी तो मेरा काम कर पाना कठिन हो जाता और मुझे खीज सी होने लगती, फिर भी न जाने क्यों मुझे मोहन सिंह में एक 'जीवंत आदमी' दिखाई देता था जो सदा चहकता और महकता रहता। निराशा और हताशा से उसका कहीं कोई परिचय था ही नहीं। उसका सदा बहार वाक्य था, 'जिंदगी जिंदादिली का नाम है, मुरदादिल क्या खाक जिया करते हैं।'

मेरा भी न जाने क्या विचित्र स्वभाव है। मैं प्रत्येक व्यक्ति में कुछ-न-कुछ 'अन्य' देखता हूँ। यह अन्य न तो किसी और को दिखता है, और न ही इसका ज्ञान स्वयं उस व्यक्ति को होता है जिसमें मैं उस व्यक्ति के अतिरिक्त कुछ 'अन्य' भी देखता हूँ। वह व्यक्ति इस संदर्भ में मुझे पूरी तरह से अनभिज्ञ दिखता है जबकि मुझे उसके अंदर कुछ अतिरिक्त स्पष्ट परिलक्षित होता है। जैसे किसी-किसी व्यक्ति के भीतर मैं बंदर देखता हूँ तो किसी में भेड़। इसी प्रकार से शेर, चीता, बकरी इत्यादि जानवर ही नहीं मंदिर, दुकान, मकान, अंडा, टेलीफोन, नदी, नाले, पहाड़, झरने, चट्टानें, पेड़, पौधे, कार, सड़क और न जाने क्या-क्या अला-बला। जैसे अपनी पत्नी को देखते ही मेरे सामने एक उफनती हुई बहुत लंबी नदी की तसवीर आ जाती है। इस प्रकार कभी-कभी ऐसा भी होता है कि मैं सड़क पर चलते-चलते किसी नागिन को देख लेता हूँ तो कभी कोई कुआँ मेरे सामने आ जाता है। मुझे अपनी इस अजीबो-गरीब आदत पर खीज के साथ-साथ क्रोध आता है और लज्जा भी, परंतु स्वभाव के हाथों पूरी तरह विवश हूँ। न जाने मेरे अवचेतन में यह ऐसी क्या ग्रंथि है जो ऐसे अवसरों पर अचानक सक्रिय हो उठती है और मैं व्यक्ति के आर-पार झाँकने लगता हूँ। एक्सरे मशीन की भाँति।

प्रारंभ में मैं इसे अपना भ्रम समझकर अनदेखा करता रहा परंतु धीरे-धीरे यह समस्या गंभीर होती गई। कई बार मुझे अपने इस अवचेतन के कारण छोटी-मोटी दुर्घटनाओं का शिकार भी होना पड़ा। यह दृष्टिभ्रम क्या है, इसका समाधान कहीं नहीं हो पाया। बिना किसी हिचकिचाहट के मैंने अपनी इस तथाकथित बीमारी के संबंध में डॉक्टरों से बातचीत की। उन्हीं के कहने पर बड़े-बड़े मनोवैज्ञानिकों से मैंने इस संदर्भ में परामर्श किया है। यदि मैं कहीं असामान्य हूँ तो भी केवल इसी एक बात में। शेष मुझसे कभी किसी को कोई शिकायत नहीं, और शिकायत हो भी तो कैसे, किसी भी दूसरे को

तो इसका ज्ञान होता नहीं। हाँ, ऐसी स्थिति उत्पन्न होने पर मैं स्वयं ही झेप जाता हूँ अपने आपसे।

मोहन सिंह को मैं जब देखता हूँ तो मुझे एक 'जीवंत आदमी' दिखाई देता है। उसके मुरझाए चेहरे को देखकर भी मैं कभी नहीं पूछता कि आज उदास क्यों हो, क्योंकि मुझे उदास चेहरा दिखाई ही नहीं देता। जब मैं उसी के अनुरूप सामान्य व्यवहार करता हूँ तो कभी-कभी बहुत उलझन होती है सामनेवाले को भी। मोहन सिंह सहित कई बार कुछ मित्रों ने इसकी शिकायत भी की है मुझसे, परंतु मैं उन्हें अपनी इस विचित्र आदत के विषय में कोई संतोषजनक उत्तर नहीं दे पाया। केवल मौन रहना ही अथवा बात को हँसी में उड़ा देने का प्रयास करना ही श्रेयस्कर समझा है, मैंने।

□

एक दिन मोहन सिंह मेरे यहाँ आया तो मैंने उसी जिंदादिल व्यक्ति का तपाक से स्वागत किया। बातचीत के दौरान लगा कि सबकुछ सामान्य नहीं है। इतनी देर में वह एक बार भी नहीं हँसा था—मैं कुछ चौंका भी, परंतु फिर वही मेरे सामने रहनेवाला जिंदादिल व्यक्ति आड़े आ गया था। कुछ देर और इधर-उधर की बातें करने के बाद उसने बताया कि उसे आज किसी दूरदराज स्थान पर स्थानांतरित कर दिया गया है। देश में 25 जून, 1975 को लागू होने वाली आपातस्थिति का पहला प्रहार मोहन सिंह पर लगभग एक मास बाद हुआ और उसके बाद तो यह बात सामान्य सी हो गई थी। वह मुझे निरंतर उन प्रहारों की सूचना देता रहा और मैं यथासंभव कोरे शब्दों की खाली सांत्वना देकर अपना कर्तव्य पूरा करता रहा। न जाने क्यों उसके भीतर दिखाई देनेवाले जिंदादिल आदमी ने मुझे इतना निरुत्साहित किया कि मैंने यह सोचने का प्रयत्न तक नहीं किया कि ऐसी स्थिति में उसे किसी प्रकार की सहायता की आवश्यकता भी हो सकती है।

इसी प्रकार एक दिन मोहन सिंह ने मुझे सूचना दी कि अपर्णा का तबादला किसी दूर के देहाती क्षेत्र में कर दिया गया है, परंतु उसने वहाँ 'ज्वाईन' करने की अपेक्षा एक लंबा अवकाश ले लिया है। वैसे भी कुछ दिन बाद तो छुट्टी लेनी ही थी, वह जल्दी ही माँ बनने वाली है यह बात मैं जानता था।

उसकी पत्नी बैंक में ऑफिसर थी जबकि वह जानबूझकर क्लर्क ही बना रहा था। वह बैंक कर्मचारी यूनियन का सक्रिय कार्यकर्ता था और उसके लिए यह आवश्यक था कि वह अपने 'कॅरियर' की बलि देकर अपने साथियों के हितों के लिए लड़े। बैंक के प्रबंधकों की ओर से उसे कई बार प्रलोभन दिए गए, परंतु उसकी नीयत नहीं डोली। बाद में ये प्रलोभन चेतावनियों और धमकियों में बदल गए, परंतु अपनी संगठन शक्ति के सामने उसने इन्हें किसी गिनती में ही नहीं समझा। बैंक यूनियन की गतिविधियों में बढ़-चढ़कर भाग लेने के बावजूद भी वह अपने दिन-प्रतिदिन के काम के प्रति कभी उदासीन

नहीं रहा, और न ही उसने कभी अपने पद का दुरुपयोग काम में कोताही करके किया। यूनियन का सक्रिय कार्यकर्ता होने के कारण वह बैंक अधिकारियों की आँख में सदैव खटकता रहा है। उसे तंग करने के लिए अधिकारी बराबर उसकी 'सीट' बदलते रहते। प्रत्येक 'सीट' पर वह पूरी तन्मयता से काम करता, फलस्वरूप बैंकिंग के प्रत्येक क्षेत्र में वह हर तरह से सिद्धहस्त हो गया। इसका अप्रत्यक्ष रूप से उसे यह लाभ हुआ कि वह बैंकिंग की रग-रग से वाकिफ हो गया। पूरी बैंकिंग व्यवस्था में कहाँ-क्या गड़बड़ हो सकती है, इसकी उसे संपूर्ण जानकारी हो गई। इतना ही नहीं बैंक अधिकारियों द्वारा अपनाए जानेवाले हथकंडों से भी वह भली-भाँति अवगत हो चुका था। ईमानदारी और परिश्रम से काम पूरा करने के कारण अधिकारी चाहते हुए भी उसका कुछ बिगाड़ नहीं पाते थे। आपातकाल के बाद परिस्थितियाँ तेजी से बदलने लगीं और उसे अनावश्यक रूप से तंग किया जाने लगा। बाहर से शांत रहने के बावजूद वह भीतर से बहुत उद्वेलित रहने लगा।

□

इधर वह काफी थका-थका सा दिखाई देने लगा था। उसके साथ किसी प्रकार की बातचीत जम ही नहीं पाती थी। मैं समझता था कि शायद दिनभर की थकान के कारण वह ढला-ढला सा रहने लगा है। उसका घर शहर के एक छोर पर था तो बैंक दूसरे छोर पर, इस पर दिल्ली परिवहन निगम की खटारा बसों का भीड़ भरा सफर। परंतु बात वास्तव में यह थी नहीं। उनकी यूनियन ने काफी लंबा संघर्ष यह अधिकार प्राप्त किया था कि किसी भी क्लर्क को उसके घर से बहुत दूर स्थानांतरित नहीं किया जाएगा। इस प्रकार प्रबंधकों के शोषण के एक हथियार पर उन्होंने विजय पाई थी। इसके लिए उन्हें कितने वर्षों तक संघर्ष करना पड़ा था। यह अधिकार प्राप्त करने के लिए, उनकी कितनी लंबी हड़ताल चली थी, और व्यक्तिगत रूप से भी क्या-क्या नहीं सहना पड़ा था उसे। इतनी कठिनाई से प्राप्त अधिकार आपातस्थिति में एक झटके से समाप्त कर दिया गया। इस बात ने उसे भीतर तक कहीं चटका दिया था। उसे लगने लगा था कि शोषण का क्रूर चक्र अब पूरी गति से घूमेगा और उसकी गति पर किसी प्रकार का प्रतिबंध लगाना उनके लिए संभव नहीं होगा। इस शोषण पर कैसे अंकुश लगे, इसकी चिंता उसे निरंतर सालती रहती थी।

इसके अतिरिक्त अपर्णा पुनः माँ बननेवाली थी। इस बार मोहन सिंह स्वयं उसकी पूरी तरह से देखभाल करना चाहता था। अस्पतालवालों के सहारे तो उसे कतई छोड़ने को तैयार नहीं था वह। पहले बच्चे के जन्म के समय मरते-मरते बची थी अपर्णा। अस्पताल के डॉक्टरों और कर्मचारियों की लापरवाही के कारण ही बच्चे को नहीं बचाया जा सका था। वह अपने कटु अनुभवों को दोहराने के लिए बिलकुल तैयार नहीं

था। उसकी इच्छा थी कि इस बार अपर्णा को किसी अच्छे प्राइवेट नर्सिंग होम में रखा जाए जहाँ वह स्वयं उसकी देखभाल कर सके। पर इन दिनों आर्थिक दृष्टि से भी वह कुछ अच्छी स्थिति में नहीं था। अनुमान से अधिक रुपया मकान बनाने में व्यय हो गया था।, जो अब किश्तों में चुकाया जा रहा था। महेंद्र सिंह का परिवार वैसे ही बड़ा था। उसके पाँच बच्चे थे जो अब ऊँची कक्षाओं में पढ़ते थे, फलत: घर का खर्च इस समय अपने अधिकतम बिंदु पर था।

इन्हीं दिनों देश की बिगड़ती आर्थिक दशा को काबू में करने के नाम पर सरकार ने बोनस न देने की घोषणा की। साथ-ही-साथ अनिवार्य बचत योजना इत्यादि न जाने क्या-क्या ऊलजलूल नियम लागू किए गए; फलस्वरूप वेतन की राशि घट गई और मोहन सिंह बल खाकर रह गया। मौलिक अधिकारों के निलंबन के साथ ही यूनियन पंगु कर दी गई थी। एक तरह से देशभर में श्रमिक आंदोलन की कमर तोड़ दी गई थी। फिर भी वह अपने चंद साथियों सहित इस अन्यायपूर्ण रवैए का विरोध करने की कोई ठोस योजना बनाने में जुट गया था। कुछ ही दिनों बाद वे लोग बैंक में काली पट्टियाँ बाँधकर आने लगे थे और एक प्रकार का मूक विरोध धीरे-धीरे सर्वत्र फैलने लगा था। ज्यों ही अधिकारियों को इस विरोध के पीछे मोहन सिंह के मस्तिष्क होने की सूचना मिली, मोहन सिंह को नौकरी से निकाल दिया गया। न्यायालयों के द्वार खटखटाने की बात सोची गई, परंतु वहाँ तो पहले ही गाज गिर चुकी थी; कोई सुननेवाला नहीं था और सिर्फ मूक दीवारों से सिर टकराने की बात उसके मस्तिष्क में नहीं घुसती थी। दीवारें भी ऐसी जो पूरी तरह से बहरी हो चुकी थीं। वह भली-भाँति जानता था कि कानून अंधा होता है परंतु अब तो वह बहरा भी हो चुका है। उसकी जिह्वा काटकर उसे मूक भी बना दिया गया था।

संवेदनहीन हो गए थे जैसे सारे-के-सारे न्यायाधीश। वैसे भी आपातकाल की घोषणा के साथ ही सबसे पहला वार तो न्यायपालिका पर ही हुआ था। श्रीमती गांधी ने इलाहाबाद उच्च न्यायलय के निर्णय को नकारते हुए ही तो सारी शक्तियाँ अपने हाथ में केंद्रित कर ली थीं। न्यायालय द्वारा उनके चुनाव को अवैध घोषित किया गया था जिसे उन्होंने स्वीकार नहीं किया। जीवनभर न्यायपालिका की सर्वोच्चता की बात करनेवाला राजनीतिक दल अपनी नेता की तानाशाही को बहुत सामान्य रूप से पचा गया। दल के भीतर कहीं कोई विरोध का स्वर नहीं उभरा। चारों ओर एक आतंक भरा सन्नाटा व्याप्त हो गया था।

ऐसी स्थिति में वह कुछ कर गुजरना चाहता था, परंतु संकट के इस समय में बहुत कम लोगों को अपने साथ खड़ा पाता था। शनै:-शनै: नाते-रिश्तेदार और मित्र-सहयोगी कन्नी काटने लगे थे। नितांत अकेला वह अपने को पूरी तरह असमर्थ पा रहा था। ऊपर

से अपर्णा की सेवा-टहल स्वयं न कर पाने की कसक। ऐसी स्थिति में अपर्णा ने पुत्र को जन्म दिया। उसी रात मोहन सिंह को हिरासत में ले लिया गया। तिहाड़ जेल में लाकर उसे बताया गया कि वह 'मीसा' और डी.आई.आर. एक्ट के तहत बंदी बनाया गया है। तमतमाकर रह गया था वह। चारदीवारी के अंदर रहकर उसे अपने बच्चे का नन्हा सा मुखड़ा याद आता; और वह कल्पना से ही उसके छोटे-छोटे नैन-नक्श का सृजन करता, मन-ही-मन उससे बातें करता रहता। फिर एकदम चुपचाप न जाने क्या मन्सूबे बनाया करता।

मोहन सिंह को अपने गिरफ्तार होने का अफसोस नहीं था, उसे दुःख था तो यह कि वह बहुत जल्दी गिरफ्तार हो गया है। गिरफ्तार होने से पहले उसने अनेक मंसूबे बनाए थे जो धरे-के-धरे रह गए। वास्तव में वह एक क्रांतिकारी था और सर्वथा शांतिपूर्ण तरीकों से अन्यायी सरकार का तख्ता पलटने में विश्वास नहीं करता था। कितनी ही बार अपने साथियों से वह इस बात पर झगड़ चुका था। ऐसे अवसरों पर उसके साथी इसे सरदार या पंजाबी खून का उबाल कहकर टाल देते थे। वह पूरी तरह से यह मानता था कि कुछ भूमिगत सभाओं के करने एवं प्रचार-सामग्री के प्रकाशन से तानाशाही और भ्रष्ट सरकार का बाल भी बाँका होनेवाला नहीं। इसके लिए कुछ लोगों को जान हथेली पर रखकर आगे आने की अनिवार्यता ही उसकी मान्यता थी। इस मामले में वह किसी दूसरे के कंधे पर बंदूक रखकर चलाने का कायल नहीं था। वह तो स्वयं ही पहल करना चाहता था, परंतु साथियों के आग्रह पर वह खून का घूँट पीकर रह जाता। उस समय यद्यपि वह चुप्पी खींच जाता पर अकेला ही कुछ करिश्मा कर दिखाने के मंसूबों में भी खोया रहता।

जिस दिन मोहन सिंह को नौकरी से निलंबित किए जाने का आदेश प्राप्त हुआ, वह तमतमाया मैनेजर के कमरे में जा घुसा और मैनेजर का गिरेबान पकड़कर उसे कुरसी पर से उठा लिया था उसने। सदा से ही वह मैनेजर को सत्ता का प्रतीक मानता था, फलतः उसके प्रति उसका आक्रोश स्वाभाविक भी था। मैनेजर के कमरे से आनेवाली आवाजें सारे 'स्टाफ' में दहशत फैला रही थीं और सब लोग चुपचाप किसी 'कुछ' की प्रतीक्षा में खड़े थे। कुछ को रीढ़ की हड्डी में सरसराहट सी अनुभव होने लगी थी। एक अजीब सा सन्नाटा हॉल में व्याप्त हो गया था। पुराने पंखों की कर्कश-घर्रर शमशान भूमि के आसपास गीदड़ों की हाऊ-हाऊ सी सुनाई दे रही थी। ऐसा लगता था कि शायद लोगों ने कोई प्रेत देख लिया हो। काठ सा मार गया था सबको, भीतर जाने का साहस कोई जुटा ही नहीं पा रहा था। सभी की सहानुभूति मोहन सिंह के साथ थी, परंतु वे इतने अधिक भयाक्रांत थे कि किसी ने चूँ तक नहीं की। कुछ देर में गालियों की बौछार करता वह कमरे से निकला और उसने निहायत घृणा भरी दृष्टि अपने साथियों पर डाली।

सबकी गरदनें एक साथ झुक गई थीं और उनकी नजरें जमीन पर चिपककर रह गई थीं। किसी में मोहन सिंह के साथ नजरें मिलाने का साहस नहीं था। न जाने क्यों बड़ी दया आई थी उसे उन सब पर, शायद उनकी चुप्पी पर या फिर उनकी विवशता पर। एक अलमस्त सा झटका दिया था मोहन सिंह ने अपने सिर को जैसे सारी परेशानियों को झाड़ फेंका हो। अपनी सिंह सरीखी गर्वीली चाल से वह बैंक का मुख्य द्वार लाँघ गया था।

एक विचित्र सी घुटन छोड़ गया था वह अपने पीछे। एक भयावह सी फुसफुसाहट उस हॉल पर छाने लगी थी। प्रत्येक व्यक्ति अपने स्थान पर खुद को नंगा अनुभव कर रहा था। जैसे मोहन सिंह सबके कपड़े उतारकर साथ ले गया हो। धीरे-धीरे सभी लोगों ने अपनी विवशता के कपड़े पहनने प्रारंभ कर दिए थे और उस कांड पर दो-चार शब्द कहकर होंठ सी लिये थे। जैसे किसी की मुर्दनी पर औपचारिकता निभाई गई हो। बैंक की भारी दीवारों ने चुपचाप इस घटना को अपने भीतर ही आत्मसात् कर लिया था। दीवारों की भाँति मूक रहने का आदेश प्रत्येक कर्मचारी को भी मिल गया था। हर एक अंदर से कहीं चटक गया था, परंतु उस चटक की आवाज हवा में गूँज न सकी थी।

नौकरी से छुट्टी पाने पर उसने अपनी गतिविधियों को और भी तेज कर दिया था पर अब पुलिस उसकी गंध शिकारी कुत्ते की तरह सूँघती फिर रही थी। हर रात उसे अपने लिए नया आश्रय खोजना होता। एक जून यदि पेट भर लिया तो अगले का भरोसा नहीं। अत्यंत असंगठित रूप में भूमिगत कार्यकर्ता गली-गली में जयप्रकाश नारायण की संपूर्ण क्रांति की अलख जगाते हुए घूम रहे थे। उसने इन आंदोलनकारियों को संगठित करना अपना अभीष्ट बनाया। बार-बार नाम बदलकर, कभी वेश बदलकर भूमिगत गतिविधियों की रिपोर्ट बनाना, उन्हें छपवाना और फिर उनको स्थान-स्थान पर बाँटना बड़े जिगरे का काम था, जो मोहन सिंह अकेला और कभी छुटपुट साथियों के साथ मिलकर रहा था। इस कार्य को प्रभावी ढंग से करने के लिए सबसे बड़ी समस्या धन की थी। अभी तक तो वह घर की तरफ से पूरी तरह निश्चित था, शायद वाहे गुरु ने इसी दिन के लिए उसे महेंद्र सिंह जैसा भाई दिया था।

एक ओर वे लोग सरकार की तानाशाही का विरोध करने के लिए भूमिगत आंदोलनों का संचालन करने का प्रयास कर रहे थे दूसरी ओर इंदिरा गांधी अपने विरोधियों की धर पकड़ में गति लाती जा रही थी। इंदिरा गांधी की सहायता के नाम पर संजय गांधी का हस्तक्षेप प्रशासन के क्रियाकलापों में होने लगा था। संजय के रूप में एक अतिरिक्त शक्ति केंद्र विकसित हो रहा था जिससे हर प्रकार की निरंकुश शक्तियाँ प्राप्त थीं परंतु वह किसी के प्रति उतरदायी नहीं था। संजय गांधी की आलोचना तक इंदिरा गांधी को सह्य नहीं थी। उन्होंने बार-बार यह बात स्पष्ट तौर पर स्वीकार की कि संजय गांधी पर

हमला स्वयं उन पर हमला है। कांग्रेस के एक अधिवेशन में अपने विचार व्यक्त करते हुए उन्होंने कहा कि, 'कम्युनिस्ट पार्टी द्वारा संजय गांधी की आलोचना करना वस्तुत: मेरी ही आलोचना करना है। उसके 5 सूत्री कार्यक्रम का विरोध करना भी निरर्थक है। इसमें ऐसा कुछ भी नहीं है जिसका सूत्रपात गांधी के नेतृत्ववाले काल में न हुआ हो। संजय कब तक राजनीति में रहेंगे मैं नहीं जानती परंतु जितना भी उनका विरोध बढ़ेगा वे कमर कस कर तैयार रहेंगे। हमारा यह गुण उनमें पूरी तरह से विद्यमान है। यदि मेरा विरोध नहीं होता तो मैं कभी कांग्रेस अध्यक्ष नहीं बनती। यदि कामराज इत्यादि नेता मुझे अपने पद से हट जाने को कहते तो मैं स्वत: ही त्यागपत्र दे देती। मैंने कामराज जी को साफ कह दिया था कि संजय बहुत छोटा व्यक्ति है व न तो प्रधानमंत्री और न ही राष्ट्रपति इस प्रकार का कुछ बन सकता है। वह मात्र एक कांग्रेसी कार्यकर्ता है। इसलिए मैं समझती हूँ कि ये हमले मेरे ऊपर हैं।'

अपनी बात को और अधिक स्पष्ट करते हुए उन्होंने कहा, 'मेरे विचार में संजय कभी भी राजनीति में न आता यदि उस पर जबरदस्त हमले न किए जाते। क्योंकि वह बुनियादी तौर पर इसमें दिलचस्पी नहीं रखता था। जब उस पर हमले हुए और उसने यह महसूस किया कि उसके बचाव में कोई भी नहीं बोल रहा तो उसने राजनीति में कूदने का निर्णय लिया। सन् 1971 में कुछ युवा कांग्रेसी उम्मीदवारों ने संजय गांधी से मदद माँगी थी और वह कुछ हिकिचाहट के साथ उनकी सहायता करने के लिए मान गया था। जब मेरे विरुद्ध चुनाव याचिका का निर्णय हुआ तब उसने महसूस किया कि मुझे सहायता और संरक्षण की जरूरत है और जो लोग हमारे इर्दगिर्द हैं उनमें से कोई भी ज्यादा वफादार नहीं है तब उसने राजनीति में आकर जो संभव हो करने का निर्णय किया। उसने मेरे पास आकर पूछा क्या करूँ। मैंने उसे कांग्रेस अध्यक्ष के पास भेज दिया जिन्होंने उसे यूथ कांग्रेस बनाने का परामर्श दिया।' इस प्रकार इंदिरा गांधी ने साफ तौर पर यह स्वीकार किया कि उनके आसपास वफादार नेताओं का नितांत अभाव है और संजय उस कमी को पूरा करने के लिए ही राजनीति में आया है।

अपने बड़े भाई और परिवार के अन्य लोगों से मिलने के लिए एक दिन वह ललक उठा और अपने एक साथी सहित घर जा पहुँचा। भरपेट भोजन उन्होंने कई दिनों बाद किया था। संत कौर उसे देख-देखकर तृप्त हो रही थी। बहुत जिद करके घरवालों ने उन्हें रात भर के लिए रोक लिया था। मोहन सिंह के साथी ने भी कहा कि अब पुलिस कम-से-कम उन्हें यहाँ पर ढूँढ़ने के लिए तो कभी नहीं आएगी। इसलिए रात भर यहाँ आराम करके प्रात: जल्दी ही निकल चलेंगे।

अपर्णा उन दिनों अपने मायके में थी। बाहर कड़ाके की सर्दी पड़ रही थी और रह-रहकर बिजली कड़कने लगती। मूसलाधर बारिश शाम से ही होने लगी थी। एक

मुद्दत बाद घर का भोजन करने के पश्चात् उसकी नीयत भी यह रात ढंग से सो लेने के लिए मचल गई, फलत: उसने उस रात वहीं सो लेने का निर्णय कर लिया। वह अपने साथी सहित अपने बैड रूम में चला गया। काफी देर तक रजाई में बैठे अपने रोमांचक अनुभव भाई, भाभी एवं बच्चों को सुनाता रहा। बीच-बीच में अपर्णा का न होना उसे खलने लगता। एक लंबा अंतराल हो गया था दोनों को मिले हुए।

अभी वे लोग लेटे ही थे कि 'कॉल बेल' घनघना उठी। एक अज्ञात भय सब लोगों पर हावी हो गया था। महेंद्र सिंह ने डरते-डरते दरवाजा खोला तो सामने आशा के अनुकूल पुलिस को पाया। इधर कई दिनों बाद पुलिस आई थी जबकि शुरू-शुरू में तो यह रोजमर्रा का काम हो गया था। भागने या छिपने का कोई साधन नहीं था। मोहन सिंह और उसके साथी ने रजाइयाँ सिर तक खींच लीं। तब तक महेंद्र सिंह के साथ पुलिस का एक अधिकारी बिना किसी सर्च वॉरंट के अंदर तक आ गया था। उन दिनों किसी में इतना साहस होता भी नहीं था कि वह किसी पुलिस के अधिकारी को वॉरंट इत्यादि दिखाने के लिए कहने की हिमाकत करे। उसकी आवाज वे स्पष्ट सुन रहे थे। धमकी भरा आदेश दिया जा रहा था महेंद्र सिंह को। बातें करते-करते वह अधिकारी उसी कमरे के सम्मुख आ खड़ा हुआ। दरवाजा अधखुला था और भीतर नाईट लैंप जल रहा था। धीमी-धीमी रोशनी में सब अस्पष्ट सा दिखाई पड़ रहा था। इस्पेक्टर ने कुछ कड़ाई से कहा, 'घर में कौन-कौन है'?

मेरा परिवार और मेरी बहन तथा बहनोई महेंद्र सिंह ने तत्काल बिना किसी झिझक के उत्तर दिया। उस कमरे की ओर इशारा करते हुए उसने कहा, 'वे दोनों इसी कमरे में सो रहे हैं।'

'ठीक है, ठीक है, मोहन सिंह को हम शीघ्र ही ढूँढ निकालेंगे परंतु तुम स्वयं ही उसका ठिकाना बता दो तो तुम्हें भी इस झंझट से छुट्टी मिले और हमारी भी जान छूटे।'—ये कहते हुए वह अधिकारी बाहर चला गया। सर्दियों की उस कड़कड़ाती ठंड में भी रजाई में पड़े वे दोनों साथी पसीने से भीग गए। पुलिस के जाने पर उनकी जान-में-जान आई परंतु अब नींद कहाँ आ सकती थी। पुलिस का भय दूर होते ही वे छिपते-छिपाते उस कॉलोनी से बाहर निकल गए और पुन: महेंद्र सिंह से उनका मिलना अदालत में ही हो सका।

□

अदालत में दोनों भाई बड़े प्यार से गले मिले थे। न्यायाधीश के कमरे से थोड़ा हटकर बरामदे में दोनों ने एक साथ बैठकर भोजन किया। बहुत प्यार से भोजन परोसा था संत कौर ने। वे लोग वहाँ घंटों इधर-उधर की बातें करते रहे थे। बच्चे की और स्वयं की बीमारी के कारण अपर्णा अदालत नहीं आ सकी थी। यद्यपि संत कौर ने उसे बहुत

विश्वास दिलाया था कि मामूली सा बुखार है, परंतु उसका मन इसे स्वीकार करने को तैयार नहीं था, रह-रहकर धड़कने सा लगता था। मोहन सिंह की बहुत प्रबल इच्छा थी अपर्णा और उससे भी अधिक बच्चे को देखने की, पर वह अपने मन की दुर्बलता भाई-भाभी पर प्रकट करना नहीं चाहता था। परंतु उसकी मनोदशा भाई-भाभी से छिपी हुई नहीं थी।

अपनी गिरफ्तारी के बारे में मोहन सिंह ने बताया कि भूमिगत नेताओं की एक आवश्यक मीटिंग हो रही थी जिनमें अधिकांश बैंकों से संबंधित व्यक्ति थे। यह तय कर दिया गया था कि राष्ट्रीय स्तर पर सारी बैंकिंग व्यवस्था ठप्प कर दी जाए ताकि सरकार को उसके अलोकतांत्रिक कदमों का मुँहतोड़ जवाब दिया जा सके। इस बैठक के आयोजन के लिए मोहन सिंह ने न जाने कहाँ-कहाँ की यात्राएँ की थीं। सरकार के कुछ विशेष कृपापात्र और मात्र 'लैटर हैड्स' तक सीमित संगठनों को छोड़कर वह सबको एक स्थान पर एकत्र करने में सफल हुआ था।

इन दिनों एक नवयुवक 'जीवन' मोहन सिंह का दायाँ हाथ बना सदैव उसके साथ रहने लगा था। उसकी सूझबूझ और फुरती से वह अत्यधिक प्रभावित हुआ था और धीरे-धीरे जीवन उसका सर्वाधिक विश्वासपात्र साथी बन गया था। एक निर्धन परिवार में पलकर बड़ा हुआ यह युवक अपने हृदय में भ्रष्ट सत्ताधारियों के प्रति घृणा का ज्वालामुखी समेटे हुए था। ऐसा आभास होता कि जब भी यह ज्वालामुखी फूटेगा, सर्वत्र तहस-नहस कर डालेगा। ऐसे युवक को सँभाल पाना भी सिर्फ मोहन सिंह जैसे व्यक्ति के ही बूते का काम था।

बैठक के आयोजन में जीवन भी जी जान से जुटा था। उसके विवाह के नाम पर ही यह बैठक आयोजित की जा रही थी। निमंत्रण-पत्र सर्वत्र भेजे गए थे। कन्या पक्ष को एक मंदिर में एकत्र होना था जबकि बाराती बनकर आनेवाले व्यक्ति उस मंदिर के पासवाले चौराहे पर एकत्र होकर बारात के रूप में पहुँचने वाले थे। मंदिर में ही देश की बैंकिंग प्रणाली को ठप्प कर देनेवाली योजना की रूप रेखा पर विस्तृत विचार-विमर्श होना था। नियत समय पर बारात आई और धीरे-धीरे मंत्रणाएँ होने लगी। खाना खाते-खाते परस्पर विचारों का आदान प्रदान हुआ। एक-एक कदम फूँक-फूँककर रखने की योजनाएँ बनने लगी। अपने-अपने क्षेत्रों की हलचलों से एक-दूसरे को अवगत कराया गया। सारी जानकारी से स्पष्ट था कि आग अंदर-ही-अंदर सर्वत्र सुलगी हुई है, मात्र एक ऐसी चिंगारी की आवश्यकता है जो इस ज्वालामुखी का मुँह खोल सके। ऐसी चिंगारी लगाने की योजना बनने लगी तो पता लगा कि अधिकांश व्यक्ति हिंसक कार्यवाही के पक्ष में नहीं थे। मोहन सिंह से बातचीत करते समय जिन्होंने बड़े-बड़े दावे किए थे, वे पीछे हटने लगे। धीरे-धीरे मोहन सिंह अकेला पड़ने लगा। उसे इस बात पर बड़ा

आश्चर्य हुआ कि हर व्यक्ति चिंगारी की अनिवार्यता को स्वीकार करते हुए भी स्वयं आग से बचना चाहता है। बिल्ली के गले में घंटी बाँधने को स्वयं कोई तैयार नहीं था। अधिकतर लोग इस बात के पक्षधर थे कि पाप का घड़ा भरने तक प्रतीक्षा करनी चाहिए। वामपंथी विचारधारा के बड़े-बड़े नेता भी पाप-पुण्य और भाग्य की बातें करने लगे थे। अधिकांश लोगों का मत था कि जब अन्याय और अत्याचार अपनी समस्त सीमाओं का अतिक्रमण कर देगा तो स्वत: ही कोई-न-कोई मार्ग निकलेगा। हर कोई चाहता था कि जो भी करना हो, कोई दूसरा ही करे। मोहन सिंह को उस समय बड़ा आश्चर्य हुआ जब कुछ प्रगतिशील समझे जानेवाले कॉमरेडों ने कहा कि पाप का घड़ा फोड़ने के लिए स्वयं भगवान् अवतार लेंगे। सत्ता पर विराजमान दुष्ट आत्माओं को वही दंड देंगे। तिलमिलाकर रह गया था वह उनकी कायरता पर और इसके लिए दिए गए तर्कों पर। उनसे तो अच्छे वह जनसंघी थे जिन्होंने स्पष्ट कहा कि हम लोकतांत्रिक उपायों से ही वर्त्तमान अलोकतांत्रिक शक्तियों की तानाशाही का विरोध करते हुए उन्हें धूल चटाएँगे, भले ही इसके लिए कितना ही समय और परिश्रम लगे। इसके लिए वे लोग हर प्रकार का त्याग भी करने के लिए तैयार थे।

□

मोहन सिंह को लगा कि शायद स्वतंत्र अभिव्यक्ति की पुन: प्राप्ति के लिए जिस मूल्य की आवश्यकता है उसे चुकाने के लिए कोई तैयार नहीं। बहुत उग्रवादी समझे जानेवाले व्यक्ति एवं दलों के सदस्य भी चुप रहने में भलाई देख रहे थे। वे खुलकर सामने आना नहीं चाहते थे। सब लोग किसी चमत्कार की प्रतीक्षा में थे कि शायद कोई मसीहा आए और इस दुर्दशा, उत्पीड़न एवं अत्याचारों से मुक्ति दिला दे। उसे लगा दोष इनका नहीं है, सारी व्यवस्था ही दोषी है इसके लिए। धर्म पर अंधविश्वास की सीमा तक आस्था ने सारे देश को कायर बना दिया है। न जाने धर्म को भाग्यवाद का पर्याय क्योंकर माना जाने लगा है। इस बात की ओर ध्यान ही नहीं दिया जा रहा कि न्याय के विरुद्ध लड़ना भी तो धर्म ही है। उसने पाया कि गीता की दुहाई तो सब देते हैं पर उसके दर्शन पर कोई भी अमल करना नहीं चाहता। गीता में तो स्पष्ट रूप से अन्याय और अधर्म का नाश करने के लिए अस्त्र-शस्त्र तक उठाने का उपदेश दिया गया है। गांधी जैसे अहिंसावादी नेता ने भी अन्याय सहने को वीरता नहीं माना बल्कि उसका मुकाबला करने को कहा है। हालाँकि उसके मन में गांधी को लेकर बहुत आक्रोश भरा हुआ है, फिर भी वह गांधी की इस बात का हमेशा से कायल रहा है। उसे आज तक यह समझ नहीं आया कि आखिर किस बात से भयभीत हो महात्मा गांधी ने देश का विभाजन स्वीकार किया था। बचपन से वह अपने पिता के मुख से यह बात सुनता आया था कि उनकी इस दुर्दशा का जिम्मेदार गांधी के अतिरिक्त कोई और नहीं है। सरदारा सिंह ने गांधी को देश स्वतंत्र

करनेवाले नेता के रूप में कभी नहीं देखा। उसका यह दृढ़ विश्वास था कि केवल अपने सबसे प्रिय नेता जवाहरलाल नेहरू को स्वतंत्र भारत का प्रधानमंत्री बनाने के लिए ही गांधी ने देश का विभाजन स्वीकार किया था, और इसके लिए लाखों लोगों को बेघरबार करके उनकी बलि चढ़ा दी थी। पंजाब और पूर्वी बंगाल के कितने ही हँसते-खेलते परिवारों को गांधी ने तबाह कर दिया था। हो सकता है इससे उन्हें कोई व्यक्तिगत लाभ नहीं हुआ परंतु उनके अहम की तुष्टि तो हुई ही थी। इस पर तुर्रा यह कि वह विश्व भर में अहिंसा के मसीहा के रूप में पूजे भी जा रहे हैं। सारा विश्व उन्हें महामानव स्वीकार कर चुका है।

खैर! वह मानता है कि भारतीय दर्शन, सभ्यता, संस्कृति एवं धर्म की सबसे बड़ी विडंबना भी तो यही है कि किसी भी परिस्थिति को न्यायोचित सिद्ध करने के लिए उसके धर्मग्रंथों में पर्याय प्रसंग उपस्थित हैं। धार्मिक-ग्रंथों के एक-एक सूत्र की सैकड़ों प्रकार के व्याख्याएँ की गई हैं और ये व्याख्याएँ विभिन्न समय पर विभिन्न व्यक्तियों द्वारा विभिन्न प्रकार से की जाती रही हैं। हजारों वर्षों से होनेवाली इन व्याख्याओं की आज इतनी बहुलता है कि किसी भी बात को तर्क से सिद्ध करने के लिए इन धर्मग्रंथों का मजबूत सहारा लिया जा सकता है, और अधिकांश लोग ऐसा करते ही हैं। किसी भी दीन-हीन दशा, दुर्घटना या प्रसंग के समानांतर वर्णन हमारे प्राचीन ग्रंथों से उद्धृत करके मन को परिस्थिति के अनुसार समझा लेना हमारी आदत बन चुका है। इसी आदत के कारण कुछ लोग यहाँ तक कहने लगे कि इंदिरा गांधी अपने कर्मों से जो पाप कमा रही है, उसका घड़ा भरते ही स्वयं फूट जाएगा तो हम क्यों किसी प्रकार का जोखिम मोल लें, जबकि पापी को पाप की सजा मिलनी तो निश्चित ही है।

ऐसी बातें सुन-सुनकर मोहन सिंह कुछ उत्तेजित होने लगा, यहाँ तक कि जीवन, जो दूल्हा बना हुआ था, को भी इसमें हस्तक्षेप करना पड़ा। बहुत समझाने-बुझाने के बाद मोहन सिंह को इस बात के लिए सहमत किया गया कि संघर्ष की गति तो तेज की जाए परंतु पूर्णत: अहिंसक रूप में। अब तक मोहन सिंह का उत्तेजित होना अपना रंग दिखा चुका था। बारात में जिस आमोद-प्रमोद के वातावरण का होना अनिवार्य होता है, उसका अभाव आस-पास के लोगों को पहले ही सशंकित किए हुए था। इस गरमागरम बहस ने उनका संदेह विश्वास में बदल दिया और किसी भेदिए तक यह सूचना पहुँच गई कि इस विवाह की आड़ में कुछ गड़बड़-घोटाला किया जा रहा है। पुलिस तो पहले ही शिकारी कुत्तों की तरह सतर्क थी। शीघ्र ही मंदिर को चारों ओर से घेर लिया गया। मोहन सिंह किसी तरह जीवन और उसकी दुलहन बनी लड़की को वहाँ से बाहर निकालने में सफल हो गया परंतु स्वयं गिरफ्तार कर लिया गया। भारी कपड़ों और गहनों से लदी उस लड़की को दीवार पर चढ़ाने के चक्कर में ही वह स्वयं दीवार नहीं कूद

पाया था। फिर भी उसे इस बात का संतोष था कि वह लड़की जीवन के साथ वहाँ से कुशलतापूर्वक निकलने में सफल रही थी।

इस छापे में पुलिस को लगभग 50 ऐसे व्यक्ति मिल गए जिनकी खोज में उसे एड़ी-चोटी का जोर लगाना पड़ रहा था। इन लोगों को खोजते-खोजते उसके दाँतों में पसीना आ गया था। मोहन सिंह सहित इनमें कुछ लोग तो इतने महत्त्वपूर्ण थे कि पुलिस अधिकारियों को किसी भी कीमत पर उन्हें हिरासत में लेने के आदेश गृह मंत्रालय से मिले हुए थे। एक साथ पचास व्यक्तियों की गिरफ्तारी अपने आपमें बहुत बड़ी उपलब्धि थी। प्रशासन की ओर से इस अभियान में सम्मिलित समस्त पुलिस कर्मचारियों की पदोन्नति कर दी गई साथ ही प्रति व्यक्ति 200 रुपए पुरस्कार स्वरूप भी दिए गए।

महेंद्र सिंह यह सब सुनकर चुप रह गया था। अपने छोटे भाई को ढाढ़स बँधाने के अतिरिक्त वह कर भी क्या सकता था। उसका मन बहुत बोझिल हो गया था। संत कौर को अपने आँसू रोकने में बहुत कठिनाई हो रही थी। हलके से उसका कंधा थपथपाकर महेंद्र सिंह भारी मन से घर लौट आया था। हाँ, आने से पहले संबंधित कर्मचारियों की मुट्ठी गरम करके उसने चार दिन बाद की तारीख ले ली थी ताकि मोहन सिंह शीघ्रातिशीघ्र अपनी बीवी और बच्चे से मिल सके।

शुक्रवार को मोहन सिंह बहुत उत्साह से अदालत के लिए तैयार हुआ था। इन चार दिनों में रह-रहकर वह अपर्णा और बच्चे के स्वास्थ्य के प्रति चिंतित हो उठता था। उसके मन में यह संशय रह-रहकर उठता कि कहीं वे आज भी न आ पाए तो और उसका उत्साह ठंडा पड़ जाता। संत कौर ने बताया था कि बुखार ने अपर्णा का शरीर…, तोड़कर रख दिया है। यद्यपि डॉक्टर ने आराम की सलाह दी होगी परंतु वह रुक कैसे सकती है। पिछली बार ही वह अपनी विवशता पर निरंतर रोती रही थी। यद्यपि प्रसूति के बाद इस तरह उसका काम करना एवं बाहर जाना हानिकारक हो सकता था, परंतु उसे समझना बहुत कठिन काम था।

अदालत में वे लोग बाहर ही बैठ गए थे। अभी तिहाड़ जेल से गाड़ी नहीं आई थी। एक-एक क्षण बहुत भारी लग रहा था अपर्णा को। गाड़ी आई तो उसने खिड़की में बैठे मोहन सिंह पर नजर डाली, एक सम्मोहन सा छाने लगा था उस पर। भागकर वह लिपट नहीं सकती थी उससे। अभी कई औपचारिकताएँ शेष थीं। गाड़ी से गिनती करके उतारना, फिर अदालत की हवालात में बंद करना और एक-एक व्यक्ति को दो या तीन पुलिसवालों के पहरे में अदालत में पेश करना।

महेंद्र सिंह सारी व्यवस्था कर चुका था कि गाड़ी के आते ही पुलिस द्वारा सर्वप्रथम मोहन सिंह को ही बाहर लाया जाए ताकि वे लोग अधिक-से-अधिक समय एक साथ

बिता सकें। यह समय महेंद्र सिंह को काफी ऊँची कीमत पर खरीदना पड़ा था, परंतु इसमें उसे कोई दु:ख नहीं था।

मोहन ने बाहर आते ही बच्चे को गोद में भर लिया था। रुई के गोले सा मुलायम उसका अपना प्रतिरूप उसे बहुत अच्छा लगा था। शायद पहली बार उसे अपनी गिरफ्तारी पर अफसोस हुआ था। महेंद्र सिंह से प्राप्त राशि का सदुपयोग करने के लिए उसके साथ आए पुलिस कर्मचारी जरा दूर हटकर चाय-नाश्ते में जुट गए थे। उन्हीं की सलाह पर ये लोग भीड़ से थोड़ा दूर हटकर बैठ गए थे। मोहन सिंह की गोद में बच्चा किलकारियाँ मार रहा था और उसके छोटे-छोटे लाल-लाल हाथ-पैर स्वतंत्र होने को छटपटा रहे थे। मोहन सिंह को मानव की यह स्वतंत्र होने की शाश्वत छटपटाहट कहीं भीतर तक छू गई थी। स्वतंत्रता, मानव तो क्या, किसी भी जीवधारी को सर्वाधिक प्रिय होती है। मानव स्वभाव से ही बंधनों में बँधना नहीं चाहता। उसने सोचा कैसी विडंबना है कि आज पूरे देश को बंदी-गृह में परिवर्तित कर दिया गया है और किसी को इसके विरोध में आवाज तक निकालने का अधिकार नहीं।

तरह-तरह के पकवान बनाकर अपने साथ लाई थी अपर्णा, परंतु मोहन सिंह ने उन्हें छूने तक से इनकार कर दिया था। कल ही तो इसी अदालत में एक दुर्घटना हो गई थी। मनमाने नियमों का लाभ उठाकर एक आंदोलनकारी का बड़ा अपमान किया गया था, फलस्वरूप अच्छी-खासी कहा-सुनी हो गई थी बंदियों में और पुलिस के दल में। पुलिस द्वारा की गई ज्यादती के विरोध में आंदोलनकारियों ने यह तय किया था कि घर से लाया गया खाना वे नहीं खाएँगे। जबकि पहले इसी खाने के बहाने आंदोलनकारी अपने संबंधियों से कुछ देर आराम से बातचीत कर लेते थे। यह बातचीत कुछ लंबे समय तक चले इसके लिए संबधियों को पुलिस के कर्मचारियों से बातचीत करनी पड़ती थी। यह बात अलग है कि मोहन सिंह जैसे व्यक्तियों को उनके संबंधी ऐसी बातों की भनक तक नहीं लगने देते थे।

जेल से लाए गए कैदियों को अदालत परिसर में बने एक लॉकअप में रखा जाता है और वहाँ से अपने व्यक्ति को शीघ्र बाहर बुलवाने के लिए पुलिसकर्मियों को एक नियत फीस देनी होती है। इसका पता महेंद्र सिंह को तुरंत हो गया था और उसने उचित इंतजाम कर लिया था। मोहन सिंह देखता था कि कुछ लोग उसके बाद में लाए जाते और तुरंत ही उन्हें वापस लौटा दिया जाता था, और उनकी तारीख बहुत लंबी पड़ती थी, जबकि इसके विपरीत उसे सर्वप्रथम बाहर लाया जाता और वह तब लौटता था जब गाड़ी वापस जाने का समय होता। साथ ही उसकी तारीख में भी हफ्ते से अधिक अंतराल कभी नहीं आया। पहले तो वह इस बात पर अचंभा करता रहा। परंतु जब उसे पता लगा कि इस सबके लिए महेंद्र सिंह को एक बड़ी कीमत चुकानी पड़ती है तो उसे बहुत दु:ख हुआ।

फिर भी उसने इस विषय पर कोई झगड़ा करना उचित नहीं समझा क्योंकि किसी भी व्यक्ति का तिहाड़ जेल में आकर मिलना काफी महँगा पड़ता था और साथ ही वहाँ की औपचारिकताएँ पूरी करने के नाम पर अनेक तरह के झंझट करने पड़ते थे। वहाँ पर बात भी अधिक समय तक नहीं की जा सकती थी; जबकि अपेक्षाकृत कम खर्च करके जल्दी ली गई तारीख निकट से और अधिक देर तक बातचीत करने का अवसर ही प्रदान नहीं करती थी जेल परिसर तक जाने के झंझट से मुक्ति भी दिलाती थी। इतना ही नहीं, यहाँ पर अधिक लोग सुविधापूर्वक उससे मिलकर बातचीत कर सकते थे। महेंद्र सिंह पूरी तरह इस व्यवस्था का अभ्यस्त हो गया था, परंतु जेल में मिलने जाना उसे हमेशा खलता रहा।

एक दिन मैं बाजार में महेंद्र सिंह से टकरा गया था। वह मोहन सिंह से ही मिलकर आ रहा था। बातचीत के दौरान उसने मुझे बताया था, 'तिहाड़ जेल में मोहन सिंह को हफ्ते में केवल एक बार ही मिला जा सकता है और उसके लिए पहले से ही संबंधित अधिकारियों से आज्ञापत्र प्राप्त करना होता है। एक समय में अधिक-से-अधिक चार व्यक्ति ही मिल सकते हैं।' मैंने भी कभी उससे मिलने के लिए इच्छा व्यक्त थी, परंतु जेल में मिलने की मेरी बारी कभी नहीं आई। हाँ, मेरी बीवी दो बार उन लोगों के साथ वहाँ हो आई थी।

जेल में कैदियों से मिलने का अजब तरीका है, महेंद्र सिंह ने मुझे भुनभुनाते हुए बताया था। 'हम तो खैर पहले से ही आज्ञापत्र लेकर जाते हैं, परंतु जो लोग डी.आई.आर. में बंद हैं, उनके संबंधियों की हालत तो बहुत खराब होती है।' उसने बताया, 'वहाँ 6 बजे से पूर्व ही मिलाईवाला रजिस्टर उठा लिया गया हो तो आपका जाना बेकार। यदि भाग्यवश आप के पहुँचने तक रजिस्टर वहाँ मिल गया तो आपको खानापूरी करने के बाद उस पर अँगूठा लगाना होगा, भले ही आप लाख पढ़े-लिखे हों। यदि आपने अपने संबंधी या पिता के नाम के आगे श्री बोल दिया तो कम-से-कम दो-चार गालियाँ तो आपको सुननी ही होंगी। वास्तव में जब तक रजिस्टर पर नाम लिखनेवाले की मुट्ठी गरम न की जाए; वह नाम लिखेगा ही नहीं और यदि किसी कारणवश वह इसके लिए विवश हो गया तो आपकी मिलाई न हो सके, इसका पूरा प्रबंध करना वह अपना परम पुनीत कर्तव्य समझेगा।'

महेंद्र सिंह ने बताया, 'नौ बजे से पूर्व नाम लिखवाकर घर लौटना एक-दूसरी समस्या है, क्योंकि पुनः मिलाई के लिए एक बजे जाना होता है; या तो चार घंटे बसों में धक्के खाते हुए बिताइए या फिर वहीं बैठकर झक मारिए। आसपास कहीं बैठने तक का स्थान नहीं, पीने के पानी तक की व्यवस्था नहीं। धूप अथवा बरसात से बचने का कोई

ठिकाना तक नहीं। इतने पर भी आप अपने संबंधी को मिल भी सकेंगे या नहीं, इस चिंता की तलवार सदैव आपके सिर पर लटकी रहेगी। हर वह व्यक्ति जिससे आप कुछ भी जानकारी प्राप्त करना चाहें, पैसा चाहता है, जैसे उसके बाप का उधार खा रखा हो हमने।' आक्रोश में भरा महेंद्र सिंह बता रहा था। 'मैं समझता था कि अदालतों की हालत ही बुरी है, जहाँ दीवार के सहारे खड़े होने के बाद यदि हटो तो वह पैसे माँगती है, पर जेल की हालत तो और भी बदतर है; वहाँ तो जहाँ पर पैर रखो वहीं पैसा भी रखो, नहीं तो आपका खड़ा होना भी संभव नहीं।'

भारत के न्यायालयों की बुरी दशा के संबंध में यदा-कदा समाचार-पत्रों में पढ़ने का अवसर मिलता रहा है परंतु भुक्तभोगियों का कहना है कि हालात इससे कहीं अधिक खराब हैं। हिंदी फिल्मों में जितना भ्रष्टाचार पुलिस विभाग के विषय में दिखाया जाता है, उससे कहीं अधिक दयनीय दशा है हमारी न्याय-प्रणाली की। महेंद्र सिंह भी जब कभी अदालतों में कार्यरत कर्मचारियों अथवा वकीलों के हथकंडों के विषय में बताता तो सुनकर रोंगटे खड़े हो जाते।

न्यायालयों को हमने प्रारंभ से ही अत्यंत प्रतिष्ठित संस्थान माना है, फलतः न्यायपालिका में व्याप्त किसी भ्रष्टाचार के विषय में लिखने से पूर्व कोई भी पत्रकार दस बार सोचता है। हमारी संस्कृति में न्यायालय को एक पवित्र संस्थान माना गया है, फलतः समाचार-पत्रों के संपादक भी न्यायालयों की भ्रष्टाचार संबंधी कोई रिपोर्ट यूँ ही नहीं छापते। इसलिए अदालतों के बहुत कम घोटाले प्रकाश में आते हैं। अधिकांश तो न्यायपालिका की गरिमा के परदे में छिपे रह जाते हैं। इसी प्रकार देश की सुरक्षा से जुड़े होने के कारण सेना में होनेवाले कदाचार जनता तक नहीं पहुँचते। सुरक्षा के नाम पर वहाँ होनेवाली किसी भी गड़बड़ पर परदा पड़ा रहता है। हमारा मीडिया प्रारंभ से यह मानता रहा है कि सेना और न्यायालय अत्यंत संवदेनशील क्षेत्र हैं जिनके विरुद्ध कलम हलके ढंग नहीं उठाई जा सकती।

न्यायालयों और सेना के लिए हमारे दिलों में विशेष आदर है। सेना के साथ आम आदमी का दिन-प्रतिदिन कोई वास्ता नहीं पड़ता जबकि न्यायालयों से उसे किसी-न-किसी कारण दो-चार होना ही पड़ता है। जब तक व्यक्ति स्वयं भुक्तभोगी न हो, न्यायालय के विषय में कोई गलत कल्पना उसके मन में नहीं आती। यह दूसरी बात कि ज्यों ही उसका वास्ता न्यायालयों से पड़ता है उसका मन तीव्र घृणा से भर उठता है।

हमने अपनी सभ्यता और संस्कृति के प्रत्येक मोड़ पर पंच को परमेश्वर स्वीकार किया है। यह बात हमारे रक्त में रची-बसी है कि न्यायाधीश से अधिक सच्चा और ईमानदार व्यक्ति और कोई हो ही नहीं सकता। न्याय के आसन को हमने सर्वोच्च माना है। न्यायालय हमारे लिए सच्चाई और न्याय के मंदिर रहे हैं। ऐसी स्थिति में जब व्यक्ति

को न्यायालयों में पग-पग पर भ्रष्टाचार का सामना करना पड़ता है तो वह बहुत भीतर तक टूट जाता है। उसे चारों ओर अंधकार-ही-अंधकार दिखाई देता है। निराशा में वह इतना अधिक घिर जाता है कि उसे आशा की कोई किरण दृष्टिगोचर नहीं होती। इन दिनों न्यायालयों की स्थिति बहुत खराब है। जब इस विषय में महेंद्र सिंह अपनी पीड़ा व्यक्त करता तो मेरा सिर अनायास ही शर्म से झुक जाता है।

न्यायालयों में न्याय-प्रक्रिया की एक बात मुझे भी बचपन से कचोटती रही है कि वहाँ सर्वत्र झूठ का साम्राज्य होने के बावजूद हर वक्त सत्य बोलने के लिए गीता इत्यादि धर्मग्रंथों की शपथ क्यों उठाई जाती है। विश्व के अन्य देशों में भी शपथ उठाकर सच बोलने की बात की जाती है जबकि यह सर्वविदित है कि अधिकांश लोग झूठ का सहारा लेते हैं। इतना ही नहीं, सत्य बोलने की शपथ साक्षी अथवा कथित अपराधी ही क्यों उठाते हैं? न्यायाधीश, वकील एवं अन्य कर्मचारी क्यों नहीं? वकील कानून की बारीकियों की आड़ लेकर झूठ को सत्य और सत्य को झूठ के रूप में प्रस्तुत करते हैं। अपने मुवक्किलों और गवाहों को झूठ बोलने के लिए प्रोत्साहित करते हैं और हरसंभव प्रयास द्वारा न्यायाधीशों को गुमराह करते हैं। अकसर अपने वाक्चातुर्य द्वारा वे इस कार्य में सफल भी हो जाते हैं। ऐसी स्थिति में किसी प्रकार की शपथ उठाने का औचित्य ही क्या है? आखिर यह शपथ उठाने की झूठी और थोथी औपचारिकता क्यों और किसके लिए निभाई जाती है? इस प्रश्न का उत्तर मैं आज तक नहीं ढूँढ़ पाया।

मुझे सदैव यह लगता रहा है कि वकीलों का वर्ग ही झूठ को सलीके से बुलवाने के लिए अस्तित्व में लाया गया होगा। माना तो यह जाता है कि वकील उन लोगों की सहायता के लिए होते हैं जो नाहक ही कानून के फंदे में फँस जाते हैं, जबकि वास्तविकता यह है कि वकील लोगों को कानून के फंदे में फँसाने का कार्य करने के लिए ही पारिश्रमिक पाते हैं। वे पूरी तरह से यह जानते हैं कि जिसका मुकदमा वह अदालत में लड़ने जा रहे हैं वह झूठा है, फिर भी उसे ऐन-केन-प्रकारेण बचाने के लिए अपनी पूरी बुद्धि लगा देते हैं।

मैं अपने विचारों में उलझा न जाने कहाँ जा पहुँचा था। महेंद्र सिंह मुझे जेल में व्याप्त भ्रष्टाचार के विषय में बता रहा था। उसकी आवाज में कुछ तल्खी आ गई थी। जब मैं चैतन्य हुआ तो वह कह रहा था, 'इतना ही नहीं, आप जो भी सामान जेल में बंद अपने संबंधी के लिए ले जाएँ उसमें धर्म का आधा भाग जेल अधिकारियों का होता है। इस बँटवारे में खाने-पीने का सामान, साबुन, तेल और कपड़े इत्यादि सभी आ जाते हैं।' महेंद्र सिंह बहुत हताश सा होकर बोला था, 'भाईसाहब, पूरी-की-पूरी व्यवस्था ही भ्रष्ट है, कहाँ-कहाँ लड़ें और किस-किस से लड़ें और कब तक लड़ें। मोहन सिंह को कुछ बताएँ तो और मुसीबत। वह शोर मचा कर सबकुछ सिर पर उठा लेता है और फिर

मामला निपटाने के लिए अलग से रिश्वत देनी पड़ती है, नहीं तो चालीस चक्की की तन्हाई और बेड़ी का डर दिखाया जाता है।'

'क्या बताऊँ, मोहन सिंह अंदर-ही-अंदर निरंतर सुलगता रहता है। जितना उस पर दबाव पड़ता, जितना अत्याचार वह देखता उतना ही अधिक बागी होने लगता है। कटता सा जा रहा है वह पूरे वातावरण से, बहुत आक्रोश है उसमें व्यवस्था के प्रति, पर हम भी क्या करें। सरकार से लड़ थोड़े ही सकते हैं, और फिर लड़े भी किस-किस से, जहाँ सारे ही बेइमान हो, चुपचाप सिर झुकाकर काम करा लेने में ही भला है, पर मोहन सिंह है कि मानता ही नहीं। हर बार उसकी एक ही शिकायत होती है कि हम उससे मिलने ही क्यों आते हैं, उसके लिए परेशान क्यों होते हैं, उसकी खातिर अन्यायी शासन के सामने सिर क्यों झुकाते हैं। वह कहता है—'समझ लो कि मैं शहीद हो गया और सब्र कर लो।'—पर क्या ऐसा हो सकता है। आप ही बताएँ जब घर का एक सदस्य, सगा छोटा भाई जेल में हो तो क्या ढंग से रोटी का एक कौर भी निगला जा सकता है हमसे।' महेंद्र सिंह का गला अवरुद्ध हो गया था। वह फिर बोला था गला साफ करके, 'हम उससे मिलने जाएँ-न-जाएँ, पर उसकी पैरवी भी न करें और खासतौर पर तब जबकि वह पूरी तरह से निर्दोष है। क्या यह सही है? अन्याय से न लड़ना भी तो ठीक नहीं। वह अपनी तरह से लड़ रहा है, और हम अपनी तरह से। फर्क इतना ही है कि वह जेल के भीतर है और कुछ भी बोल सकता है; और हम जेल से बाहर हैं पर कोई भी शब्द जुबान पर नहीं ला सकते। एक मोटा सा ताला लग गया है हर आदमी के मुँह पर।'

'मैं तो मानता हूँ कि व्यवस्था पर काबू व्यवस्था में रहकर ही पाया जा सकता है।' मुझे चुप देखकर वह पुनः उत्साहित हो उठा था, शायद कई दिनों से उसे बहुत घुटन हो रही होगी। सबकुछ उगल डालना चाहता था वह। बोला, 'कैसे बदले पूरी व्यवस्था, सभी तो भ्रष्ट हैं—सभी बेइमान और चोर! जो लोग इस व्यवस्था में ठीक-ठाक आते हैं, नमक की खान में आकर नमक हो जाते हैं या फिर उन्हें 'मिस फिट' करार दे दिया जाता है। ऐसे लोग मुट्ठी भर होते हैं और नकारखाने में तूती की तरह अलग-थलग पड़ जाते हैं। वक्त की धूल उन पर जमने लगती है धीरे-धीरे और एक दिन वे जिंदा ही इस गर्द की कब्र में दफन हो जाते हैं।'

महेंद्र सिंह बोलता जा रहा था और मुझे तराजू के दो पलड़े शून्य में झूलते हुए दिखाई दे रहे थे। मुझे वह दार्शनिक सा लगता था। जो उसके मन में आता साफ-साफ और खरा-खरा कह देता। मुझे लगा यह व्यक्ति कितना साफ है, आईने की तरह। रिश्वत भी देता है तो सौदे के रूप में। कहता है, 'भाई। काम करवाना है तो पैसा दो, वेतन तो सरकार पेंशन के रूप में देती है। वेतन का स्वार्थ तो कोई स्वार्थ है ही नहीं, परिश्रम किया और उसका फल पाया। पर वास्तविकता यह नहीं है कि नौकरशाही के

स्वार्थ की जड़ें समाज में बहुत गहरे तक पैठ चुकी हैं। नौकरशाही तो किसी भी हालत में सरकार को भ्रष्ट रखना ही चाहती है; और यदि सरकार अन्यायी एवं भ्रष्ट व्यक्तियों की हो तो नौकरशाहों के पौ बारह अन्यथा नौकरशाही व्यवस्था को उन्हें भ्रष्ट करना ही पड़ता है।'

अपने अनुभव से मैं जनता हूँ कि व्यवस्था में अनुकूलता का जो गुण है वह बेजोड़ है। समाज का प्रत्येक व्यक्ति यह जानता है कि कोई भी युवक अपने छात्र जीवन में मूलत; बेईमान एवं भ्रष्ट नहीं होता। अनेक आदर्शों एवं सिद्धांतों का कवच ओढ़कर जब वह इस व्यवस्था में पदार्पण करता है तो स्वयं को अभिमन्यु की तरह एक चक्रव्यूह में फँसा पाता है। एक बार भीतर पहुँचने के बाद उसे बाहर निकलने का कोई मार्ग सूझता ही नहीं। बहुत हाथ-पाँव पटकता है वह शुरू-शुरू में। किसी मशीन में लगे नए पुरजे की तरह अलग से अपनी आवाज भी निकालता रहता है परंतु शनै-शनैः व्यवस्था की वह मशीन उस पुरजे को घिसकर रख देती है, और एक लय हो जाता है उसका स्वर मशीनी स्वर के साथ। एक स्वर, एक लय, एक रंग अर्थात् पूरी तरह एकमय हो जाता है वह व्यवस्था के साथ और यहीं व्यवस्था जीत जाती है व्यक्ति से। सर्वत्र यही तो व्याप्त है—धर्म में, सभ्यता में, संस्कृति में और समाज में। एक भयानक भँवर के समान कभी समाप्त न होनेवाला गोल घेरा जो अपना आकार निरंतर बढ़ाता जाता है और जो भी उस घेरे में आता है, वह निगल लिया जाता है। कहाँ से उस दायरे को भेदा जाए, कोई जान ही नहीं पाता। यदि इस व्यवस्था को बदलना है तो इस घेरे को तोड़ना ही होगा। यह सब मानते हैं, परंतु कहाँ से तोड़ें नहीं जानते।

महेंद्र सिंह का दर्शन कुछ भिन्न है—उसकी तराजू के पलड़े कभी ऊपर-नीचे नहीं होते। व्यवस्था से निपटना भी बखूबी जानता है वह। उसे पता है कि किस काम की क्या कीमत होती है। दुकानदार होने के कारण वह मानता है कि हर चीज खरीदी जा सकती है। अनुभव ने उसे सिखा दिया है कि चपरासी से लेकर बड़े-से-बड़े अफसर तक और छुट्टभैये से लेकर बड़े-से-बड़े नेता तक के गले में उसकी कीमत की तख्ती लटकी हुई है। आवश्यकता है तो उस तख्ती पर लिखा मूल्य चुकाओ और बिना किसी झंझट के अपना काम करवा लो। नहीं तो अपने सिर से टक्करें मारते हुए व्यवस्था के दरवाजे खटखटाते रहो। वे कभी खुलेंगे नहीं। वैज्ञानिकों और रक्षा कर्मचारियों तक को देश के गुप्त दस्तावेज विदेशियों को बेचते हुए पकड़ा जा चुका है। आम आदमी की तो बात ही क्या? महेंद्र सिंह इस सत्य को बार-बार परख चुका है। इसलिए हर उस अफसर का मूल्य वह पहले से जान लेता है जिसके साथ उसका वास्ता पड़ना होता है।

जेल में भी वह 'गेटकीपर' और 'डिप्टियों' से ही वास्ता रखता है। उसे पता है कि इन्हें खरीदने के बाद न तो गेट के बाहर इंतजार करना पड़ता है और न ही मोहन सिंह को

अपने वार्ड से आने में देरी होती है। और यदि किसी विवशता में कोई विलंब का कारण बन भी जाए तो उन्हें बाहर धूप में खड़ा नहीं रहना पड़ता बल्कि ड्योढ़ी में उनके लिए पंखे के नीचे बेंच बिछ जाता है। बीच में तो महेंद्र सिंह ने रजिस्टर पर नाम लिखनेवाले एक कर्मचारी से भी सौदा कर लिया था जो मोहन सिंह के एक अन्य साथी के नाम पर भी उसके परिवार के सदस्यों के नाम लिख दिया करता था। क्योंकि कई बार मोहन सिंह को मिलने के लिए अधिक व्यक्तियों को साथ ले जाना पड़ता था उसके लिए अब मोहन सिंह के साथ-साथ उसके कुछ अन्य साथियों के नाम भी मिलाई के लिए लिखा दिए जाते जो डी.आई.आर. में बंद होते। तीन रुपए के एवज में प्रत्येक सोमवार को महेंद्र सिंह का नाम स्वयं ही मुलाकातियों के रजिस्टर में दर्ज हो जाता। इस प्रकार उसका सुबह का एक चक्कर बच जाता। स्कूटर पर आने-जाने में उसके लगभग बारह रुपए खर्च हो जाते थे। इस दृष्टि से सौदा बहुत सस्ता था। समय की बचत थी सो अलग।

ऐसी स्थिति में घर के सब लोग बड़ी शान से एक बजे के करीब खाना बनाकर लाते और और जेल में मोहन सिंह के साथ सबका सहभोज होता। जब कभी इस ड्यूटी पर कोई नया कर्मचारी आता तो कुछ दिक्कत होती परंतु एक-दो रुपयों की हेर-फेर में सौदा तय हो ही जाता।

महेंद्र सिंह की बातें सुनता तो मुझे लगता कितना अंतर है दोनों भाइयों में। एक व्यवस्था से पूरी तरह बगावत किए दूसरे छोर पर खड़ा है, और एक उसकी सब बुराइयों से समझौता किए हुए इस छोर पर उसका अंग बनकर खड़ा है। मुझे विश्वास हो गया कि जो भी व्यवस्था से समझौते को अपनी नियति मानता है उसे सुविधापूर्वक ढंग से जीने का कोई-न-कोई मार्ग मिल ही जाता है। महेंद्र सिंह तो बचपन से ही ऐसा मार्ग खोजने में सफल रहा है। परंतु इस समय तो सारे-का-सारा मामला ही भिन्न था। सारे घर का उत्तरदायित्व आ पड़ा था महेंद्र सिंह के कंधों पर। अपने कंधों को मजबूत रखने की अनिवार्यता से वह पूरी तरह परिचित था। शुरू से ही उसने मोहन सिंह का पूरा ध्यान रखा था। उसकी पढ़ाई के मूल्य पर मोहन सिंह को स्कूल भेजा जाता रहा। जब मोहन सिंह विश्वविद्यालय के छात्रों के साथ रैस्टोरेंट में सैंडविच उड़ाया करता, महेंद्र सिंह ग्राहकों की झूठी प्लेटों को उठाने और धोने-पोंछने में व्यस्त रहता था। कभी शिकायत नहीं की महेंद्र सिंह ने। पिता के रहते भी, और पिता के मरने के बाद भी। कभी-कभी संत कौर उसकी संतोषी प्रवृत्ति को लेकर कुछ कड़वा कह भी देती तो वह हँसकर टाल जाता और मस्त होकर अपने काम में जुट जाता। कुल मिलाकर संत कौर भी शायद ही कभी मोहन सिंह अथवा अपर्णा को लेकर कटु होती।

□

जब से संत कौर ब्याह कर इस घर में आई है उसने नजदीक से मोहन सिंह को ही देखा

है। ऊपर से निरीह सा लगनेवाला उसका देवर अंदर से कितना कठोर और दृढ़ है इसका ठीक-ठाक अनुमान शायद वही कर पाई है। देवर या बेटा सभी कुछ ही तो मोहन सिंह था उसके लिए। उसके पति को तो घर-गृहस्थी की कोई चिंता थी ही नहीं। दिन चढ़े मंडी को चल देना और रात देर गए तक लौटने का नाम नहीं। जब सतनाम हुआ ही था तो वह रोज उससे अनुनय-विनय किया करती कि मेरी खातिर न सही, इस बच्चे के लिए ही जल्दी घर आ जाया करो। बेचारा तुम्हें देखे बिना ही सो जाता है और जब सुबह यह उठता है तो तुम जा चुके होते हो। कोई प्रभाव नहीं पड़ा था महेंद्र सिंह पर, और तभी क्या, चार बच्चे और होने पर भी उसके प्रतिदिन के कार्यक्रमों में कोई अंतर नहीं आया था। आँधी हो या बरसात महेंद्र सिंह चार बजे जाकर अपनी दुकान का ताला खोल देता था और फिर तो काफी रात होने तक ग्राहक उसे फुरसत ही नहीं देते थे कि वह सोच सके कि घर में भी कोई है जिसका उसके समय पर कोई अधिकार है। उसकी नजर में तो सबसे बड़ा काम घर में बैठे लोगों के लिए रोटी उपलब्ध करना भर था और अपने इस काम को वह पूरी तन्मयता से पूरा कर रहा था। घर-गृहस्थी की ओर से वह निश्चिंत था। संत कौर ने सारी जिम्मेदारी खुद पर ओढ़ ली थी धीरे-धीरे या शायद सारा दायित्व उस पर अपने आप लदता चला गया था।

□

## नरेंद्र सहगल

अदालत चला गया था मैं एक दिन मोहन सिंह से मिलने। मेरे और भी कई मित्र इन दिनों मीसा और डी.आई.आर. में बंदी थे। उनमें से भी कुछ की तारीख उसी दिन की थी। दफ्तर से छुट्टी लेने से पूर्व जब मैंने अपने एक-दो साथियों पर यह रहस्योद्घाटन किया कि मैं मोहन सिंह से मिलने जा रहा हूँ तो वे ऐसे चुप हुए मानो उन्हें साँप सूँघ गया हो। थोड़े संयत होकर धीमे स्वर में उन्होंने मुझे समझाया था—भाई आपको क्या पड़ी है इस मुसीबत में हाथ डालने की? अच्छे भले मंत्रालय में हिंदी ऑफिसर के पद पर बैठे हो। नौकरी से तंग आ चुके हो तो बात दूसरी है; और अब तो तुम्हारी तरक्की भी होनेवाली है। हमारी मानो तो ऐसे लोगों से कोई वास्ता न रखकर सरकार को खुश करो और यदि किसी कारणवश नहीं करना चाहते या नहीं कर सकते तो चुपचाप आँख-कान बंद करके पड़े रहो। ऐसा लगा जैसे किसी ने मेरे मुँह पर कसकर तमाचा मार दिया हो। अंदर तक चटक गया था मैं। अच्छे-खासे पढ़े-लिखे व्यक्तियों की इस मनोवृत्ति पर मैंने मन-ही-मन घृणा से थूक दिया था और चुपचाप चला आया था वहाँ से। बाद में मुझे पता लगा कि मेरे उन शुभचिंतकों ने यह बात मेरे उच्च अधिकारियों तक पहुँचाने में तनिक भी विलंब नहीं किया था।

अदालत के उमस भरे वातावरण में मोहन सिंह बड़े जोश के साथ मिला था, पूरी

तरह एक जीवंत आदमी था मेरी बाँहों में। उसके सभी साथी भी साथ थे, फलतः अदालत के उस बंद से कमरे के बाहर एक बहुत बड़ा जमघट इकट्ठा हो गया था। अंदर तो वैसे भी इतनी घुटन थी कि कुछ देर के लिए भी वहाँ खड़ा तक होना कठिन था। मोहन सिंह और उसके साथियों पर मुकदमा चलाया जा रहा था शासन के विरुद्ध षड्यंत्र करने का, जिसका न कोई साक्षी था और न ही कोई सबूत। यहाँ तक कि बहुत से लोगों को तो पुलिसवाले जानते तक न थे। मजिस्ट्रेट अभी लंच से लौटा नहीं था और मोहन सिंह के परिवारवाले अभी पहुँचे नहीं थे। मोहन सिंह के साथ 50 व्यक्ति और भी थे, फलतः लंच से पहले ही उन्हें लाकर अदालत में बिठा दिया गया था। मोहन सिंह और उसके दो-एक मित्रों से मैं बड़ी देर तक बातचीत करता रहा। मोहन सिंह को जेल में गए हुए तीन महीने हो गए थे और वह अपने अनेकानेक अनुभव मुझे बता रहा था जिन्हें सुनकर मैं बार-बार रोमांचित हो उठता।

मोहन सिंह ने बताया था कि किस प्रकार की सीलन भरी गंदी 'बैरकों' में उन्हें रखा जाता है। राजनीतिक कैदी होने पर भी उन्हें हथकड़ियाँ पहनाकर अदालत में पेश किया जाता है। जेल में उन पर शासन करनेवाले व्यक्ति लंबी सजा काट रहे अपराधी होते हैं। वास्तव में जेल का सारा प्रशासन ही ऐसे कैदियों के हाथ में है। ये कैदी राजनीतिक कैदियों के साथ कितना अपमानजनक व्यवहार करते हैं इसका वर्णन नहीं किया जा सकता। जेल में पैसे का जो बोलबाला है उसके विषय में मोहन सिंह ने मुझे बताया था कि 'आप पैसे से जो चाहे वही सुविधा उपलब्ध हो सकती है, सुई से लेकर हाथी तक, यहाँ तक कि सुरा और सुंदरी भी।' मेरा विस्मय उससे छिपा न रह सका था, उसने मेरे आश्चर्य पर ध्यान न देते हुए कहा, 'भाईसाहब, वहाँ वास्तव में ऐसे अपराधियों का राज्य है जो धन-दौलत वाले हैं। पहरेदार से लेकर जेलर तक उन्हें सलाम करते हैं और उनकी सेवा में निरंतर लगे रहते हैं। सामंतों की तरह रहते हैं वे लोग वहाँ। कुछ अपराधियों के व्यवहार से तो ऐसा लगता है जैसे वे स्वयं अपनी इच्छा से जेल में तफरीह करने आए हों। ऐसे भी कैदी हैं जो अपने मन से जेल में आते हैं और मन चाहने पर बाहर चले जाते हैं। हाँ, इन सब बातों का कहीं कोई रिकॉर्ड नहीं रखा जाता। कुछ ऐसे भी हैं जो बाहर कोई वारदात करके वापस जेल में आ जाते हैं।'

'जेल में जितना भ्रष्टाचार आश्रय पाता है उतना शायद किसी भी सरकारी कार्यालय में संभव नहीं। यहाँ तक कि अदालतों में भी वह सबकुछ नहीं होता जो जेलों में होता है। साधारण कैदियों की हालत वहाँ नारकीय कीड़ों से बढ़कर नहीं है। उनका शोषण करके जेल के अधिकारी अपने लिए सुख-सुविधाएँ जुटाते हैं।'

'राशन में मिलावट, तौल में गड़बड़ी, अनेक वस्तुओं का कैदियों तक पहुँच ही नहीं पाना बहुत ही आम बातें हैं। इससे भी बढ़कर उनके साथ पशुओं से भी बुरा

व्यवहार देखकर मेरी आत्मा तड़प उठती है। यह सब अत्याचार किए जाते हैं जेल में रह रहे 'विशेष कैदियों' की सहायता से। गरीब और अमीर की जो खाई हमारे समाज में दिखाई देती है उससे कई सौ गुना चौड़ी और गहरी खाई आपको जेल में मिल जाएगी। किसी भी प्रकार के साधारण-से-साधारण विरोध का दंड 'पगली घंटी' बजाकर दिया जाता है। पगली घंटी बजते ही सारा जेल प्रशासन फौज की तरह चाक-चौबंद हो जाता है और उस व्यक्ति पर पिल पड़ता है जिसने भी प्रशासन की किसी भी मामूली-से-मामूली कड़ी की शान में गुस्ताखी की हो। मार कैसे, कहाँ और कितनी पड़ रही है, इसका हिसाब-किताब रखना तो किसी मानव के बस की बात है ही नहीं। एक ऐसा तनावपूर्ण एवं आतंकमय वातावरण व्याप्त रहता है कि हर व्यक्ति अपने आपमें भयभीत रहता है। एक-दूसरे से बातचीत करना तो दूर की बात है, वह किसी की ओर ठीक से देखना ही नहीं चाहता—शायद इनमें से कोई शिकायत कर दे। प्रशासन मात्र रिश्वत लेता ही नहीं, देता भी है। ऐसे लोगों को रिश्वत के रूप में कुछ दिनों की कैद से छूट दे दी जाती है जो किसी कैदी के संबंध में कोई ऐसी जानकारी दे जो प्रशासन की नजर में महत्त्वपूर्ण हो।'

किस प्रकार जेल में व्यक्ति के मस्तिष्क और आत्मा की हत्या की जाती है इसका बड़ा मार्मिक वर्णन किया था मोहन सिंह ने। वातावरण बड़ा बोझिल हो गया था। मोहन सिंह ने स्वयं ही बात को एक नया मोड़ देकर माहौल को हलका करने का प्रयत्न किया था। वह बताने लगा कि किस प्रकार वे लोग प्रातः उठकर व्यायाम करते हैं। योग की कक्षाओं और खेल-कूद का आयोजन करते हैं और समय बिताने के लिए न जाने और क्या-क्या? भगवान् को बिलकुल न माननेवाला मोहन सिंह अब कीर्तनों में बैठकर राम नाम की धुन गाता है। लोक संघ समिति जैसे राष्ट्रवादी संगठन को पूरी तरह फासिस्ट कहनेवाला व्यक्ति उसकी शाखाओं में, उसकी गतिविधियों में रुचि लेने लगे तो इसे चमत्कार ही कहा जा सकता है।

इस प्रकार के चमत्कारों के समाचार पहले ही आने लगे थे। विभिन्न जेलों से पता लगने लगा था कि अंदर लोगों को एक-दूसरे के साथ रहकर परस्पर एक-दूसरे को समझने का जो मौका मिल रहा है, उससे कई गलतफहमियों दूर हो रही हैं और वे एक-दूसरे के निकट आते जा रहे हैं। धीरे-धीरे यह बात साफ हो गई कि सत्तापक्ष के विरोधी संगठनों में परस्पर कोई मौलिक विरोध था भी नहीं। वे केवल शासन के प्रचार के शिकार थे। उनकी आँखों पर चढ़े प्रचार के चश्मे उन्हें वास्तविकता देखने ही नहीं देते थे। जेल में इन चश्मों का पूरी तरह अभाव था, जो कुछ था सामने था, दो टूक था, प्रत्यक्ष-ठोस एवं सुगमता से उपलब्ध। एक को दूसरे की जानकारी के लिए किसी माध्यम की आवश्यकता नहीं थी। एक-दूसरे की रीति-नीतियों को जानने-समझने के

लिए अब समाचार-पत्रों के सहारे की जरूरत नहीं थी। स्वयं ही सबकुछ समझ में आ रहा था। परदे के बाद परदा हटता जा रहा था, भ्रम मिट रहे थे जो समस्त विरोधियों को एक-दूसरे के समीप लाते जा रहे थे। विभिन्न छोटी-छोटी धाराओं में बहनेवाला पानी एक साथ नदी बनकर बहने के लिए उतावला हो रहा था। इस बहाव को उचित दिशा मिले इसके प्रयास भी होने लगे थे। देश की विभिन्न जेलों में बंद शीर्षस्थ नेताओं के विचारों का आदान-प्रदान हो रहा था। भूमिगत आंदोलनकारी एक-एक सूत्र दूसरे के साथ जोड़ने में सफलता प्राप्त करते जा रहे थे। प्रशासन का आतंक एवं अत्याचार इन सूत्रों को तोड़ने की अपेक्षा सुदृढ़ता प्रदान कर रहा था।

मोहन सिंह के परिवार के आ जाने के कारण हमारी बातचीत पूरी तरह पारिवारिक हो गई पर इतने में ही मेरे मन में एक हलचल मच चुकी थी। मैंने निश्चय किया जैसे भी हो इस संकट की घड़ी में कुछ करना अनिवार्य है। अपने स्तर, पर मुझसे जो बन पड़ेगा वही कर दूँ तो यथेष्ठ है। इस निश्चय के साथ मैं वापस घर लौटा था और दो दिन तक इसी तनाव के कारण ऑफिस नहीं गया। तीसरे दिन ऑफिस पहुँचा तो ऊपर से बुलावा आ गया। कुछ डर और कुछ आक्रोश से भरा जब मैं अपने ऑफिसर के कमरे में पहुँचा तो वहाँ विभाग के लगभग सभी बड़े-बड़े अधिकारी उपस्थित थे। मंत्री जी का आदेश मिला था कि देश में हो रही उन्नति का ब्योरा बढ़ा-चढ़ाकर लच्छेदार भाषा में प्रकाशित करके बहुत बड़े पैमाने पर वितरित किया जाए। इसके साथ ही उनके और छोटे-छोटे प्रचार-प्रपत्र तैयार करने के आदेश भी थे। मेरी लेखनी की प्रशंसा करते हुए यह कार्यभार मुझे सौंप दिया गया। जब मैं वापस अपनी सीट पर लौटा तो मुझे पता लगा कि मेरे समकक्ष लगभग सभी अधिकारी इसी प्रकार के कामों से जुटे हैं और उन्होंने इस प्रकार के दायित्व को सहर्ष स्वीकारा है।

मकड़ी के जाल में फँसे कीड़े की तरह मैं छटपटा रहा था, परंतु ज्यों ही अपनी छटपटाहट व्यक्त करने को हुआ, ऐसे लगा जैसे मेरी जुबान को लकवा मार गया हो। मुझे कुछ चिंतित देखकर मेरे साथी हरिनाम देव ने मुझे बताया कि वह तो स्वयं ही लोक संघ समिति के विरुद्ध प्रचारात्मक सामग्री लिखने का भार अपने ऊपर लेकर आया है और मेरी दो दिन की अनुपस्थिति में दो पैंफ्लेट लिखकर दे भी चुका है। स्पष्ट है कि अधिकारियों की ओर से मिली शाबाशी से वह गद्‌गद था। मेरे मन की टीस को वह समझकर भी अनजान बन रहा था बल्कि वह तो चाहता था कि किसी-न-किसी कारण मैं कुछ न लिखूँ ताकि मुझसे अधिकारी वर्ग रुष्ट हो जाए और मेरे स्थान पर उसकी पदोन्नति हो जाए। रह-रहकर मेरे सामने अपनी बीवी, बूढ़े माँ-बाप और दोनों बच्चों के चेहरे क्रमशः आते रहे। अनमना सा मैं लिखने के लिए मेज पर बैठ गया पर कागज जैसे मुझे दिखाई ही नहीं दे रहा था। साथ की कुरसी पर मुझे एक फुफकारता हुआ साँप

निरंतर दिखाई दे रहा था और मैं सहमा-सहमा अपनी मेज पर झुका हुआ था। हरिनाम देव को जब मैंने पहली बार देखा था, तभी मुझे उसके बदन पर सिर से पाँव तक साँप दिखाई दिया था और आज तो उसने वैसा कर ही दिया था। वह अधिकारियों को पहले ही सूचित कर चुका था कि मेरे मोहन सिंह जैसे 'क्रांतिकारियों' के साथ घनिष्ठ संबंध हैं।

गत दस वर्षों से मैं इस ऑफिस में हूँ और मेरे आने से पूर्व हरिनाम देव की नियुक्ति यहाँ हुई थी। जब मैं सहायक हिंदी ऑफिसर के पद पर नियुक्त होकर यहाँ आया था तभी हरिनाम देव पदोन्नति द्वारा मेरे समकक्ष पद पर पहुँचा था। तब से मैंने हरसंभव अवसर पर उसकी सहायता की है। अपने कार्य में अधिक निपुण न होने के कारण जब-जब उसने त्रुटियाँ कीं, मैंने उन्हें सुधार दिया अथवा उन पर परदा डाल दिया। अपने स्वभाववश मैंने यह जानने की आवश्यकता अनुभव ही नहीं कि हरिनाम देव मेरे बारे में क्या सोचता है और क्या कहता है? मुँह पर सदैव वह मेरी प्रशंसा करता रहा और मैं इसे उसकी कृतज्ञता ज्ञापन की भावना मानता रहा। जब-जब अन्य साथियों ने उसके विषय में कुछ कहा मैंने उसे उनका ईर्ष्या-संवाद माना। कभी अधिकारियों की ओर से कोई बात आई तो उसे उसकी नासमझी कहकर टाल गया। आज मुझे याद आ रहा है कि उसने कोई भी ऐसा अवसर हाथ से नहीं जाने दिया जब वह मुझे डस सकता हो और उसने डसा न हो। कैसे मेरी मेज पर हुई छोटी-से-छोटी हरकत की सूचना बड़े अधिकारियों को हो जाती थी, इसका ज्ञान मुझे आज हुआ। मुझे अचंभा था कि मैं इतने वर्ष तक इस आदमी को किस तरह सहन करता रहा।

मेरे अनमने होने की खबर भी शायद अंदर साहब तक पहुँच गई और थोड़ी ही देर में चपरासी ने आकर सूचना दी कि साहब याद कर रहे हैं। भारी डग भरता हुआ मैं साहब के चैंबर में इस तरह दाखिल हुआ जैसे आत्महत्या हेतु किसी गैस चैंबर में जा रहा हूँ। अपने चश्मे को नीचा करके मुझे आता देख साहब ने फौरन प्रश्न उछाला—'कुछ आँकड़े इत्यादि मिले, कब तक मैटर तैयार कर दोगे? भाई प्रेस में भी जाना है।' मैंने धीमे से उत्तर दिया 'अभी कुछ देर पहले ही तो आपने मुझे कहा है···मैं कोई रेडी—रैकनर तो हूँ नहीं।'

साहब ने एक लंबा सा हुंकारा भरते हुए साँस छोड़ी तो मैं बोला, 'वैसे भी मेरी तबीयत खराब है, पिछले दो दिन इसी कारण ऑफिस नहीं आ पाया, कृपया कुछ समय दें।' अब तक मेरा मन यह तय नहीं कर पा रहा था क्या उत्तर दूँ, मन तो कह रहा था कि इसके मुँह पर थप्पड़ मार दूँ पर मस्तिष्क कह रहा था कि अभी तुम्हारे सामने पूरा जीवन पड़ा है। मुझे थोड़ा असंयत देखकर साहब ने नरम लहजे में कहा, 'भाई क्या करें? अभी-अभी यहाँ मीटिंग थी तो आपको इस काम के लिए कहा गया था।' मीटिंग खत्म

हुए अभी दस-पंद्रह मिनट ही बीते हैं कि सेक्रेटरी साहब का फोन आ गया है कि क्या प्रगति है। लगता है कि किसी ने तुम्हारे बारे में उनके कुछ कान भरे हैं। मुझे उनकी 'टोन' से कुछ ऐसा ही लगा। मैं तुम्हारी मन:स्थिति जानता हूँ, पर क्या करूँ 'इमरजेंसी' चल रही है। पता नहीं कल सुबह आने पर यह नौकरी रहे-न-रहे। अच्छा तो तुम जल्दी से कुछ-न-कुछ लिख डालो``गलत-सलत जो भी हो। सारे-के-सारे 'डफर' हैं, उन्हें क्या पता कि देश में क्या हुआ है। योजनाएँ तो बनीं पर काम किसने किया। योजना आयोग के आँकड़े उठाकर एक ऐसी तसवीर तैयार कर दो जैसे देश भर में विकास के सारे-के-सारे काम समय से पूर्व ही पूरे हो चुके हैं।'

कुछ देर चुप रहकर वह पुनः ठंडी साँस भरते हुए बोले, 'भाइया मंत्री महोदय यही चाहते हैं। और उनका चाहना क्या, और न चाहना क्या। वास्तव में प्रधानमंत्री ही यह सब चाहती हैं। सारा शासन झूठ पर चल रहा है। सच तो कोई सुनना ही नहीं चाहता, तो तुम क्यों सच बताना चाहते हो। जब कोई आईना देखना ही न चाहे तो उसे दिखाया ही क्यों जाए, हमें तो अपने वेतन से मतलब।' मुझे चुप देखकर वे फिर बोले, 'मैं जानता हूँ कि तुम्हारे दिल पर क्या बीत रही है? जवानी का जोश है न। मैं भी ऐसे दौर से गुजरा हूँ पर हुआ कुछ नहीं, वही ढाक के तीन पात। अंग्रेजों को मार भगाने के लिए हमने क्या-क्या नहीं किया पर बाद में क्या हुआ, मलाई उन्हीं लोगों को मिली जो अंग्रेजों के पिट्ठे थे और स्वतंत्रता प्राप्ति के बाद वे ही लोग सत्ताधारियों के पिट्ठू बन गए। एक खसम मरा दूसरा कर लिया और रही सदा-की-सदा सुहागिन। तुम मन क्यों छोटा करते हो, जाओ कुछ-न-कुछ लिख डालो। जैसा भी बन पड़े।'

साहब की बातें सुनकर मुझे अचंभा हुआ और थोड़ा सा मेरा हौसला भी बढ़ा। फिर भी उन्हें टटोलने के अंदाज में मैंने कहा, 'लेकिन ऐसा कब तक चलेगा, सर। जी नहीं पा रहा हूँ मैं इस घुटन में। अभिव्यक्ति की स्वतंत्रता है ही नहीं तो उसकी बात की ही क्यों जाती है? झूठ की नींव पर झूठ का महल कैसे खड़ा हो पाएगा और यदि कुछ दिन जैसे-तैसे निकल भी गए तो क्या ज्यादा चल पाएगा। झूठे नारों और आँकड़ों के सहारे किसी को भ्रमित तो किया जा सकता है पर इनसे किसी का भी पेट तो नहीं भरा जा सकता। झूठ का अंबार खड़ा किया जा सकता है पर वह किसी के लिए छत तो नहीं बन सकता। झूठ के आवरण में घिनौना चेहरा तो छिपाया जा सकता है पर उससे किसी के लिए वस्त्र तो तैयार नहीं हो सकते। पूरी सरकारी मशीनरी क्या यह नहीं जानती? क्या हमें पता नहीं कि देश कितनी शोचनीय स्थिति में पहुँच चुका है? क्या यह किसी से छिपा है कि हमारी सारी-की-सारी योजनाएँ कागजी सिद्ध हुई हैं? क्या वे यह नहीं जानते कि झूठे और चापलूस अफसरों के बहकावे में आकर देश का जो चित्र जनता के सामने पेश किया जा रहा है उसकी जब कलई खुलेगी तो क्या परिणाम होगा।' मैं एकाएक इतने

आवेश में आ गया कि मेरी आवाज केबिन से निकलकर सैक्शन में गूँजने लगी।

एकाएक साहब की आवाज सुनकर मैं चौका। 'मिस्टर सहगल, तुम यह सब क्या बक रहे हो?' दरवाजे पर खिसक आए कुछ कानों और आँखों को देखते हुए उनके तेवर बदल गए थे। 'आपको ऑफिस में इस तरह जोर से नहीं बोलना चाहिए। आई विल टेक डिसिप्लिनरी एक्शन अगेंस्ट यू, नाउ गेट आउट फ्रॉम माई केबिन।'

जब तक मैं होश में आता बहुत देर हो चुकी थी। सैक्शन के अधिकांश व्यक्ति बाहर जुड़े थे। मैं सिर से पाँव तक बुरी तरह पसीने में नहा गया था। बड़ी कठिनाई से मैं जेब से रुमाल निकाल पाया और अपना पसीना पोंछते हुए मेरे होंठों से एक फुसफुसाहट सी फूटी—'आई एम सॉरी सर, आई विल डू द नीडफुल।' थके कदमों से जब मैं केबिन से बाहर निकला तो लगा कि मैं अपनी अर्थी खुद अपने कंधे पर उठाए हूँ और इन सबकी मुझे कोई जरूरत नहीं है। मैं नहीं जानता कि किस तरह मैं अपने टेबल पर पहुँचा। किसी ने मुझे कुरसी पर बिठा दिया था और मेरे हाथ में पानी से भरा गिलास थमा दिया था। मैं उसे गटागट पी गया था। मुझे लगा कि बरसों बीमार रहने के बाद आज मेरी मौत हो गई है और मुझे बहुत गहरी कब्र में गाड़ दिया गया है। मैं छटपटा रहा हूँ, परंतु मिट्टी का बोझ मुझ पर बढ़ता ही जा रहा है और लाश खानेवाले कीड़े धीरे-धीरे मेरे शव पर रेंगने लगे हैं।

कार्यालय में एक अजीब सा सन्नाटा घिर आया था। सभी मुझे घूर-घूरकर देख रहे थे परंतु किसी ने मुँह खोलने का साहस नहीं किया।

मेरे दो-चार साथी मुझे ढाढ़स बँधाकर अपनी सीटों पर लौट चुके थे। हर एक को भय था कहीं मुझसे सहानुभूति दिखाने का दंड उन्हें भी न भुगतना पड़े। कुरसी पर अधलेटे हुए अधमुँदी आँखों से जब मैंने देखा तो साथ की सीट पर बैठा साँप बहुत तेजी से फुफकार रहा था। उसकी भयानक आँखें जैसे मुझे लीलने को बेताब थी, उसकी जिह्वा की लपलपाहट मैं अपने चेहरे पर अनुभव कर रहा था। उसकी जहरीली फुफकार मेरे नथुनों में घुसती चली जा रही थी। मेरी साँस बड़ी तेजी से चल रही थी और मैं अपने आपको संयत करने की पूरी कोशिश कर रहा था, पर निहायत बेबस सा हो गया था मैं।

साहब का चपरासी मेरी हालत पर तरस खाकर पंचवर्षीय योजनाओं के आँकड़े मेरी मेज पर रख गया था। मैंने मन को पक्का किया और कागज सामने फैला लिया। बड़ी तेजी से पाँच-छह लाइनें घसीटीं और साहब के चपरासी को पकड़ाकर दफ्तर से बाहर भाग आया। घर पहुँचने तक मैंने पीछे मुड़कर नहीं देखा। ऐसा लग रहा था जैसे शिकारी कुत्ते चारों ओर मेरी खोज में घूम रहे हैं। घर पहुँचकर जहाँ मुझे कुछ सुरक्षा का अनुभव हुआ वहीं मेरी पत्नी नलिनी मुझे इस हालत में और वह भी समय से पहले घर आया देखकर बैचेन हो गई थी। उसने मेरे माथे पर हाथ रखा और तुरंत हटा लिया। मेरा

माथा तवे की तरह तप रहा था।

वह बोली, 'आपको बहुत तेज बुखार है। मैं अभी डॉक्टर को बुलाकर लाती हूँ।' जब तक वह डॉक्टर को बुलाकर लाई, मैं पुलिस की प्रतीक्षा करता रहा। डॉक्टर आया और मुझे नींद की दवा देकर चला गया।

मुझे लगा कि यह सत्ताधारी दल सरकारी डॉक्टर के रूप में दशकों से बीमार और गरीब जनता को निरंतर नींद की गोलियाँ दे-देकर सुलाता रहा है। कभी यह गोली पंचवर्षीय योजना द्वारा 'शुगर कोटेड' रही तो कभी 'गरीबी हटाओ' के नारे के 'कैप्सूल' में अथवा अनेकानेक झूठे आश्वासनों की 'स्ट्रिप्स' में पैक करके दी जाती रही है। कभी सांप्रदायिकता, जाति-पाँति और आरक्षण की आयुर्वेदिक भस्म और चटनी चटाई जाती रही है तो कभी आर्थिक विकास की होम्योपैथिक की मीठी गोलियाँ उसे थमाई जाती रही हैं।

एक गहरी नींद लेने के बाद जब मैं उठा तो मेरा सिर बहुत भारी था। सिर से भी ज्यादा मस्तिष्क भारी था। हाँ, मन से मैं खुद को बहुत हलका अनुभव कर रहा था। रात उतरने से थोड़ा पहले ही मैं नैयर साहब को अपने द्वार पर देखकर आश्चर्यचकित रह गया था। अब तक ऑफिस में हुई किसी भी प्रकार की घटना अथवा बातचीत का उल्लेख मैंने अपनी पत्नी से नहीं किया था।

हतप्रभ सा मैं दरवाजा खुला छोड़कर एक तरफ हट गया था। नैयर साहब ने भीतर आते ही घर का दरवाजा बंद कर दिया और सीधे भीतर कमरे में आकर मेरी चारपाई पर बैठ गए। नलिनी को तब तक मैंने चाय के लिए कह दिया था। नैयर साहब ने धीरे-धीरे कहना शुरू किया, 'यह क्या बेवकूफी है' और साथ ही उन्होंने मेरे द्वारा लिखा हुआ त्यागपत्र निकाल कर मेरे सामने रख दिया। 'माना कि मैंने कुछ सख्त कह दिया होगा, पर भाई उस वक्त वो तो मेरी मजबूरी थी। तुम तो जानते ही हो कि आजकल सरकारी नौकरी में दो चेहरोंवाला होना पड़ता है। निरंतर अपने मुखौटे बदलते रहना पड़ता है। मैं भी सबकी तरह ही दो चेहरेवाला बनकर रहता हूँ। एक चेहरा जिसकी खबरें निरंतर सरकार को मिलती रहती है और दूसरा चेहरा तुम्हारे सामने बैठा है। तुम जानते हो कि उस समय तुम अपने आपे में नहीं रहे थे और न जाने क्या अनाप-शनाप बोलने लगे थे। जो भाषण तुमने दे डाला था, उसका एक अंश भी किसी को पता चल जाए तो तुम्हारे साथ-ही-साथ मुझे भी नौकरी से हाथ धोना पड़े। तुम्हारी तो कुछ-न-कुछ खेतीबाड़ी की आय है, मेरी तो वह भी नहीं है। तुम्हारी ऊँची आवाज को सुनकर जुड़ आई भीड़ के कारण मुझे वह सब नाटक करना पड़ा। आई बिलीव यू विल नॉट माइंड। आई एम सॉरी फॉर ऑल देट'। तुम्हारे वहाँ से चले आने को लेकर ऑफिस में काफी फुसफुसाहट थी। मैंने उन्हें यह कहकर चुप करवाया कि तुम्हारी तबीयत बहुत खराब थी। इसी कारण तुम

'एप्लीकेशन' देकर छुट्टी ले गए हो। अब तुम इस त्यागपत्र को फाड़ो और मुझे बीमारी का प्रार्थना-पत्र लिख दो। जब तक तुम्हारी मन:स्थिति ठीक न हो ऑफिस से छुट्टी ले लो। भाई, सरकार की नौकरी करनी है तो उसका ढोल भी बजाना ही होगा।'

'यही तो…यही तो मैं नहीं चाहता। आई डू नॉट वांट दिस नॉनसैन्स। ढोल बजाने की नौकरी तो नहीं की है न मैंने। जब मैंने त्यागपत्र दिया है तो 'आई मीन देट।' इस बारे में मैं पूरी तरह से गंभीर हूँ। आप कृपया इसे रखें। मैं अब काफी 'रिलीफ' अनुभव कर रहा हूँ।'

नैयर साहब ने धीरे से मेरा कंधा थपथपाते हुए कहा था—'डोंट बी चाइल्डिश माई सन, आई नो यूअर सेंटीमेंट्स, इसीलिए तो मैं तुम्हें छुट्टी लेने की सलाह दे रहा हूँ। मैं नहीं जानता कि यह अन्याय और अत्याचार का दौर कब तक चलेगा, पर इतना जरूर जानता हूँ कि यह खत्म जरूर होगा। यह मेरा तजुरबा है। बूढ़ों के तजुरबों का फायदा उठाना चाहिए। तुम नहीं जानते मैं तुम्हें कितना चाहता हूँ, तुम्हारे जज्बे की कितनी कद्र करता हूँ। तो जब तक देश के माथे पर पड़े यह काली स्याही के धब्बे साफ न हो जाएँ, तुम आराम करो। जब से यहाँ नौकरी पर आए हो तुमने छुट्टी ली ही नहीं। सारी छुट्टियाँ एक साथ ले डालो। आराम करो और मन चाहे तो काम भी करो, तुम्हें कौन रोक सकता है। मेरा बेटा दिन-रात इस सरकार के काले कारनामों का परदाफाश करने में लगा रहता है, तुम चाहो तो उसका हाथ बँटाओ। छुट्टी लेने में सबसे बड़ा लाभ यही है कि तुम्हें घर चलाने की चिंता तो नहीं रहेगी। यदि नौकरी छोड़ दोगे तो क्या मिलेगा? पहला काम घर चलाने के लिए कोई-न-कोई जुगाड़ करने का करना पड़ेगा। हाँ, जो भी करो होशियारी से 'आई विल सी दैट यूअर लीव इज ग्रांटेड।' इतना कहकर नैयर साहब ने मेरा त्यागपत्र फाड़ दिया और जब तक उन्होंने चाय पी, मैंने छुट्टी का प्रार्थना-पत्र लिखकर उन्हें दे दिया।

जब नैयर साहब लौटने लगे तो मेरा कंधा धीरे से दबाते हुए बोले 'आई बिलीव दैट यू विल रियलाइज माई सिचुएशन—हाउ हैल्पलैस आई एम—गॉड ब्लेस यू' इतना कहकर वह चारपाई से उठ गए परंतु मैंने उन्हें अपनी नम हो आई आँखें पोंछते हुए स्पष्ट देख लिया था। अंदर तक भीग गया था मेरा मन। मैं उनके प्रति श्रद्धा से नतमस्तक हो उठा था।

अगले ही दिन नैयर साहब का बेटा महेश किसी तरह छिपता हुआ मेरे घर पहुँचा था। अब तक मैं नलिनी को संक्षेप में सबकुछ बता चुका था। कुछ उद्विग्न सी हो उठी थी वह। पर गजब का धैर्य था उस औरत में। बोली थी, 'जो ठीक समझो, करो। समय की पुकार को आप नहीं सुनोगे तो कौन सुनेगा, फिर भी आपको इतना ध्यान अवश्य रखना चाहिए कि कितने लोग आपके ऊपर पूरी तरह आश्रित हैं। मैं नहीं चाहती कि

आप किसी विवशतावश अपनी आत्मा का हनन करें पर आपके कारण आपके आश्रितों को कष्ट हो, यह भी बहुत उचित नहीं। मेरा सुझाव है कि आप इस आंदोलन से अपने आपको इस तरह से जोड़ें कि आपकी नौकरी पर आँच न आए। जब तक आप गिरफ्तार इत्यादि न हों तब तक तो कोई समस्या आनेवाली नहीं। जहाँ पर भी मेरी आवश्यकता आप अनुभव करें, मैं आपके साथ हूँ। मुझे समझ नहीं आया था कि नलिनी मात्र ढाढस बँधा रही है अथवा स्वयं भी इस आंदोलन में कूद पड़ने को उतावली है।

□

## नलिनी

नलिनी एक उच्च मध्यवर्गीय परिवार से आई है। राजनीति विज्ञान की एम.ए. की परीक्षा की तैयारी कर रही थी तभी मेरी भेंट हुई थी नलिनी से। नलिनी के पिता एक बहुराष्ट्रीय कंपनी में चीफ इंजीनियर थे उन दिनों। वह फर्म भारत में एक बहुत बड़ा 'प्रोजेक्ट' चालू करनेवाली थी। भारत सरकार से समझौते के सारे कागज तैयार कर लिये गए थे। बिहार के किसी गाँव में भूमि अधिकृत करके उस फर्म को सौंप दी गई थी। मैं उन दिनों एक प्रकाशक के साथ काम करता था। एक पार्टी में भेंट होने पर नलिनी के पिता डॉ. प्रेमनाथ अग्रवाल मुझसे बहुत प्रभावित हुए थे। इंजीनियर होते हुए भी उनकी साहित्य में गहरी रुचि थी। अनेक भाषाओं का तो मानो वे शब्दकोश ही थे। मेरी एक-दो पुस्तकें वे पढ़ चुके थे। प्रशंसा भी की थी उन्होंने। चलते समय बोले थे कभी अवसर मिले तो हमारे घर आना। यदि आपको ठीक लगे और आपके पास समय हो तो अपने 'प्रोजेक्ट' से संबंधित कुछ प्रचार सामग्री के प्रकाशन का दायित्व मैं आपको सौप सकता हूँ। पैसे की उन दिनों मुझे बहुत आवश्यकता रहती थी, फलत: मैंने अधिक दिन प्रतीक्षा नहीं की और एक सुनहरी सुबह उनके घर जा पहुँचा।

दरवाजा नलिनी ने ही खोला था, शायद वह यूनिवर्सिटी जा रही थी। मेरा नाम जानकर वह खिल सी गई थी या शायद ऐसा मुझे भ्रम हुआ हो। अपने पिता को मेरे आने की सूचना देने के पश्चात् वह मुझे ड्रॉइंग रूम में ले गई। काफी बड़ा कमरा था, हर प्रकार की साज-सज्जा से युक्त। मैं आश्चर्यचकित एक-एक चीज को देख रहा था। लगभग सभी वस्तुएँ विदेशी थीं। नलिनी ने बताया कि पिताजी लंबे समय तक विदेश में रहे हैं और जब-तब भेजे गए उपहार ही इस कमरे में रखे हुए हैं। शायद मेरी पुस्तकें नलिनी पढ़ चुकी थी और उनसे उसने सहज रूप से यह अनुमान लगा लिया होगा कि मुझे इस सब चीजों से बहुत घृणा है। इसलिए मुझे कुछ असहज देखकर वह बोली थी—'सब बेकार की चीजें हैं, फिजूल ही कूड़ा भर रखा है घर में।'

मैं समझ गया कि यह मेरा मन रखने को कह रही है, परंतु यह मेरा मन क्यों रखना चाहती है? बाद में मेरी धारणा गलत निकली थी। नलिनी को वास्तव में उस रहन-सहन

और तौर-तरीके से, जिसमें वह बचपन से पली-बढ़ी थी, घृणा थी। वह वहाँ घुटी-घुटी सी रहती। इसी पहली भेंट में ही उसने मुझ पर यह प्रकट कर दिया था कि वह मन-ही-मन मुझे पसंद करती रही है। यद्यपि देखा आज पहली बार ही है।

डॉ. साहब ने आते ही बिजनेस की बात शुरू कर दी। थोड़ी देर में नौकर चाय की ट्रे रख गया। शीघ्र ही मैं कंपनी का प्रचार साहित्य लिखने के लिए तैयार हो गया और मेरे द्वारा कुछ अधिक राशि की माँग भी तत्काल स्वीकार कर ली गई। डॉक्टर साहब छोटी-मोटी बातें मुझे समझाने लगे और लगभग 15 मिनट में उन्होंने कुछ 'पेपर्स' मुझे थमा दिए, जिनके आधार पर मुझे लिखना था। न जाने क्यों मेरा वहाँ से जाने को मन नहीं कर रहा था पर कोई चारा नहीं था। ज्यों ही मैं चलने को हुआ, नलिनी कमरे में आकर बोली, 'आप तो 'यूनिवर्सिटी' की तरफ से ही जाएँगे न, 'केन यू ड्रॉप मी देअर?' मेरे उत्तर की प्रतीक्षा किए बिना ही वह बोल पड़ी—'डैडी, यू मे रिलैक्स!'

मुझे उसका इस प्रकार पहली ही भेंट में अधिकारपूर्वक कुछ कहना अच्छा लगा था। ड्राइवर के न आने के कारण आज उसके पिता ही उसे यूनिवर्सिटी छोड़ने जानेवाले थे, यह बात नलिनी ने मुझे रास्ते में बताई थी।

यद्यपि मुझे 'यूनिवर्सिटी' की तरफ नहीं जाना था फिर भी न जाने क्यों मैं इनकार नहीं कर पाया था और सहर्ष अपनी स्वीकृति दे बैठा था। स्कूटर के पीछे बैठी रूपसी के कारण मैं हवा में उड़ रहा था। हवा कहना शायद उचित न हो, क्योंकि नलिनी को देखते ही मुझे एक लंबी उफनती नदी दिखाई दी थी। अब शायद मैं उस नदी की तेज धारा में बहा चला जा रहा था। मन कह रहा था कि यह सफर कभी खत्म न हो। पर हम जिस सड़क पर जा रहे थे वह 'यूनिवर्सिटी' को ही जाती थी और हम प्रति क्षण उसी ओर बढ़े जा रहे थे। निश्चय ही रास्ता तो तय हो रहा था और मेरा मन बैठा जा रहा था। विश्वविद्यालय के परिसर में घुसते ही मुझे अपने माथे पर पसीने की बूँदें उभर आने का अहसास हुआ। मैं जेब से रुमाल निकालकर माथा साफ करना चाहता था, परंतु किया नहीं। अब तक पूरे रास्ते में नलिनी से कोई विशेष बात नहीं हुई थी। वह इतनी चुप क्यों है, मुझे खीज हो रही थी। ज्यों ही मैंने स्कूटर रोका, वह धन्यवाद कहकर चल दी थी। उसकी मुसकान मुझे अंदर कहीं गहरे तक छू गई थी।

शीघ्र ही मैंने अपना काम पूरा कर लिया। डॉक्टर साहब को मिलने के लिए जान-बूझकर रविवार का दिन चुना ताकि इस बहाने नलिनी से भेंट हो सके, परंतु ऐसा कुछ भी नहीं हुआ। मैं काफी देर तक यूँ ही इधर-उधर की बातों में समय बिताता रहा। वह शायद वह घर में नहीं थी। यह बात मैं किसी से पूछ नहीं सकता था, हालाँकि पूछता भी तो किसी को बुरा नहीं लगता—पर मैं खुद ही 'गिल्टी कॉन्शियस' था। जब मैं वहाँ से लौटा तो मन कुछ बुझा-बुझा सा था हालाँकि अग्रवाल साहब ने मेरी लेखनी की बहुत

प्रशंसा की थी और भविष्य में इसी प्रकार से काम देते रहने का आश्वासन भी दिया था।

नलिनी से मेरी अगली भेंट लगभग एक मास बाद एक विचार-गोष्ठी में हुई थी। विश्वविद्यालय के छात्रों एवं प्राध्यापकों ने मिलकर एक 'स्टडी सर्कल' बनाया हुआ था। समय-समय पर वे लोग देश-विदेश की अनेक ज्वलंत समस्याओं पर विचार-विमर्श किया करते थे। मेरे एक प्राध्यापक मित्र उस दिन मुझे जबरदस्ती उस विचार गोष्ठी में ले गए थे। मेरी रुचि के कारण उन्होंने मुझे विश्वास दिलाया था कि मुझे वहाँ निराशा नहीं होगी। वहाँ नलिनी को देखकर मुझे आश्चर्यमिश्रित प्रसन्नता हुई थी। लोकतंत्र के भविष्य पर चर्चा चल रही थी। जब नलिनी ने बोलना शुरू किया तो मुझे लगा जैसे एक उफनती नदी अपने तटबंध को तोड़कर बह निकली हो। समाज की विकृतियों की वह इस प्रकार आलोचना कर रही थी जैसे नदी अपने किनारों पर पड़े कूड़े के ढेरों को बहा कर ले जाती है।

चर्चा यद्यपि राजनीतिक विषय पर हो रही थी पर मुझे लग रहा था कि जैसे कोई कविता पढ़ी जा रही हो। झरने से फूटती हुई एक नदी, नागिन की तरह बल खाती बह चली हो। बागों में आए बसंत को देख जैसे कोई विरहिणी अपना संयम खो बैठी हो और अवश दौड़ पड़ी हो अपने प्रियतम से मिलने। मैं अपनी इन काव्यमय अनुभूतियों में लीन नलिनी के रूप को मन में बसाए था और वहाँ राजनीतिक चर्चा गंभीरता धारण करती जा रही थी। लोकतंत्र के अंधकारमय भविष्य से लगभग सभी लोग चिंतित थे। जवाहरलाल नेहरू के पोषित व्यक्तिवाद के पंजे किस प्रकार देश को लोकतंत्र से दूर ले आए थे, यह उन लोगों के लिए बड़ा अहम सवाल था। इससे भी अधिक उन्हें चिंता इस बात की थी कि पंडित नेहरू का बनाया हुआ मार्ग देश को किस मंजिल तक ले जाएगा। मैं इस सबसे निर्लिप्त न जाने कहाँ खोया था क्योंकि मुझे वहाँ कोई जानता नहीं था, फलत: किसी को इसकी चिंता भी नहीं थी। उस विचार-गोष्ठी में बड़े-बड़े निर्णय लिये गए, कई निष्कर्ष निकाले गए और चाय पीकर सभी लोग चलने को तैयार हो गए। तभी नलिनी आई थी मेरे पास—'कैसे लगे मेरे विचार आपको?' उसने पूछा था। 'बहुत सुलझे हुए,' मैंने संक्षेप में उत्तर दिया जबकि मैं उन विचारों को पूरी तरह समझ भी नहीं पाया था। ध्यान ही नहीं दिया था मैंने उस ओर।

'आप तो लेखक हैं, आया करें न हमारी इन गोष्ठियों में' उसने सहज रूप से कहा था, और मैंने तत्काल स्वीकृति दे दी थी। नलिनी ने मेरा परिचय अपने कुछ अन्य मित्रों से कराया था पर एक भी नाम मेरे कान के अंदर तक नहीं पहुँचा। मैं यंत्रवत् 'प्लीज्ड टू मीट यू' कहता रहा। यूनिवर्सिटी के कैफे में ले गई थी वह मुझे—औपचारिकता या यूँ ही, मुझे नहीं पता, पर धीरे-धीरे हम एक-दूसरे के समीप आने लगे थे। मेल-जोल बढ़ने लगा था और हम लोग अकसर शामें एक साथ बिताने लगे। अधिकतर चर्चा गंभीर

विषयों पर होती। देश की बिगड़ती स्थिति से बहुत चिंतित थी नलिनी और कुछ कर गुजरने को व्याकुल भी। मैं उसे छात्र जीवन का उत्साह समझकर विशेष महत्त्व नहीं देता था। मैं जानता हूँ कि हर छात्र अपने विद्यार्थी जीवन में बहुत आदर्शवादी और क्रांतिकारी होता है। जल्दी-से-जल्दी वह कुछ कर गुजरने के लिए उतावला भी रहता है, ऐसी मेरी धारणा थी। पहले मैं भी ऐसा ही था पर अब तक काफी कुछ बुझ चुका था जबकि यूनिवर्सिटी छोड़े हुए कुल दो वर्ष भी नहीं हुए थे। इन्हीं दो वर्षों में जीवन की वास्तविकताओं ने बहुत कुछ सीखा दिया था मुझे।

एक दिन किसी सामाजिक विषय पर गंभीर चर्चा करते-करते हम लोग विवाह और दहेज की समस्या पर आ गए। प्रारंभ से ही मैं दहेज को सामाजिक जीवन के लिए एक कलंक मानता रहा हूँ, इसलिए मैं बहुत प्रभावशाली शब्दों में दहेज का विरोध करने लगा। अकस्मात् न जाने क्या हुआ नलिनी ने बात को बीच में छोड़कर मुझे कहा, 'क्या तुम मुझसे शादी करोगे बिना दहेज के।' मैं अचकचा सा गया था, बहुत संकुचित भी हुआ कि यह 'प्रपोजल' तो मेरी ओर से जाना चाहिए था, उलटा कैसे हो गया। शायद नलिनी के प्रभावशाली व्यक्तित्व के कारण मैं साहस ही नहीं जुटा पाया और एक तिनके की तरह उस उफनती नदी में बह चला। जब उस नदी की इच्छा हुई उसने मुझे अपने में समा लिया।

मैंने एकदम स्वीकृति दे दी और पंद्रह दिनों के बाद बिना किसी शोर-शराबे के हमारा विवाह हो गया। नलिनी के पिता इससे बहुत ही प्रसन्न थे जबकि मेरी माँ शायद दहेज न मिलने की बात पर कुछ बुझी-बुझी सी थी। नलिनी को देखकर उसका वह दुःख जाता रहा। नलिनी सी सुंदर बहू पाकर वह खिल उठी थी।

विवाह के बाद भी नलिनी विचार-गोष्ठियों में जाती रही, और जहाँ तक संभव हुआ मैंने भी उसका साथ दिया। अब तक मुझे मंत्रालय में सहायक हिंदी अधिकारी का पद मिल चुका था। धीरे-धीरे नलिनी गृहस्थी में रम गई और दोनों बच्चे होने के बाद तो उसे फुरसत ही नहीं मिलती थी कि वह किसी अन्य विषय में कुछ करे। कभी-कभी मैं इस विषय पर चुटकी लेता तो वह कह देती—क्या रखा है उन गोष्ठियों में, सब बकवास है। जोर-जोर से विचार-विमर्श करो, जिस-तिस की आलोचना करो, लंबे-चौड़े निष्कर्ष निकालो, चाय पियो और लौट आओ। बातों से होता ही क्या है? बातें ही तो हैं, बातों का क्या। आज तक तो वहाँ जाने से कुछ हुआ नहीं? कुछ ठोस काम हो तो जाऊँ भी।

नलिनी ठीक ही कह रही थी। हमारे बुद्धिजीवी वर्ग का हाल यही है। किसी कॉफी हाउस या कमरे में बैठकर देश की समस्याओं पर चिंता व्यक्त करते हुए लंबी-लंबी बहसें करेंगे। कभी न अमल में लाए जानेवाले निर्णय करेंगे और फिर उठकर चल देंगे कहीं उसी सुविधा की तलाश में जिसकी निंदा अभी-अभी करके आए होंगे। व्यवस्था

को छिन्न-भिन्न करने की बात करके उसी व्यवस्था के अंग बनने को लालायित रहेंगे। ज्यों ही सरकार द्वारा कोई सुविधा मिलने की बात होगी सबकुछ भूलकर उसे प्राप्त करने में जुट जाएँगे। एक 'डेलीगेशन' की सदस्यता, किसी 'कमेटी' की 'मैंबरशिप', किसी भी सरकारी सुविधा के लिए बिकने को हमारे अधिकांश बुद्धिजीवी पूरी तरह तैयार रहते हैं। मैं तो यहाँ तक मानता हूँ कि वह यह सब प्राप्त करने के लिए एक नकाब सा ओढ़े रहते हैं और अवसर मिलते ही उसे उतार फेंकते हैं। ऐसे अवसरों के लिए वे जोड़-तोड़, निंदा, चुगली तक करने से बाज नहीं आते। कॉफी हाउस में जिस माल की बड़ी ऊँची कीमत आँककर बात की जाती है, सड़क पर जाते ही उस पर 'सेल' की परची चिपकी दिखती है। किसी भी प्रलोभन से खरीदा जा सकता है यहाँ का मस्तिष्क। ऐसी धारणा आज समाज में बढ़ती जा रही है पर उसके लिए कौन दोषी है, स्वयं वे तथाकथित बुद्धिजीवी जो इस वर्ग के प्रतिनिधित्व का दंभ भरते हैं।

ऐसे ही दम भरनेवाले बुद्धिजीवियों के रवैए ने इन दिनों नलिनी को बहुत गहरे तक चोट पहुँचाई थी। लेखिकाओं के कुछ संगठनों का एक प्रतिनिधिमंडल निरंतर घोषणाएँ कर रहा था कि वे सरकार के द्वारा उठाए गए कदमों का पूरी तरह समर्थन करते हैं। ऐसे समय में जब अभिव्यक्ति के सब माध्यमों का गला घोंट दिया गया हो, अभिव्यक्ति के ठेकेदारों की ओर से इस प्रकार की घोषणाएँ उनके मानसिक दिवालिएपन के सिवा कुछ नहीं है, यह बात मैं निरंतर नलिनी को समझाता रहा हूँ। नलिनी तो इसे नीचता की हद तक निंदनीय मानती रही है। उसका कहना था कि इतना ही सुविधाभोगी है अगर यह बुद्धिजीवी वर्ग तो क्योंकर समाज की बागडोर अपने हाथ में थामना चाहता है। क्यों नहीं खुलकर चाटुकारों में अपना नाम लिखवाता। क्यों वह दावा करता है कि वह भविष्यदृष्टा है। कभी-कभी नलिनी अत्यंत आवेश में आकर जब यह सब कहती तो मैं उसे उठती नदी का उफान समझकर टाल जाता। मैंने कभी यह कल्पना भी नहीं की थी कि वह सुंदर सी गुडिया अपने अंदर इतना बड़ा ज्वालामुखी छिपाए हुए है। समय की परतें उस ज्वालामुखी को निरंतर ढकती रहीं। आज शायद यह ज्वालामुखी फूट पड़ना चाहता था।

नलिनी ने बड़े संयत स्वर से मुझे समझाया था कि तुम सब लिखो जो तुम भोग रहे हो, देख रहे हो और अनुभव कर रहे हो। समाज में जो उत्पीड़न, आक्रोश एवं आतंक है उसका वर्णन तुम्हारी लेखनी द्वारा अमर हो जाएगा। आंदोलनकारी तुम्हारी रचनाओं को छपवा तो सकेंगे पर उनके वितरण में होनेवाली तकलीफों से मैं उन्हें बचाऊँगी। महेश नैयर ने जिस समस्या की ओर इशारा किया था उसका समाधान लिये नलिनी सामने खड़ी थी। वह बोली, 'मैं आपकी जन जागरण करनेवाली वह सामग्री उन केंद्रों तक पहुँचा दूँगी जहाँ से वह सुगमता से आगे आम लोगों में वितरित की जा सके।'

वास्तव में इस आपातकाल की सबसे बड़ी अनिवार्यता परस्पर विचारों के आदान-

प्रदान के बीच की खाई को पाटना है। सरकार की इतनी बड़ी मशीनरी, रेडियो, टेलिविजन, सिनेमा और अखबारों के माध्यम से जो जहर जनता को पिला रही है उसकी पोल खोलकर इस मशीनरी की विश्वसनीयता को समाप्त करना बहुत आवश्यक है। बहुत दिनों के बाद नलिनी का बोलना मुझे बड़ा अच्छा लग रहा था। मैं बहुत अधिक आश्वस्त भी हो गया था। मैंने देखा कि नदी का उफान बाढ़ की सीमा तक पहुँच रहा है और अब वह किनारे तोड़ना ही चाहता है।

नैयर साहब का सुपुत्र महेश मेरे और आंदोलनकारियों के मध्य एक सुदृढ़ सूत्र बन गया। वह प्रायः रोज ही आता और मैं विभिन्न समाचार एवं लेख उसे सौंप देता। कभी-कभी वह भी अनेक सूचनाओं के आधार पर मुझसे विशेष प्रकार की सामग्री लिखवाता। वह सामग्री कहाँ जाकर छपती इसका मुझे ज्ञान नहीं था, न ही कभी मैंने यह सब जानने की कोशिश की थी। छपी हुई सामग्री के बंडल जहाँ पहुँचाने होते वहाँ के पते भी वहीं दे जाता और नलिनी अपने पिता की कार माँगकर अकेली ही उन्हें वितरित कर आती। पागलों की तरह हम इस कार्य में जुट गए थे पर हर पग पर सतर्क एवं चौकन्ने। नलिनी तो ऐसी चौकन्नी रहती कि मुझे शक होने लगता कि इसने अवश्य ही कभी इस प्रकार के कार्यों को करने का प्रशिक्षण लिया होगा।

□

अब मेरा मोहन सिंह और उसके परिवार से संपर्क बढ़ाना और भी आवश्यक हो गया था। मोहन सिंह के द्वारा अनेक ऐसी सूचनाएँ मुझे मिल जातीं जिनका प्रसार गुप्त आंदोलन को जीवित रखने के लिए अनिवार्य होता। इसके अतिरिक्त अनेक समाचारों एवं जेलों की कहानियों का स्रोत मेरे लिए मोहन सिंह ही था। मैं अधिक-से-अधिक जानकारी उसके द्वारा प्राप्त करने का प्रयत्न करता पर मेरी विवशता यह थी कि मैं न तो घर से अधिक बाहर निकल सकता था और न खुलकर सामने आना चाहता था। फलतः अधिकांश जानकारी या तो महेंद्र सिंह मुझे दे जाता था या नलिनी उनके घर जाकर ले आती।

एक दिन सूचना मिली कि मोहन सिंह का एक साथी आज रात रिहा होनेवाला है। मैंने इस बात का प्रबंध कर लिया कि वह जेल से छूटते ही किसी प्रकार मुझसे मिल ले। वास्तव में मैं जेल की चारदीवारी के भीतर की सच्ची कहानियाँ जानना चाहता था। मुझे विश्वास दिलाया गया था कि वह रात के भोजन तक अवश्य ही मेरे घर पहुँच जाएगा। मैं बड़ी उत्कंठा से उसकी प्रतीक्षा करता रहा। बहुत रात गए तक भी जब उसके आने के आसार न दिखे तो मुझे चिंता होने लगी, परंतु रात में कुछ भी कर सकना संभव नहीं था। किसी से संपर्क करना भी खतरनाक हो सकता था। सुबह पता लगा कि उसे डी.आई.आर. में बंदी बनाया गया था और मजिस्ट्रेट द्वारा उसकी जमानत स्वीकार कर ली गई थी, परंतु

ज्यों ही वह जेल के भारी-भरकम दरवाजे की छोटी सी खिड़की से बाहर निकला उसके हाथ में पुन: हथकड़ियाँ पहना दी गईं और इस बार उसे सूचित किया गया कि वह 'मीसा' में बंद किया गया है। अदालत द्वारा ली गई जमानत का सरासर मजाक था यह सब। बहुत निराशा हुई थी मुझे उस रोज। मैं यह सोचने लगा था कि कहीं हम बेकार ही दीवारों से सिर तो नहीं टकरा रहे हैं। क्या कभी इस काली रात के बाद सवेरा भी आएगा? क्या इस काली जिल्द के पेट की अंतड़ियों के टुकड़े-टुकड़े करने में हम सफल हो पाएँगे? ये प्रश्न बार-बार मेरे मस्तिष्क पर चोट करने लगे। काली जिल्द की अंतड़ियाँ मेरे विचारों को चारों ओर से अपने जाल में जकड़ने लगीं। मैं उन भयानक अंतड़ियों के जाल में फँसे कीड़े सा छटपटाता कभी भी अपने इस संघर्ष के अंत की प्रतीक्षा करने लगता और कभी मुझे रोशनी की कोई नई किरण दिखाई देने लगती। इस समय तो चारों ओर इतना गहरा अँधेरा था कि उसमें मकड़ी भी अपना शिकार खोज नहीं पा रही थी।

कभी-कभी मुझे लगता कि मैं एक ऐसे वीरान रेगिस्तान में भटक गया हूँ जिसका दूर-दूर तक कोई किनारा नहीं है और मैं बेकार ही मृग-मरीचिका के पीछे दौड़ रहा हूँ। मैं प्यास से छटपटाकर प्राण त्यागने ही वाला हूँ तभी मुझे अपने सम्मुख उफनती नदी दिखाई देती और साथ ही नजर आता जेल की सलाखों के पीछे हँसता हुआ जीवंत आदमी। मैं सिर को एक हलका सा झटका देता और अपने काम में जुट जाता। भूमिगत आंदोलनकारियों के पास जेल से आए संदेशों का शीघ्रातिशीघ्र पहुँचना सदैव अनिवार्य होता था। इस मामले में किसी प्रकार की शिथिलता करने से आंदोलन की गति मंद पड़ सकती थी, यह मैं भली-भाँति जानता था।

□

## जीवन

मोहन सिंह जब भी मुझे मिलता अथवा उसका कोई संदेश आता तो वह जीवन के विषय में अवश्य पूछताछ करता था। न जाने उसे क्या मोह हो गया था जीवन से। मैंने जीवन के संबंध में जानकारी प्राप्त करने की बहुत कोशिश की, परंतु मुझे विशेष कुछ ज्ञात नहीं हो सका। एक दिन जब पेशी पर मैं मोहन सिंह से मिलने अदालत में पहुँचा तो उसने बताया कि जीवन गिरफ्तार हो गया है और अब उसकी पत्नी की देखभाल की जिम्मेदारी भी मुझे उठानी होगी। मेरा चौंकना स्वाभाविक था, क्योंकि मोहन सिंह ने उसके शादीशुदा होने की बात तक कभी की नहीं थी—पर यह सब उसे भी कहाँ पता था। यह जीवन ने उसे जेल में आने के बाद ही बताया होगा। मैंने उससे कहा कि वह जीवन की सारी कहानी मुझे लिख भेजे और उसकी पत्नी तुरंत मुझसे संपर्क करे ताकि उसके लिए कुछ उचित व्यवस्था की जा सके।

दो दिन बाद जेल से कुछ कागज मेरे पास पहुँचाए गए, उनमें जीवन के बारे में काफी कुछ लिखा था। मोहन सिंह ने लिखा था, हमारी गिरफ्तारी के बाद जीवन उस दुलहन बनी लड़की रजनी को लेकर इस शहर से निकलने में सफल हो गया था। रजनी एक बहुत बड़े यूनियन नेता वीरेंद्र शर्मा की इकलौती संतान है और उस समय वह एक हॉस्टल में रहकर अपनी पढ़ाई पूरी कर रही थी। छुट्टियाँ होने के कारण वह अपने पिता के पास दिल्ली आई हुई थी, जब उस शादीवाली मीटिंग की योजना बनी। ऐसे समय में किसी भी जवान लड़की का इस प्रकार के काम के लिए उपलब्ध होना असंभव नहीं तो कठिन अवश्य ही था। इस कठिनाई का समाधान स्वयं रजनी ने किया था। उसने स्वयं अपने आपको इस यज्ञ की आहुति के लिए समर्पित करने का प्रस्ताव रखा था।

रजनी बी.ए. द्वितीय वर्ष की छात्रा थी और अपने भावी जीवन के अनेक सपने उसने अपनी आँखों में सँजोए हुए थे। क्योंकि उसके पिता एक प्रसिद्ध ट्रेड यूनियन के बड़े नेता थे, फलतः वह जीवन की कठोर वास्तविकताओं से पूरी तरह से परिचित थी। अपने पिता की अनेक जेल-यात्राओं के अनंतर अनगिनत कठिनाइयों को झेला था उसने। दबे-मुँदे संकेतों से पिता ने उसे चेतावनी भी दी थी कि जो तुम करने जा रही हो उसका परिणाम जेल-यात्रा भी हो सकता है। मोहन सिंह ने भी उसकी आयु को देखते हुए ऐसे पचड़ों से दूर ही रहने का परामर्श दिया था, परंतु वह तो इसके लिए पहले से ही अपने आपको तैयार कर चुकी थी।

शादीवाले दिन जब रजनी जीवन के साथ विवाह मंडप में बैठी तो उसे एक अलौकिक सुखानुभूति का अनुभव हुआ। वह सचमुच अपने आपको दुलहन समझने लगी। तभी पुलिस ने वहाँ 'रेड' डाली थी और किसी तरह वह जीवन के साथ घसीटती हुई वहाँ से भागने में सफल हो गई। उसे बचाने के प्रयास में ही तो मोहन सिंह गिरफ्तार हो गया था। मोहन सिंह नहीं चाहता था कि किसी भी हालत में वह पुलिस के हाथ आए। हिरासत में लिये गए व्यक्तियों में रजनी के पिता भी सम्मिलित थे।

विवाह मंडप के काफी दूर निकल जाने के बाद जब इन लोगों ने एक गली के किनारे साँसों पर नियंत्रण किया तो इन्हें अपने कपड़ों का ध्यान आया, परंतु अब चारा ही क्या था। शहर में कोई ऐसी जगह नहीं थी जहाँ रात बिताई जा सके। कपड़े बदलने का भी कोई रास्ता नहीं था। उन्होंने अपने शरीर पर धारण अनावश्यक नकली जेवरों को उतार दिया और उन्हें शेरवानी में लपेटकर वहीं बह रहे नाले के हवाले कर दिया। अब जीवन चूड़ीदार पाजामा और कुरता पहने हुए था जो कुछ-कुछ उसके मुसलमान होने का आभास देता था। रजनी ने भी अपनी साड़ी से गोटा-किनारी उखाड़कर फेंक दी। अब वह नवविवाहिता युवती दिख रही थी।

डरते-डरते दोनों पैदल ही शहर से बाहर जानेवाली सड़क पर बढ़ चले। अभी थोड़ी ही दूर चले होंगे कि पुलिस की गश्ती जीप वहाँ से निकली। दोनों चौंककर एक बरामदे में आ गए। वह बरामदा आसफ अली रोड के पीछे के एक साधारण दरजे के होटल का था। इस होटल में जीवन कई बार अपने साथियों के साथ चाय इत्यादि पीने के लिए आ चुका था। वह जानता था कि इस होटल के ऊपर पाँच-छह कमरे बने हुए हैं जिसमें अकसर आसपास के शहरों से आनेवाले सेल्समैन ठहरा करते हैं। एक वेटर को बाहर निकलते देखकर उसकी बाँछें खिल उठीं। वह लपककर उसके पास पहुँचा और संक्षेप में उसे अपनी विषम स्थिति के विषय में समझाया।

थोड़ी देर के बाद वह वेटर अंदर गया और फिर तत्काल ही उन्हें बुलाने के लिए लौट आया। सारी 'स्कीम' उन्हें समझाकर अंदर ले गया। उसने होटल के मालिक को बताया कि उसके एक दोस्त की आज ही शादी हुई है पर गरीब होने के कारण उसका बहुत बड़ा परिवार एक ही कमरे में रहता है, पिछलीवाली बस्ती में ही। अच्छा हो आप एक कमरा उन्हें सिर्फ आज की रात 'हनीमून' मनाने के लिए दे दें। मालिक ने रजिस्टर उनके सामने कर दिया। जीवन का जाना-पहचाना सा चेहरा देखकर वह आश्वस्त भी हो गया था। मिस्टर एवं मिसेज अब्दुल नसीम के नाम से रजिस्टर में 'एंट्री' करके जब वे ऊपर कमरे में पहुँचे तो उनकी जान-में-जान आई। वेटर को कुछ भारी टिप और अगले दिन के लिए हिदायतें देकर जीवन ने विदा किया।

कमरे में चारों ओर नजर डाली तो देखा कि सीलन से भरा वह बहुत साधारण सा कमरा था। जीवन की नजरें 'डबल बैड' पर आकर ठहर गईं। एक बैड पर रजनी सिमटकर बैठ गई थी, नवविवाहिता दुलहन की तरह। घबराहट अथवा उत्तेजना के कारण वह बहुत थक गई थी। जीवन को न जाने क्या-क्या होने लगा। उसके कंठ में जैसे काँटे से उग आए थे। पास रखी सुराही से पानी निकालकर वह एक ही साँस में पूरा गिलास पी गया। उसका सारा बदन पसीने से नहा उठा था। पूरी 'स्पीड' से उसने पंखा खोल दिया। पंखे की तेज हवा से रजनी का आँचल उसके सिर से हट गया और उसने अपना चेहरा घुटनों में छिपा लिया। न जाने क्यों अब वह स्वयं को दुलहन ही समझ रही थी।

अब तक जीवन और रजनी की परस्पर कोई बातचीत नहीं हुई थी बल्कि दोनों ने एक-दूसरे को ठीक से देखा भी नहीं था। वैसे भी दोनों एक-दूसरे से सर्वथा अपरिचित थे। अब तक तो जान बचाने की चिंता थी और जब उस चिंता से मुक्ति मिली तो उन्होंने अपने आपको एक विचित्र स्थिति में पाया। उन्हें कुछ समझ नहीं आ रहा था कि यह सब कैसे और क्योंकर हुआ। भाग्य के सहारे शायद वे इस स्थिति में पहुँच गए थे। जीवन मौन सा खड़ा था। रजनी ने ही मौन तोड़ा और बोली थी, 'कब तक खड़े रहोगे, बैठो न'।

'हाँ बैठना ही पड़ेगा, किसी-न-किसी तरह रात तो बितानी ही है।' जीवन ने धीरे

से उत्तर दिया, फिर बोला, 'पर सिर्फ रात बिताने से क्या होगा; कल सुबह क्या करेंगे? सारे लोग तो पकड़ लिये गए हैं और जो बच निकले होंगे वे कहाँ जा पहुँचे होंगे, हमारी तरह, कौन जाने! रात तो अब किसी तरह कट ही जाएगी पर कल की योजना तो बनानी ही चाहिए।'

रजनी ने कोई उत्तर नहीं दिया, बहुत देर तक दोनों चुप रहे थे, किसी को कुछ समझ में आए तो बोले। जीवन ने मौन तोड़ते हुए कहा था, 'अच्छा पहले हम आपस में परिचय तो कर लें। पति-पत्नी बने बैठे हैं पर एक-दूसरे को जानते तक नहीं।' रजनी समझ रही थी कि उसने वातावरण की बोझिलता कम करने के लिए चुहल की है।

रजनी ने संक्षेप में बताया था कि वह शर्मा साहब की इकलौती संतान है। पिलानी हॉस्टल में रहती है। यहाँ पिताजी से मिलने आई और इस स्थिति में फँस गई, परंतु उसे इसका कोई दुःख अथवा अफसोस नहीं है। ऐसे बलिदान तो करने ही पड़ते हैं, फिर उसने यह भूमिका अपने लिए स्वयं ही पसंद की थी। इसलिए मेरी ओर से आप निश्चिंत रहें। जो भी होगा, अच्छा ही होगा। बहुत बड़ी समस्या होगी तो मैं हॉस्टल लौट जाऊँगी, इसलिए यह कोई विशेष चिंता की बात नहीं है।

जीवन उसकी साफगोई और दृढ़ता से बहुत प्रभावित हुआ। उसके सामने यह बात साफ हो गई थी कि यह लड़की कोई बोझ बनने वाली नहीं, बल्कि कुछ-न-कुछ हाथ ही बँटाएगी।

जीवन ने उसे बताया था कि उसका दुनिया में कोई नहीं है। माँ बचपन में ही मर गई थी और बाप का जब देहांत हुआ था तो वह दसवीं में पढ़ता था। उसके पिता एक प्राइवेट फर्म में नौकर थे। फर्म का मालिक अत्यंत लोभी प्रकृति का आदमी था और दवाइयों में मिलावट का धंधा करता था। उसके पिता की मृत्यु का कारण मिलावटी दवाइयाँ ही बनी थीं। तीस साल की नौकरी में उसके पिता को सेठ के असली धंधे का पता नहीं लग सका था। मरते समय जब उन्हें यह बताया गया तो उन्हें बहुत दुःख हुआ था कि वह एक ऐसे व्यक्ति की सेवा करते रहे जो देश और समाज के ही नहीं, सारी मानव जाति के नाम पर कलंक है। पिताजी के मरने के बाद मैं जगह-जगह मारा-मारा फिरता रहा। कहाँ-कहाँ नहीं भटका और क्या-क्या नहीं किया मैंने। फिर भी मुझे पढ़ाई में रुचि हो गई थी और किसी-न-किसी तरह प्राइवेट बी. ए. कर लिया। बी. ए. करने के बाद मुझे पिछले ही साल बैंक में नौकरी मिल गई और मैं मोहन सिंह के संपर्क में आया। बड़ा भाई सा लगा वह मुझे और मैंने मन-ही-मन स्वयं को उसके लिए समर्पित कर दिया। इतना अपनत्व कभी किसी ने नहीं दिया जितना उसे मोहन सिंह से मिला था।

दोनों ने वह रात होटल के उस अजनबी कमरे में जागते हुए काट दी। रजनी के बहुत आग्रह करने पर भी जीवन सो नहीं सका था और इसी तरह रजनी भी पलंग की

पट्टी पर बैठी रही थी रात भर। न जाने क्या-क्या बातें करते रहे थे दोनों। एक-दूसरे को जितना वे उस रात जान पाए उतना जानने के लिए लोगों को वर्षों लग जाते हैं। विडंबना यह थी कि इस समय न तो रजनी का कोई ठौर-ठिकाना था, और न ही जीवन का। रजनी यद्यपि हॉस्टल लौट सकती थी, परंतु वैसा वह मन से चाहती नहीं थी। थोड़ा-बहुत जोखिम उठाने में उसे बहुत मजा आता था। जीवन ने उसे समझाने का लाख प्रयत्न किया कि वह सुबह ही हॉस्टल लौट जाए, परंतु वह इसके लिए सहमत नहीं हुई। उसका कहना था कि शायद इस आंदोलन में सक्रिय योगदान देने के लिए ही वह यहाँ आई हो। बहुत ही रोमांचक लग रहा था उसे यह सब। इसके परिणाम क्या निकल सकते हैं, न तो वह समझती थी और न ही समझना चाहती थी। उसकी जिद के सामने जीवन ने हथियार डाल दिए। मुख्य कठिनाई अभी ज्यों-की-त्यों थी जिसके विषय में सोच-सोचकर जीवन मन-ही-मन परेशान हो रहा था कि इस अनजान, वह भी सुंदर एवं युवा लड़की को लेकर कहाँ जाया जाए, और यदि कोई परिचित मिले तो क्या कहकर इसका परिचय करवाया जाए। इतना ही नहीं अपने साथ-साथ अब उसे पुलिस से बचाने का दायित्व भी जीवन के ही कंधों पर था।

सारे साथियों से संपर्क-सूत्र टूट चुके थे। सुबह वेटर जीवन के लिए कुछ कपड़े इत्यादि लेकर लौटा था। रजनी के लिए धोती-ब्लाउज भी वह अपने पड़ोस से माँग लाया था। जब दोनों होटल से बाहर निकले तो उनके चेहरों पर एक अजीब आत्मविश्वास था और इससे भी बढ़कर था दोनों को एक-दूसरे पर विश्वास। रात में जीवन के संयम और आदर्श भरी बातों ने रजनी का दिल जीत लिया था और रजनी में रूप और साहस का जो मिश्रण जीवन ने देखा, वह वास्तव में अद्‌भुत था।

आसफ अली रोड से निकलकर दोनों रिंग रोड तक पैदल ही चले आए और गुड़गाँव जानेवाली एक बस में चढ़ गए। जीवन ने अपनी गरीबी के कुछ मास इस कस्बे में व्यतीत किए थे, फलतः उसके वहाँ दो-चार परिचित भी थे जिनसे कुछ सहयोग मिलने का विश्वास जीवन को था। गुड़गाँव-दिल्ली के पास एक अच्छा कस्बा है। यद्यपि यह शहर हरियाणा में है, फिर भी दिल्ली का एक भाग ही लगता है। जीवन का विचार था कि गुड़गाँव में रहते हुए वह आसानी से दिल्ली में होनेवाली गतिविधियों की जानकारी प्राप्त कर सकेगा और आवश्यकता पड़ने पर अपने साथियों के लिए उपलब्ध भी रहेगा। गुड़गाँव में यदि अधिक दिन रुकना भी पड़ा तो कुछ-न-कुछ रहने-खाने की व्यवस्था हो सकेगी, परंतु वास्तविक समस्या रजनी के परिचय की थी।

अभी उनकी बस हरियाणा बॉर्डर पर पहुँची ही थी कि बस को रोक लिया गया। चारों ओर पुलिस का पहरा देखकर दोनों बुरी तरह चौंक गए थे। शीघ्र ही कुछ कर्मचारी बस में पुलिस के साथ चढ़ आए और जो हाथ लगा उसे घसीटकर नीचे उतार लिया

गया। पास ही गड़े एक तंबू में उन्हें बारी-बारी से ले जाया जाने लगा और निरीह पशुओं की भाँति उनकी नसबंदी की जाने लगी। रजनी के हाथों में लगी मेंहदी यहाँ काम आ गई और उसे नवविवाहिता जानकर शायद उस कर्मचारी को उस पर दया आ गई और वह आगे बढ़ गया। थोड़ी ही देर में बस में से आधे से अधिक पुरुषों को उतार लिया गया और ड्राइवर को बस ले जाने का हुक्म हुआ। जिन यात्रियों का सामान ऊपर रखा था, उसे नीचे फेंक दिया गया। उनकी इस हालत पर दोनों खून का घूँट पीकर रह गए। 15 मिनट बाद वह गुड़गाँव पहुँच गए पर उनकी आँखों के सामने रह-रहकर वह दृश्य कौंध जाता और कैंप में ले जाए गए व्यक्तियों का चीत्कार पिघले सीसे की तरह उनके कानों में उतर जाता।

गुड़गाँव पहुँचकर उन्हें ऐसा लगा कि जैसे पूरे कस्बे में मुर्दनी छाई हुई हो। अनेकानेक अत्याचारों के बाद भी दिल्ली में कम-से-कम बाजारों में चहल-पहल तो नजर आती ही थी। दिल्ली से केवल 20 मील दूर यह कस्बा ऐसे वीरान पड़ा था जैसे यहाँ कोई महामारी फैली हो। उन्हें पता लगा कि अधिकांश पुरुष अपने-अपने घर छोड़कर जंगलों में भाग गए हैं। इसका एक लाभ अवश्य हुआ कि उनका इस तरह कस्बे में आना किसी को खला नहीं। सभी अपनी-अपनी चिंताओं में ग्रस्त थे। किसी में किसी को कुछ कहने-सुनने की हिम्मत थी ही नहीं। ऐसे सन्नाटे में जब जीवन ने एक घर के दरवाजे पर दस्तक दी तो अंदर से एक बुढ़िया का बीमार सा स्वर सुनाई दिया, 'अभी खोलती हूँ, कौन है?'

'मैं जीवन हूँ चाची।' उसने उत्तर दिया।

बुढ़िया ने दरवाजा खोलकर दोनों को अंदर कर लिया और जमीन पर बिछी चटाई पर लेटते हुए उन्हें बैठने को कहा।

एकाएक बिना सामान के जीवन को आया देख बुढ़िया अचकचा सी गई थी। तिस पर एक सुंदर सी लड़की उसके साथ थी। इससे पहले बुढ़िया कुछ बोलती जीवन ने उसकी जिज्ञासा को भाँपते हुए कहा, 'चाची, यह तेरी बहू है रजनी। पिछले हफ्ते शादी की है। अभी जब यहाँ आ रहे थे तो रास्ते में सारा सामान पुलिस ने छीन लिया। बड़ी मुश्किल से बचे हैं हम दोनों…' और जीवन ने सारी घटना ब्यौरेवार सुना दी।

'हाँ बेटा, यहाँ तो यही हो रहा है, जिसे देखो उसी की नसबंदी की जा रही है। शुक्र है भगवान् का जो तू बच गया। क्यों? रहा तो तू मजे में इन दिनों। सुना है बड़ी अच्छी नौकरी पा गया है दिल्ली में।'

'हाँ चाची, नौकरी तो बैंक में मिल गई थी पर इस एमरजेंसी में छूट गई। इसीलिए तो यहाँ आना पड़ा तेरे पास।'

'कोई बात नहीं बेटा। भगवान् सबका सहारा है। उसने शायद मेरी मदद के लिए

ही तुझे भेजा है। मेरी दुकान तो पुलिस ने तोड़ दी है पर थड़े पर चाय इत्यादि बनाकर बेच लेती हूँ। इधर कुछ दिनों से तबीयत बहुत खराब है। हरामजादों ने जबरदस्ती मुझ विधवा की भी नसबंदी कर दी है। शायद कुछ घाव हो गया है, इसलिए काम पर नहीं जा सकी हूँ; अच्छा हो, तू वह काम सँभाल ले। सबका गुजारा चल जाएगा। हाँ, ज्यादा इधर-उधर नहीं निकलना; नहीं तो नोंचकर खा जाएँगे तुझे ये हरामजादे।' चाची के स्वर में गहरी घृणा थी। 'खैर। तू मेरा कागद साथ रखियो ताकि कोई तुझसे और इसके लिए कुछ न कहे, और तुझे काम करने दे।' चाची ने हिदायत दी।

एक बहुत बड़ी समस्या का सहज ही समाधान हो गया था। चिंता का भारी बोझ उतर गया था जीवन के सिर से। रजनी ने घर का सारा काम-काज सँभाल लिया और जीवन ने दुकान का। खाने भर का गुजारा चलने लगा था। दो-चार कपड़े भी बनवा लिये दोनों ने, पर आसपास हो रहे अत्याचारों को देखकर दोनों के लिए चुप बैठना बहुत ही कठिन था। उनके दिल में निरंतर आग सुलगती रहती। चाची रजनी से इतनी प्रसन्न थी कि निरंतर उसे गोद भरने के आशीर्वादों से मालामाल किए रहती। ऐसे अवसरों पर रजनी की हालत देखते ही बनती थी, पर चारा ही क्या था ऐसी स्थिति में, सिवाय चुप रहने के। धीरे-धीरे उन्होंने उस कस्बे में चल रहे गुप्त आंदोलनों की जानकारी हासिल करनी शुरू की और शीघ्र ही जीवन की चाय की दुकान गुप्त गतिविधियों का केंद्र बन गई। गाँव में अलख जगाने का काम चल निकला। जीवन ने दो-एक विश्वस्त साथियों को दिल्ली भी भेजा ताकि वहाँ की गतिविधियों की जानकारी मिल सके पर वे असफल ही रहे। केवल इतना ही समाचार ला पाए कि मोहन सिंह और उसके साथी जेल में ठीक-ठाक हैं। मोहन सिंह के यहाँ लड़का होने की बात भी उन्होंने बताई।

मोहन सिंह के घर लड़का होने की बात सुनकर जीवन अपने पर काबू न रख पाया और दिल्ली जाने के लिए उतावला हो उठा परंतु रजनी एवं चाची उसे किसी-न-किसी बहाने रोके रहीं। उसके साथियों ने भी उसे समझाया कि उसके लिए दिल्ली जाना मौत के मुँह में जाने के बराबर है। इन्हीं दिनों उसे एक समाचार मिला कि मोहन सिंह के एक साथी को जमानत पर रिहा करते ही जेल के दरवाजे पर पुनः गिरफ्तार कर लिया गया है और अब वह मीसा में बंद है। बुझ सा गया था जीवन। इधर गुड़गाँव में निरंतर बढ़ती हुई भूमिगत गतिविधियों से पुलिस बहुत चिंतित थी और ऊपर से निरंतर आदेश आ रहे थे कि इस संबंध में तत्काल कार्यवाही की जानी चाहिए।

इन तीन महीनों में रजनी के लिए स्वयं पर काबू रखना बहुत कठिन हो गया था। अपेक्षाकृत जीवन अधिक व्यस्त था, फलतः उसे रजनी से अधिक चिंता अपने काम और साथियों की थी। रजनी दिनभर चाची के आशीर्वाद सुनते-सुनते ऐसे हो गई थी जैसे वास्तव में जीवन की ब्याहता हो। रात को जब जीवन उसके साथ आकर लेटता तो

उसका मन करता कि वह उसके पाँव दबाए, उसके सिर में तेल मल दे, पर मन मारकर रह जाती। जीवन भी उसकी तरफ देखता तो उसे अपने मन पर संयम रखना कठिन प्रतीत होता। कई बार तो वह रात भर जागता रहता। कभी-कभी ऐसा भी होता कि दोनों रात भर करवटें बदलते रहते। दोनों अपने आपको एक विचित्र स्थिति में फँसा पा रहे थे। दोनों के युवा मन परस्पर आकर्षण में अभिभूत हो छटपटाते परंतु आदर्श की बेड़ियाँ संयम की सीमा लाँघने न देतीं। देश की विकट परिस्थितियाँ, भूमिगत आंदोलन से उनका जुड़ाव और लक्ष्य के प्रति उनकी गंभीरता उन्हें ऐसे क्षणिक आवेगों को झटक देने को प्रेरित करतीं। दोनों अपने मन और तन पर निरंतर दोहरा दबाव अनुभव करते। फिर सबसे बड़ी बात पहल की भी थी। दोनों को एक-दूसरे की भावनाओं का अहसास तो था परंतु विश्वास नहीं।

ऐसी ही एक रात्रि में जब रजनी का कंठ सूख रहा था और वह पानी पीने के लिए उठी तो उसके पाँव में ठोकर लग गई। गिरते-गिरते बची थी वह। पर लाख सँभलने का प्रयास करते हुए भी वह पूरी तरह से जीवन पर झुक आई थी। नींद ने अभी जीवन को पूरी तरह से अपनी आगोश में नहीं लिया था। उसने लपककर रजनी को अपनी बाँहों में भर लिया था। रजनी ने कोई प्रतिवाद नहीं किया और अपने शरीर को उसके शरीर पर निढाल छोड़ दिया।

प्रातः ही जीवन रजनी को पड़ोस के एक मंदिर में ले गया था और वहीं उसने उसकी माँग में सिंदूर भर दिया था। रजनी का अंग-अंग पुलकित हो उठा। मनमाँगी मुराद पाई थी उसने, पर कितने अप्रत्याशित ढंग से, कैसी हालत में। जब शादी नहीं थी तो वह दुलहन बनी थी। उसने अपने हाथों में मेंहदी रचाई थी और धूमधाम से बारात आई थी, और जब शादी हुई है तो न वह दुलहन की तरह सजी और न ही बारात आई। चाची के उठने से पहले ही वे लोग घर लौट आए थे।

जीवन आते ही पुनः बिस्तर पर पसर गया था। जबकि रजनी ने घर का काम-काज करना शुरू दिया और जब चाची को चाय देने पहुँची तो बोली, 'आज इनकी तबीयत खराब है, क्यों न दुकान पर तुम चली जाओ।' चाची को क्या ऐतराज हो सकता था, वह तो रोज दोपहर को जाती ही थी, आज सुबह ही सही। चाची के जाते ही रजनी ने अंदर से कुंडी बंद की और आकर जीवन की बगल में लेट गई।

दोपहर तक दोनों उसी चटाई पर निढाल पड़े रहे।

रात को जब चाची लौटी तो रजनी को देखकर चौंक सी गई। उसे अचंभा हो रहा था कि एकाएक मुरझाया सा चेहरा खिल कैसे गया। कली के मुख पर फूल की आभा कैसे आ गई। रजनी थी कि उसके पाँव जमीन पर टिक नहीं रहे थे और वह बिखर-बिखर जाना चाहती थी। वह चाहती थी कि किसी को कुछ बताए परंतु वहाँ था ही

कौन? न ननद, न जेठानी और न ही कोई सखी-सहेली। उसने कसकर चाची को अपनी बाँहों में भर लिया था। चाची को समझ में कुछ नहीं आया और वह उसे प्यार भरी झिड़की देकर अलग हो गई।

जीवन के शरीर में एक मीठा-मीठा दर्द हो रहा था और उसका मन बिस्तर से उठने को कर ही नहीं रहा था। चाची जब उसके पास आकर बैठी तो उसने कराह कर करवट बदल ली। चाची कुछ कहे इससे पहले ही रजनी ने आकर उसे उठा दिया और चाची को बताया था कि इन्हें कुछ नहीं हुआ; बस हलका सा बुखार था जो अब तक तो कई बार उतर चुका। अब तो यह बहाना ही कर रहे हैं। रात्रि को दोनों ने सदैव की तरह दो बिस्तर बिछाए और एक पर ही सो गए।

प्रात: जब जीवन दुकान पर पहुँचा तो उसे अपने पुलिस के सूत्रों से समाचार मिला कि दिल्ली पुलिस उसकी तलाश में है। दिल्ली से कुछ लोग विशेष रूप से उसकी खोज में आए हैं जो उसे पहचानते हैं, फलत: उसके लिए यह जगह छोड़ देना नितांत जरूरी है। कल भी दुकान पर न आने के कारण ही वह बच गया था। जीवन ने दुकान बंद की और उलटे पाँव लौट पड़ा। घर पहुँचकर उसने रजनी को सारी स्थिति बताई और उसे ढाढ़स बँधाया और कहा कि वह शीघ्र ही कहीं रहने की व्यवस्था करके उसे ले जाएगा। उसके बाद वह चाची के पास पहुँचा और उसे बताया कि किसी विशेष कारण से उसे शीघ्र ही दिल्ली जाना पड़ रहा है। जब तक वह लौटे, रजनी यहीं रहेगी। चाची ने जब रजनी का जिम्मा ले लिया तो वह शीघ्र ही घर से निकल गया। गुड़गाँव से पैदल ही वह खेतों-खेतों में दिल्ली की ओर चल पड़ा और जब हरियाणा की सीमा पार कर ली तो पक्की सड़क पर आया। एक बस में बैठकर दिल्ली पहुँच गया।

□

दिल्ली को तथाकथित पेरिस की तरह सुंदर बनाए जाने का अभियान तेजी से चल रहा था। ऐसा लग रहा था कि दिल्ली में बुलडोजर सरकार है और चारों तरफ इन्हीं बुलडोजरों का ही बोलबाला है। तुर्कमान गेट पर हुए गोली कांड के कारण लोगों में आक्रोश तो है पर अपनी बेबसी पर वे स्वयं ही हैरान हैं। कहीं कोई विरोध का स्वर नहीं, सब ओर चुप्पी; गहरी चुप्पी।

चाँदनी चौक में जीवन ने देखा कि लोग स्वयं ही अपनी दुकानों के तख्ते काट रहे हैं। संगमरमर की बनी सलीकेदार सुंदर पटरियाँ तोड़ रहे हैं और दुकानों पर जगमगानेवाले मूल्यवान 'न्योन साईन' नीचे कूड़े के रूप में पड़े हैं। सारे बाजार में पीले और लाल रंग के एक ही प्रकार के बोर्ड उसे दिखाई दिए। उसे लगा जैसे वहाँ पर बोर्डों का समाजवाद आ गया हो। जिधर भी उसने नजर घुमाई उसे तोड़-फोड़ और खँडहर दिखाई दिए। करोल बाग के घने बाजार में बनी इमारतें उसे आधी-आधी गिरी हुई दिखाई दीं और

सबसे अधिक अचंभा तो उसे तब हुआ जब उसने पटेल नगर में कुछ ठेकेदारों को मजदूरों सहित फेरी लगाते देखा। ये हाथों में बड़े-बड़े हथौड़े और मोटे-मोटे सरिए उठाए आवाज लगा रहे थे—'मकान तुड़वा लो'। लगभग हर घर पर स्त्री-पुरुष मकानों के छज्जे तोड़ने में व्यस्त दिखाई दिए। कैसा राष्ट्र-निर्माण था यह, उसे कुछ समझ में नहीं आया। पूछने पर पता लगा कि नगर निगम द्वारा नोटिस जारी किया गया है कि यदि आज सब छज्जे तोड़े नहीं गए तो निगम स्वयं ये छज्जे तुड़वा देगा और मकान मालिकों से 60 रुपया प्रति घंटा की दर से इसके लिए मजदूरी वसूल की जाएगी। बेकार श्रमिकों को मजदूरी देने की शायद यह कोई ऐसी क्रांतिकारी योजना थी जिसकी कल्पना तक कभी जीवन और उसके साम्यवादी साथी नहीं कर पाए थे।

अचंभा तो इस बात का था कि जिस हथौड़े की चोट भ्रष्ट प्रशासन पर पड़नी चाहिए थी उसका प्रहार लोग अपने घरों की दीवारों पर कर रहे थे। सबके चेहरे तनाव से खिचें थे पर उनके होंठ सख्ती से बंद थे। जैसे उन्हें यह डर हो कि होंठ खुलते ही कुछ सच मुँह से न निकल जाए। तिलमिलाकर रह गया था जीवन।

बड़ी कठिनाई से वह अपने कुछ साथियों से संपर्क कर पाया था, पर दिल्ली में पुलिस का इतना अधिक दबाव था कि उनके लिए किसी एक स्थान पर घंटा-दो-घंटा ठहरना भी खतरनाक था। कहाँ जाए, कहाँ रहे—यह समस्या सबसे बड़ी थी। वह शीघ्र ही कोई-न-कोई प्रबंध करके रजनी को अपने साथ ले आने के लिए आतुर था परंतु यहाँ तो कुछ उम्मीद ही नजर नहीं आ रही थी। जिन-जिन परिचितों पर कुछ विश्वास था उनके द्वार खटखटाने पर साफ इनकार सुनने को मिला। किसी ने दो टूक उत्तर दे दिया तो कोई बड़ी सफाई से टाल गया। आखिर आपातकाल के इस समय में जीवन जैसे खतरनाक व्यक्ति को अपने यहाँ रखकर कौन मुसीबत मोल ले।

रात्रि को हो रही एक बैठक में उसने अपनी आवास समस्या की ओर साथियों का ध्यान आकृष्ट किया पर इस समस्या का हल था ही किसके पास। थोड़ी देर बाद यह निर्णय लिया गया कि पश्चिमी दिल्ली की किसी कॉलोनी में कोई मकान किराए पर लिया जाए जहाँ रजनी रह सके। किराए के प्रबंध के लिए कोई विशेष दिक्कत थी नहीं। वैसे भी अब तक चार-छह महीने का खर्चा चलाने का पैसा जीवन के पास जमा हो चुका था। दो-चार रोज मकान की खोज की जाती रही और जब वह इस ओर से निराश हो गया तो उसने निश्चय किया कि मोहन सिंह के घर में लाकर ही रजनी को रखा जाए। इस संबंध में वह काफी रात गए महेंद्र सिंह के पास पहुँचा और उसे सारी स्थिति से अवगत कराया। महेंद्र सिंह ने तुरंत हाँ कर दी। पर ज्यों ही जीवन उस कॉलोनी के बस स्टॉप पर पहुँचा उसे गिरफ्तार कर लिया गया और रात्रि उसने गुड़गाँव में बिताने की बजाय पंजाबी बाग थाने की हवालात में बिताई।

वह रात जीवन के लिए बहुत कठिन थी। पुलिस के सिपाही रात भर उसे तरह-तरह से यातनाएँ देते रहे। एक-से-एक ऊलजलूल सवाल उससे पूछे जाते रहे, जिनसे उसका दूरदराज का वास्ता भी नहीं था। उसके हाथ-पैरों को बाँधकर रात भर खड़ा रखा गया और सुबह जब उसे अदालत ले जाया जाने लगा तो उसके लिए खड़ा हो पाना भी संभव नहीं था। मजिस्ट्रेट के सामने पेश किए बिना ही उसे पुलिस हिरासत में रखने की आज्ञा ले ली गई। पाँच दिन तक वह पंजाबी बाग थाने की हवालात में बंद रहा। क्या-क्या अत्याचार पुलिस ने नहीं किए उसके साथ। उसे भूखा रखा गया। उसके हाथों को बाँधकर नीचे जलती हुई मोमबत्तियाँ रख दी गईं। गुप्त अंगों पर प्रहार किए गए पर जो उससे पूछा जा रहा था न तो वह उस विषय में अधिक जानता था और न ही उन बातों को बताना तय था जिनके विषय में उसे जानकारी थी। हर चोट के उत्तर में उसका एक ही वाक्य गूँजता, 'मैं नहीं जानता'। जितने जोर का प्रहार होता उतने ही जोर से वह इनकार करता, जब तक वह बेहोश न हो जाता। न जाने इन दिनों वह कितनी बार बेहोश हुआ होगा। पुलिस की मार और अत्याचार से उसका पूरा शरीर सूज गया पर उसका मनोबल नहीं डिगा। पुलिस की बेंत टूट गईं पर उसका हठ नहीं टूटा। अंत में लाचार होकर उसके सूजे हुए शरीर को तिहाड़ जेल भेज दिया गया।

जेल में जीवन को तीन दिन तक तन्हाई में रखा गया। मोहन सिंह और अन्य आंदोलनकारियों को जब यह समाचार मिला तो उन्होंने तानाशाह सरकार के खिलाफ जी भरकर नारे लगाए परंतु वे बेकार दीवारों से टकरा-टकराकर लौटते रहे। बाद में जीवन को एक कमरे में ले जाया गया जहाँ पुलिस और प्रशासन के बड़े-बड़े अधिकारी थे। उन्होंने जीवन को हर तरह फुसलाना चाहा परंतु जीवन को बहकाना क्या इतना सहज था। चिढ़कर उसे एक गद्देदार कुरसी पर बिठा दिया गया और बिजली का एक बटन दबाते ही वह बहुत तेजी से घूमने लगी। शीघ्र ही जीवन को सारा संसार घूमता दिखाई दिया। जब वह कुरसी रुकी तो उसे लगा कि कमरे की पूरी छत अभी भी घूम रही है और चारों तरफ अनेक भयानक अस्त्र-शस्त्र टँगे हुए हैं। जीवन को बताया गया कि उसकी चुप्पी तोड़ने के लिए इनमें से किसी भी अस्त्र का उपयोग करने में उन्हें हिचक नहीं होगी। तब जीवन को ज्ञात हुआ कि ये लोग उसे किसी यंत्रणा-गृह में ले आए हैं। परंतु जीवन को न बोलना था, न ही वह बोला। उसे यह भी याद नहीं रहा कि वह कितनी बार बेहोश हुआ और कितनी बार पानी की बाल्टियाँ उसके सिर पर उँड़ेली गईं।

जीवन की गिरफ्तारी से जेल में बहुत उत्तेजना थी। थाने में उसके साथ होनेवाले सलूक का ज्ञान भी सबको हो चुका था। फलतः जब जीवन जेल के वार्ड में आया तो उसका स्वागत बड़े जोश के साथ एक हीरो की भाँति किया गया। देर रात तक आंदोलनकारी नारे लगाते रहे और पूरे जेल प्रशासन की नींद हराम कर दी उन्होंने। जो भी जीवन को

मिलता, उसके साहस की प्रशंसा करता।

मोहन सिंह जब उसके गले मिला तो दोनों फूट-फूटकर रो पड़े। ऐसा लग रहा था जैसे सब्र का बाँध टूट गया हो। रात भर जागकर दोनों एक-दूसरे को आप-बीती सुनाते रहे। यद्यपि पुलिस की हिरासत में वह पिछली कई रातें जागकर बिता चुका था पर आज की तो बात ही दूसरी थी। भले ही यह रात जेल में उसकी पहली रात थी, पर थी तो मिलन की रात।

बातों-बातों में उसने जब दुलहन बनी लड़की रजनी की चर्चा की तो मोहन सिंह सजग होकर बिस्तर पर उठकर बैठ गया। बोला, 'हाँ! क्या हुआ रजनी का, हम लोग उसके बारे में बहुत चिंतित हैं। हमें तो तुम्हारा कोई समाचार ही नहीं मिला, उसका बाप बहुत अधिक परेशान है।'

सिलसिलेवार ढंग से धीरे-धीरे जब जीवन ने अपने और रजनी के बारे में सबकुछ बता दिया तो मोहन सिंह ने सुख की साँस ली। मजाक में वह बोला, 'कमबख्त अपने ससुर से तो मिल ले, इसी बैरक में हैं।'

थोड़ी देर बाद मोहन सिंह जिस अधेड़ व्यक्ति को सोते से उठाकर लाया उसे उसने पहली बार विवाहवाली मीटिंग में देखा था पर वह नहीं जानता था कि वह रजनी के पिता हैं। ज्यों ही जीवन उनके पैर छूने को झुका, उन्होंने लपककर उसे छाती से लगा लिया। इसी तरह के व्यवहार का विश्वास रजनी ने उसे दिलाया था। उनके विवाह की बात सुनकर उनका मन कुछ बुझा हुआ था। वे बोले, 'न जाने क्या-क्या अरमान थे उसके विवाह पर निकालने को। तुम सा सजीला दूल्हा मिला भी तो नकली बारात के साथ। मैं अपनी इकलौती लड़की की शादी बड़ी धूमधाम से करना चाहता था। खैर! लेट द टाइम कम। मैं तो कभी-कभी उसकी ओर से निराश हो उठता था। सोचता न जाने कहाँ और किस हाल में होगी मेरी बेटी। यह तो मोहन सिंह का तुम पर अटूट विश्वास ही था जो मुझे ढाढस बँधा जाता था। शायद ऐसा ही होना था, नहीं तो तुम सा सजीला दामाद कहाँ मिल पाता।' इतना कहकर शर्माजी ने धोती के छोर से अपनी आँखों में आनेवाले आँसुओं को रोक दिया।

मोहन सिंह अवाक् दोनों को देख रहा था। कैसा अजीब सा लग रहा होगा दोनों को, मिले भी तो जेल में। रात में ही यह तय किया गया कि जीवन के स्वागत में कल सुबह जेल में एक समारोह आयोजित होगा और विवाहवाली मीटिंग के बारातियों को उसी मीटिंग में जो घराती बने थे खाना परोसेंगे एवं जीवन की शादी की विधिवत् घोषणा की जाएगी।

अगला दिन बहुत ही चहल-पहल के साथ व्यतीत हुआ। दिनभर लोगों का ताँता लगा रहा जीवन के पास। मोहन सिंह की अगले दिन अदालत में हाजिरी थी, फलतः

उसके द्वारा रजनी को संदेश पहुँचा दिया गया और उसकी देखभाल का दायित्व मुझे सौंपा गया। उसके पिता ने भी एक लंबा सा पत्र उसे लिखा जिसमें उन्होंने शुभकामनाएँ भेजी थीं, साथ ही चाची का धन्यवाद भी किया था। यह भी आदेश दिया गया था कि फिलहाल रजनी हर प्रकार की गतिविधियों से स्वयं को दूर रखे।

शर्माजी और जीवन का पत्र लेकर मेरा एक मित्र राजेंद्र गुड़गाँव जाकर रजनी को ले आया और उसका नलिनी की मौसेरी बहन के रूप में पड़ोसियों से परिचय करा दिया गया। यह भी प्रचारित किया गया कि रजनी किसी लंबी बीमारी के इलाज के सिलसिले में कस्बे से शहर में आई है। रजनी की सकुशल मेरे यहाँ पहुँचने की सूचना जीवन और शर्माजी को तत्काल भेज दी गई।

□

## रजनी

रजनी जब मेरे सामने आकर खड़ी हुई तो मुझे लगा कि कोई सुदृढ़ चट्टान एकाएक मेरे रास्ते में आ पड़ी हो। इस चट्टान की सतह अत्यंत चिकनी थी और मेरी नजरें उस पर एक पल भी ठहर नहीं पा रही थीं। नलिनी ने बढ़कर रजनी का स्वागत किया तो मैं चौंक पड़ा था। जैसे किसी उफनती हुई सरिता ने समूची चट्टान को अपने अंक में समेट लिया हो। रजनी के सुकोमल शरीर को देखकर यह विश्वास ही नहीं होता था कि इस गुड़िया सी लड़की में इतना साहस भरा हुआ है। पर दो दिन में ही मुझे उसकी क्षमता का अनुमान होने लगा था। घर का कामकाज करने में वह जितनी कुशल थी उतनी ही चतुर जोखिम भरे कामों को करने में भी थी। वास्तव में वह ऐसे जोखिम भरे काम करने को सदैव उतावली रहती थी और उपयुक्त अवसर आते ही वह सब कर गुजरती थी जिस पर दूसरे लोग अभी विचार ही कर रहे होते। इतनी कम आयु में इतनी निपुणता मैंने कहीं नहीं देखी थी। रजनी ने हमें बताया कि वह साइकिल से लेकर ट्रक-बस और विमान तक सभी वाहन चला सकती है। घुड़सवारी उसका प्रिय शौक रहा है, और दौड़ में तो उसको कोई पराजित कर ही नहीं सकता। हॉस्टल में रहकर यही सब तो सीखा है। इस सबसे बढ़कर भी जो चीजें सीखी है, वे हैं समय और परिस्थिति के अनुसार स्वयं को उसके अनुरूप बना लेना। उसने हमें बताया कि यह गुण मैंने अपने पापा से सीखा है, इसी के कारण मैंने कभी अपने आपको अकेला नहीं समझा। जहाँ भी गई, जहाँ भी रही वहीं की हो गई और वहीं के लोगों को अपना लिया।

यद्यपि रजनी का घर से बाहर निकलना जोखिम से खाली नहीं था पर वह अदालत जाने की जिद्द पर अड़ी हुई थी। आज जीवन की तारीख थी और उसे मिलने की जो बैचेनी उसके मन में थी उसकी कल्पना हम लोग सहज ही कर सकते थे। शर्माजी और मोहन सिंह की हिदायतों को सामने रखते हुए मैं उसे अदालत में ले जाने के लिए कतई

तैयार नहीं था पर मेरे सामने भी एक बड़ी विकट समस्या थी। मैं जीवन को पहचानता नहीं था, और न ही वह मुझे। यदि मैं अकेला जाकर उसे अपना परिचय दूँगा तो क्या वह मुझसे पूरी तरह खुलकर बातचीत कर सकेगा, इस बात की मुझे आशंका थी। मैं अभी ऊहापोह में पड़ा अदालत जाने की तैयारी कर ही रहा था कि मेरे सामने वह चट्टान फिर से आ खड़ी हुई। गौर से देखा तो सामने एक सरदार नवयुवक खड़ा था। वास्तव में यह रजनी थी जिसे मैं चट्टान के कारण पहचान चुका था—किसी अन्य द्वारा उसको पहचान पाना किसी भी तरह संभव नहीं था। वह वास्तव में एक सिख नवयुवक ही लग रही थी।

उसने जल्दी-जल्दी अपनी योजना मुझे ऐसे समझानी प्रारंभ की जैसे मैं उसे साथ ले जाने के लिए सहमत हो ही गया हूँ। यह बात और थी कि उसे सिक्ख वेश में देखने के बाद मुझे उसे साथ ले जाने में कोई आपत्ति नहीं थी। रजनी ने मुझे बताया कि वह दूर से ही उसे बता देगी कि जीवन कौन है। वह तो आपके बारे में जानता ही होगा कि आप वहाँ आएँगे। आप फौरन आगे बढ़कर उसे गले लगा लेना और उसके कान में फुसफुसा देना मैं इस वेश में हूँ। मैं मन-ही-मन उसकी योजना की दाद दिए बिना नहीं रहा। परंतु इस सबकी आवश्यकता ही क्या है, मैंने कहा। 'मैं अपने मित्र के रूप में तुम्हारा परिचय करवा सकता हूँ और थोड़ी ही देर में वह तुम्हें पहचान ही लेगा।' ये शब्द मेरे मुँह में ही थे कि मुझे अहसास हुआ कि अनायास ही मैं उसे अपने साथ ले जाने के लिए सहमति दे चुका हूँ। ज्यों ही हमें इस बात का अहसास हुआ, हम ठहाका लगाकर हँस पड़े। मजे की बात यह रही कि दोनों ने एक साथ ही इस बात का अर्थ समझा।

अदालत पहुँचकर हमें पता लगा कि जेल से कैदियों को लानेवाली गाड़ी अभी नहीं आई है। तिहाड़ जेल से राजनीतिक बंदियों को अब दिल्ली परिवहन निगम की बसों में लाया जाता था। क्योंकि जेल के वाहनों की संख्या तो गिनी-चुनी ही थी और प्रतिदिन एक बड़ी संख्या में बंदियों को अदालतों में लाना पड़ता था। यह संख्या भी निरंतर बढ़ती जा रही थी क्योंकि हर रोज प्रदर्शन करके कई प्रदर्शनकारी गिरफ्तारियाँ दे रहे थे। बस से सब आंदोलनकारियों को उतारकर पहले लॉकअप में रख दिया जाता था और फिर एक-एक, दो-दो की टोलियों में उन्हें विभिन्न अदालतों में पेश किया जाता था। प्रत्येक आंदोलनकारी की हैसियत के अनुसार उसके साथ सिपाही भेजे जाते थे। औसतन एक व्यक्ति के साथ दो-तीन सिपाही रहते थे जो उस पर कड़ी निगरानी रखते थे।

हम लोग अदालत के बाहर एक पेड़ के नीचे खड़े हो गए, कभी यहाँ एक छोटी सी सड़क हुआ करती थी जो मुख्य रूप से यमुना नदी के कुदसिया घाट तक स्नानार्थियों को पहुँचाने का कार्य करती थी। यह सड़क पूरी तरह से सुनसान रहा करती थी। सब्जी मंडी के बाद तो बहुत कम लोगों का इस ओर आना होता था। बर्फखाने से पुरानी दिल्ली के

रेलवे स्टेशन, चाँदनी चौक अथवा कश्मीरी गेट जाने के लिए इस सड़क के समानांन्तर जी. टी. रोड जाती थी। सवारी के रूप में ताँगे और ट्रामें उसी सड़क पर उपलब्ध होती थीं। इस सड़क पर लाशों को चीर-फाड़ करने के लिए बना एक मुरदाघर आज भी अपना अस्तित्व बनाए हुए है। उसी के साथ पीर बाबा की एक मजार थी जिसके विषय में लोग तरह-तरह की चर्चाएँ किया करते थे। दोपहर के समय वहाँ एक सफेदपोश पीर बाबा घूमते दिखाई देते हैं, ऐसा अनेक लोगों का दावा था। पास में ही भैरोंजी का एक मंदिर भी इस क्षेत्र को रहस्यमय सा बनाए रखता था। एक समय था जब गरमियों की दोपहर में अकेला आदमी इस ओर आने से भी डरता था।

समय व्यतीत करने के लिए हम इधर-उधर की बातें कर रहे थे। मैं रजनी को बता रहा था, 'इसी सड़क के साथ-साथ ऊपर की ओर जीत गढ़ की हरी-भरी पहाड़ी है। पुरानी दिल्ली के निवासियों के लिए यह पहाड़ी एक स्वास्थ्यवर्द्धक और आनंदमय सैरगाह है। सुबह और शाम इस पहाड़ी पर अनेक लोग घूमते दिखाई देते हैं। एक समय था जब किसी तीज-त्योहार पर यह सड़क पूरी तरह से व्यस्त हो उठती थी। कहीं पर खील-बताशे तथा लड्डुओं से भरे ठेले सजे होते तो कहीं गुब्बारे तथा खिलौनेवालों की आवाजें सुनाई देतीं। यमुनाजी में स्नान करने के लिए जाते हुए लोग प्रसाद लेते तथा लौटते समय यात्री गृहस्थी का छोटा-मोटा सामान खरीदते और चाट-पकौड़ी का आनंद लेते। यमुनाजी के आसपास बेला रोड पर तो मेला ही लग जाया करता था। जहाँ आज-कल रिंग रोड है, वहाँ तक यमुनाजी का पानी अकसर आ जाया करता था। जरा सी बाढ़ आने पर बेला रोड पूरी तरह से पानी में डूब जाता था।

'यह अदालत उन दिनों कश्मीरी गेट पर थी और अंतर्राज्यीय बस अड्डे तथा उसके सामने अब बने पुल का कहीं दूरदराज तक नामोनिशान नहीं था। जब दिल्ली की जनसंख्या अनाप-शनाप बढ़ने लगी तब मुकदमों की संख्या भी बढ़ी और अधिक अदालतों की आवश्यकता अनुभव की जाने लगी। फलस्वरूप तीस हजारी की ये अदालतें अस्तित्व में आईं। इस स्थान पर पहले एक बड़ा मैदान था जिसमें गुल्ली-डंडे के बड़े-बड़े मैच आयोजित होते थे। पतंग उड़ाना आसपास के निवासियों का प्रिय शौक था। भरी दोपहर में भी यहाँ लड़के घंटों पतंग उड़ाया करते।' इसी मैदान में कुछ पेड़ अदालत बनने के बाद भी बच रहे थे। उन्हीं में से एक की छाया में हम लोग खड़े जेल से आनेवाली बस की प्रतीक्षा कर रहे थे। यह बस नई दिल्ली न्यायालय से तीस हजारी कोर्ट और बाद में शाहदरा कचहरी के लिए जाती थी। अपने-अपने गंतव्य स्थानों पर कैदियों को उतार दिया जाता था और इसी प्रकार वापसी पर पुनः उन्हें भरकर बस लौट जाती थी। रोज ही दो-चार लोग बढ़ाकर जेल भेजे जाते थे। तपती दोपहरी में उस पेड़ के नीचे खड़े हम अपने-अपने विचारों में खो गए थे।

मुझे बहुत जोर से प्यास लगी थी परंतु वहाँ से हटकर पानी पीने जाना ठीक नहीं था। कौन जाने इस बीच बस आ जाए और मैं जीवन को पहले से देख पाने से वंचित रह जाऊँ। हमारे आस-पास न जाने कितने ही संभ्रांत घरों के स्त्री-पुरुष और बच्चे खड़े थे, अपने-अपने संबंधियों एवं मित्रों से मिलने के लिए। एक पुलिसवाला इस भीड़ को बार-बार पीछे हटा रहा था पर थोड़ी देर में लोग फिर सड़क तक पहुँच जाते थे। हाथों में कपड़े, खाने का सामान, फल और अन्य जरूरी वस्तुओं के थैले थामे लोग ऐसे लगते थे कि जैसे किसी रेलवे स्टेशन पर अपने किसी संबंधी के लिए सामान भेजने को आए हों और गाड़ी के आने में विलंब हो रहा है।

जीवन के लिए रजनी विशेष रूप से भोजन पकाकर लाई थी। इसके लिए वह सुबह से ही लगी थी। अनेक पकवान उसने जेल में भेजने के लिए भी बनाए थे, अपने पिता और मोहन सिंह के लिए। जीवन के कपड़े भी हम साथ में लाए थे। साथ ही कुछ किताबें और आवश्यक दवाइयाँ इत्यादि भी रख ली थीं।

मोहन सिंह की तरह जीवन पर भी मीसा लग गया था और साथ में दो केस डी.आई.आर. के भी बनाए गए थे। एक प्रकार से यह अच्छा ही था क्योंकि मीसा के बंदियों को अदालत में हाजिर नहीं किया जाता था और जेल में जीवन से मुलाकात करना बहुत कठिन कार्य होता, विशेष रूप से रजनी के लिए। मीसा में बंद व्यक्तियों को उनके रक्त से संबंधित रिश्तेदार ही मिल सकते थे। हमारी विवशता यह थी कि पुलिस को रजनी की भी तालाश थी। डी.आई.आर. के केसों के कारण जीवन को अदालत में हाजिर होना था और हमारे लिए मिलने का यह सबसे अधिक उपयुक्त अवसर था। मोहन सिंह पर भी डी.आई.आर. की धाराओं के अंतर्गत मुकदमे चलाए जा रहे थे, इसलिए उससे बार-बार मिलना हो जाता था; जबकि रजनी के पिताजी पर केवल मीसा लगाया गया था। ऐसा भी सुनने में आया था कि शीघ्र ही केवल मीसा में बंद व्यक्तियों को अंबाला जेल में स्थानांतरित कर दिया जाएगा क्योंकि दिल्ली की जेल में बहुत भीड़ बढ़ गई थी और रोज ही सत्याग्रही इस भीड़ को बढ़ाते जा रहे थे। पिता से न मिल पाने के कारण यद्यपि रजनी अंदर से बहुत उदास थी पर अपनी उदासी वह किसी पर प्रकट नहीं करती थी। विशेष रूप से मेरे सामने वह बहुत ही साहसी बनी रहती या शायद 'सुदृढ़ चट्टान' की आड़ में मैं उसकी उदासी को परिलक्षित ही नहीं कर पाता था।

अदालत के बाहरी बरामदे के साथ-साथ बैठे लोगों में कुछ खलबली हुई तो मैं समझ गया कि बस आ रही है। निरंतर कई दिनों से यह दृश्य देखते-देखते मैं इतना अभ्यस्त हो गया था कि मुझे कुछ भी बारीकी से देखना नहीं पड़ता था, जरा सी हरकत मुझे पूरी बात की सूचना दे जाती थी।

अदालत के गेट से बस अंदर आई और अर्धचक्राकार रूप में घूम गई। ड्राइवर के

साथ सबसे आगे की सीट पर एक झरना सा बहता दिखाई दिया तभी रजनी ने मुझे बताया कि सबसे अगली सीट पर खिड़की के साथ बैठा युवक जीवन है। मैं तत्काल आगे बढ़ा और खिड़की के पास सिपाही की उपस्थिति को नकारते हुए बोला, 'हैलो जीवन, मैं सहगल हूँ।' जीवन मुझे देखकर चौंका। उसने सोचा होगा कि मैंने उसे पहचाना कैसे, पर मुसकरा दिया था वह, और उसने हलके से हाथ हिला दिया। मैंने पहले से तय किए हुए सिपाही को बता दिया कि मेरा आदमी कौन सा है। अब उसे शीघ्रातिशीघ्र लॉक रुम से लाने की जिम्मेदारी उसकी थी। इस जिम्मेदारी का निर्वाह वह सदैव ही बड़ी तत्परता से करता था क्योंकि इस प्रकार उसे पाँच रुपए की अपनी आमदनी का पूरा विश्वास रहता था। फिर भी जीवन को बाहर लाने में उसे लगभग आधा घंटा लग गया। यह आधा घंटा मैंने और रजनी ने लगभग बिना बोले ही काटा। रजनी की उत्कंठा का अनुमान मैं सहज ही लगा सकता था। उसका शरीर रह-रहकर रोमांचित हो उठता।

जब जीवन पुलिस के सिपाहियों के साथ बाहर निकला तो मैंने तत्काल उसे अपने गले से लगा लिया और जैसा कि तय था उसे बता दिया कि किस वेश में रजनी मेरे साथ है। उसके गले में हाथ डाले-डाले मैं उसे बरामदे से बाहर अहाते में ले गया। पुलिसवालों की ओर से हमें कोई शंका थी ही नहीं। ज्यों ही उसने रजनी की ओर देखा, वह लपककर उसके गले जा लगी। अदालत के अहाते में इस आलिंगन को देखकर मुझे लगा कि शायद इसीलिए रजनी जिद कर रही थी कि मैं जीवन से गले मिलूँ। शीघ्र ही दोनों ने अपने आपको संयत कर लिया और इस प्रकार बातचीत करने लगे जैसे दो मित्र वर्षों बाद मिले हों। हमारे साथ आए संतरी ने हमें इशारा किया कि हम थोड़ा हटकर चादर बिछा लें और वहाँ बैठ जाएँ। उसने हमें बताया कि यहाँ चप्पे-चप्पे पर सी.आई.डी. है, इसलिए भीड़ से हटकर बैठने में हमें बात करने में सुविधा होगी और कोई भी व्यक्ति हमारी बातें सुन नहीं पाएगा। चादर बिछाते हुए जब मैंने चारों ओर नजर घुमाई तो मुझे हर व्यक्ति सादे वस्त्र में सी.आई.डी. का कर्मचारी ही दिखाई दिया। मैंने मन-ही-मन उसका धन्यवाद किया और चादर पर बैठकर थैले से खाना निकालकर परोसने लगा।

जीवन अधिकतर रजनी से बातें करता रहा और उसे ढाढ़स बँधाता रहा कि उसके पिता का वह पूरा-पूरा ध्यान रखता है। शुरू से ही मोहन सिंह और उसके साथी सदैव यह प्रयत्न करते रहे कि उन्हें किसी भी प्रकार का कष्ट न उठाना पड़े। तुम्हें लेकर जो चिंता उन्हें हमेशा सालती रहती थी, अब तो वह भी दूर हो गई है। वैसे जेल में रोज ही इस प्रकार की खबरें आ रही हैं कि इंदिरा गांधी विरोधी दलों के नेताओं के साथ विचार-विमर्श करनेवाली हैं और शीघ्र ही सब लोगों को रिहा कर दिया जाएगा। रजनी को जीवन से बात करके बहुत तसल्ली हुई थी। यदि मैं रजनी को यहाँ न लाता तो शायद

उसकी तड़प को कम करने में कभी भी सफल न हो सकता था।

मैंने लक्ष्य किया कि अपने पर हुए अत्याचार के संबंध में जीवन बात करने को बिलकुल तैयार नहीं है। एक-दो बार मैंने और रजनी ने इस तरफ बात का रुख मोड़ना चाहा था परंतु किसी-न-किसी प्रकार जीवन वह प्रसंग ही टाल गया था। उसके हाथों में अभी तक पट्टियाँ बँधी हुई थीं जिसके फलस्वरूप रजनी रोटी के कौरे बना-बनाकर उसके मुँह में डाल रही थी। ज्यों ही वह कौर उठाती, उसकी आँखों में नमी बढ़ जाती। मैं सोच रहा था कि अब वह शीघ्र ही रो देगी और सिक्ख वेश की पोल खुले बिना न रहेगी। इससे पूर्व कि मैं रजनी को चेतावनी देता, वह स्वयं ही सँभल गई और किसी साधारण सी बात पर ठहाका लगाकर हँस दी। उसकी हँसी की आवाज सुनकर शायद एक-दो व्यक्ति चौंककर हमारी ओर देखने लगे थे पर हमने जान-बूझकर उनकी ओर कोई ध्यान नहीं दिया। खाना खाने के थोड़ी देर बाद जीवन को अदालत में पेश किया गया और बिना कुछ किए दस दिन बाद की तारीख दे दी गई। कुछ देर और हमारे साथ ठहरकर वह लौट गया और मैं रजनी को साथ लिये भारी मन से घर आ पहुँचा।

घर पहुँचने पर ज्ञात हुआ कि महेश नैयर काफी देर तक प्रतीक्षा करने के बाद लौट गया था। वह अनेक घटनाएँ सूत्र के रूप से एक कागज पर लिखकर छोड़ गया था जिसकी सहायता से मुझे समाचार बनाने थे और उन्हें एक निर्धारित पते पर पहुँचाना था ताकि 'जनवाणी' के आगामी अंक में उन्हें प्रकाशित किया जा सके। बिना कपड़े बदले ही मैं लिखने की अपनी मेज पर बैठ गया। रजनी को भी मैंने मेकअप उतारने से मना कर दिया। महेश ने विशेष सावधानी बरतने की चेतावनी नलिनी को दे दी थी, फलतः मैं चाहता था कि समाचार किसी ऐसे ढंग से निर्धारित स्थान पर पहुँचे कि किसी प्रकार के संदेह की गुंजाइश ही न रहे। लगभग एक घंटे में मैंने सारा मैटर तैयार कर दिया और महेश के लिखे हुए कागज को गैस पर जला डाला। सारा मैटर रजनी को देकर उसे निर्धारित स्थान का नक्शा समझा दिया और रजनी के जाने के बाद मैंने अपने एक साथी से फोन पर संपर्क किया। उधर से पहचानी हुई आवाज आने पर मैंने उसे बता दिया कि वह प्रसाद लेकर गया है। देखना वह ठीक से बँट जाए। उसका अभिप्राय था कि एक सिख युवक मैटर लेकर गया है और उसे जल्द ही छापना है।

लगभग दो घंटे तक भी रजनी नहीं लौटी तो मुझे चिंता हुई परंतु अब किया क्या जा सकता था। नलिनी रह-रहकर उद्विग्न हो रही थी कि मैंने उसे भेजा ही क्यों? मैं खुद उसकी खोज में जाना चाहता था पर यह सोचकर रह गया कि यदि रजनी किसी चंगुल में फँस गई है तो निश्चय ही मेरा भी वही हाल होगा। पर मन किसी तरह से मान नहीं रहा था। मैंने पुनः एक स्थान पर फोन किया तो पता चला कि मैटर तो मिल गया है परंतु उन्हें भी सिख युवक कुछ घबराया हुआ सा लग रहा था। मैंने विशेष कोई बातचीत किए बिना

फोन रख दिया। ज्यों ही मैं बाहर निकलने को हुआ दरवाजे पर रजनी सलवार-कमीज में खड़ी थी—वही सुदृढ़ चट्टान। अंदर आते हुए उसने कहा, 'बाहर खड़े स्कूटरवाले को किराया चुका आओ पहले।'

मैं स्कूटर का किराया चुकाकर लौटा तो मेरे पूछने पर उसने बताया कि मैं ज्यों ही मैटर देकर वापस लौटी तो मोती सिनेमा के पास भीड़ में कोई मुझसे टकरा गया। शायद मेरे शरीर के किसी कोमल अंग को छूते ही उसे मुझ पर शक हो गया और मैं भी घबरा गई, परंतु मैंने हिम्मत से काम लिया और सीसगंज गुरुद्वारे की ओर मुड़ गई। वह व्यक्ति मेरे पीछे-पीछे आया। उसे अपना पीछा करते देख मैं गुरुद्वारे के भीतर चली गई। मैंने इस बात का अनुमान लगा लिया कि यदि वह गुरुद्वारे में प्रविष्ट नहीं हुआ तो निश्चित तौर पर बाहर खड़ा होकर मेरा इंतजार करेगा। मुझे जान बचानी मुश्किल हो रही थी। गुरुद्वारे के पिछले रास्ते से मैं साथ में बनी सराय में पहुँच गई। अब तक मैं पगड़ी उतारकर अपने बाल खोल चुकी थी और पगड़ी को मैंने गले में दुपट्टे की भाँति डाल लिया था। अपनी दाढ़ी-मुँछ उतारने के लिए मैं सराय के स्नानगृह में पहुँची। साथवाले बाथरूम में कोई महिला नहा रही होगी। उसके कपड़े दीवार पर पड़े थे। मैंने दीवार पर पड़े कपड़ों को धीरे से खींच लिया। उस औरत की सलवार-कमीज पहनकर मैंने अपने कपड़े उसी दीवार पर डाल दिए। मर्दाने कपड़े देखकर वह औरत जरूर कुछ घबराई होगी। उसकी भयमिश्रित चीख सुनी थी मैंने। मैं शीघ्रता से वहाँ से बाहर निकल आई। मैं कोतवाली वाले रास्ते से बाहर आकर फव्वारे के पास खड़े 'फोर सीटर' में बैठ गई। वह व्यक्ति अभी भी गुरुद्वारे से निकलनेवाले प्रत्येक सिख युवक को ध्यान से देख रहा था। जब 'फोर सीटर' वहाँ से निकला तो मेरी जान-में-जान आई। अभी फोर सीटर कुमार सिनेमा के पास ही पहुँचा था कि मुझे याद आया कि मेरे पास तो एक भी पैसा नहीं है। मेरा बटुआ तो उन्हीं कपड़ों में था जिन्हें मैं स्नानगृह में छोड़ आई थी। मैंने शीघ्र ड्राइवर को रुकने के लिए कहा और उसे बताया कि मैं अपना पर्स तो भूल आई हूँ। जब तक वह कुछ कहता मैं कूदकर नीचे उतर गई और वापस लौटने लगी। ज्यों ही वह आगे बढ़ा मैंने सामने से आते एक स्कूटर को रोका और उसमें बैठकर यहाँ लौट आई। अपनी आपबीती सुनाकर खुद ही हँस पड़ी और बोली, 'हैं न किसी इंडियन फिल्म का धाँसू सीन।'

'सो तो है ही, पर भई कमाल तो तुमने वास्तव में किसी हिंदी फिल्म की नायिका जैसा ही किया है?' मैं आश्चर्यचकित होकर बोला।

एक दिन रजनी एक बड़ा सा पैकेट उठाए घर में घुसी। मेरे कुछ बोलने से पहले ही वह कहने लगी; आप कुछ भी कहें भाईसाहब! मैंने यह सब जानबूझकर किया है, पूरे होशोहवास के साथ। मैं इनकी नाक में दम कर दूँगी, समझते क्या हैं अपने आपको, मैं

हतप्रभ सा उसकी बड़बड़ाहट को सुनता रहा। जब वह थोड़ा संयत हुई तो मैंने पूछा, 'क्या बात है? तुम इतनी उत्तेजित क्यों हो?'

'क्यों न उत्तेजित हूँ, सारा देश क्या इनका गुलाम है? शिक्षित वर्ग से भी ऐसा बेहूदा सलूक,आखिर कब तक? कब तक चलेगा यह सब? क्यों नहीं आप अपने नेताओं से कह देते कि अब हाथ-पर-हाथ धरकर बैठा नहीं जाता। यह भी कोई बात हुई कि वे हम निहत्थों पर लाठियाँ चलाएँ, गोलियों से भून डालें और जेल के पिजरों में बंद कर दें और हम 'अहिंसा-अहिंसा' का राग अलापते रहें? आखिर कब तक यह अन्याय सहा जा सकेगा? हर बात की एक हद होती है।' उसका सारा बदन क्रोध से काँप रहा था।

'हाँ-हाँ भई, जानता हूँ। बात क्या है, साफ-साफ बताओ, पर जरा धीरे-धीरे, आस-पड़ोस में किसी ने सुन लिया तो अभी सब-के-सब धर लिए जाएँगे। पहले ही हमारी गतिविधियों को, और विशेष रूप से तुमको, पड़ोसी शक की नजरों से देखने लगे हैं। ऐसे में अगर तुम कोई हंगामा खड़ा करोगी तो उसका जो परिणाम होगा, वह तुम मुझसे बेहतर जानती हो। जो थोड़ा-बहुत कर रहे हैं, उससे भी वंचित हो जाएँगे हम।'

'क्या कर रहे हैं हम? और कर ही क्या सकते हैं? चार लाइनें लिखते हैं। डरते-डरते छपवाते हैं और कुछ डरे हुए लोगों को बाँट आते हैं। क्या कर लेंगे ये डरे हुए लोग? इन्हीं को लेकर कर रहे हैं आप क्रांति। वाह क्या बढ़िया क्रांति है यह! पुलिस के कुत्ते हमारे आदमियों को गोली से भून दें और हम एक छोटी सी अंडरग्राउंड पत्रिका में एक छोटा सा समाचार छाप दें कि इतने आदमी शहीद। बस हो गई तानाशही के खिलाफ जंग, आ गई क्रांति, मिल गई स्वतंत्रता, उलट गया तानाशाही सरकार का तख्ता।'

'तुम कुछ कहोगी भी या यूँ ही लड़ती रहोगी। तुम क्या नहीं जानतीं कि हम क्या कर रहे हैं। जो कुछ हम कर रहे हैं, उसका क्या महत्त्व है, क्या अहमियत है। वास्तव में हम तानाशाही सरकार के पूरे प्रचार-तंत्र को छिन्न-भिन्न किए हुए हैं। जो खाई सरकार जनता और आंदोलनकारियों के बीच खोदना चाहती थी उसे हमने जनवाणी जैसी छोटी-छोटी अनेक जागरण पत्रिकाओं द्वारा पाटकर रख दिया है। मानता हूँ सरकार के पास रेडियो और टेलीविजन का एक विशाल प्रचार-तंत्र है। अखबारों पर कड़ा सेंसरशिप है। सरकार निरंतर जनता के कानों में झूठ का जहर घोल रही है। तुम चाहती हो कि हम उस जहर की कोई काट न करें और चुपचाप जनता को वह मान लेने दें, जो सरकार मनवाना चाहती है। मानता हूँ कि हमारे साधन बहुत सीमित हैं—सरकार के असीमित, हम असहाय हैं और वह शक्तिशाली। हम दुर्बल हैं और वह सबल, हम सत्ताविहीन और वह सत्तावान, पर फिर भी हम सच्चे हैं और वह झूठी। हम न्याय के लिए लड़ रहे हैं, वह स्वयं अन्यायी और अत्याचारी है। किसी भी प्रकार की हिंसक कार्यवाही अत्याचार

की अग्नि में घी का काम करेगी और अनेक भोले-भाले लोग उस उत्पीड़न का शिकार होंगे जिनका कोई कसूर नहीं है।'

'हाँ! हाँ! आप चाहें तो अपने आपको पांडव कह लें और सरकार को कौरव सेना। भले ही हम राम हों और वे रावण। भले ही अंत में विजय हमारी ही हो परंतु तब तक आम जनता तो मारी जा रही है न। उसे कैसे-कैसे उत्पीड़न और अत्याचारों का सामना करना पड़ रहा है। उनमें यह सब समझने का न तो साहस है, और न ही सहने का सब्र।' वह अभी तक अपने क्रोध पर काबू पाने में सफल नहीं हो पाई थी।

'इस समय हमारे गुप्त आंदोलन का सबसे मुख्य ध्येय है तानाशाही सरकार के प्रचार को झूठा सिद्ध करना। जनता के सामने सरकार का अन्यायी, असली और घिनौना रूप प्रस्तुत करना और हर झूठी बात का खंडन करना। यह तो तुम जानती हो कि ऑल इंडिया रेडियो अपनी साख पूरी तरह खो चुका है। चंद चापलूसों को छोड़कर रेडियो से प्रसारीत समाचारों पर कोई विश्वास नहीं करता, भले ही वे सच ही क्यों न हों। इसके विपरीत लोग बी.बी.सी. सुनने के लिए लालायित रहते हैं। आखिर क्यों? क्योंकि सच जानने की हमारी इच्छा हमारा शाश्वत गुण है। हर नागरिक ईमानदारी से यह जानना चाहता है कि वास्तव में हो क्या रहा है, और जब उसे पता लगता है कि जो हमें बताया जा रहा है ठीक उससे उलटा किया जा रहा है, हमें आँकड़ों के छल-प्रपंच में फँसाया जा रहा है, एक झूठी तसवीर हमारे सामने पेश की जा रही है देश की उन्नति की, तो उसका खून खौल उठता है। यह ठीक है कि अभी साधारण नागरिक कुछ करने की स्थिति में नहीं है पर निश्चित मानो कि वक्त आते ही वह उठ खड़ा होगा और चुन-चुनकर इन अत्याचारियों से बदला लेगा। इस देश का नागरिक भले ही हर अत्याचार को चुपचाप सहता दिखाई देता है परंतु समय आने पर वह अन्याय का पूरा हिसाब चुकता कर लेता है, यह बात सब जानते हैं। और ऐसी अनेक घटनाओं का इतिहास साक्षी है।'

'आप चाहते हैं कि हम कुछ न करें। भाईसाहब, इतिहास स्वयं नहीं बनता। इतिहास रचना पड़ता है। कम-से-कम मेरी तो यही मान्यता है।'

'ऐसे संक्रांति काल में हमें उनका मनोबल उठाना है, उन्हें सदैव यह आभास देते रहना है कि इस उत्पीड़न, अत्याचार, अन्याय एवं शोषण के दौर से वे अकेले ही नहीं निकल रहे है। हम और हमारे अनेक साथी उनके साथ हैं। हमारे छोटे-छोटे पैंफ्लेट यहीं काम कर रहे हैं। हमारी ओर से प्रकाशित किसी भी सामग्री की विश्वसनीयता सरकार की बड़ी-से-बड़ी विज्ञप्ति और विज्ञापन से कहीं ज्यादा है। समय आने पर मैं तुम्हें बताऊँगा कि इस बात का, जिसे तुम व्यर्थ और छोटी समझती हो, जनता पर क्या प्रभाव पड़ता है। आज इन्हीं छोटी-छोटी पत्रिकाओं के कारण ही तो हमें एक-दूसरे के इरादों के समाचार, समान विचाधारावाले संगठनों की गतिविधियों की सूचनाएँ और देश-

विदेश में चल रहे वाद-विवादों की जानकारी मिलती है। इनके माध्यम से हम परस्पर बँधे हुए हैं, जुड़े हुए हैं। किसी भी अवसर पर तत्काल एकत्र हो सकते हैं। इससे हमें विश्वास होता रहता है कि कहीं-न-कहीं कुछ-न-कुछ तो हो रहा है। किसी-न-किसी के सीने में आग धधक रही है। इससे कोई अंतर नहीं पड़ता कि चिंगारी कहाँ सुलग रही है। यदि यह सब न किया जाए तो क्या सबकुछ छिन्न-भिन्न नहीं हो जाएगा। उस दशा में तानाशाही को क्या कुछ और खुलकर खेलने का अवसर नहीं मिलेगा?' मैंने कुछ उत्तेजित होकर कहा, फिर थोड़ा संयत होकर बोला, 'खैर, क्रांति के इस गुप्त आंदोलन का दर्शन बहुत गहरा है। तुम धीरे-धीरे सब समझ जाओगी। मैंने बेकार ही तुम्हें इतना भाषण पिला डाला। तुम बताओ बात क्या है? क्या कोई विशेष घटना घट गई तुम्हारे साथ? क्या जेल से कोई समाचार आया है जो तुम इतनी असंयत हो।'

मैंने एक ही साँस में एक ही साथ इतने सारे प्रश्न कर डाले। मन में कहीं विश्वास था कि कुछ-न-कुछ विशेष हुआ अवश्य है।

'आप क्या समझते हैं यदि हमारे साथ ही कुछ हो, तभी कुछ होता है, नहीं न?' उसने प्रश्न किया।

'तुम ठीक कह रही हो, हमारे लिए प्रत्येक व्यक्ति महत्त्वपूर्ण है। इसीलिए तो यह लड़ाई लड़ रहे हैं, नहीं तो भीड़ में शामिल होकर दिन तो मैं भी काट ही सकता था। मोहन सिंह भी, जीवन भी, और न जाने कौन-कौन। पर यह तुम लाई क्या हो?' मैंने उसके हाथ में पकड़े हुए एक पैकेट की ओर संकेत करते हुए पूछा।

'यह नसबंदी के सर्टिफिकेट्स हैं, पूरी तरह तैयार—हस्ताक्षर, मोहर एवं सील सहित। पर यह जानने के लिए आपको मेरी पूरी बात सुननी होगी और आप मुझे इस बात का विश्वास भी दिलाएँ कि बड़े होने के अधिकार का दुरुपयोग करते हुए आप मुझे डाँटेंगे नहीं।' उसने मुझसे आश्वासन चाहा।

'हाँ बाबा हाँ, ठीक है; अब बताओ कि क्या बात है, और यदि बात बहुत लंबी है तो अपनी भाभी से कहो कि चाय के दो कप यहाँ भेज दे। लगता है तुम फिर कोई फिल्मी करिश्मा करके आई हो, पर इतना समझ लो कि कभी कुछ हो गया तो मैं जीवन को मुँह दिखाने लायक नहीं रहूँगा।' मेरा स्वर चिंता से भरा हुआ था।

'बस हो गए न शुरू, तभी न कहती थी मैं…' उसने वहीं से आवाज देकर नलिनी से दो कप चाय भिजवाने की फरमाइश कर दी।

फिर बोली, 'कल आपके पड़ोस में रहनेवाली लड़की सुनीता बता रही थी कि उसे कई महीने से वेतन नहीं मिला। आप तो जानते हैं कि वह किसी स्कूल में पढ़ाती है। दिल्ली प्रशासन ने शिक्षा विभाग के माध्यम से यह आदेश दिए हैं कि जो अध्यापक नसबंदी के दो केस लाकर न दे, उन्हें वेतन न दिया जाए। इसी आधार पर अध्यापकों के

ट्रांसफर इत्यादि भी किए जा रहे हैं। किसी प्रकार की पदोन्नति और इंक्रीमेंट का तो इन सर्टिफिकेट्स के अभाव में सवाल ही नहीं उठता। बेचारी बड़ी परेशान थीं माँ-बेटी। जब सुनीता अपनी माँ के पास बैठी रो रही थी तभी मैं वहाँ पहुँच गई। शर्म के मारे सुनीता मुझे कुछ बता नहीं रही थी।'

उसकी माँ ने बताया कि किस प्रकार इस संदर्भ में प्रशासन का दबाव बढ़ता जा रहा है। अब केस कहाँ से लाए? मैं कहाँ जाऊँ और क्या करूँ और यदि मैं न करूँ तो क्या इस कुँवारी लड़की को भेजूँ? कितने शर्म की बात है। कैसे यह किसी मर्द से बात कर सकती है कि वह नसबंदी करवा ले। बहुत दिल कड़ा करके एक-दो छात्राओं के घर जाकर बातचीत भी की पर कोई परिणाम नहीं निकला। परसों ही एक ऐसी घटना घट गई कि अब हिम्मत ही नहीं पड़ती कि इसे कहीं भेजूँ।

मेरे पूछने पर सुनीता की माँ ने बताया कि परसों जब इनके स्कूल की दो अध्यापिकाएँ एक बस्ती में इसी काम के लिए गईं तो उन्हें वहाँ एक व्यक्ति मिला। उसने कहा कि यदि वे मेरे साथ सीलमपुर चलें और सौ रुपए प्रति केस देने को राजी हों तो वह उन्हें चार केस दिलवा देगा। कई महीनों से घर का सारा बजट अस्त-व्यस्त था। बेचारियों के पास कोई चारा भी नहीं था, फलतः अगले दिन रुपया साथ लाने की बात कहकर वे लौट आईं।

अगले दिन निर्धारित समय पर वे रुपया लेकर वहाँ पहुँच गईं। वह व्यक्ति उन्हें सीलमपुर के किसी भीतरी भाग में ले गया। एक मकान में उन दोनों को बिठाकर बोला कि मैं अभी चारों व्यक्तियों को बुला लाता हूँ। थोड़ी देर बाद वह चार व्यक्तियों को लेकर आया और वे व्यक्ति आते ही उन पर टूट पड़े और उनकी इज्जत लूटकर चलते बने। जाते-जाते नकद रुपए और जो जेवर उन्होंने पहन रखे थे, वे भी छीनकर ले गए।

अपना सबकुछ लुटाकर जब वे थाने पहुँचीं तो वहाँ के सिपाहियों ने रिपोर्ट लिखने की बजाय उलटा उनका मजाक उड़ाया। एक ने तो यहाँ तक कहा कि ऐसे केस तो हम भी दिला सकते हैं—चाहो तो अभी ले लो। एक लुटे-पिटे व्यक्ति की मनोदशा ऐसी हालत में क्या हो सकती है, इसकी कल्पना सहज ही की जा सकती है। लगभग अर्द्धविक्षिप्त अवस्था में वे घर लौटीं। उनकी कहानी सुनकर उनके माँ-बाप सिर पीटकर रह गए। किसी को कुछ कहने का अर्थ है अपनी बदनामी कराना और लड़कियों का भविष्य सदा के लिए अंधकारमय बना देना। फिर भी घर की दयनीय दशा को देखते हुए एक अध्यापिका के पिता शिक्षा विभाग के एक बड़े अधिकारी से मिले। उन्होंने सोचा था कि शायद तरस खाकर ही वह वेतन दिलवा दें। उन्होंने सारी बात भी उन्हें बताई और कहा कि यदि बहुत मजबूरी न होती तो हम लड़की से नौकरी करवाते ही क्यों। परंतु उनकी सारी आशाएँ धरी-की-धरी रह गईं। उस अधिकारी ने दो टूक उत्तर दे दिया,

'हमने तो नहीं कहा कि आपकी लड़की इस तरह इज्जत लुटवाती फिरे और यदि कोई ऐसी बात हो भी गई तो उसका उत्तरदायित्व हम पर नहीं है। आप चाहें तो पुलिस की मदद ले सकते हैं। इस घटना से हमारे विभाग के आदेश कहाँ और कैसे प्रभावित होते हैं—यह मुझे समझ नहीं आया। आप फिजूल में मेरा समय बरबाद न करें। वैसे भी आदेश ऊपर से आए हैं। आप चाहें तो बड़े अधिकारी से मिल सकते हैं और यदि वे आदेश देंगे तो हम आज ही 'सैलरी रिलीज' कर देंगे।'

निहायत ही भौंडे ढंग से दिए गए इस उत्तर को सुनकर उस व्यक्ति को इतना अधिक मानसिक आघात लगा कि वह सड़क पर पहुँचते ही चक्कर खाकर गिर पड़ा। कोई भला आदमी उसे अपनी गाड़ी में डालकर इर्विन हॉस्पिटल छोड़ गया। इमरजेंसी में तीन घंटे तक पड़ा रहा वह पर किसी ने सुध नहीं ली और वहीं स्ट्रेचर पर लेटा-लेटा खत्म हो गया। उसके मरने की सूचना घरवालों को रात के ग्यारह बजे के करीब मिली जबकि उसकी जेब में ऐसे कागज थे जिन पर उसके घर का पता लिखा था।

रोते-पीटते जब घरवाले वहाँ पहुँचे तो उन्हें बताया गया कि दिल का दौरा पड़ने से मृत्यु हो गई है। कुछ प्रत्यक्षदर्शियों से पता लगा कि यह बेचारा दर्द से तड़पता ही रहा, अस्पताल के दो-तीन कर्मचारियों ने इसकी जेब टटोली परंतु वह तो बिलकुल खाली थी, फलत: किसी ने इसकी ओर ध्यान ही नहीं दिया। जब मर गया तब नर्स एक डॉक्टर को बुलाकर लाई जिसने विधिवत् उसके मरे होने की घोषणा कर दी और इसे लावारिस करार देकर मुरदाघर में फेंक दिया गया। किसी मरीज के संबंधी ने स्ट्रेचर ले जानेवाले लड़के से उसका पता ढूँढ़ने को कहा और जब उसे पता मिला तो वह दयावश घरवालों को सूचित करने आ गया।'

'अधिकारियों से लाख मिन्नतें करने पर भी लाश चीर-फाड़ करने के बाद अगले दिन दोपहर को बारह बजे मिली। इस लाश को प्राप्त करने के लिए भी कितनी ही छोटी-मोटी रिश्वतें देनी पड़ीं उनको। न जाने कहाँ से और कैसे यह सब किया होगा घरवालों ने।' रजनी ने बताया।

'भाईसाहब! यह घटना सुनाते-सुनाते सुनीता की माँ रो पड़ी थी और मेरा खून खौल रहा था—गुस्से से अपने होंठ काट लिये थे मैंने। सुनीता की माँ को मैंने धीरज बँधाया कि वह कोई चिंता न करें, कुछ-न-कुछ इंतजाम हो जाएगा।'

'सुनीता की माँ ने मुझे यह बताया कि यहीं जे.जे. कॉलोनी के पास एक कैंप लगा है नसबंदी का। वहाँ पर नियुक्त अधिकारी दौ सौ रुपए में एक सर्टिफिकेट देने को तैयार हैं पर यदि चार सौ रुपए उन्हें ही दे दिए तो एक मास का वेतन तो यूँ ही चला गया और फिर झूठे सर्टिफिकेट्स न जाने किसी बड़ी मुसीबत में न फँसा दें।'

'सुनीता की माँ की बात सुनकर मैं चौंकी थी और उसे साथ लेकर उस डॉक्टर से

भी मिल आई थी जो जाली प्रमाणपत्र देकर धड़ाधड़ नोट कमा रहा था और मजबूर लोगों की मजबूरी को पेट भरकर 'कैश' कर रहा था। मैंने देखा कि कितने ही प्रमाणपत्र जिन पर अलग-अलग डिग्रीधारी डॉक्टरों के हस्ताक्षर थे, वहाँ पड़े थे। वह शायद इसलिए किया गया हो कि किसी को शक न हो जाए। दोपहर बाद यानी कि लगभग एक घंटा पहले मैं उसके अस्पताल में गई थी और उसके नौकर को अपनी बातों से प्रभावित कर ये सब सर्टिफिकेट्स उठा लाई हूँ। मैंने उसे ऐसा दर्शाया कि जैसे मैं उस डॉक्टर के गैंग की एक सदस्या हूँ और डॉक्टर साहब को अभी-अभी समाचार मिला है कि उनके यहाँ 'रेड' होनेवाली है, फलतः इन पेपर्स को यहाँ से हटाना बहुत आवश्यक है। 'रेड' शब्द का असर आजकल तत्काल होता है बिजली के करंट की तरह। वह लड़का बहुत घबरा गया और उसने यह पैकेट बाँधकर मुझे पकड़ा दिया ताकि मैं इसे तुरंत डॉक्टर साहब के आदेशानुसार किसी सुरक्षित स्थान पर पहुँचा दूँ।' रजनी ने सविस्तार सारी बात सुना दी।

'और तुम इसे सुरक्षित स्थान पर ले आई हो,' हम ठहाका मारकर हँस पड़े। 'क्या करोगी अब इनका'—मैंने पूछा था।

'करूँगी क्या? तमाम उन लोगों को बाँट दूँगी जो इस नसबंदी अभियान से पीड़ित हैं। सुनीता को तो दो प्रमाणपत्र दे भी आई हूँ। एक आपको दूँगी और एक खुद रख लूँगी। क्या पता कल को यह सरकार सड़क पर हर चलनेवाले से इस प्रमाणपत्र की माँग करने लगे। कम-से-कम आजकल ये प्रमाणपत्र नागरिक अधिकार प्राप्त करने की कुंजी तो बन ही गए हैं। देश में अधिनायकवाद और नौकरशाही के जो ताले पड़े हैं, फिलहाल उनकी 'मास्टर की' ले आई हूँ मैं। इतना ही नहीं भाईसाहब, अजीब रवैया है इस प्रशासन का। किसी तरह का कोई मापदंड नहीं, मानदंड नहीं—जिसे जहाँ जी चाहा पकड़ लिया और ले चले नसबंदी करवाने। आपको पता है 'अम्मा' पिछले सात दिनों से काम करने नहीं आ रही और भाभी को कितना काम करना पड़ रहा है।' रजनी शायद कोई और रहस्योद्‌घाटन करने जा रही थी।

'नहीं तो। मैंने तो ध्यान ही नहीं दिया। हाँ, ऐसा लग रहा है कि कई दिन से देखा नहीं है उसे। क्यों? क्या हुआ उसे?' मैंने पूछा।

'वही जो और सबके साथ हो रहा है। वह भी हुई है इसकी शिकार। अम्मा, उसकी बेटी सुमेरी और उसके पति मामचंद का ऑपरेशन कर दिया गया है। अम्मा के केस में तो कहीं सेप्टिक हो गया है और उस बीमार की देखभाल करनेवाला भी कोई नहीं है। तीनों की हालत लगभग एक सी है।'

'पर अम्मा तो सत्तर से ऊपर की है, वह भी विधवा। इसी तरह सुमेरी और मामचंद दोनों के ही ऑपरेशन करने का क्या मतलब, बेकार की परेशानी और सरकारी राजस्व की हानि।' मैंने कहा।

'नहीं-नहीं! उन्हें परेशानी या हानि की कोई चिंता नहीं। उनका मुख्य उद्देश्य है आँकड़े बढ़ाना, और इस तरह उनके आँकड़ों में वृद्धि होती है। आप तो जानते ही है आँकड़ों का खेल। पल में सच को झूठ और झूठ को सच कर दिखाने का जितना चमत्कार है आँकड़ों में, है उतना किसी और चीज में? नहीं न, और आप तो स्वयं ही भुक्तभोगी हैं। आँकड़ों के फंदे से कहाँ बच पाए आप भी। ज्यों ही आपने आँकड़ों के खेल से हाथ खींचना चाहा, आपको मजबूरन छुट्टी लेनी पड़ी। भला हो नैयर साहब का! नहीं तो नौकरी से ही हाथ धो बैठे थे आप तो। आँकड़े वो साँप हैं जिनका काटा हुआ पानी भी नहीं माँगता। सरकार का तो सारा अस्तित्व ही टिका है इन आँकड़ों पर। हो क्या रहा है और प्रचारित क्या किया जा रहा है। झूठे नारों की चाशनी में लपेटकर आँकड़े परोसे जा रहे हैं जनता को पेट भरने के लिए। असहाय लोग उसे मिठाई समझकर खा रहे हैं, पर पेट है कि भरता ही नहीं। कुछ हो तो भरे न! खाली आश्वासनों का अंत में क्या दुष्परिणाम होता है, क्या आप नहीं जानते? और आपकी बात तो छोड़ें क्या खुद वे लोग नहीं जानते जो इस तरह के आँकड़े जनता के सामने परोसकर रख रहे हैं।'

'आँकड़ों का खेल तो सरासर शेर की सवारी है। जब तक उस पर सवार रहो-रहो, ज्यों ही उतरो शेर के मुँह में जाना पड़ता है। शेर सवार भी कभी जिंदा बचा है जो यह तानाशाही सरकार बचेगी। ज्यों ही एक दिन उनके आँकड़ों की पोल खुलेगी त्यों ही जनता का रोष ज्वालामुखी की तरह से फूटकर बहेगा। एक आँकड़ा दूसरे को गलत सिद्ध करेगा तो झूठे आँकड़ों पर खड़ा यह महल ताश के पत्तों के महल सा धराशायी होने में समय ही कितना लगेगा।' अपने ही प्रवाह में रजनी ने एक लंबा भाषण मुझे पिला दिया।

पर रजनी के मुँह से आँकड़ों की इतनी सुलझी हुई मीमांसा सुनकर मुझे अनुमान हो गया कि इस सुदृढ़ चट्टान को तराशने में शर्माजी ने कितना परिश्रम किया होगा। शायद बचपन से ही ऐसे वातावरण में रहते हुए, दिन-रात ऐसी चर्चाएँ सुनते-सुनते ही इनकी गहराई पर उसकी पकड़ इतनी मजबूत हो गई होगी। उसकी दृष्टि में इतना पैनापन आ गया होगा कि किसी भी बात की तह तक पहुँचने में उसे अधिक समय नहीं लगता। मैंने मन-ही-मन निश्चय किया कि यदि संभव हुआ तो रजनी के पिता के साथ कभी विस्तार से इस संदर्भ में विचार-विमर्श करूँगा।

शीघ्र ही शर्माजी से भेंट का अवसर भी मिल गया। विभिन्न राजनैतिक दबावों के कारण सरकार ने मीसा बंदियों से मुलाकात करने के नियमों में कुछ ढील दे दी। पहले मीसा बंदियों के रक्त संबंधियों को ही माह में केवल एक बार मिलने की अनुमति दी जाती थी परंतु अब यह सुविधा सप्ताह में एक बार कर दी गई। रजनी का वारंट होने के कारण मैं किसी भी हालत में उसे जेल ले जाने के लिए तैयार नहीं था परंतु उसका कहना था कि न तो उसे कोई जानता है और न ही पहचानता है। इसलिए उसके लिए वहाँ

पिताजी से मिलने में तनिक भी जोखिम नहीं है। रजनी का यह तर्क था कि नौकरशाही के दाँव-पेचों में उलझा हुआ प्रशासन कभी भी अचानक पैदा हुई किसी स्थिति का तत्काल ही सामना करने में सक्षम नहीं होता। प्रशासन को सक्रिय होने में पर्याप्त समय लगता है। ऐसी किसी भी स्थिति के लिए उसे अपने ऊपर के अधिकरियों से अनुमति लेनी पड़ती है। अधिकारियों द्वारा आदेश पारित करने में समय लगता है। जब तक प्रशासन उन आदेशों की प्रतीक्षा करता है तब तक साँप निकल चुका होता है और उसके पास लकीर पीटने के सिवा दूसरा कोई चारा नहीं होता।

नलिनी जो रजनी का भाषण बड़े ध्यान से सुन रही थी, बोली, 'लगता है कि रजनी पर डॉ. सुब्रह्मण्यम स्वामी की बातों का पर्याप्त प्रभाव हुआ है। गत दिनों जब डॉ स्वामी राज्यसभा में अचानक आकर अपनी उपस्थिति दर्ज करवाने के बाद अपनी बात कहकर बाहर निकल गए तब तक प्रशासन सोया ही रहा था। उनकी गिरफ्तारी का वारंट होने के वावजूद न तो किसी ने उन्हें संसद भवन में आने से रोका, न ही बाहर जाने पर उन्हें हिरासत में लिया। प्रशासन की इसी मनोवृत्ति का डॉक्टर साहब ने सदुपयोग किया था और आज वही तर्क रजनी अपनी बातों को मनवाने के लिए दे रही थी। रजनी का कहना था कि कोई भी सरकारी कर्मचारी अथवा अधिकारी स्व-विवेक से निर्णय नहीं करता। आमतौर पर वह मक्खी पर मक्खी मारता है और साथ ही किसी समस्या से जूझने से पहले वह स्वयं अपने बाहर निकलने का मार्ग खोजता है। यह निश्चित हो जाने के बाद ही कि यदि कुछ गड़बड़ हुआ तो वह इसके दायित्व से स्वयं को बचा लेगा, वह कोई कदम उठाता है। यदि कहीं थोड़ा सा भी उसे अपने फँसने का संदेह हो तो वह जोखिम नहीं उठाता और उसकी रुचि बात को टालने तक ही सीमित हो जाती है।

'वास्तव में 'हमें क्या', 'सब चलता है' अथवा यह तो होता ही रहता है की जिस मनोवृत्ति से आज हमारा पूरा समाज ग्रसित है, लगभग वही प्रवृत्ति पूरे प्रशासन पर हावी है। जब तक कोई यह निश्चित करेगा कि मैं वही रजनी हूँ, जिसकी पुलिस को तलाश है तब तक तो मैं कहीं-की-कहीं पहुँच चुकी हुँगी। वैसे इस तरह की किसी बात की दूरदराज तक कोई संभावना नहीं है।' उसने बहुत जोर देकर अपने पक्ष की वकालत करते हुए कहा।

हमेशा की तरह तब भी उस सुदृढ़ चट्टान के सामने मुझे झुकना ही पड़ा। एक मित्र की सहायता से मैंने नलिनी सहित अपने तीनों के लिए नेताजी को मिलने का अनुमति-पत्र प्राप्त कर लिया। अनुमति-पत्र में नलिनी को शर्माजी की भांजी लिखवाया गया था और उसकी छोटी बहन नीलिमा के नाम से रजनी हमारे साथ रहनेवाली थी। इस प्रकार मैं शर्माजी की बहन का दामाद था और हम लोग उन्हें मिलने के लिए उत्तर प्रदेश के एक छोटे से कस्बे कासगंज से आए थे। शर्माजी स्वयं भी मूलत: बुलंदशहर के

रहनेवाले थे।

अनुमति-पत्र मिलने के पश्चात् भी मेरा मन नहीं मान रहा था कि इस तरह रजनी को जेल के भीतर तक ले जाया जाए। इसके अलावा मुझे भय था कि कहीं नलिनी को ही कोई सिपाही अथवा जेल कर्मचारी पहचान न ले क्योंकि वह पहले भी दो-तीन बार मोहन सिंह से मुलाकात करने के लिए वहाँ जा चुकी थी। बहुत विचार-विमर्श करने के बाद यह निश्चित किया गया कि मैं और नीलिमा के रूप में रजनी मेरे साथ जाएगी। नलिनी को हम साथ नहीं ले जाएँगे।

इस बीच एक अन्य काम भी नलिनी के जिम्मे आ पड़ा। कुछ अत्यंत आवश्यक पत्र एवं कागजात उसे आगरा पहुँचाने के लिए कहा गया जिसके लिए उसे मुलाकातवाले दिन सुबह ही ताज एक्सप्रेस से आगरा के लिए रवाना होना था। उसके लिए टिकट रिजर्व करवा ली गई थी जो कि कागजात के साथ ही उसे रेलवे स्टेशन पर ही मिलनेवाली थी। यहाँ पर भी मेरा मन रह-रहकर सशंकित हो उठता था क्योंकि आज तक नैयर साहब के लड़के महेश के अतिरिक्त अन्य किसी भी व्यक्ति से हमारा साक्षात्कार नहीं हुआ था। हाँ, कभी-कभी फोन पर बात हो जाती थी और ये फोन नंबर भी हमें महेश ने ही दिए थे। यह पहला अवसर था कि नलिनी को दिल्ली से बाहर जाने का काम सौंपा गया और जिस व्यक्ति ने स्टेशन पर मिलना था, उसे नलिनी नहीं जानती थी। वह स्वयं ही नलिनी का पहचान लेगा, ऐसा आश्वासन उसने दिया था पर मैं पूरी तरह से आश्वस्त नहीं था।

□

## देवेश

वैसे भी बहुत सचेत रहा करते थे हम लोग इन दिनों। अभी मैं इस उधेड़बुन में ही था कि नैयर साहब का फोन आ गया। मुझे किसी दिन ऑफिस आकर कुछ पेपर्स पर साइन करने की हिदायत दी उन्होंने और फोन काटने से पहले बताया कि महेश आज ही विदेश चला गया है। मैं समझ गया कि महेश गिरफ्तार हो गया है। मैंने तुरंत उनसे आगरा वाले कार्यक्रम के विषय में जानना चाहा परंतु उनको इस विषय में कुछ भी ज्ञात नहीं था। फिर भी उन्होंने मुझे आश्वस्त किया कि जब तक उनकी ओर से 'कंफर्म' न हो जाए, कोई भी कहीं बाहर न जाए। रात्रि को पुन: उनका फोन आया और मुझे बताया गया कि सब ठीक है और बाहर जाने में कोई जोखिम नहीं। एक बड़ा बोझ उतर गया मेरे सिर से। फिर भी हमें यह नहीं पता था कि नलिनी आगरा में कहाँ जाएगी और कितने दिन रुकेगी। उसके लिए एक छोटा सा एयर बैग तैयार कर दिया गया ताकि यदि एक-दो दिन रुकने की बात हो तो भी कोई परेशानी न हो। आगरा पहुँचते ही फोन पर अपनी कुशलता का समाचार देने की हिदायत भी मैंने उसे दे दी। प्रात: छह बजे मैं नलिनी को छोड़ने नई दिल्ली रेलवे

स्टेशन चल दिया।

जैसे ही मैंने स्कूटर स्टैंड पर खड़ा करने के लिए मोड़ा एक व्यक्ति हमारी तरफ बढ़ा। ऐसा लगता था जैसे वह इस स्टैंड का ठेकेदार हो। मुझे नमस्कार करते हुए उसने बताया कि आप अपने नाम की सीट पर जाकर बैठ जाएँ, उसके सामनेवाली सीट पर बैठा व्यक्ति आपको पहचानता है; वही आपको टिकट एवं पेपर्स देगा। यह बात उसने मेरे स्कूटर खड़ा करने और उस पर नंबर लगाकर मुझे टोकन देने के दौरान पूरी कह दी थी। हम टोकन लेकर प्लेटफॉर्म की ओर चल दिए। तीन नंबर प्लेटफॉर्म पर ताज एक्सप्रेस खड़ी थी। उसके नीले-पीले रंग के कारण दूर से ही उसे पहचाना जा सकता था। तीन नंबर प्लेटफॉर्म पर आकर मैंने नलिनी की सीट ढूँढ़नी प्रारंभ की। दो नंबर कोच में 25 नंबर की सीट। नलिनी से पहले मैं डिब्बे में चढ़ गया और उसका एयर बैग ऊपर साइड रैक्स में रख दिया। 25 नंबर सीट के बिलकुल सामने एक 'चीता' बैठा मुझे दिखाई दिया। चीते को पीछे छिपा युवक हिंदुस्तान टाइम्स पढ़ रहा था, मुझे देखते ही वह उठ खड़ा हुआ और अभिवादन के बाद उसने अपने साथ रखे एयर बैग से एक पैकेट निकालकर मुझे पकड़ा दिया।

इस समय तक डिब्बे में विशेष यात्री नहीं थे। मैंने ऊपर से एयर बैग उतारकर वह पैकेट उसमें रख दिया। अब वह युवक हमारे सामने बैठकर इस तरह बातचीत करने लगा जैसे वह हमें 'सी ऑफ' करने आया हो। ठीक सात बजे गाड़ी चलने का समय था। हम लोग नीचे प्लेटफॉर्म पर आ खड़े हुए और ज्यों ही गाड़ी ने रेंगना शुरू किया उसने एक कागज नलिनी को पकड़ा दिया और बताया कि इसमें सब निर्देश हैं। गाड़ी ने स्पीड पकड़ ली और हम लोग बाहर लौटने लगे तो वह युवक बोला—आइए भाईसाहब, एक कप चाय पी लें तो चलें। मुझे भी करोल बाग 'ड्रॉप' कर देना। मैं समझ गया कि वह कुछ कहना चाहता है। हम दोनों चाय के स्टॉल की ओर बढ़ चले।

चाय के कप हाथ में पकड़े हुए हम उस स्टॉल से थोड़ा हटकर चाय सिप करने लगे तो वह बोला—आपका पूरा नाम नरेंद्र सहगल है न। मेरे हाँ कहने पर उसने बताया कि मैं देवेश हूँ। महाराष्ट्र से आया हूँ। पहले भी दिल्ली में संस्था के कार्यक्रमों के सिलसिले में आता रहा हूँ और यहाँ चार-छह महीने रहा भी हूँ। उसने मुझे याद दिलाया कि एक मीटिंग में हमारी भेंट भी हो चुकी है। नलिनी से भी वह पहले विद्यार्थी आंदोलन के सिलसिले में मिलता रहा है और डॉ. अग्रवाल नलिनी के पिताजी से भी उसका परिचय है। इन दिनों उसके जिम्मे तमाम उन परिवारों को आर्थिक सहयोग देने का कार्य है जिनके मुखिया जेलों में बंद हैं या 'अंडर ग्राउंड' हैं। नलिनी को इसी संबंध में आगरा भेजा गया है, जहाँ से उसे एक बहुत बड़ी राशि लेकर लौटना है। वहाँ के कार्यकर्ताओं ने घर-घर जाकर वह राशि एकत्र की है। क्योंकि यह राशि काफी बड़ी है, फलतः उसके

लिए बहुत विश्वसनीय व्यक्ति की आवश्यकता थी। इसके अतिरिक्त जिस व्यक्ति ने यह धन एकत्र किया है वह भी दिल्ली में था और डॉ. अग्रवाल का अच्छा मित्र होने के नाते नलिनी को पहचानता भी है।

'बहुत कठिनाई होती होगी न आपको, जब आप ऐसे घरों में जाते होंगे जिनके मुखिया सलाखों के पीछे बंद हैं? मैंने पूछा।

'क्या बताऊँ सहगल साहब? जब-जब मैं ऐसे घरों में जाता हूँ और उनसे सहायता के बारे में बात करता हूँ तो मेरा सिर लज्जा से झुक जाता है। लोगों का मनोबल कितना ऊँचा है, इसका अनुमान तो ऐसे घरों में जाने पर ही होता है। जिन घरों के कर्ता-धर्ता जेलों में बंद हैं, वे स्वयं रोजी-रोटी के लिए मोहताज हैं, वे भी किसी के सामने हाथ पसारना नहीं चाहते, बल्कि जितना बन पड़े सहायता करने के लिए सदैव तत्पर रहते हैं। फिर भी उनका ध्यान तो रखना ही पड़ता है। मुकदमों की फीस, वकीलों की लूट, अदालतों और जेल के चक्कर, पैसे के अभाव में व्यक्ति को तोड़कर रख देते हैं। समझ में नहीं आता कि ऐसा कब तक चलेगा। छोटे-छोटे बच्चे जब पूछते हैं कि हमारे पापा घर क्यों नहीं आते तो मन भर आता है परंतु क्या उत्तर दें। न जाने कब तक इस उत्पीड़न को सहना पड़ेगा। विशेष रूप से जब इस सबका आधार झूठ-ही-झूठ हो तो यह शर्मिंदगी और भी बढ़ जाती है।

'देवेश साहब, मैं आप जैसे 'फील्ड वर्कर्स' की कठिनाइयों को जानता हूँ। ऐसे समय में किसी आंदोलन को सँभालकर रखना और भी कठिन होता है जब उसमें अनिश्चितता की मात्रा अधिक हो। कई बार मुझे लगता है कि कुछ मोर्चों पर हम नाहक ही लड़ रहे हैं।' मैंने कहा।

'मैं समझा नहीं, आप क्या कहना चाहते हैं। हम लोग खुलकर बात कर सकते हैं।' देवेश ने कहा।

'उदाहरण के रूप में जो व्यक्ति डी.आई.आर. में हिरासत में लिये गए हैं हम उनके मुकदमों की पैरवी के लिए कितना धन और समय व्यय कर रहे हैं, पर उसका परिणाम क्या निकलता है? कुछ भी नहीं। एकदम जीरो।'

मैंने अपनी बात के लिए भूमिका बनाते हुए कहा।

देवेश के चेहरे पर आए भावों से मुझे लगा कि वह मेरी बात को पूरी तरह से समझा नहीं। मैंने अपनी बात को और स्पष्ट करते हुए कहा, 'मान लें किसी विशेष मामले में हम अपने व्यक्ति को रिहा करवाने में सफल हो गए अथवा उस व्यक्ति को जमानत पर छोड़ दिया गया पर ज्यों ही वह व्यक्ति जेल के फाटक से बाहर निकला उसे पुनः गिरफ्तार कर वापस जेल में डाल दिया गया। इतना ही नहीं, इस बार उस पर मीसा लगा दिया गया। इस प्रकार हमारे सारे प्रयत्नों की परिणाम क्या हुआ—शून्य? बल्कि

इससे भी बढ़कर अपने प्रयासों से हमने उसे एक ऐसे कानून के अंतर्गत बंद करवा दिया जहाँ अनिश्चितता की स्थिति और भी भंयकर है। इसके अतिरिक्त जब तक मुकदमे की पैरवी होती रहती है, अभियुक्त एवं उसके परिवारवालों को यह आशा बँधी रहती है कि शीघ्र ही मुकदमे का निर्णय हो जाएगा और दूध-का-दूध और पानी-का-पानी सामने आ जाएगा। परंतु ऐसा होता नहीं और कितने ही संबंधित लोग निराशा में घिर जाते हैं।'

मेरी इस बात को सुनकर भी देवेश मौन ही रहा।

अपनी बात को जारी रखते हुए मैंने कहा, 'मेरे विचार में आपका अनुभव भी यही होगा कि अकसर ऐसा नहीं होता। आम लोगों की यह धारणा अब मुझे भी ठीक लगने लगी है कि इन दिनों हमारी न्यायपालिका भी प्रतिबद्ध हो गई है। बल्कि यह कहना चाहिए कि न्यायपालिका कार्यपालिका की पिछलग्गू बनकर रह गई है। न्यायालयों के द्वार खटखटाकर अनजाने में ही संबंधित व्यक्तियों, उनके परिचितों तथा रिश्तेदारों के मन में कई प्रकार की इच्छाएँ पनपने लगती हैं। जब प्रशासन की दासी बनी और भ्रष्ट कर दी गई न्यायपालिका प्रशासन के पक्ष में निर्णय सुनाती है तो क्या उससे व्यक्ति अधिक नहीं टूटता और क्या आंदोलन इससे कमजोर नहीं होता। अथवा छूटने पर जब उस व्यक्ति को पुनः हिरासत में ले लिया जाता है तो उसे कैसा लगता होगा, यह बात तो हमारे नेता अच्छी तरह से समझ सकते हैं।'

'मान लिया कि आपका तर्क अकाट्य है, फिर भी चारा क्या है? क्या यह संभव है कि प्रशासन किसी पर झूठा मुकदमा चलाए और उसका कोई प्रतिवाद ही न किया जाए। अधिकतर लोग तो स्वयं ही अपने मुकदमों की पैरवी का प्रबंध कर लेते हैं पर कुछ का दायित्व तो हमें उठाना ही पड़ता है। हम इससे अपने हाथ तो नहीं खींच सकते।' देवेश ने धीमे स्वर में उत्तर दिया और अपनी सतर्क दृष्टि चारों ओर घुमाई।

मुझे लगा देवेश ने केवल तर्क करने के लिए ही तर्क किया है, अंदर कहीं वह भी मेरी बात से सहमत है। इससे मुझे कुछ बल मिला और मैंने कहा, ''मेरा आशय यह कदापि नहीं है कि हम पीछे हट जाएँ, न ही मेरा तात्पर्य संगठन द्वारा व्यय किए गए धन पर उँगली उठाना ही है। धन का व्यय तो होता ही है, चाहे कोई भी करे। इसी के साथ समय भी खर्च होगा ही। मैं आपका ध्यान इस बात की ओर दिलाना चाहता हूँ कि इससे अनेक लोग इन मुकदमों में उलझकर रह जाते हैं जो अन्यथा आंदोलन के लिए कुछ सृजनात्मक और ठोस कार्य कर पाते।'

'मैं ठीक से आपका वह आशय नहीं समझ पाया जो आप समझाना चाहते हैं। आप बताएँ कि इस संदर्भ में आपकी योजना क्या है।' देवेश ने कहा।

'मैं मानता हूँ कि झूठ का उत्तर झूठ से देना चाहिए। इसके लिए हमें अपने व्यवहार में और कार्य प्रणाली में बदलाव लाना होगा। यह मेरा अपना तर्क है, हो सकता है कि

आप इससे सहमत न हों।'

'वह कैसे।'

'आप जानते हैं कि अधिकतर मुकदमे बिलकुल झूठे और बेबुनियाद हैं। कुछ बनी-बनाई कहानियाँ पुलिस प्रत्येक केस में सुना देती है। उदाहरण के रूप में अमुक व्यक्ति किसी विशेष स्थान पर खड़ा था और जनता को इंदिरा सरकार का तख्ता पलट देने के लिए भड़का रहा था या शासन के विरुद्ध कुछ कह रहा था, तोड़ फोड़ कर रहा था, प्रतिबंधित संस्था की सदस्यता में संलग्न था या ऐसी संस्था का सदस्य है, या प्रतिबंधित प्रकाशन की सामग्री बाँट रहा था, या छपवा रहा था इत्यादि, इत्यादि। घूमघाम कर यही कुछ बातें हैं, जो प्रत्येक आंदोलनकारी या उस व्यक्ति के विरुद्ध कही जाती हैं जिसे पुलिस किसी-न-किसी कारण से हिरासत में रखना चाहती है। अपने पक्ष को सिद्ध करने के लिए पुलिस के एक-दो गवाह और एक आध पुलिस का मुखबिर अदालत में पेश होता है और एक लंबी प्रक्रिया के बाद या तो व्यक्ति की जमानत होती है या उसे छोड़ दिया जाता है और या उसे सजा सुना दी जाती है। वास्तव में इस प्रकार के मुकदमों के दो पक्ष होते हैं—व्यक्ति जेल में रहता है या उसे स्वतंत्र कर दिया जाता है। मेरा स्पष्ट मत है कि जिस व्यक्ति को पुलिस हिरासत में रखना चाहती है वह जेल में ही रहता है, भले ही वह उसे कैसे भी अंदर रखें। न्यायपालिका सजा सुना दे या छोड़ देने पर उसे पुनः मीसा में बंद कर दिया जाए। या किसी अन्य धारा के अंतर्गत गिरफ्तार कर लिया जाए।' मैंने एक ही साँस में कह डाला।

'यह बात ठीक है कि प्रशासन के तानाशाही रवैए में न्यायपालिका उसका पूरा साथ दे रही है या कि न्यायपालिका नाम की कोई संस्था रह ही नहीं गई, सब सत्ता के अधीन हो गया है। पर इससे न्यायपालिका की कलई तो प्रतिदिन खुलती ही है,' देवेश ने कहा, 'साथ ही जनता को ज्ञात होता है कि सरकार अपनी सीमा का उल्लंघन करके न्यायपालिका पर दबाव डाल रही है।'

न्यायपालिका की कलई खुलती है, किसके सामने? प्रचार के समस्त साधन सरकार के हाथों में है। कोर्ट में जो नाटक होता है, उसमें हम लोग मात्र एक अभिनेता का काम करते हैं और दुर्भाग्य की बात यह है कि हमारी भूमिका और संवाद सत्ताधारी नेताओं द्वारा रचित होते हैं। मुकदमा झूठा होता है, फलतः हम कहते रहते हैं कि सब झूठ है और वे झूठ को सत्य सिद्ध करके न्यायपालिका की नाक ऊँची कर देते हैं, मैंने कहा।

'हमें चाहिए कि हम झूठ को सत्य के रूप में स्वीकार कर नाटक में अपनी भूमिका का निर्माण स्वयं करें। इसे यूँ समझो कि यदि यह कहा जाए कि हम किसी प्रतिबंधित संस्था के सदस्य हैं अथवा कहीं पर भाषण देकर लोगों को भड़का रहे थे कि वर्तमान सरकार का तख्ता पलट दो, तो हमें चाहिए कि हम कहें कि हाँ, हम ऐसा ही कर रहे थे।

प्रजातंत्र में हर नागरिक को यह अधिकार संविधान द्वारा प्राप्त है कि वह किसी अहिंसात्मक रूप में सरकार की आलोचना करे। जहाँ कोर्ट में सारा विवाद इस बात को लेकर चलता है कि हमने भाषण दिया या नहीं, वहाँ बहस इस बात पर होनी चाहिए कि भाषण देना हमारा अधिकार है अथवा नहीं। मेरे विचार से इस प्रकार जब हम स्वयं कहेंगे कि हम तानाशाही सरकार को बदल डालना चाहते हैं तो प्रबल जनमत का निर्माण होने लगेगा हमारे पक्ष में। एक नई सी जागृति आएगी साधारण व्यक्ति में भी।'

'मैं समझता हूँ कि यही कारण था कि भगतसिंह और उनके साथियों ने यह निर्णय लिया था कि संसद में बम फेंकने के बाद भी वे भागेंगे नहीं, भले ही ऐसा अवसर उन्हें मिल जाए। वह चाहते तो बम फेंकने के बाद भाग भी सकते थे या कम-से-कम कोशिश तो कर ही सकते थे। परंतु ऐसा न करके अंग्रेज सरकार को पूरा-पूरा अवसर दिया कि वह उन्हें गिरफ्तार कर ले। इस सारे बलिदान के पीछे जो भावना काम कर रही थी वह निस्संदेह जनमानस को जाग्रत करने की रही होगी, और ऐसा ही हुआ। ज्यों ही भगतसिंह और उनके साथियों पर मुकदमा चला, जनता में एक क्रांति की प्रबल लहर उठी। यदि हम यह स्वीकार करें कि हम नागरिक अधिकारों, अभिव्यक्ति की स्वतंत्रता एवं व्यक्तिगत अधिकारों की रक्षा के लिए सरकार से लड़ रहे हैं तो जेलों में लाखों लोगों के संबंधियों के माध्यम से करोड़ों लोगों को यह संदेश पहुँचेगा और तानाशाही के विरुद्ध एक वातावरण बनेगा। 'कन्फेस' करके हमें सजा ही तो सुनाई जाएगी तो क्या अंतर पड़ेगा। जेलें तो वैसे भी भरी पड़ी हैं अपने आदमियों से। आपने पढ़ा ही होगा कि कई क्रांतिकारी दल उन दुर्घटनाओं में भी अपना हाथ होना स्वीकार कर लेते थे जिनके साथ उनका वास्ता भी नहीं था बल्कि जो संयोगवश अकस्मात् ही घटित हो गईं।'

देवेश मेरी बात से सहमत होते हुए बोला था, 'आपकी बात का एक प्रचारात्मक पक्ष बहुत प्रबल है पर इसके व्यावहारिक पक्ष पर मुझे इतना भरोसा नहीं है। अभी कुछ मुट्ठी भर लोगों को छोड़कर अधिकांश लोगों के मन में वह तूफान नहीं है जो एक साधारण भारतीय के मन में अंग्रेजों से लड़ते समय था। इसी प्रकार अंग्रेज जालिम होते हुए भी मुख्य रूप से लोकतांत्रिक मूल्यों में विश्वास करते थे। न भी करते हों तो भी कम-से-कम वह पूरे विश्व के सम्मुख अपनी ऐसी ही छवि प्रस्तुत करने का प्रयास करते थे। स्वतंत्रता की उस लड़ाई में विश्व जनमत हमारे पक्ष में था। आज लड़ाई घरेलू अधिनायकवाद से है। पंडित जवाहरलाल नेहरू के युग से पनपता हुआ व्यक्तिवाद आज अपने विकृत रूप में हमारे सामने है। इस व्यक्तिवाद ने समाज पर अपना पंजा बहुत धीरे-धीरे कसा है। इसमें कहीं-न-कहीं उनकी पार्टी के नेताओं की रजामंदी भी रही है। मैं तो कहूँगा कि किसी-न-किसी रूप में जनता ने इसे स्वीकार न भी किया हो तो भी इसका मुखरता से विरोध नहीं किया। अनेक प्रकार के संवैधानिक संशोधनों से इसे

शक्ति प्रदान की जाती रही है। आज विश्व जनमत के सामने हमारी सही तसवीर उभरकर नहीं आ पा रही। उसके तीन कारण हैं—पहला तो यह कि सत्ता की शक्ति हमसे बहुत अधिक है, दूसरे हमें किसी प्रकार की विदेशी सहायता, किसी भी हालत में स्वीकार्य नहीं है और तीसरे हमारे नेताओं ने इस बात का कभी अनुमान नहीं लगाया था कि उन्हें इसी शताब्दी में, वह भी इतनी जल्दी दूसरी आजादी के लिए जंग लड़नी पड़ेगी।'

मुझे देवेश की बातों में कुछ सार दिखाई देने लगा था।

'इन्हीं बातों को सामने रखते हुए हमें अपने आंदोलन को धीरे-धीरे गति देनी है। सारी शक्ति अपने भीतर से ही जुटानी है। उसके साथ ही सबसे जरूरी बात यह है कि जनता का मनोबल ऊँचा रखना है। इस सबके लिए हमें कभी-कभी ऐसी बातें भी स्वीकार करनी पड़ सकती हैं जिनका कोई विशेष अर्थ नहीं निकलता और तत्काल ही कोई सार्थक परिणाम भी नहीं निकलता। अदालतों में हमारी लड़ाई लगभग वैसी ही है। हाँ! सरकार एवं उसके चापलूस व्यक्तियों के बढ़ते हुए अत्याचार अधिक-से-अधिक लोगों को त्रस्त कर रहे हैं और इस प्रकार हमारी शक्ति में निरंतर वृद्धि हो रही है।'

अपनी बात जारी रखते हुए देवेश ने कहा, 'एक दूसरे दृष्टिकोण से इसे यूँ भी देखा जा सकता है कि धीरे-धीरे समाज का प्रत्येक वर्ग आपातकाल में होनेवाले अत्याचारों का शिकार होता जा रहा है, क्योंकि लूट और शोषण करने की भूख जब एक बार भड़कती है तो सुगमता से शांत नहीं होती। जंगल की आग की भाँति शोषण की यह ऐसी आग है जो शीघ्रातिशीघ्र सबकुछ निगल जाना चाहती है। प्रारंभ में यह आग उन्हीं-उन्हीं पदार्थों को जलाती है जो अधिक प्रज्वलनशील होते हैं। बाद में तो वह हर चीज को अपनी लपटों में लपेटने लगती है—ईंट और सीमेंट तक को भी। इसी प्रकार तानाशाही पहले कुछ विशेष लोगों और वर्गों पर प्रहार करती है, परंतु बाद में आम नागरिक उसकी चपेट में आने लगते हैं। क्योंकि इस स्थिति में कुछ मुट्ठी भर लोग सत्ता के केंद्र बनकर नौकरशाही पर नियंत्रण कर लेते हैं और नौकरशाह भी बहती गंगा में हाथ धोने के लिए इस लूट में सम्मिलित होने लगते हैं। आज भी सरकार की गलत नीतियों और अधूरे-अधकचरे आदेशों के कारण नौकरशाही की बन आई है। हर कोई ऊपर से आए आदेशों के नाम पर लूट मचाने और अपनी जेबें भरने में लगा है। किसी के भी पास यह जानने का कोई साधन नहीं है कि ऊपर से क्या आदेश आया है अथवा यदि कोई ऐसा आदेश है भी तो उसे देनेवाला कौन है।'

'एक बात और, प्रत्येक वर्ग की अपने आपको लुटवा सकने की एक सीमा होती है। जैसे गाय एक सीमा तक ही दूध दे सकती है, इसी प्रकार किसी का खून भी एक सीमा तक ही चूसा जा सकता है। उसके बाद या तो वह वर्ग मर जाता है अथवा विरोध

के लिए उठकर खड़ा हो जाता है। यही अन्याय का दर्शन है और यही उसका अर्थशास्त्र है। नौकरशाह अथवा शोषक वर्ग समाज के किसी भी हिस्से को मरने नहीं देते क्योंकि यदि उनका खून चूसना है तो उन्हें जीवित रखना भी एक मजबूरी होती है। फलत: एक वर्ग विशेष का एक सीमा तक उत्पीड़न करके दूसरे वर्ग को अपना शिकार बनाना उनकी विवशता है। इससे एक ओर जहाँ भय का वातावरण निर्मित हो रहा है वहीं अंदर-ही-अंदर विरोध की अग्नि भी सुलग रही है। इस समय आवश्यकता है उस सुलगती हुई अग्नि को प्रज्वलित रखने की; और हमारे नेता गुप्त आंदोलन द्वारा उसी अग्नि को जलाए रखने के लिए कृतसंकल्प हैं। जागरण पत्रिकाओं द्वारा इस कार्य को गति दी जा रही है। क्योंकि यह ज्ञात नहीं कि यह लड़ाई कब तक चलेगी, फलत: अपने साहस एवं साधनों को लंबे समय तक बचाए रखना जरूरी है। जिस नीति की चर्चा आपने की, वह अल्पकालिक है और थोड़े ही समय में उसका निर्णय होना अनिवार्य है। उस दशा में बाजी मात भी हो सकती है जबकि वर्तमान रणनीति के अनुसार संघर्ष को बहुत लंबे समय तक जारी रखा जा सकता है ताकि अवसर मिलते ही तानाशाही को धराशायी किया जा सके।'

'वैसे भी आप विश्व का इतिहास देखें तो कोई भी तानाशाही लंबे समय तक टिकी नहीं रहती क्योंकि बहुत जल्दी ही उसे अनेक अंतर्विरोधों का सामना करना पड़ता है। भीतरी षड्यंत्र तानाशाही की जड़ें खोखली करते रहते हैं। संदेह का वातावरण तानाशाह को विक्षिप्त किए रहता है और अनावश्यक मूर्ख एवं चापलूस व्यक्तियों की भीड़ तानाशाह के चारों ओर घिरने लगती है। धीरे-धीरे उसके रणबाँकुरे या तो पीछे छूट जाते हैं या उन्हें षड्यंत्रों का शिकार होना पड़ता है। अपने ही फैलाए जाल में तानाशाह स्वयं ही फँसने लगता है और अंत में कोई-न-कोई मूर्खता कर बैठता है। आज हमें ऐसी किसी मूर्खता की प्रतीक्षा न भी हो तो भी हमें एक लंबी लड़ाई के लिए समाज को तैयार तो करना ही है।'

देवेश की बातों से मैं बहुत प्रभावित हुआ था। कितनी सूक्ष्म दृष्टि थी उसकी। चाय पीकर हम लोग स्कूटर स्टैंड की ओर बढ़ने लगे, उसने अपना वक्तव्य जारी रखा। वह बोला, मैंने तो यही अध्ययन किया है कि खूनी या चोर अपराध करने के बाद अपना कोई-न-कोई निशान अवश्य छोड़ता है और इसी निशान के आधार पर विशेषज्ञ अपराधी को ढूँढ़ लेते हैं। ठीक उसी प्रकार प्रत्येक तानाशाह कोई-न-कोई मूर्खता अवश्य करता है और कोई-न-कोई ऐसा गलत कदम उठाता है कि उसकी सारी चालें उलटी पड़ने लगती हैं। हमारी रणनीति तानाशाही की इसी भूल से लाभ उठाने की है। हम चाहते हैं कि ज्यों ही वह कोई गलत कदम उठाए, हम उसे जा दबोचें। अब यह अपनी क्षमता पर निर्भर करता है कि हम कितने चौकन्ने हैं और शत्रु की मूर्खता को तुरंत भांप लेते हैं या

नहीं।

स्टैंड से स्कूटर निकालकर मैंने स्टार्ट किया और करोल बाग के चौराहे पर जब मैंने देवेश को उतारने के लिए रोका तो देखा पिछली सीट खाली थी। वह कहीं रास्ते में ही उतर गया होगा पर फिर भी एक संशय सा मेरे मन में उठा कि कहीं कोई मेरा पीछा तो नहीं कर रहा था जिसे देखकर वह निकल गया हो।

दिल्ली की सड़कों पर पचासों बार तो 'ब्रेक' लगाने पड़ती है और कितने चौराहे आते हैं, अवश्य ही किसी ऐसे अवसर पर वह मुझे बिना परेशान किए उतर गया होगा। मैं अनावश्यक स्कूटर को सड़कों और गलियों में घूमाता रहा और जब मुझे विश्वास हो गया कि पीछे कोई व्यक्ति नहीं है तो अपने घर लौट चला। मुझे याद आया कि रजनी व्यग्रता से मेरी प्रतीक्षा कर रही होगी। अब तक बातों में मुझे उसका ध्यान ही नहीं रहा था। रजनी का ध्यान आते ही मैंने 'एक्सीलेटर' पर अपना दबाव बढ़ा दिया।

घर पहुँचा तो रजनी रसोईघर में जुटी थी। विभिन्न प्रकार के व्यजंनों की महक आ रही थी उस ओर से। मेरी आहट सुनकर वहीं से बोली, 'भाईसाहब जल्दी से नहा लो, मैं नाश्ता लगा देती हूँ।' मस्त चाल में सीटी बजाता हुआ मैं स्नान करने के लिए चला तो मेरी नजर रजनी पर पड़ी, बहुत ही अस्त-व्यस्त थी वह। सारी रसोई को भर दिया था उसने। शायद घर के सब बर्तन उसके प्रयोग में आ चुके थे। मन-ही-मन मैंने उसकी भावना की प्रशंसा की। मेरी आहट पाकर जब उसने मुड़कर देखा तो उसके मुँह और बालों पर लगे बेसन को देखकर मैं जोर से हँस पड़ा और वह लजा गई, जबकि मेरे हँसने का कारण शायद उसकी समझ में नहीं आया। मैं उसे शीशा देखने का परामर्श देकर नहाने चल दिया।

□

## वीरेंद्र शर्मा

उत्तर प्रदेश के एक कस्बे बुलंदशहर के एक धनाढ्य परिवार से रजनी का संबंध था। उसके पितामह अपने क्षेत्र के बड़े जागीरदार थे और बहुत दूर-दूर तक उनकी धाक थी। यद्यपि स्वतंत्रता के आंदोलन को वह पूरी तरह समर्थन देते थे फिर भी अंग्रेज कलेक्टर उनसे सीधा टकराने से कतराता था और यदा-कदा किसी उत्सव में टकराता भी तो इशारों में ही पंडितजी को थोड़ी-बहुत चेतावनी भर दे पाता, पर इससे अधिक कुछ नहीं। पंडित जगदंबा प्रसाद शर्मा की मूँछों के ताव में कुछ कमी नहीं आती थी। इससे एक ओर जहाँ सरकारी कर्मचारी उनसे खार खाए रहते, वहीं साधारण किसान उनके आश्रय में अपने आपको बहुत सुरक्षित अनुभव करते थे। पंडितजी पूरी तरह कर्मकांड में विश्वास करते थे, फलतः उनके घर में कीर्तन, भजन, उपवासों एवं त्योहारों का ताँता सा लगा रहता।

लक्ष्मी की अपार कृपा थी और पंडितजी शाही तरीके से खर्च करनेवाले जागीरदार थे। उनके द्वार से कभी कोई खाली लौटा ही नहीं। दूर-दूर से लोग पंडितजी के पास अपनी समस्याएँ लेकर आते और समाधान पाकर लौटते। अनेक स्कूल और धर्मशालाएँ पंडितजी की कृपा से चलती थीं। लक्ष्मीजी की कृपा के साथ-साथ पंडितजी पर सरस्वती भी पूरी तरह प्रसन्न थीं। इस प्रकार वह लक्ष्मी और सरस्वती का अद्‌भुत मिश्रण थे, तिस पर शरीर से पूरी तरह हृष्ट-पुष्ट। एक-एक समय में पाँच-पाँच सौ दंड पेले थे उन्होंने। पंडितजी अपने शरीर का उतना ही ध्यान रखते थे, जितना संगीत-साधना एवं काव्य-गोष्ठियों का। पंडितजी के घर में जो साहित्य चर्चाएँ होती थी, उनका जोड़ दूर-दूर तक नहीं था, क्योंकि पंडितजी ऐसे अवसरों पर लक्ष्मी को पूरी तरह सरस्वती की दासी बना डालते। खूब खुलकर खर्च होता और दूर-दूर से आए साहित्यिक मित्र वहाँ हफ्तों रहकर पंडितजी को अपना आदर सम्मान करने का पूरा-पूरा अवसर प्रदान करते थे। पंडितजी की ओर से हवेली के सभी कर्मचारियों को यह आदेश थे कि अतिथि-सत्कार में किसी प्रकार की कोताही न हो।

वास्तव में पंडितजी की चौपाल उस कस्बे ही नहीं वरन् उस जिले की समस्त गतिविधियों का केंद्र थी। कांग्रेसियों ने पंडितजी चौपाल को अपने लिए हर तरह से सुरक्षित एवं सुविधाजनक पाया। देशप्रेम की भावना पंडितजी में कूट-कूटकर भरी थी, फलतः स्वतंत्रता आंदोलन के सिपाहियों का उन्होंने सदैव आगे बढ़कर स्वागत किया। जितना ही कांग्रेस उनके समीप आती गई, उतना ही अंग्रेजों का रोष उनके प्रति बढ़ता गया।

पंडित जगदंबा प्रसाद अपने वंश के एक मात्र कुलदीपक थे और उनके यहाँ भी एक ही पुत्र था। उनका बेटा वीरेंद्र अत्यंत मेधावी छात्र था। बचपन से ही उसमें साहस और नेतृत्व के गुण परिलक्षित होने लगे थे। उसके इन गुणों को कांग्रेस के नेताओं के सान्निध्य ने और भी प्रखरता प्रदान की थी। स्वतंत्रता आंदोलन के वीर सेनानियों की गोद में पलकर बड़ा हो रहा था बालक वीरेंद्र। प्रारंभ से ही उसका मन अन्य प्रकार की बातों की अपेक्षा इन सेनानियों की बैठकों में अधिक रमता था। खेल-कूद से वह पूरी तरह से विरक्त था। पिता के लाख प्रयत्नों के वावजूद उसे भजन-कीर्तन में उतना आनंद नहीं आता था, जितना बैठकों में चलते वाद-विवादों में। वीरेंद्र को केवल दो ही बातों में रुचि थी। पाठशाला में पूरे मनोयोग से पढ़ना और बैठकों में हो रहे विचार-विमर्श को पूरे ध्यान से सुनकर उन पर अपने ढंग से मनन करना। महापुरुषों की उक्तियाँ और उनके जीवन-चरित्र पढ़ने का भी उसे बहुत शौक था।

स्वतंत्रता संग्राम में निरंतर तेजी आती जा रही थी। इस महायज्ञ में प्रतिदिन नई आहुति डाली जाती थी। संपूर्ण भारत में एक नवीन क्रांति का संचार हो रहा था। ऐसा

स्पष्ट परिलक्षित हो रहा था कि अब अंग्रेजों के पाँव इस देश में बहुत अधिक समय तक टिक नहीं पाएँगे। ज्यों-ज्यों स्वतंत्रता संग्राम में तेजी आती, त्यों-त्यों अंग्रेज सरकार अपने अत्याचारों में अमानवीय निर्ममता की सीमा बढ़ा देती। स्कूल, कॉलेज, न्यायालय और कार्यालय खाली होते गए और जेलें भरती गईं। लोग अधिक-से-अधिक स्वदेशी अपनाने लगे और विदेशी वस्तुओं विशेष रूप से विदेशी वस्त्रों की होलियाँ स्थान-स्थान पर जलाई जाने लगीं। भारतीय समाज की एकता को खंडित करने के लिए अंग्रेज उसके चारों ओर भय और भेदभाव की दीवारें खड़ी करने के भरसक प्रयास कर रहे थे ताकि इस आंदोलन को साधारण जनता का समर्थन न मिल पाए। यहाँ पर उनकी फूट डालने की नीति भी कारगार सिद्ध नहीं हो रही थी। ब्रिटिश सरकार यह देखकर हैरान हो रही थी कि उसकी कोई भी चाल सफल नहीं हो रही थी। उन्हें इस बात पर भी अंचभा हो रहा था कि सामाजिक स्तर पर पूरी तरह से विभाजित यह देश राजनैतिक स्तर पर एकजुट कैसे होता जा रहा है। शायद उन्होंने इस बात को अनदेखा कर दिया था कि यह आंदोलन किसी नेता अथवा दल विशेष का न होकर जनसाधारण का है। नेता तो मात्र जनमानस की आवाज को प्रतिबिंबित करने के लिए ही चाहिए थे। यही कारण था कि मोहनचंद कर्मचंद गांधी लोगों के लिए महात्मा हो गए थे और उनकी प्रतिष्ठा जनता के प्रतिनिधि के रूप में निरंतर बढ़ रही थी। पूरा देश उनके पीछे एकजुट होकर तिरंगे की छाँव तले आता जा रहा था।

ब्रिटिश सरकार की क्रूरता का पंजा पंडित जगदंबा प्रसाद के गिरेबान तक पहुँचने लगा और उन्हें अनेक प्रकार के दीवानी और फौजदारी मामलों में उलझाकर रख दिया गया। उनकी कितनी ही संपत्ति और जायदाद अंग्रेजों ने किसी-न-किसी बहाने से कुर्क कर ली। बुलंदशहर पर अत्याचारों का अकल्पनीय कहर टूट पड़ा परंतु पंडितजी के आश्रय में बना स्वतंत्रता की लड़ाई का दुर्ग छिन्न-भिन्न नहीं हुआ। वहाँ पर स्वतंत्रता सेनानियों को निरंतर संरक्षण मिलता रहा।

सन् 1942 में देशव्यापी असहयोग आंदोलन प्रारंभ हुआ। कांग्रेस के अनेक शीर्षस्थ नेताओं सहित लाखों व्यक्तियों को बंदी बना लिया गया। वास्तव में अब तक पूरा देश ही एक प्रकार से बंदीगृह बनकर रह गया था। इस अवसर पर पंडितजी को अनेक कार्यकर्ताओं और उनके बारह वर्षीय पुत्र वीरेंद्र के साथ हिरासत में ले लिया गया। वीरेंद्र के विरुद्ध एक भयानक क्रांतिकारी होने के सबूत पेश किए गए और उसे सात साल की सजा सुना दी गई। बालक वीरेंद्र की किशोरावस्था जेल की चार-दीवारी में तरुणाई की ओर बढ़ने लगी। भारत को स्वतंत्रता देने से पूर्व अंग्रेजों ने अनेक व्यक्तियों को आम माफी के आधार पर जेलों से रिहा किया जिसमें पंडितजी और वीरेंद्र भी शामिल थे।

इस समय देश का वातावरण बहुत अशांत था। जगह-जगह सांप्रदायिकता का नंगा

नाच हो रहा था। इन सब कांडों के लिए हिंदू-मुसलमान एक-दूसरे को दोषी ठहरा रहे थे और वास्तविक दोषी अंग्रेज दोनों जातियों की मूर्खता भरी फूट पर ठहाका लगाकर हँस रहे थे। जब पंडित जगदंबा प्रसाद अपने बेटे वीरेंद्र के साथ बुलंदशहर पहुँचे तो वहाँ सबकुछ अस्त-व्यस्त दशा में पाया। कितनी ही संपत्ति अंग्रेज कुर्क कर चुके थे। उनकी जमीन पर जिसका जी चाहा, वही हल चलाता रहा था। कोई विशेष देखभाल करनेवाला-वाली वारिस तो था नहीं। इसके अतिरिक्त उस अराजकता के वातावरण में किसे पड़ी थी कि वह किसी और के फटे में टाँग अड़ाए। पिछले दिनों उनकी अनुपस्थिति में हुए दंगों में पंडितजी की हवेली भी स्वाहा कर दी गई थी। उनके फलों से लदे बाग-बगीचे बिना माली के समझकर लूट लिये गए थे। देश की ऐसी स्थिति थी ही नहीं कि किसी से कोई आशा की जाती। जैसे-तैसे कुछ धन जुटाकर पंडितजी दिल्ली आ बसे। उन्होंने सोचा था कि कुछ शांति होने पर सबकुछ ठीक हो जाएगा। जैसे विभाजन के कारण लाखों लोग पंजाब से उजड़कर दिल्ली आने लगे थे, पंडितजी ने भी बुलंदशहर को छोड़कर दिल्ली में आश्रय लिया था।

दिल्ली की हालत और भी बुरी थी। विश्व के इतिहास में पहली बार इतने बड़े पैमाने पर जनता का विनिमय किए जाने की योजनाएँ बन रहीं थीं। अखंड भारत के सपने देखनेवाले लोगों के सामने भारत माँ के अंग काटने के काम को क्रियान्वित किए जाने की तैयारियाँ हो रही थीं। पंडितजी की समझ के बाहर थी ये सब बातें। इन्हीं दिनों दिल्ली में एक बहुत बड़ा फसाद हुआ और सैकड़ों लोगों के साथ पंडितजी भी धर्मांधता की बलिदेवी पर बलि चढ़ा दिए गए। स्वाधीन भारत का वर्षों से जो सपना वह देख रहे थे वह पूरा भी हुआ तो उनकी मौत के बाद।

वीरेंद्र की अभी उम्र ही क्या थी। उस पर विपत्तियों का पहाड़ टूट पड़ा। किसी प्रकार पंडितजी के मित्रों की सहायता से वह अपने दुःख भुला देना चाहता था पर उसके दुःख उन लाखों लोगों के दुःखों के सामने नगण्य हो गए जो पाकिस्तान से लुट-पिटकर भारत आए थे। वीरेंद्र ने अपने आँसू पोंछ डाले और शरणार्थियों की सेवा में जुट गया। दिन को दिन और रात को रात नहीं समझा उसने। जीवन का एक लक्ष्य बनाया—समाज की सेवा; और सेवा का यह व्रत उसने कभी भंग नहीं होने दिया।

बुलंदशहर से वह ऐसा निकला कि दुबारा वहाँ वापस जाने का मन ही नहीं हुआ। नितांत अकेला था वह दुनिया में और किसी प्रकार का लोभ उसे छू तक नहीं गया था। बुलंदशहर की संपत्ति के विषय में उसने कोई पूछताछ नहीं की थीं। परंतु जब कुछ कांग्रेसी कार्यकत्ताओं ने इस संबंध में बात चलाई तो उसने कहा मुझे अपने लिए कुछ भी नहीं चाहिए। हाँ यदि पार्टी को आवश्यकता हो तो आप सारी संपत्ति उसके हवाले कर सकते हैं। कुछ कागजों पर उसके हस्ताक्षर करवा लिए गए थे और उसके बाद पुरखों

की उस संपत्ति के संबंध में वह पूरी तरह उदासीन हो गया था।

यौवन के आरंभ में ही उसने जो व्रत ले लिया था वह वास्तव में विस्मयकारी था। जेल में रहते हुए उस पर महात्मा गांधी सरीखे नेताओं के जो संस्कार पड़े, वे ही उसकी धरोहर बन गए। सार्वजनिक जीवन में कार्य करते हुए उसने पाया कि जीवन के गूढ़ रहस्यों को सूक्ष्मता से जानने के लिए विद्या की बहुत आवश्यकता है। इसी के साथ-साथ उसने देखा कि अशिक्षित होने के कारण ही अधिकांश व्यक्ति भाग्यवादी हैं और समाज के अन्य स्वार्थी वर्ग उनका पूरी तरह शोषण करते हैं। शिक्षा के अभाव में वे जान ही नहीं पाते कि वास्तविकता क्या है और अपनी सारी मुसीबतों का दोष किस्मत को देते हुए सब्र कर लेते हैं। उसने पाया कि अधिकांश लोग अपनी अज्ञानता और निर्धनता के कारण अपने अधिकारों तक की उचित माँग भी नहीं कर पाते और निरंतर शोषित होते रहते हैं।

वीरेंद्र ने निश्चय किया कि वह कानून की शिक्षा ग्रहण करेगा और यथा संभव पीड़ित वर्ग को निहित स्वार्थ से ग्रसित वर्ग के शोषण से बचाएगा। अपने इस निश्चय के साथ ही उसने रात्रि की कक्षाओं में पढ़ाई करनी प्रारंभ की एवं अपने परिश्रम से निरंतर सफलता की सीढ़ियाँ चढ़ता गया।

ज्यों-ज्यों वीरेंद्र के ज्ञान का भंडार भरता गया, त्यों-त्यों उसे समाज के घिनौने रूप का अधिक-से-अधिक परिचय मिलता गया। स्वतंत्रता प्राप्ति के साथ-ही-साथ देश का विभाजन, महात्मा गांधी की हत्या और भाषाई, प्रांतीय एवं धार्मिक दंगों के रूप में उसने स्वार्थ के नंगे नाच को होता देखा था। उसने पाया था कि प्रत्येक व्यक्ति सफेद खद्दर के कपड़ों के नीचे पूरी तरह कालिमा से ढका हुआ है। नेताओं के दोहरे रूप देखे थे उसने। एक, समाज का सेवक रूप, दूसरा, शोषक का रूप। समाज को सुधारने की बात करनेवाले नेता रात-दिन समाज को किस प्रकार भ्रष्ट करते हैं, छिपा नहीं रहा था उससे। समाज में व्याप्त कुरीतियों को उसने प्रत्यक्ष देखा था कि ये नेता अपनी राजनीतिक स्वार्थलिप्सा के कारण किसी भी घटना को अछूता नहीं जाने देते और उसे अपने रंग में रँग देते हैं। वह महात्मा गांधी की हत्या जैसी गंभीर एवं दर्दनाक घटना भी हो सकती है और कलुआ नाई की बकरी का चोरी चले जाना जैसी मामूली भी।

दहेज-विरोधी भाषण देनेवाले नेता अपने पुत्र के विवाह में सबसे अधिक दहेज माँगते थे। जमींदारी प्रथा के विरोध का ढोल पीटनेवाले लोगों ने कितनी ही भूमि बेनाम सहकारिता और आधुनिकीकरण के नाम पर हड़प ली थी। विधवा विवाह की दुहाई देकर कितनी ही विधवाओं की विवशताओं से अपनी शैय्या को सुशोभित किया था इन तथाकथित नेताओं ने। किस प्रकार कीमतें कम करने के नाम पर भाषण देनेवाले नेता अधिक-से-अधिक माल अपने गोदामों में भरकर अनुचित लाभ कमाते हैं, इन सबका

कच्चा चिट्ठा अंकित था वीरेंद्र के मानस पटल पर। क्या-क्या भुलाता, और क्या-क्या याद रखता। इतनी लंबी सूची थी इन कुकर्मों की उसके पास, लिखने बैठता तो पोथे तैयार हो जाते। याद भी करता तो स्मरण शक्ति साथ नहीं दे सकती थी।

समाज में व्याप्त इन अत्याचारों को वह मूल से उखाड़ फेंकना चाहता था, परंतु उसकी समझ में यह नहीं आता था कि प्रारंभ कहाँ से करे। उसे विस्मय होता था कि स्वतंत्रता का युद्ध लड़नेवाले योद्धा या तो भ्रष्ट हो गए थे अथवा उन्होंने भ्रष्ट प्रशासन के सम्मुख मस्तक नवा दिया था। जिनसे यह भी नहीं हो पाया, उन्हें कुछ सुविधाओं की रिश्वत देकर सदैव के लिए मूक कर दिया गया।

वीरेंद्र ने तय किया कि उसे अपनी लड़ाई अपने ही घर से शुरू करनी होगी। फलतः पार्टी की बैठकों में उसने हर ऐसे व्यक्ति की कटु आलोचना करनी प्रारंभ की जो किसी-न-किसी रूप में भ्रष्ट साधनों द्वारा अपना घर भर रहा था। शीघ्र ही उसके विरुद्ध एक बहुत बड़ा वर्ग तैयार हो गया और बहुमत द्वारा उसे पार्टी से निष्कासित कर दिया गया। उस दल से निष्कासित जिसमें रहकर उसके शैशव ने किलकारियाँ भरी थीं, जिस पर उसने अपनी किशोरावस्था बलिदान कर दी थी, और जिसके लिए वह अपनी तरुणाई होम किए दे रहा था, जिसे उसने अपना सर्वस्व सौंप दिया था, जिसने उसके सिर से बाप का साया उठने पर भी उसे यह अनुभव नहीं होने दिया कि वह अब अनाथ है, जो कल तक उसका अतीत, वर्तमान और भविष्य था, उसी से उसका निष्कासन—क्या विडंबना थी! और यह निष्कासन भी क्यों—क्योंकि उसने पार्टी के घोषित आदर्शों की रक्षा का बीड़ा उठाया था, क्योंकि उसकी आवाज के माध्यम से निर्धनों की आवाज प्रशासन तक पहुँचना चाहती थी, क्योंकि वह गांधीजी के प्यारे हरिजनों का उद्धार करना चाहता था, क्योंकि वह उस रामराज्य की कल्पना को साकार रूप देना चाहता था जिसका सपना बापू ने देखा था। वह चाहता था एक ऐसे समाज का निर्माण जिसमें ऊँच-नीच, किसी प्रकार का भेदभाव, शोषक और शोषित की दीवारें मानवता का गला न घोंट दें। वह चाहता था कि हरेक को उसका उचित अधिकार मिले और समाज में भेड़ की खाल में छिपे भेड़ियों की दरिंदगी पर अंकुश लगाया जा सके।

उसका सबसे बड़ा दोष यह था कि वह जो चाहता था, जो सोचता था, उसे कह डालता था। उसने इस मान्यता को कभी स्वीकार नहीं किया कि कथनी और करनी में अंतर हो, यह मान्यता उसे स्वीकार्य ही नहीं थी। जब उसे दल से निष्कासित किया गया तो उसे लगा जैसे उसके माँ और बाप दोनों ही एक साथ मर गए हैं; और पहली बार उसने अनुभव किया कि वह अनाथ हो गया है। वह पूरी तरह टूटा हुआ अनुभव कर रहा था। कहीं रोशनी की एक किरण तक दिखाई नहीं दे रही थी। इन दिनों उसकी हालत पागलों की सी थी। कभी-कभी उसे लगता कि कहीं वह ही तो गलत नहीं है, और यदि

वह ठीक है तो क्या सारा समाज पागल है जो किसी भी दोषपूर्ण व्यवस्था के विरुद्ध आवाज उठाने की अपेक्षा उसके क्रूर पाटों के मध्य पिसते हुए जीवनयापन को सहर्ष अपनी नियति स्वीकार किए हुए है। कभी-कभी वह सोचता, क्यों नहीं वह भी उसी व्यवस्था का अंग बनकर रहने लगता। वह जवान है, पढ़ा-लिखा है, कहीं भी नौकरी करके अपनी जीविका कमा सकता है, कोई छोटा-मोटा धंधा कर सकता है, नहीं तो सुविधाभोगी राजनेता बनकर सत्ता पर बैठना तो उसके लिए बहुत कठिन कार्य नहीं। अपने आदर्शों को छोड़कर पार्टी के किसी एक गुट में ही तो सम्मिलित होना पड़ेगा। कांग्रेस पार्टी विभिन्न गुटों में विभाजित होती जा रही थी और प्रत्येक गुट हर प्रकार के जोड़-तोड़ से अपनी शक्ति बढ़ाने में लगा था। परंतु वह ऐसा नहीं कर सकता था, और न ही कर पाया। गुटबंदी की घिनौनी राजनीति से वह सदैव बचता रहा था। समाज के शोषित वर्ग का क्रंदन इतना तेज था कि उसे उस रुदन के अतिरिक्त कोई और आवाज सुनाई ही नहीं देती थी, जैसे सर्वत्र मौन व्याप्त है और करुणा भरी चीखें उसमें रह-रहकर उभर उठती हों।

पर सुनाई दी थी उसे एक आवाज और! जैसे मंदिर की घंटियाँ सी बजने लगी थी कानों में। उस आवाज को सुनकर चीख और पुकार की आवाजें दब सी गई थीं। मस्तिष्क जो हमेशा पके हुए फोड़े की तरह टीस मारता रहता था, चीरा लगने के बाद की शांति अनुभव करने लगा था। एक कोमल सांत्वना भरे हाथ के स्पर्श से ऐसा लगा था जैसे किसी ने घाव पर मरहम रख दिया हो। यह आवाज और हाथ कामिनी के थे। उसने विस्मय भरी दृष्टि से कामिनी को देखा था पर विश्वास नहीं हुआ था उसे। लगा था सब दृष्टिभ्रम है, कहाँ कामिनी का राज प्रासाद, और कहाँ गंदी गली का यह चबूतरा। परंतु कामिनी साक्षात् उसके सामने खड़ी मुसकुरा रही थी। बहुत कठिनता से उसके कंठ से बोल फूटे थे—कामिनी, तुम यहाँ, आओ भीतर चलें। पर भीतर भी क्या था एक टूटी चारपाई, एक कुरसी और एक छोटी सी मेज। भीतर चलने की बात कहने के बाद भी जब वह स्वयं अपने स्थान से नहीं उठा तो कामिनी वहीं चबूतरे पर बैठ गई थी उसके पास, अपनी कीमती साड़ी की परवाह किए बिना ही। बहुत संकोच हुआ था उसे उस समय।

□

## कामिनी

कामिनी के पिता लाला प्रेम शंकर भारत सरकार में मंत्री थे। बहुत गरिमामय व्यक्तित्व पाया था उन्होंने। जब वीरेंद्र जेल गया था तो वह भी वहीं उसी जेल में थे। उनका विशेष लगाव हो गया था वीरेंद्र से। सदैव उसका ध्यान रखते और उसे राजनीति की शिक्षा देते। हर मिलनेवाले से उसकी प्रशंसा के पुल बाँधे रहते। पंडितजी के विशेष मित्र होने के

कारण उनका वीरेंद्र पर असीम प्रेम था जोकि पंडितजी की मृत्यु के बाद भी किसी प्रकार कम नहीं हुआ। पंडितजी की ही तरह लाला प्रेम शंकर भी बहुत बड़ी जागीर के स्वामी थे और राष्ट्रभक्ति की भावना ने उन्हें स्वतंत्रता संग्राम में कूदने पर विवश कर दिया था। लालाजी का भरा-पूरा परिवार था। उनके पिता और बड़े भाई सभी मिलकर रहते थे और सबसे छोटे होने के कारण लालाजी पर सबका अत्यधिक स्नेह था।

कामिनी से बड़ा उनका पुत्र रमा शंकर था जो इंजीनियरिंग की पढ़ाई करके अमरीका में ही बस गया था। फलतः लालाजी को घर-गृहस्थी के किसी भी उत्तरदायित्व की चिंता नहीं थी। प्रारंभ से ही सारा कारोबार बड़े भाई सँभालते थे और बच्चों का पालन-पोषण उनकी पत्नी ने कर दिया था। पैसे की कमी थी नहीं, इस कारण लालाजी राजनीति में तीव्रगामी घोड़े की तरह दौड़ते हुए सबको पीछे छोड़ते जा रहे थे। अभी लालाजी केवल मंत्री थे और प्रधानमंत्री बनने का सपना सँजोए हुए थे।

लालाजी ने वीरेंद्र में वे सभी गुण पाए थे जो किसी महत्त्वाकांक्षी व्यक्ति को उच्चतम शिखर पर ले जाने में सहायक होते हैं। धीरे-धीरे लालाजी ने अपना स्नेहपाश उसके चारों ओर फैला दिया था। पंडितजी की मृत्यु के बाद तो वह उसके अभिभावक ही बन गए और वीरेंद्र को पढ़ाई इत्यादि करने की प्रेरणा भी निरंतर देते रहे। किसी प्रकार के व्यय की चिंता से उसे वह कोसों दूर रखते। पंडितजी की मृत्यु के बाद से ही वीरेंद्र उन्हीं की कोठी के एक भाग में रहने लगा था। कामिनी उसकी समवयक थी, फलतः इन दोनों की खूब पटती थी। लालाजी का स्नेह देख वीरेंद्र अपने आपको बहुत भाग्यवान समझता और लालाजी के प्रत्येक वचन को सत्य मानकर स्वीकार करता। पार्टी में वीरेंद्र के जितने भी तरुण साथी थे, वे सदैव लालाजी का साथ देते। लालाजी के संकेत पर ही वीरेंद्र ने अपनी संपत्ति के कागजों पर बिना देखे भाले हस्ताक्षर कर दिए थे। कई वर्षों के बाद उसे ज्ञात हुआ था कि उसकी सारी संपत्ति और उससे संबंधित सारे कागजात कांग्रेस द्वारा एक ट्रस्ट को सौंप दिए गए थे, और उस ट्रस्ट पर एकमात्र अधिकार लालाजी का ही है। विशेष महत्त्व नहीं दिया था वीरेंद्र ने इस बात को और बहुत गहरे तक राहत ही अनुभव की थी उसने।

ज्यों-ज्यों लालाजी राजनीति में सफलता की सीढ़ियाँ चढ़ते जा रहे थे, उनका स्नेह वीरेंद्र पर बढ़ता जा रहा था। साथ-ही-साथ कामिनी उसके समीप होती जा रही थी। अब वीरेंद्र उनके मकान के मुख्य भाग में रहने लगा था। पढ़ाई समाप्त करने के बाद जब उसने अपना पूरा ध्यान राजनीति में लगाया तो उसे लालाजी के दूसरे रूप भी दिखाई देने लगे। वास्तव में लालाजी ही उसे शनैः-शनैः समाज-कल्याण के कामों से निरुत्साहित करके सक्रिय राजनीति में लाने के लिए प्रयत्नशील थे। उसके उत्साह एवं लगन के साथ-साथ लालाजी की सिफारिश के कारण उसे संगठनात्मक कार्यों का दायित्व अधिक-

से-अधिक सौंपा जाने लगा था। वीरेंद्र इसे लालाजी का कृपा-प्रसाद समझकर मस्त था। और लालाजी के इशारों पर हर काम करता जा रहा था। कुछ समय बाद उसे अनुभव हुआ था कि कामिनी उसके बहुत समीप आ गई है और लालाजी ने भी अनेक ऐसे संकेत दिए जिनसे यह स्पष्ट लगता कि कहीं-न-कहीं वह वीरेंद्र को अपने भावी दामाद के रूप में स्वीकार कर चुके हैं।

यद्यपि वीरेंद्र ने कभी गृहस्थी के झंझटों में फँसने की बात सोची तक न थी पर कामिनी का निरंतर साथ-साथ रहना और लालाजी की तरफ से दी गई ढील से उसका मन डाँवाडोल होने लगा था पर अभी तक उसने गंभीरता पूर्वक इस विषय पर विचार नहीं किया था।

समय-समय पर लालाजी वीरेंद्र को राजनीति की तिकड़में समझाते और प्रेरित करते कि अब उसे मंत्रिमंडल में घुसने का प्रयत्न करना चाहिए। उसकी कम आयु को देखते हुए कभी युवा प्रतिनिधित्व की गोटी फेंकते तो कभी उसके परिश्रम और साहस की। कभी-कभी वह पंडितजी की सेवाओं की सराहना करते और कभी वीरेंद्र के बलिदानों की। पर वीरेंद्र सत्ता की राजनीति में फँसने के लिए बिलकुल तैयार नहीं था बल्कि वह तो पुनः उन्हीं बस्तियों में लौट जाना चाहता था जहाँ पर पीड़ित मानवता पिस रही थी। उसकी आत्मा उसे सदैव कचोटती रहती।

इन्हीं दिनों वीरेंद्र ने अनुभव किया कि पार्टी में लालाजी के प्रभाव में तेजी के साथ कमी आ रही है। वीरेंद्र को अत्यधिक महत्त्व मिलने के कारण एक बहुत बड़ा युवा वर्ग स्वयं वीरेंद्र से भी कट गया था, जिसका उसे स्वयं बहुत दुःख था; परंतु कोई भी व्यक्ति उसकी बात सुनने के लिए तैयार नहीं था। लालाजी के एक विशेष कृपापात्र राज्यमंत्री पर पार्टी के अंदर भ्रष्टाचार के घिनौने आरोप लगाए जा रहे थे। सदस्यों ने स्पष्ट रूप से कहा था कि लालाजी की कृपा का अनुचित लाभ उठाते हुए यह व्यक्ति अनेक भ्रष्ट साधनों से लाखों रुपए बटोर चुका है; यही नहीं वह किसी विदेशी सत्ता के लिए गुप्तचरी भी करता है। वीरेंद्र ने दबे-मुँदे शब्दों में यह भी सुना कि यह सब लालाजी की जानकारी में हो रहा है और वह लूट के माल में बराबर के भागीदार हैं। वास्तविकता यह थी कि लालाजी का प्रभाव अभी भी बहुत था, फलतः पार्टी की कार्यकारिणी के सदस्यों में इतना साहस नहीं था कि खुलकर लालाजी का विरोध करते।

जब वीरेंद्र ने इस कांड की चर्चा लालाजी से की तो उन्होंने इसमें अपना हाथ होने से साफ इनकार कर दिया। फलस्वरूप वीरेंद्र ने उस कांड की गहराई में जाने का निश्चय किया। ज्यों-ज्यों वह उस कांड की छानबीन करता, त्यों-त्यों उसमें लालाजी के सम्मिलित होने के प्रत्यक्ष प्रमाण उसे मिलते। इसी कांड से जुड़े न जाने कितने और कांडों का रहस्योद्‍घाटन हुआ था, वीरेंद्र को। वितृष्णा से ऊब उठा था उसका मन और उसने

तत्काल निश्चय कर लिया था कि अब वह लालाजी से किसी प्रकार का सरोकार नहीं रखेगा। शीघ्र ही उसने अपने रहने का प्रबंध पार्टी के कार्यालय के भवन में ही कर लिया था। कामिनी से भी वह कुछ दूर-दूर रहने लगा था। यद्यपि उसके प्रति उसके मन में कहीं-न-कहीं कोमल स्थान अवश्य ही सुरक्षित था।

घर छोड़ते समय एक बार पुनः उसने लालाजी से बात करने की चेष्टा की थी, परंतु उनकी विशेष रुचि न देखकर चुप ही रहा था। लालाजी का मात्र यह कहना कि राजनीति में यह सब तो चलता ही है, उसे भीतर तक पीड़ा से भर गया था। उसे विश्वास हो गया था कि लालाजी के धार्मिक एवं समाजसेवी मुखौटों के नीचे कोई-न-कोई घृणित चेहरा भी है।

कार्यकारिणी की जाँच समिति ने उस राज्यमंत्री को भ्रष्टाचार एवं गुप्तचरी का दोषी पाया। वीरेंद्र ने खुलकर आलोचना की थी इस कांड की। पर लालाजी साफ बचा ले गए थे अपने आपको और उन्होंने उस राज्यमंत्री को बलि का बकरा बन जाने दिया था। वैसे यह पहली हार थी उनकी, और इस हार का कारण था वीरेंद्र द्वारा दूसरे पक्ष का न्यायोचित साथ देना।

वीरेंद्र का मुख जब एक बार लालाजी और अन्याय के विरुद्ध खुला तो खुलता ही चला गया। यहाँ तक कि सभी बड़े-बड़े नेता उससे तंग आ गए और लालाजी के वरदहस्त के अभाव में उसे पार्टी से निकाल देना कठिन ही कितना था। फलतः ईमानदारी की आवाज उठानेवाले को उचित प्रकार से दंडित कर दिया गया। पार्टी से निष्कासित होते ही वीरेंद्र के सम्मुख जो समस्या सबसे पहले आई थी, वह थी आवास की।

वीरेंद्र जैसे उत्साही युवक के लिए वह कोई बहुत बड़ी बात नहीं थी, फलतः उसने एक श्रमिक नेता से बात की और एक बस्ती में उसके लिए एक छोटा सा कमरा ठीक कर दिया गया। अब वीरेंद्र को सबकुछ नए सिरे से शुरू करना था, फलतः उसने एक बैंक की यूनियन का काम पूरी तरह देखना प्रारंभ कर दिया। पहले भी वह इस यूनियन का काम देखता था परंतु कांग्रेस की गलत नीतियों के कारण इस यूनियन के अधिकांश नेता कांग्रेस छोड़कर अलग हो गए थे। अब वीरेंद्र भी उनमें आ मिला था। वीरेंद्र के गुणों से वे लोग भली-भाँति परिचित थे, फलतः इस यूनियन का कार्यभार वीरेंद्र के कंधों पर डालकर निश्िंचत हो गए। तबसे वीरेंद्र उसी बस्ती में जम गया।

एक लंबे समय के बाद आई थी कामिनी उससे मिलने के लिए। वीरेंद्र को एकदम चुप पाकर कामिनी ने बात शुरू की थी, क्या मुझसे भी बहुत नाराज हो जो बात तक नहीं कर रहे। घर आए मेहमान पर कैसा क्रोध; और यदि तुम्हें कुछ क्रोध अथवा घृणा है तो पिताजी से है, मुझसे तो नहीं। मैं उनकी बेटी हूँ पर उनके पापों में भागीदार तो नहीं और यदि तुम समझते हो कि मैं इसमें भागीदार हूँ तो तुम भी इसमें उतने ही हिस्सेदार हो

जितना मैं। लालाजी ने हमेशा तुम्हें भी अपने बेटे का सा प्यार दिया है। तुमने भी उनकी छत्रच्छाया का उपयोग वैसे ही किया है जैसे कि मैंने। तुम पर भी उनकी पाप की कमाई उसी प्रकार खर्च हुई है जिस प्रकार मुझ पर; और यदि तुम यह कहकर बचना चाहो कि तुम इस सबसे अनजान थे या तुम्हें अँधेरे में रखा गया तो मैं भी उतनी ही अनजान और अँधेरे में थी जितने कि तुम, बल्कि कुछ अधिक ही। इसके अलावा जितनी घृणा तुम्हें लालाजी से है, उससे कहीं अधिक मुझे है। जितना विश्वास तुम्हारा टूटा है, उससे कहीं अधिक टूटा है मेरा। हाँ, यह सही है कि तुम घर छोड़कर आ गए और मैं अभी भी वही हूँ। किसलिए? तुम्हारी कायरता के कारण। तुम वहाँ से आकर यहाँ मुँह छिपाकर बैठ गए पर तुमने यह न सोचा कि मेरा क्या होगा। मैं कहाँ जा सकती हूँ बाप का घर छोड़कर, सिवाय तुम्हारे घर के।

वीरेंद्र ने देखा था कि भावुकता एवं उत्तेजना से कामिनी का बदन थरथराकर काँप रहा है। इससे पहले कि गली में कोई तमाशा बने वह उसे उठाकर अंदर ले गया था। उसे कुरसी पर बैठाकर उसने पास रखी सुराही से पानी का गिलास भरकर उसके होंठों पर लगा दिया था। पानी पीकर कुछ शांत हुई थी कामिनी और वह स्वयं को अपराधी अनुभव करने लगा था।

मुझे यह सारी जानकारी वीरेंद्र शर्मा के व्यक्तिगत सचिव ने दी थी जो भूमिगत गतिविधियों के सिलसिले में मुझे निरंतर मिलता रहता था। जब रजनी मेरे पास आकर रहने लगी थी तो मैंने एक बार आग्रहपूर्वक उनकी डायरी उनसे माँग ली थी।

वीरेंद्रजी ने उसमें लिखा था—मैं स्वयं को अपराधी अनुभव करने लगा था—कामिनी का अपराधी। मैंने सोचा उसका क्या दोष था जो उसे कष्ट उठाना पड़ा। एक क्षण को यह विचार मेरे मस्तिष्क में बिजली की तरह कौंध गया परंतु मैंने व्यावहारिक पक्ष पर सोचना शुरू किया था ताकि अपने बचाव के लिए कुछ तर्क दे सकूँ। मेरा अधिकार ही क्या था कामिनी पर। मैं चाहता तो भी उसे अपने साथ नहीं ला सकता था, बल्कि लालाजी की इच्छा के बिना तो उससे मिला भी नहीं जा सकता था।

कामिनी ने तो कभी नहीं कहा कि वह मेरे साथ चलने को तैयार हो सकती है अथवा पिता के घर के बाद उसका स्थान मेरे घर में होगा। यदि कोई संकेत मिला भी तो लालाजी की ओर से, पर वह बात दूसरी थी। लालाजी मुझमें देश के भावी मंत्री के दर्शन कर रहे थे। उनकी दृष्टि में मैं उगता हुआ सूर्य था, पर अब तो मैं कुछ भी नहीं। उगने से पहले ही डूब गया था मैं। मर गया जन्म लेते ही, और इस सबके लिए मैं स्वयं जिम्मेदार था। लालाजी और कामिनी का कहीं कोई दोष नहीं। मैं चाहता तो लालाजी का साथ दे सकता था। मेरे बल पर उनकी साख बनी रह सकती थी और बदले में पार्टी में मेरा

दबदबा बना रह सकता था। किसमें साहस था जो मेरे निष्कासन की बात तक करता। अपनी नाव में छेद तो मैंने स्वयं किया। भले के लिए किया तो किसके भले के लिए? पार्टी के। तो बदले में क्या मिला निष्कासन। यदि अपने भले के लिए किया तो उसका मूल्य चुकाना होगा। सो तो चुका ही रहा हूँ। पर इस सबमें कामिनी कहाँ पर दोषी है। विचारों का एक बादल सा घिरा रहता है मेरे मस्तिष्क में। एक ऐसा उलझाव जिसमें फँसकर मैं छटपटाने लगा हूँ। समझ में नहीं आ रहा कि क्या करूँ। कामिनी को सामने बैठा देखकर मेरा दिल बैठने लगा था और मुझे चक्कर आने लगे। मैं वहीं गिर पड़ा।

कामिनी ने घबराकर मेरी ओर देखा और मुझे चारपाई पर लिटाकर आँचल से हवा करने लगी। थोड़ी देर में ही मैं संयत हो गया था परंतु कामिनी ने मुझे उठने नहीं दिया बल्कि वह भी वहीं चारपाई पर बैठ गई और मेरा सिर गोद में रखकर धीरे-धीरे सहलाने लगी। जब मेरी पलकें कुछ मूँदने सी लगीं तो वह बोली, 'अच्छा चलती हूँ, फिर कभी आऊँगी। बहुत सी बातें करनी हैं तुमसे, पर लगता है अभी तुम पूरी तरह से संयत नहीं हो।

मैं शीघ्रता से उठकर बैठ गया था और कामिनी का हाथ पकड़कर बोला, नहीं कामिनी नहीं, जाओ नहीं, मैं नितांत अकेला हूँ, इसीलिए शायद ऐसा कुछ घट गया। तुम कहो तुम्हें जो भी कहना है। मैं किसी भी बात को सुनने और समझने की स्थिति में हूँ और कोई भी सदमा अब मुझ पर असर नहीं कर पाएगा।

यद्यपि कामिनी थोड़ी देर और रुक गई थी पर इधर-उधर की बातें करने के सिवा उसने कुछ नहीं कहा। स्पष्ट था कि जो बात वह करने आई थी, वह उसने नहीं की। मैं अंदर से अपने आपको कमजोर महसूस कर रहा था, फलतः जोर देकर कामिनी को रोक नहीं पाया।

अगले दिन मैं कामिनी को एक पार्क में मिला था। कामिनी के साथ के कारण या वातावरण के प्रभाव से मैं काफी प्रभावित था। कामिनी भी पूरी तरह बन-ठनकर आई थी और बहुत खुश थी। पार्क में पड़े बैंच पर हम लोग बैठ गए। यह हमारी पहली भेंट थी जो घर के बाहर उस पार्क में हो रही थी और फिर अलग-अलग स्थानों पर होनेवाली मुलाकातों की संख्या बढ़ती ही गई। बहुत तेजी से हम एक-दूसरे के करीब आने लगे थे।

उस मुक्त वातावरण में हुई पहली भेंट में ही कामिनी ने स्पष्ट बता दिया था कि वह उसके बिना बहुत अकेलापन अनुभव करती है और उसका अभाव निरंतर उसे सालता रहता है। लालाजी के कारण घर में मिलना शायद अब कभी संभव नहीं, फलतः हम निरंतर कहीं-न-कहीं बाहर मिलते रहेंगे। कामिनी ने बताया था कि लालाजी अब तुम्हें बहुत घटिया आदमी समझने लगे हैं, और वह नहीं चाहते कि मैं कभी तुम्हारा मुँह

भी देखूँ। वे लोग शीघ्र ही मेरा विवाह कहीं करने का प्रयास करेंगे। यह सुनकर पहली बार मुझे अपनी आर्थिक स्थिति पर संकोच हो आया था।

मैंने कई बार कामिनी को यह समझाने का प्रयत्न किया कि पहले की और अब की स्थिति में बहुत अंतर है, फलतः उसे इस विषय पर बहुत गंभीरता से विचार कर लेना चाहिए। क्या उसके लिए यह संभव है कि वह अपना जीवन एक ऐसे व्यक्ति से बाँध ले जिसका कोई भविष्य नहीं। जो सारी आयु मात्र संघर्ष करना चाहता है, और बदले में कुछ नहीं चाहता। जिसके मन में सुनहरी भविष्य के सपने हैं तो मात्र पीड़ित समाज को लेकर। इस सारी व्यवस्था के बाद वह किसी तरह जीवित तो रह सकता है पर चार-छह दिन का राशन उसके घर में रहेगा यह संभव नहीं; और फिर इस समाज से भी कब निष्कासित कर दिया जाए, पता नहीं।

बहुत संभव है कि कोई बहुत बड़ा नेता अपने निहित स्वार्थों के लिए इन शोषित व्यक्तियों की भलाई का बीड़ा उठा ले और इनके नाम पर अपने स्वार्थ पूरे करता रहे। ऐसी स्थिति में मैं न यहाँ रह सकूँगा, और न ही वह मुझे यहाँ रहने देगा। मेरा जीवन तिनके सा बनकर रह गया है। इतनी बड़ी व्यवस्था के चक्रव्यूह में मैं अपने आपको अभिमन्यु समझने लगा हूँ पर अभिमन्यु को कम-से-कम चक्रव्यूह तोड़ने का ज्ञान तो था, मुझे तो वह भी नहीं है। मैं तो इस चक्रव्यूह के बाहरी दरवाजों पर ही चोट कर रहा था कि एक और चक्रव्यूह में फँसा दिया गया। अब मैं व्यवस्था के इस चक्रव्यूह पर प्रहार करूँ या उस चक्रव्यूह को छिन्न-भिन्न करूँ जिसमें मैं फँसा हुआ हूँ। मेरे विचार में नियति ने हमारे लिए अलग-अलग भविष्य लिख रखे हैं और उन्हीं को स्वीकार करने में हमारी भलाई है। तुम्हारे सामने एक उज्ज्वल भविष्य है और आगे बढ़ने के लिए सभी सुख-सुविधाएँ तुम्हें उपलब्ध हैं।

कामिनी मेरी बात से बिलकुल सहमत नहीं हुई थी। वह बोली थी, बात तो अभिमन्यु की करते हो पर कर्म के दर्शन पर ध्यान देना नहीं चाहते। गीता का उपदेश है कर्म किए जाओ और फल की चिंता मत करो। मैं तुम्हें तुम्हारे पथ से विचलित करना नहीं चाहती वरन् तुम्हारी सहायता करना चाहती हूँ। तुम निश्‍चिंत होकर भ्रष्ट व्यवस्था के चक्रव्यूह पर प्रहार करो, तुम्हारे ऊपर होनेवाले प्रहारों को निष्फल करने की क्षमता मुझमें है। तुम भली-भाँति जानते हो कि मैंने कानून की डिग्री ली है और तुम स्वयं भी मुझसे पूर्व एल.एल-बी. कर चुके हो। कोई कारण नहीं कि हम समाज में अपना स्थान बनाते हुए भी स्वयं को अपने आदर्शों के प्रति समर्पित न कर सकें। हमारे सामने सबसे बड़ा ध्येय है आज समाज के कण-कण में व्याप्त शोषण का उन्मूलन। हमें जहाँ भी वह दिखाई दे, वहीं उस पर प्रहार करना हमारा कर्तव्य है। तुमने एक यूनियन का काम सँभाला है, मैं न्यायालय में जाकर ऐसे पीड़ित व्यक्तियों की सेवा करूँगी जो धन एवं

शक्ति के अभाव में उचित न्याय नहीं पाते; और यह सब करते हुए यदि हम अपने जीवनयापन के लिए आवश्यक धनोपार्जन भी करें तो उसमें बुराई क्या है। धन कमाना बुराई नहीं, बुरा है अनुचित साधनों से धन एकत्र करना; जितना हमारे लिए आवश्यक हो, उतना तो हमें मिलना ही चाहिए—यही तो शुद्ध सामाजिक व्यवस्था है। मैं किसी वाद और प्रतिवाद के विषय में नहीं जानती पर इतना मुझे पता है कि मानव को अपनी उदरपूर्ति के लिए आवश्यक सामग्री मिले, यह जरूरी है; और अधिक प्राप्त हो तो नारायण एवं दरिद्रनारायण को अर्पित कर दे। भारतीय मनीषियों ने प्रारंभ से यही उपदेश दिए हैं। मैंने तो सदैव इसे ही मान्यता दी है। पहले विचार में जो स्वीकृति थी; अब उसे व्यवहार में अपनाने का अवसर आया है।

हमें चाहिए कि हम कर्म करें और उसका फल भगवान् का प्रसाद समझकर ग्रहण करें। आवश्यक धन अपनी शक्ति, सामर्थ्य एवं परिश्रम से अर्जित करें, अनावश्यक की कामना, लोभ और मोह से निस्पृह रहें; और यदि सभी ऐसा करेंगे तो एक आदर्श समाज की स्थापना होगी, एक आदर्श वितरण प्रणाली समाज में पनपेगी। अन्याय तथा शोषण स्वमेव समाप्त हो जाएगा। भारतीय धर्मग्रंथों में मैंने यही पढ़ा है, और इसी को यदि कोई समाजवाद कहे तो मुझे कोई आपत्ति नहीं। मुख्य बात किसी वाद के प्रचार-प्रसार की नहीं है वरना अन्यायरहित समाज की स्थापना की है।

मैंने कामिनी का यह दार्शनिक रूप इन्हीं दिनों देखा था। इससे पूर्व तो मैं उसे अमीर बाप की अमीर बेटी समझता था जो फैशन के तौर पर वातानुकूलित ड्रॉइंग रूम में बैठकर गरीबी उन्मूलन की योजना तो बना सकती है परंतु गरीबी क्या है, इसके विषय में कुछ जानती नहीं। कामिनी के विचार सुनकर मेरी उसके प्रति धारणा बदलने लगी थी। उसके मन के भीतर एक टीस है इसका अनुभव होने लगा था मुझे। धीरे-धीरे कामिनी का साथ और बढ़ता गया और वह अधिक-से-अधिक कामों में मेरा हाथ बँटाने लगी। महँगाई, बोनस, ओवरटाइम और ऐसी ही अनेक छोटी-मोटी समस्याओं को लेकर लोग हमारे पास आते और हम उनकी समस्याओं का उचित समाधान सुझाने की भरपूर कोशिश करते। इन दिनों मुझे बार-बार किसी-न-किसी झगड़े को लेकर सरकार से टकराना पड़ता और छोटी मोटी 'जेल-यात्राएँ' मेरे जीवन का अंग बनकर रह गईं। जब भी मैं आठ-दस दिन बाद जेल से लौटता कमिनी को और भी अधिक उत्साहित पाता। हाँ, जेल प्रवास में मुझे कामिनी का अभाव बहुत अधिक खलता और अब मैं कभी-कभी ऐसे अवसरों को सप्रयास टाल जाता जिनके कारण मेरी जेल-यात्रा करने की संभावना रहती।

कामिनी ने भी समय गुजारने के बहाने से कोर्ट में प्रैक्टिस करनी शुरू कर दी थी। इस प्रकार जहाँ हमें एक-दूसरे के साथ अधिक समय बिताने का अवसर मिलता, वहीं

कामिनी छोटे-मोटे केस निपटाने में यूनियन के अन्य वकीलों की सहायता भी कर देती।

कामिनी का और मेरा इस प्रकार मिलना लालाजी से छिपा नहीं रह सका था पर उन्होंने कोई तीखी प्रतिक्रिया व्यक्त नहीं की थी। शायद वह मुझे बहुत अधिक जानते थे और कामिनी पर भी उन्हें अटूट विश्वास था। इसके साथ ही संभवत: उनके मन में कहीं-न-कहीं यह भावना भी थी कि शायद मैं इस प्रकार पुन: उनकी दुनिया में लौट आऊँ। इस सबसे भी ऊपर लालाजी को इस बात की प्रसन्नता थी कि उनकी बेटी सार्वजनिक जीवन में रुचि ले रही है। इस प्रकार उन्हें अपने राजनीतिक उत्तराधिकारी की चिंता नहीं रही थी। अपने बेटे की ओर से तो वह पहले ही निराश थे और मैं भी उन्हें निराश करके ही आया था।

अब उनकी सारी आशाएँ कामिनी पर ही केंद्रित थीं। उन्हें मेरी संगठनात्मक प्रतिभा का भी पूरा ज्ञान था, फलत: वह जानते थे कि कामिनी की ट्रेनिंग एक कुशल प्रशिक्षक द्वारा हो रही है। रही हमारी आदर्शवादिता की बात तो इसके संबंध में उनका बहुत सुदृढ़ मत था कि जवानी में सभी आदर्शवादी होते हैं। समय की मार सारे आदर्श झाड़ देती है। उन्हें विश्वास था कि हम लोग शीघ्र ही ठीक अर्थात् उनके बताए हुए रास्ते पर चलने लगेंगे और जो प्रतिष्ठा मैंने अपनी मूर्खता के कारण गँवा दी है, वह मैं पुन: प्राप्त कर लूँगा। लालाजी के घटते हुए प्रभाव को भी पुन: ऊपर उठा सकूँगा, शायद इसका विश्वास भी उन्हें था।

दो युवा व्यक्तियों में संबंध आदर्शवादिता के परे भी होते हैं, इसकी उन्हें कल्पना नहीं थी, विशेष रूप से हमारे स्त्री-पुरुष होने की ओर तो शायद उन्होंने ध्यान ही नहीं दिया। इसका शायद सबसे बड़ा कारण यह था कि घरवालों की इच्छा से छुटपन में ही उनका विवाह हो गया था और वह कब दो बच्चों के बाप बन गए उन्हें पता भी नहीं लगा। राजनीति के जोड़-तोड़ में वह इस कदर रमे कि घर में बैठी पत्नी का अस्तित्व किसी पलंग से अधिक नहीं रहा था उनके लिए।

जो अग्नि हम दोनों के मध्य प्रज्ज्वलित हो रही थी, उसके प्रति लालाजी सर्वथा उदासीन थे; और यदि कोई व्यक्ति उनका ध्यान इस ओर आकृष्ट करना भी चाहता तो उनका दो टूक उत्तर होता मैं उन्हें खूब जानता हूँ। दोनों पढ़े-लिखे और समझदार हैं तथा अपनी मर्यादाएँ पूरी तरह जानते हैं। सार्वजनिक जीवन में होने के कारण वे कोई ऐसी हरकत नहीं कर सकते जिससे उनकी 'इमेज' खराब हो, ऐसा मुझे पूरा विश्वास है।

लालाजी की यह उदासीनता हम प्रतिदिन देखते थे, फलत: हमने इसे उनकी स्वीकृति का हरा सिग्नल मान लिया। हमारे संबंध के विषय में तो उन्हें पहले भी आपत्ति नहीं थी। अब हमें लगने लगा था कि जो गुस्सा उन्हें मेरे प्रति था, वह समाप्त हो चुका है। कामिनी के निरंतर आग्रह के कारण मैंने पुन: लालाजी के साथ उठना-बैठना शुरू

कर दिया था। लालाजी ने भी अत्यधिक उत्साह से मेरा स्वागत किया था। पार्टी में पुनः एक लॉबी सक्रिय हो गई थी जो मुझे पार्टी में वापस लाकर मेरे योग्य उचित स्थान पर बैठाने को लालायित थी। एक बहुत बड़े वर्ग को मेरे साहस और परिश्रम का भी लोहा मान लेना पड़ा था। इस वातावरण को देखते हुए लालाजी का मेरी पीठ पर हाथ रखना उनके राजनीतिक स्वार्थ की सिद्धि के लिए भी आवश्यक था। ज्यों-ज्यों मैं पुनः पार्टी के कामों में फँसता गया और कामिनी से घनिष्ठ होने लगा, मेरी रुचि यूनियन के कार्यों में घटने लगी। फिर भी मेरी भीतरी छटपटाहट मुझे बार-बार उसी बस्ती में लौटा ले जाना चाहती थी।

मैं जानता था कि आज पार्टी में मुझे जो प्रतिष्ठा पुनः प्राप्त हो रही है उसका बहुत बड़ा श्रेय उन मोर्चों को जाता है जो यूनियन के झंडे तले मैंने जीते थे और जनता में अपनी एक साख बना ली थी। इन दिनों कांग्रेस पूरी तरह ढुल-मुल हो चुकी थी और उसके गठन में आनेवाली शिथिलता के कारण उसकी महत्ता दिन-प्रतिदिन गिरती जा रही थी। बहुत कम नेता ऐसे बचे थे पार्टी में जिनकी ईमानदारी पर लोगों को विश्वास था। इस गिरती हुई साख को उठाने के लिए भी मुझ सरीखे युवा कार्यकर्ताओं को वापस लाना बड़े नेताओं को अनिवार्य सा लगने लगा होगा, ऐसा मेरा अनुमान था। इसके अतिरिक्त मेरी संगठनात्मक क्षमता को देखते हुए पार्टी के एक वर्ग को यह विश्वास हो गया था कि मैं पार्टी की कार्यकारिणी में मात्र लालाजी की कृपा से ही नहीं लिया जाता रहा हूँ।

पुराने साथियों का आग्रह, लालाजी की क्षमा याचना भरी दृष्टि और कामिनी का निरंतर अनुरोध—मैं अधिक तना नहीं रह सका था और पुनः पार्टी में लौट आया था। परंतु लालाजी एवं कामिनी द्वारा अनेक प्रयत्न करने पर भी मैं अब उनके घर पर रहने को तैयार नहीं हुआ, फलतः एक अच्छा सा मकान पार्टी की ओर से मेरे लिए ठीक कर दिया गया।

एक बार पुनः मेरी प्रतिष्ठा पार्टी में स्थापित होने लगी और लालाजी कामिनी को मेरे समीप आने के लिए किसी-न-किसी प्रकार प्रेरित करने लगे। हम दोनों ने निश्चय कर लिया कि हमें शीघ्र ही विवाह के सूत्र में बँध जाना चाहिए। इस निर्णय की सूचना हमने लालाजी को दे दी। क्योंकि मैं सैद्धांतिक रूप से किसी भी तरह के ठाठ-बाट और दान-दहेज के विरुद्ध था, फलतः कामिनी के परिवारवालों को झक मारकर मेरी यह शर्त स्वीकार करनी पड़ी। सभी लोग मेरे विचारों से पूरी तरह परिचित थे। फिर इसका तो एक राजनीतिक और सामाजिक पक्ष भी था जिसने लालाजी की प्रतिष्ठा में वृद्धि ही की।

बहुत ही साधारण रूप से कामिनी दुलहन बनकर मेरे घर आ गई। अब तक कामिनी की वकालत भी चल निकली थी और मैं उसकी निरंतर सहायता करता रहता

था। यद्यपि मेरा अधिकांश समय राजनीतिक उखाड़-पछाड़ में बीत जाता फिर भी कामिनी मुझे निरंतर उस वर्ग की सेवा के लिए प्रेरित करती रहती जिसको शोषण से बचाने का बीड़ा हम लोगों ने मिलकर उठाया था। ये गतिविधियाँ पार्टी के कार्यों से समय बचाकर ही मैं पूरी कर सकता था। फलत: हम कोई-न-कोई समय निकालकर ऐसी बस्तियों में हो आते जहाँ के लोगों को हमारी अधिक आवश्यकता होती। क्योंकि अब हम इस स्थिति में थे कि कुछ कर सकें फलत: उन लोगों की समस्याओं का समाधान करने में कोई कसर उठा नहीं रखते थे। कामिनी विशेष रूप से इस बात का ध्यान रखती थी कि कोई कार्य अधूरा न रह जाए।

देश में चारों ओर पंचवर्षीय योजनाओं और उनकी सफलताओं व विफलताओं की चर्चाएँ चल रही थीं। औद्योगिक क्रांति के गीत घर-घर गाए जाने लगे थे। विदेश नीति की सफलता के डंके दिन-रात बजाए जा रहे थे। ऐसा लग रहा था कि हमारा देश रातोंरात एक महान् देश बन जाएगा—इतना कि हमें अपने अतीत के गुण गाने और उज्ज्वल भविष्य के सुनहरे स्वप्न दिखाने की आवश्यकता ही नहीं रहेगी। हमारा वर्तमान ही इतना गौरवपूर्ण होगा कि हम विश्व के अन्य देशों के सामने सिर ऊँचा करके चल पाएँगे।

मुझे इस बात का अहसास सदा होता रहा है कि विश्व में हमें हमारे अतीत से पहचाना जा रहा है। हम अपने देश के नागरिकों को भी उनके उज्ज्वल भविष्य के संबंध में बताते रहते हैं और वर्तमान की ओर से पूरी तरह उदासीन रहे हैं। वर्तमान उत्पीड़न, शोषण, निर्धनता, महँगाई, बेकारी और भूखमरी के पंजों में फँसा सिसक रहा है और हम बड़े-बड़े विशाल बाँध, विद्युत् संयंत्रों, इस्पात के कारखानों की परिकल्पना में खोए हैं। देश की एक बहुत बड़ी जनसंख्या ने ठीक से सड़क तक नहीं देखी और हम उनके लिए विमान बनाने की योजनाएँ बना रहे हैं। जब भी मैं अकेला बैठता हूँ तो मुझे लगता है कहीं-न-कहीं हम जनता को ठग रहे हैं। धोखा और विश्वासघात कर रहे हैं उनके साथ। हम उनको उसका आश्वासन दे रहे हैं जो हम उन्हें अगले 50 वर्षों तक नहीं दे सकते। इस प्रकार हम उनकी आशाओं को जगाकर उनके दु:खों में वृद्धि ही करते हैं। समय के साथ-साथ मेरा यह मत दृढ़ होता जा रहा है।

हमारी शादी के एक वर्ष बाद कामिनी की गोद भरी और रजनी ने नए मेहमान के रूप में हमारे घर पदार्पण किया। रजनी दो मास की ही थी कि एक दिन कामिनी की तबीयत बिगड़ गई। मैंने फौरन डॉक्टर को बुलाया और उसने इंजेक्शन भी दे दिया परंतु उसकी दशा निरंतर बिगड़ती रही। डॉक्टर की सलाह पर कामिनी को अस्पताल ले जाया गया। वहाँ पता लगा कि पेट में पानी सूख जाने के कारण ऐसा हुआ है। फौरन उसे ग्लूकोस चढ़ाया जाने लगा परंतु उसकी दशा नहीं सुधरी। डॉक्टर स्वयं हैरान थे कि ऐसा क्योंकर

हो रहा है; अभी वह आपस में सलाह ही कर रहे थे कि कामिनी ने प्राण छोड़ दिए।

जाँच करने पर पाया गया कि नकली ग्लूकोज होने के कारण ही कामिनी को प्राण त्यागने पड़े। समाज के जिस वर्ग से मेरा संबंध था उसको छोड़कर मैं किसी और को कैसे दोषी ठहरा सकता था, इस हादसे के लिए। अखबारों में कुछ दिन चर्चाएँ हुईं और क्योंकि मामला एक राजनीतिक परिवार से संबंधित था फलत: देश के कई भागों में छापे मारे गए। ग्लूकोस बनानेवाली कंपनी को सील कर दिया गया और जहाँ-जहाँ भी उस कंपनी का माल मिला उसे जब्त कर लिया गया परंतु इनका परिणाम क्या निकला, क्या कामिनी लौट आई। मौत के इन व्यापारियों ने चंद रुपयों के लिए रजनी को बिना माँ की बच्ची कर दिया और केवल रजनी ही क्यों, न जाने कितने बालक ऐसे ही अनाथ किए जाते रहे हैं और किए जाते रहेंगे, मैंने सोचा समाज के खोखलेपन का इससे बड़ा प्रमाण और क्या हो सकता है। जिस समाज में अभी भी मौत का व्यापार होता हो उसे अन्य देशों के सामने क्योंकर नजर उठाकर चलना चाहिए?

स्वतंत्रता प्राप्ति के पश्चात् देश में एक ऐसा वर्ग निर्मित होने लगा था जो रातोंरात लखपति बनने के लिए उतावला था। इस वर्ग द्वारा वह सभी हथकंडे अपनाए जा रहे थे जो जल्दी-से-जल्दी धन एकत्र करने के साधन उपलब्ध करवा सकें। सामाजिक नैतिकता बहुत तेजी से विलुप्त हो रही थी और लोग धन कमाने के लिए किसी भी सीमा तक नीचे गिरने को तैयार थे। कर चोरी, तस्करी, रिश्वत और मिलावट इसी गिरावट के परिणाम थे। मिलावट आचार और व्यवहार तक में आ रही थी, खाने-पीने की वस्तुओं और दवाइयों की तो बात ही क्या! सिर्फ दवाइयाँ ही क्यों, हमारे देश में तो मिलावट से शायद मिलावट भी नहीं बच पाई। खाने की शायद ही कोई ऐसी वस्तु हो जिसमें मिलावट न की जा रही हो। जहाँ दुनिया के अन्य देशों के व्यापारी अपने उत्पादों की किस्म में सुधार करके अधिक लाभ कमाते हैं, वहीं हम मिलावट के द्वारा ही अपनी मंजिल पर पहुँच जाना चाहते हैं। सोचते हैं जब उन्नति करने का यह शॉर्टकट है तो लंबा रास्ता क्यों पकड़ा जाए। मैं सोचता इस देश को क्या हो गया है, ऊपर से लेकर नीचे तक सब भ्रष्ट-ही-भ्रष्ट। तो कहाँ अंत होगा इस भ्रष्टाचार का। कितनी कामिनियों को इस बलिवेदी पर और बलिदान होना होगा, कितनी रजनियाँ अनाथ होगी इस दानव के हाथों।

कामिनी की मृत्यु के बाद कुछ दिन तक बहुत उदास रहा था मैं। जीवन के प्रति मोह समाप्त सा होने लगा था जैसे, फिर भी रजनी का नन्हा सा भोला चेहरा जीवन के प्रति मोह उत्पन्न करता। कामिनी की याद को भुलाने और उसकी आत्मा की शांति के लिए मैंने अपना अधिकांश समय विभिन्न क्षेत्रों में बनी झुग्गी-झोंपड़ियों में लगाना प्रारंभ कर दिया। यूनियन की गतिविधियों में मेरी रुचि बढ़ने लगी। रजनी का ठीक प्रकार से पालन-पोषण तो मेरे बस की बात थी ही नहीं, फलत: यह भार उसकी नानी पर डालना

ही मुझे श्रेयस्कर लगा।

इन्हीं दिनों देश की आर्थिक व्यवस्था बड़ी तेजी के साथ गड़बड़ाने लगी थी। मालिकों एवं श्रमिकों के मध्य तनाव बढ़ने लगा था। दुकानदारों एवं निर्माताओं के प्रति उपभोक्ताओं में एक चिड़चिड़ाहट की भावना भरने लगी थी। ऐसा आभास होने लगा था कि झूठे आश्वासनों के भरोसे अधिक दिन तक जनता के आक्रोश को रोका नहीं जा सकेगा।

हमारी यूनियन सरकार के साथ कई मुद्दे एक लंबी अवधि से उठा रही थी परंतु किसी-न-किसी आधार अथवा आश्वासन पर उन्हें टाला जाता रहा। ऐसी अव्यवस्था के समय उनका मैंनेजमेंट के विरुद्ध उठ खड़ा होना भी स्वाभाविक था। यद्यपि अपरोक्ष रूप से सत्ता एवं पार्टी का समर्थन मालिकों को था फिर भी मैंने बैंक कर्मचारियों के अधिकारों के लिए उनका साथ देना स्वीकार किया और अपनी संपूर्ण शक्ति के साथ इस संघर्ष की बागडोर थाम ली।

इन्हीं दिनों मुझे मोहन सिंह के रूप में एक ऐसा सहयोगी मिला कि मैं गद्गद हो उठा। साए की तरह वह निरंतर मेरे साथ रहता और यूनियन की राजनीति की सूक्ष्म-से-सूक्ष्म बात को तत्काल भाँप जाता। किसी भी प्रकार का काम हाथ में लेने के बाद वह तब तक चैन से नहीं बैठता जब तक उसे पूरा न कर ले। यद्यपि उम्र में मुझसे बहुत छोटा नहीं है पर मेरा आदर हमेशा इस प्रकार करता है जैसे मैं कोई बुजुर्ग हूँ उसका। न जाने क्यों मुझे भी अपना सगा सा लगता है वह। एक ही दोष है मोहन सिंह में कि बहुत अधिक उत्साही होने के साथ-साथ वह बहुत क्रोधी स्वभाव का भी है। बात-बात में क्रोधित हो जाना साधारण सी बात है उसके लिए। किसी भी समस्या का 'मारापीटी' समाधान उसके पास सदैव उपलब्ध रहता है। मैं उसे अकसर चिढ़ाया करता हूँ कि यह सरदारोंवाली आदत छोड़ दे, पर मेरी बात से वह कभी नहीं चिढ़ता, हँसकर टाल जाता है। वास्तव में किसी भी व्यक्ति का तनिक भी दु:ख देखना उसके बस की बात नहीं; तुरंत खून खौल उठता है उसका।

प्रारंभ में ही उसकी काम के प्रति लगन एवं दलितों के प्रति तड़प मैंने भाँप ली थी। सदा ही पूरा-पूरा भरोसा किया है मैंने उस पर और उसने भी मुझे कभी नीचा नहीं देखने दिया। कोई भी काम उसे सौंपकर निश्चिंत हुआ जा सकता है। यूनियन और मैंनेजमेंट की लड़ाई में अधिकांश मोर्चे इन दिनों मैंने मोहन सिंह के ही बल पर जीते हैं। यह बात अलग है कि समाचार-पत्र मेरे वक्तव्य छापते रहे और मेरी प्रशंसा के पुल बाँधते रहे जबकि वास्तविक श्रेय उसी को जाना चाहिए था।

कामिनी की मृत्यु के बाद मुझे यूनियन और झुग्गी-झोंपड़ियों से संबंधित समस्याओं के समाधान में विशेष रस आने लगा और मैं उनसे अधिक जुड़ने लगा। बच्ची का

पालन-पोषण अच्छे ढंग से हो गया था और उसकी नानी की मृत्यु के बाद मैंने उसे पिलानी के बोर्डिंग हाउस में भेज दिया था। छुट्टियों में जब लालाजी उसे घर लाते तो मैं काफी समय उसके साथ व्यतीत करता और कभी स्वयं भी पिलानी जाकर रजनी से मिल आता था।

लालाजी का स्वास्थ्य भी इन दिनों बहुत अच्छा नहीं रहता था और शनैः-शनैः उन्हें राजनीति से विरक्ति होने लगी थी। यह विरक्ति बहुत कुछ उस व्यक्ति के समान थी जिसने खूब छककर खाया हो और अब अपच के भय से अधिक खाने की सामर्थ्य न रही हो। इस पर मेरा रुझान भी समाज सेवा की ओर अधिक देखकर उन्होंने धीरे-धीरे अपने हाथ खींचने प्रारंभ कर दिए थे। इस समय तक पार्टी पर पंडित नेहरू का व्यक्तित्व पूरी तरह हावी हो चुका था। जो छुटपुट नेता विरोध में कभी आवाज उठाते भी थे वे या तो अब तक स्वर्गवासी हो गए थे अथवा राजनीति से उदासीन होकर किनारा कर गए थे। कुछ ने विरोधी दल संगठित कर लिये थे। जो दो-एक विरोधी स्वर पार्टी में थे तो वे नक्कार खाने में तूती की आवाज के समान ही थे। संक्षेप में मेरे विचार से पंडित नेहरू का व्यक्तिवाद लोकतंत्र की आड़ लेकर पूरे देश पर छाता जा रहा था और उस व्यक्तिवाद की पराकाष्ठा के फलस्वरूप देश भर में एक प्रश्न बहुत तीव्रता से उभरकर आने लगा लगा था—नेहरू के बाद कौन··· ?

मैं जब भी इस प्रश्न का उत्तर ढूँढ़ता तो मुझे अनेक ऐसे नाम दिखाई देते जो पंडित नेहरू से पहले भी हो सकते थे—बाद की तो बात ही क्या। मेरा मन झुँझला उठता। तो क्या यह सब एक सोची-समझी योजना के अंतर्गत चल रहा है। क्या यह प्रश्न जानबूझकर उछाला जा रहा है? साधारण जनता को यह विचार करने का अवसर दिया ही नहीं जा रहा कि व्यक्ति से बढ़कर देश होता है। व्यक्ति कभी भी देश नहीं होता। यह देश तो युगों-युगों से न जाने कितने गांधी और नेहरू पैदा कर चुका है। व्यक्ति आते हैं और जाते हैं यदि कुछ बचता है तो देश और उसका गौरवशाली अतीत—एक स्थान पर वीरेंद्रजी ने लिखा था।

इन्हीं दिनों इंदिरा गांधी का महत्त्व भी कांग्रेस पार्टी और प्रशासन में बढ़ने लगा था। यह बात भी चारों तरफ फैलाई जा रही थी कि स्वयं पंडित नेहरू अपनी बेटी को राजनीति में दीक्षित कर रहे हैं। जान-बूझकर प्रचार कराया जा रहा था कि प्रारंभ से नेहरूजी के साथ रहने के कारण इंदिराजी में गजब की राजनीतिक पकड़ आ गई है। सदैव पंडितजी के साथ रहने को इंदिराजी का अनुभव माना जा रहा था और इसी अनुभव की योग्यता को उनके प्रधानमंत्री के पद तक पहुँचने की सीढ़ी। स्वयं पंडित नेहरू ने इस बात के लिए जोड़-तोड़ शुरू कर दिया था कि इंदिरा को उनका उत्तराधिकारी स्वीकार कर लिया जाए। पर कांग्रेस पार्टी में अभी बड़े-बड़े महारथी बैठे थे। मोराजी

देसाई, लाल बहादुर शास्त्री, कृष्णा मेनन, के. कामराज, नीलम संजीवा रेड्डी, जाकिर हुसैन, एस.के. पाटिल—इत्यादि इतने बड़े-बड़े नाम थे कि उनके सम्मुख इंदिराजी का बौना व्यक्तित्व किस प्रकार उभर पाएगा। इस बात पर मुझे आश्चर्य होता था कि यह सब जानते हुए भी आखिर इतनी जल्दी शतरंज की गोटियाँ बिठाने में पंडितजी स्वयं रुचि क्यों ले रहे हैं?

कभी मैं सोचता क्या पंडितजी यह सब स्नेहवश कर रहे हैं अथवा वास्तव में 'सीरियस' हैं। ऐसा भी लगता कि शायद अपनी सामंतवादी मनोवृत्तियों के कारण ही वह नहीं चाहते कि देश पर नेहरू परिवार के अतिरिक्त किसी अन्य व्यक्ति का प्रभुत्व हो। किसी भी तरह वह अपनी गद्दी इंदिराजी के लिए सुरक्षित कर जाना चाहते थे। इसी कारण समस्त ऐसे नेताओं की 'इमेज' खराब की जा रही थी जो नेहरू के बाद प्रधानमंत्री बन सकते थे। पार्टी में बने गुटों को विभिन्न नामों से प्रचारित किया जाने लगा था—किसी को अमरीका और किसी को रूस का एजेंट बताया जाने लगा था। इसी प्रकार ऐसे नेताओं के व्यक्तिगत जीवन पर भी कटाक्ष होने लगे थे और अनेक प्रयत्न इस दिशा में चल रहे थे जिससे यह सिद्ध हो सके कि नेहरू के महान् व्यक्तित्व के बाद इस देश की बागडोर सँभालनेवाला कोई है तो वह है उनकी बेटी इंदिरा गांधी। इसलिए जान-बूझकर गांधी शब्द पर बहुत जोर दिया जा रहा था और इंदिराजी भी स्वयं को इंदिरा नेहरू गांधी के रूप में प्रचारित करने लगी थी।

देश की भीतरी दशा निरंतर बिगड़ती जा रही थी। महँगाई और बेरोजगारी में निरंतर वृद्धि हो रही थी। विदेश नीति एवं मिश्रित अर्थव्यवस्था की सफलताओं के ढिंढोरे पीटे जा रहे थे परंतु जनता का रोष बढ़ता जा रहा था। एक ज्वालामुखी अंदर-ही-अंदर धधक रहा था और किसी भी क्षण फूटकर बाहर आना चाहता था।

भारत के सबसे प्रिय मित्र चीन ने देश पर आक्रमण करके हमारी विदेश नीति की तथाकथित सफलता की पोल खोल दी थी। 'हिंदी-चीनी भाई-भाई' का नारा लगानेवाले लोगों ने हमें सबक सीखा दिया कि जब तक देश भीतरी तौर पर शक्तिशाली नहीं है तब तक अंतरराष्ट्रीय स्तर पर आदर पाने की आकांक्षा मात्र एक दिवास्वप्न है। यह भी स्पष्ट हो गया कि अंतरराष्ट्रीय स्तर पर मान्यता पाने के लिए किसी व्यक्ति विशेष के चरित्र की अपेक्षा राष्ट्रीय चरित्र की अधिक आवश्यकता होती है। नेहरू इस क्षेत्र में पूरी तरह से असफल रहे। अपने व्यक्तित्व के आगे राष्ट्र को उन्होंने कुछ माना ही नहीं। पर यहाँ भी पंडित नेहरू साफ-साफ बच निकलने में सफल हुए। उन्होंने चीन के आक्रमण का सारा दोष तत्कालीन रक्षा मंत्री कृष्णा मेनन पर थोपकर उन्हें बलि का बकरा बना दिया। मेनन क्योंकि लोकतांत्रिक मूल्यों में अटूट विश्वास करते थे, फलतः जीवनपर्यंत उन्होंने पंडितजी

के इस व्यवहार पर कुछ नहीं कहा; पर वे स्वयं भी एक लंबे समय तक पार्टी में बने नहीं रह सके, क्योंकि पार्टी में पनपता व्यक्तिवाद उन्हें किसी भी दशा में स्वीकार्य नहीं था।

चीन के आक्रमण का सारा दोष भले ही पंडित नेहरू ने कृष्णा मेनन पर थोप कर स्वयं को आरोपों से मुक्त कर लिया परंतु यह सब समाज और राष्ट्र के लिए था। वास्तविकता क्या थी यह वह अंदर-ही-अंदर खूब जानते थे और इस कांड पर उनकी आत्मा उन्हें सदैव कचोटती रहती थी। अपने आत्मा पर वह यह बोझ अधिक दिन तक सहन नहीं कर पाए और अपने उत्तराधिकारी का निर्णय किए बिना ही स्वर्ग सिधार गए। यहाँ भी इंदिराजी ने अपने पिता की मौत को 'कैश' करने में कोई कसर नहीं उठा रखी और अनेक प्रकार के नाटक उनकी अंतिम इच्छा के नाम पर रचा डाले गए जिन्हें यहाँ-वहाँ पूरे जोर-शोर और धूमधाम से आयोजित किया गया। इनका प्रतिरोध यहाँ तक बढ़ा कि पंडित नेहरू की बहन श्रीमती विजयलक्ष्मी पंडित को इंदिरा गांधी से संबंध विच्छेद कर लेने पड़े। इसकी परिणति उनके कांग्रेस से विच्छेद के साथ ही हुई।

बहुत प्रयत्नों के बाद भी जब इंदिराजी गद्दी पर नहीं बैठ पाईं तो लाल बहादुर शास्त्री को भारत का प्रधानमंत्री स्वीकार कर लिया गया परंतु दुर्भाग्यवश उन्हें पाकिस्तानी आक्रमण का सामना करना पड़ा और जब वह ताशकंद समझौते के लिए रूस गए तो वहाँ से उनके शव को ही वापस लाया गया। एक बार पुनः इंदिराजी के हाथ सुनहरा अवसर आया और वह पंडित नेहरू का उत्तराधिकार पाने में सफल हो गईं। इस घिनौनी राजनीति में जमीन से जुड़े कुछ ऐसे लोगों ने इंदिराजी का साथ दिया जिन्हें यह कल्पना कदापि नहीं थी कि किसी दिन इंदिरा गांधी तानाशाह बन बैठेंगी। बाद में ये नेता वर्षों अपने कर्मों के लिए माथा ठोकते रहे थे। वे लोग चाहकर भी कुछ नहीं कर पाए और लोकतंत्र में वंश-परंपरा को स्थापित करने के पाप से कभी मुक्त नहीं हो पाए। पंडित कमलापति त्रिपाठी और बाबू जगजीवन राम वर्षों इस पाप का बोझ ढोते रहे।

शीघ्र ही इंदिराजी ने अपने को शक्तिशाली बनाना प्रारंभ किया और पार्टी पर अपने व्यक्तित्व को थोपना अपना मुख्य ध्येय बना लिया। प्रधानमंत्री के चुनाव में इंदिराजी मोराजी देसाई को हराकर अपनी सर्वोच्चता सिद्ध कर चुकी थीं और उन्हें यह भी गलतफहमी हो गई थी कि यह जीत उन्हें अपनी लोकप्रियता एवं राजनीतिक सूझ-बूझ के कारण मिली है। फलतः इंदिराजी ने उन लोगों की भी उपेक्षा करनी शुरू कर दी जिनकी कृपादृष्टि से उन्हें यह पद प्राप्त हुआ था। इन्हीं दिनों भारत के राष्ट्रपति डॉ. जाकिर हुसैन का देहांत हो गया और उपराष्ट्रपति वराहगिरि वेंकट गिरि कार्यवाहक राष्ट्रपति बने। बाद में राष्ट्रपति के चुनाव को लेकर एक बार फिर कांग्रेस पार्टी में उथल-पुथल होने लगी और यहाँ पार्टी के भीतर उनकी करारी हार हुई क्योंकि पार्टी के समस्त प्रतिष्ठित नेता अब तक इंदिराजी की वास्तविक आकांक्षाओं से परिचित हो चुके थे।

पार्टी द्वारा सर्वसम्मति से निर्णय लिया गया कि नीलम संजीव रेड्डी को राष्ट्रपति के पद का प्रत्याशी बनाया जाएगा। जहाँ इंदिराजी पार्टी के संगठनात्मक ढाँचे में कमजोर थीं, वहीं संसद् व विधान मंडलों में उनके बहुत से समर्थक थे। अपने चहेतों को पार्टी टिकट दिलवाने की उनकी नीति यहाँ खूब काम आई थी। आत्मा की आवाज पर उन्होंने पार्टी के विरुद्ध विद्रोह का झंडा उठा लिया और सब लोगों को अपनी इच्छानुसार मतदान करने की छूट की घोषणा वाराहगिरि वेंकट गिरि को अपना समर्थन देना घोषित कर दिया। लोकतंत्रीय राजनीति के इतिहास में संभवत: ऐसे विश्वासघात की यह अपने आपमें पहली मिसाल थी। फलस्वरूप कांग्रेस पार्टी के अधिकृत उम्मीदवार संजीव रेड्डी की चुनाव में पराजय हुई और वाराहगिरि वेंकट गिरि को राष्ट्रपति पद पर चुन लिया गया। पार्टी के अध्यक्ष एवं कार्यकारिणी के सदस्यों ने समय रहते इंदिरा गांधी के विरुद्ध अनुशासनात्मक कार्यवाही न करने की, जो गलती की उसका फल उन्हें कई वर्षों तक भुगतना होगा, ऐसा मेरा अनुमान है। श्री गिरि के राष्ट्रपति पद पर निर्वाचित होने के बाद यूनियन के एक बड़े वर्ग ने बहुत खुशियाँ मनाईं। कई स्थानों पर मिठाई बाँटी गई और इसे प्रगतिशाली तत्त्वों की विजय के रूप में प्रचारित किया गया, परंतु जब राष्ट्रपति बनते ही वह सर्वप्रथम भगवान् वेंकटश्वर के दर्शनार्थ तिरुपति की यात्रा पर गए तो उन्हीं कॉमरेडों के मुँह लटक गए थे जो दो दिन पूर्व घूम-घूमकर श्री गिरि एवं श्रीमती इंदिरा गांधी की जय-जयकार कर रहे थे।

इस समय पार्टी की हालत बहुत खराब हो गई और मैं सोचने लगा कि शायद इसी अंत:संघर्ष की कल्पना करते हुए स्वतंत्रता प्राप्ति के बाद महात्मा गांधी ने कांग्रेस पार्टी को समाप्त करने का परामर्श दिया होगा। पार्टी दो भागों में—संगठन कांग्रेस और इंदिरा कांग्रेस में विभक्त हो गई। इस प्रकार भारतीय जनजीवन में गहरी पैठी जड़ों के पश्चात् भी कांग्रेस पार्टी की प्रतिष्ठा अक्षुण्ण नहीं रह सकी। कांग्रेस का भाग्य था कि इस समय तक देश में अन्य कोई राजनीतिक दल ऐसा नहीं था जो कांग्रेस का विकल्प प्रस्तुत कर सकता। भारतीय जनसंघ को छोड़कर ऐसा कोई भी दल नहीं जिसकी व्यापक पहुँच जनता तक हो। जनसंघ का प्रभाव भी हिंदी-भाषी प्रांतों तक सीमित था। कम्युनिस्ट पार्टियाँ अपने-अपने सीमित दायरों में सिमटी थीं और उन्हें जनता का विशेष समर्थन प्राप्त नहीं था। फिर आम लोग यह भी मानते थे कि उनका प्रेरणास्रोत भारत की अपेक्षा रूस एवं चीन की मिट्टी से प्रस्फुटित होता है। उन्हीं के संकेतों पर वे राजनीति करते हैं। फलत: देश की मिट्टी से न जुड़े होने के कारण मैं भारत वर्ष में कम्युनिस्टों का कोई भविष्य नहीं देखता। इतना ही नहीं आम भारतीय कम्युनिस्टों की देशभक्ति को संदेह की दृष्टि से देखता है। जब चीन ने भारत पर आक्रमण किया था तो कम्युनिस्टों के प्रभाव क्षेत्रों वाले महानगर कलकत्ता में चीनी सैनिकों के स्वागत की तैयारी जोर-शोर से की गई

थी, ऐसा बहुत लोगों का विश्वास है। खैर, वह समय ही नहीं आया और कम्युनिस्ट बेनकाब नहीं हुए। कुछ श्रमिक संगठनों पर ही उनकी पकड़ थी।

जनसंघ भी अकेला इतना शक्तिशाली दल नहीं था कि कांग्रेस को इस संकट की घड़ी में धराशायी कर पाता। उसका मुख्य कारण था दक्षिणी राज्यों में जनसंघ की लोकप्रियता का अभाव। बाकी समस्त दल छोटे स्तर पर ही कार्य कर रहे थे, फलतः वे अपने क्षेत्रीय घेरों तक ही सीमित थे। आज तक देश की राजनीति कांग्रेस गैर-कांग्रेसी दलों के नाम पर चल रही थी। डॉ. राम मनोहर लोहिया का गैर-कांग्रेसी दलों को एक करने का सपना उनके जीवनकाल में पूरा नहीं हो सका। परंतु उन्होंने देश की राजनीति को एक ऐसी गलत दिशा पर डाल दिया कि कांग्रेस देश की राजनीति का केंद्र बिंदु बनी रही; फलस्वरूप गैर-कांग्रेसी दलों को विपक्षी दलों के नाम से जाना जाने लगा और कांग्रेस को सत्ता पक्ष में रूप में।

कांग्रेस का विभाजन होने पर भी अधिकांश लोगों ने सत्ता के साथ रहने में ही अपना हित समझा जो कि कालांतर में देश के लिए हानिकारक सिद्ध हुआ। इतने दिनों तक सत्ता में रहने के बाद विरोधी पक्ष में आना बहुत बड़े गुर्दे की बात होती है और वह भी स्वेच्छा से। फलतः पुरानी कांग्रेस में कुछ मुट्ठी भर नेता बने रहे जिनका अनुयायी शायद कोई नहीं था। वे नेता सत्ता का लाभ किसी को भी दिलवा पाने में असमर्थ थे, इसलिए कार्यकर्ता उनसे दूर होते गए।

कांग्रेस की ऐसी दुर्दशा देखकर मैं बहुत दुःखी हुआ था परंतु यह उसकी स्वाभाविक परिणति थी। जिस रास्ते पर इंदिराजी चल रही थीं उसकी मंजिल इससे भी कहीं अधिक भयावह होगी, ऐसा मेरा अनुमान था। मैं समझ चुका था कि इस समय जो घटनाएँ हो रही हैं, वे सब उस मंजिल के रास्तों के पड़ाव मात्र हैं। इंदिरा सरकार की बढ़ती तानाशाही का विरोध करने के लिए अब मेरे पास केवल बैंक यूनियन का मंच बचा था। अनेक बार मैंने अपने साथियों, नेताओं एवं सहयागियों का ध्यान इस ओर आकृष्ट किया परंतु कोई-न-कोई ऐसा नारा इन्हीं दिनों वातावरण में उभरकर आया कि मुझ जैसे व्यक्तियों की चेतावनी उसके नीचे दबकर रह गई। वे नारे इतने भारी प्रचार के साथ उछाले जाते कि वास्तविकता कहाँ दम तोड़ रही है, इसका आभास भी नहीं हो पाता था साधारण जनता को।

जिन दिनों बैंकों में अच्छे वेतनमान, बेहतर सुविधाएँ एवं अच्छी ऋण प्रणाली की माँग हम लोग कर रहे थे, बैंकों का राष्ट्रीयकरण कर दिया गया। बैंक कर्मचारी प्रसन्न थे कि वे अब सरकारी कर्मचारी हो गए, साधारण जनता ने समझा कि अब बैंक उनके अपने हो गए। निर्धन और शोषित वर्ग को समझाया गया कि बैंक में जाओ और रुपया लेकर व्यापार प्रारंभ कर दो। परंतु जब ऐसे लोग उत्साह से भरे बैंकों में पहुँचे तो उन्हें

इतनी अधिक औपचारिकताएँ निभाने को कहा गया कि बेचारे मुँह लटकाए वापस लौट आए। इन्हीं दिनों मैंने एक बहुत बड़े बैंक के अधिकारी को यह कहते सुना कि ऋण तो हमें देना ही है, पर वह किसे देना है, यह भी हम ही तय करेंगे। उन अधिकारी महोदय का यह दावा था कि जबसे उन्होंने सीट सँभाली है एक भी ऋण स्वीकृत नहीं किया। दूसरी तरफ जो प्रभावशाली व्यक्ति थे उन्होंने अनेक बेनामी फर्मों के नाम पर ऋण लेने प्रारंभ कर दिए। अनेक कांग्रेसी नेता छात्र बनकर बैंकों में पहुँच गए और स्वरोजगार योजना के अंतर्गत बड़ी-बड़ी राशियाँ स्वीकृत करा ली गईं। एक केस में तो ऐसा सुनने में आया कि एक तथाकथित छात्र को एक बहुत बड़े फार्म के लिए मुफ्त में भूमि दी गई और एक बड़े बैंक ने रिजर्व बैंक की जमानत पर ट्रैक्टर खरीद कर दे दिया, परंतु न तो कभी वहाँ खेती हुई, और न ही ऋण चुकाया गया। इसके विपरित ट्रैक्टर बेचकर वह पैसा भी उस नेता की जेब में चला गया। इस प्रकार की अनेक घटनाएँ प्रतिदिन प्रकाश में आने लगीं। ऐसा लगने लगा कि बैंकों का राष्ट्रीयकरण न होकर कांग्रेसीकरण हुआ हो। मेरी दृढ़ धारणा है कि बैंकों से ऋणों के रूप में आवंटित राशि को किसी-न-किसी दिन बट्टे खाते में डालना ही होगा क्योंकि यह रुपया मुख्य रूप से विलासिता की मदों पर व्यय हुआ—उत्पादकता के लिए इस राशि का उपयोग किया ही नहीं गया।

इस समय ईमानदार बैंक कर्मचारियों की जान जोखिम में आ गई और मुझे जगह-जगह उनके अधिकारों के लिए मोर्चे लेने पड़े। निरंतर जेल जाना साधारण सी बात होकर रह गई। किसी भी छुटभैए कांग्रेसी की बात न मानी जाए, भले ही वह कितनी ही अनुचित क्यों न हो, तो मुसीबत। सीधे इंदिराजी पास शिकायत पहुँचाने की धमकी।

ऐसा लगने लगा था कि देश में राजतंत्र आ गया है और राजा के किसी भी दरबारी को रुष्ट करने का अर्थ है अपने लिए मुसीबत मोल लेना। क्योंकि जनता का पैसा जनता के लिए व्यय किया जाना था, फलत: बैंकों के सारे धन पर जनता के तथाकथित प्रतिनिधियों का अधिकार हो गया। मोहन सिंह जैसे कर्मचारी, जो राष्ट्रीयकरण को सरकार का ईमानदार कदम समझे, शीघ्र ही आश्चर्यचकित रह गए जब उन्हें ज्ञात हुआ कि वास्तविकता कुछ और ही है और घूमघाम कर लाभ उन्हीं लोगों को पहुँच रहा है जो किसी-न-किसी प्रकार सत्ता से संबंधित हैं।

इंदिरा सरकार की तानाशाही के विरुद्ध हम लोग निरंतर संघर्ष कर रहे थे। धीरे-धीरे यह लड़ाई तेज होती जा रही थी। यदि किसी कारणवश बीच में मामला कुछ ठंडा भी पड़ता तो उसका कारण होता सरकार की ओर से कुछ झूठे आश्वासन, जिनकी कलई शीघ्र ही खुल जाती। जल्दी ही यह आभास होने लगा कि अधिनायकवाद से डटकर टक्कर लेनी होगी। अनेक मोर्चों पर इसकी भूमिका तैयार ही जाने लगी। विरोधी दलों ने परस्पर बैठकर कुछ कार्यक्रम तय करने प्रारंभ किए। बिहार में जन आंदोलन जोर

पकड़ने लगा। गुजरात में कांग्रेस को विरोधियों की एकता के कारण मुँह की खानी पड़ी।

विदेश नीति के मोर्चे पर भी हमारी गुटनिरपेक्ष नीति की कलई खुलने लगी और हम एक विशेष गुट के हाथों में कठपुतली बनने लगे। अनेक निर्णय साम्यवादी देशों द्वारा हमारे ऊपर थोपे जाने लगे। मंत्रिमंडल में पुनः ऐसे लोगों का प्रभुत्व बढ़ने लगा जो किसी-न-किसी प्रकार साम्यवादी देशों के कृपापात्र थे। इसे प्रगतिशीलता का नाम दिया जा रहा था। जैसे निरपेक्षता के नाम पर किसी धर्म विशेष को दबाया जा रहा था और किसी विशेष संप्रदाय को संतुष्ट करने के उचित-अनुचित उपाय किए जा रहे थे। वैसे ही गुटनिरपेक्षता के नाम पर देश गुटबंदी का शिकार हो रहा था। देश में होनेवाले किसी भी उपद्रव अथवा गड़बड़ के पीछे विदेशी शक्तियों विशेष रूप से सी.आई.ए. के हाथ होने की बात कहकर प्रशासन अपने उत्तरदायित्व की ओर से निरंतर आँखें मूँदता रहा।

बिहार और गुजरात के आंदोलनों में जनता के रोष को देखते हुए विरोधी दल एकजुट हो गए और सबने जयप्रकाश नारायण के नेतृत्व में अपनी आस्था व्यक्त की। शीघ्र ही राष्ट्रव्यापी आंदोलनों की भूमिकाएँ तैयार होने लगीं। मैंने जयप्रकाश नारायण के आंदोलन 'समग्र क्रांति' का बिगुल बजाने का बीड़ा उठाया और कश्मीर से लेकर कन्याकुमारी तक यात्राएँ करनी प्रारंभ कीं। मोहन सिंह इन दिनों मेरे साथ पूरी तरह जुड़ा हुआ था। मेरा लालाजी के घर के साथ संबंध प्रायः समाप्त ही हो चुका था क्योंकि लालाजी राजनीति से विमुख होकर अपने कारोबार में रुचि लेने लगे थे। हाँ, उनके कारण मुझे कभी भी आर्थिक संकट का सामना नहीं करना पड़ा। रजनी अब वयस्क हो रही थी और लालाजी पूरी तरह उसका ध्यान रखते थे। मुझे तो वह केवल छुट्टियों में ही मिल पाती थी।

इन्हीं दिनों मैं पंजाब के एक जिले का दौरा कर रहा था कि 25 जून, 1975 को देश में आपातस्थिति की घोषणा कर दी गई। स्पष्ट था कि अब मेरे लिए दिल्ली लौटना संभव नहीं था। सभी बड़े-बड़े नेताओं को गिरफ्तार कर लिया गया था और जो थोड़े-बहुत बचे थे, भूमिगत हो गए थे। मेरी तलाश पुलिस जोरों से कर रही है, इसकी सूचना मुझे मिल चुकी थी। ऐसी स्थिति में मेरे लिए किसी एक जगह पर रहना न तो संभव था, और न ही वांछनीय।

मैंने दिल्ली आकर अपने साथियों से संपर्क साधना शुरू किया और शीघ्र ही एक पूरा ग्रुप तैयार हो गया। मोहन सिंह ने तरुण कार्यकर्ताओं की एक सेना सी ही बना डाली थी। अन्य आंदोलनकारी नेताओं से हमारा निरंतर संपर्क रहता। हम लोग अहिंसक आंदोलन के पक्ष में थे, पर मोहन सिंह जैसे कार्यकर्ता इसे हमारी दुर्बलता मानते थे; फिर भी हम किसी भी प्रकार की हिंसक कार्यवाही के लिए अपने आपको तैयार नहीं कर पा रहे थे। निस्संदेह हम लोग जनसंघ द्वारा चलाए गए सत्याग्रह से भी पूरी तरह सहमत नहीं

थे। मेरा विचार था कि अलोकतंत्रीय तानाशाही सरकार के साथ लोकतंत्रीय व्यवहार का कोई फल निकालनेवाला नहीं, परंतु जनसंघ के नेता विशेष रूप से इस मत के थे कि अपने कार्यकर्ताओं का मनोबल बनाए रखने के लिए यह आवश्यक है कि भूमिगत गतिविधियाँ होती रहें और उनकी जानकारी भी अधिक-से-अधिक लोगों को मिलती रहे। इसके लिए प्रचार का एक सुदृढ़ भूमिगत तंत्र उन लोगों ने बना लिया था।

जब मोहन सिंह सरीखे नवयुवकों का विरोध इस नीति के प्रति काफी बढ़ने लगा तो हमने समस्त दलों की संयुक्त बैठक की योजना बनाई ताकि मोहन सिंह की योजना पर विचार किया जा सके। इन्हीं दिनों रजनी दिल्ली आई हुई थी और मेरे साथ ही अज्ञातवास कर रही थी। विवाह समारोह के रूप में बैठक की योजना बनी और इससे पहले कि कुछ तय हो हम सब लोग गिरफ्तार कर लिये गए। रजनी बच निकलने में सफल रही थी।

डायरी के अंतिम पृष्ठ पर शर्माजी ने स्वयं को रजनी का अपराधी भी माना था कि उन्होंने उसके लिए कुछ नहीं किया। साथ ही यह कामना भी की थी कि वह जहाँ भी रहे सुखी रहे। शायद यह एक दु:खी बाप की अंतिम इच्छा थी। ऐसा लगता था है कि वीरेंद्रजी को रजनी से पुन: मिलने की आशा नहीं थी। इसीलिए उन्होंने अपनी गिरफ्तारी तक का लेखा-जोखा रजनी के नाम लिखकर अपने सचिव को सौंप दिया था।

रजनी की याद में खोए वीरेंद्र शर्मा की आँखें कुछ नम सी हो आई थीं। ज्यों ही उन्होंने अपनी आँखों पर हाथ फेरा, उन्हें लगा कि वह काफी देर से अपने विचारों में खोए हैं; और धूप कितनी चढ़ आई है इसका विचार भी उन्होंने नहीं किया। तभी उन्हें बाहर ड्योढ़ी पर मिलाई के लिए बुलाया गया है का आदेश मिला। वह आश्चर्य से भर उठे क्योंकि लालाजी को छोड़कर अन्य किसी व्यक्ति का उनसे मिलना संभव नहीं था, और लालाजी की तबीयत बहुत खराब है इसकी सूचना उन्हें मिल चुकी थी। वैसे लालाजी ने इस बात का पूरा-पूरा ध्यान रखा था कि उन्हें जेल में किसी प्रकार की कमी न हो। वह संशय से भरे हुए ड्योढ़ी में पहुँचे थे।

जब मैं रजनी के साथ जेल के विशाल फाटक पर पहुँचा तो दिन काफी चढ़ आया था। नीलिमा के रूप में रजनी मेरे साथ थी। ज्यों ही हम जेल की चारदीवारी के अंदर घुसे मेरा मन एकबारगी काँप उठा। मुझे लगा कि कहीं रजनी को कोई पहचाननेवाला न मिल जाए। जेल के फाटक पर खड़े संतरी को हमने ए.डी.एम. से ली हुई स्वीकृति का कागज दे दिया जो उसने फाटक में लगी एक खिड़की से अंदर पकड़ा दिया और हमें प्रतीक्षा करने को कहा। किसी तरह के विश्रामालय अथवा शेड के अभाव में हम लोग एक पेड़ की छाया में खड़े हो गए, परंतु गरमी इतनी तेज थी कि अधिक देर खड़ा होना

संभव नहीं था पर किया भी क्या जा सकता था। वहाँ पर पीने के पानी तक की कोई व्यवस्था नहीं थी। हम काफी पकवान और फल इत्यादि साथ लाए थे और उन थैलों का बोझा हमारे लिए असहनीय हो रहा था। बहुत सी स्त्रियाँ वहाँ छोटे-छोटे बच्चों के साथ बैठी थीं और उनकी हालत तो बहुत ही खराब थी। बच्चे रह-रहकर पानी के लिए व्याकुल हो उठते, परंतु उन्हें वहाँ से हटकर कहीं जाने का यह भय लगता था कि कहीं अंदर से पुकार लगे और वे तुरंत न पहुँच पाएँ तो उन्हें निराश ही लौटना पड़ेगा। कुछ भुक्तभोगी व्यक्ति इसी प्रकार की चर्चाओं में वहाँ व्यस्त थे।

अभी हमारी परची का अंदर से उत्तर नहीं आया था कि फाटक पर एक बड़ी सी गाड़ी आ लगी। इसमें कैदी भेड़ों की तरह ठूँसे हुए थे। हमारे साथ खड़े एक व्यक्ति ने इस गाड़ी को देखकर बुरा सा मुँह बनाया था। उसकी अस्पष्ट बुदबुदाहट से मैंने भाँप लिया कि यह मामला आधे-पौने घंटे से कम का नहीं है।

उस वैन के खड़े होते ही पुलिस के शस्त्रधारी सिपाहियों ने उसे चारों ओर से घेर लिया और एक-एक व्यक्ति को उसमें से उतारा जाने लगा। यदि किसी कैदी को उतरने में थोड़ा सा विलंब होता तो कोई-न-कोई सिपाही तत्काल उसे धक्का देकर आगे बढ़ा देता। उस व्यक्ति ने मुझे बताया कि अब सब लोगों को ड्योढ़ी के अंदर एक स्थान पर बिठा दिया जाएगा और उनकी गिनती होगी, और ऐसी ही न जाने कितनी ऊल-जलूल औपचारिकताओं के बाद भीतर का फाटक खुलेगा और जब तक ये कैदी ड्योढ़ी खाली करके न चले जाएँ, हमारे मिलने का प्रश्न पैदा ही नहीं होता। मुझे गरमी के कारण एक-एक पल भारी लग रहा था और रजनी उत्कंठा के कारण बदहवास सी थी। वह अपने भीतर बहुत उत्तेजना अनुभव कर रही थी। कितने समय और कैसी परिस्थितियों से गुजरने के बाद वह अपने पिता से मिल रही थी और सबसे बढ़कर बात यह थी कि इस बीच उसकी शादी भी हो चुकी थी।

ड्योढ़ी के भीतर से हथकड़ियों, बेड़ियों और फाटक को खोलने बंद करने की आवाजें आनी बंद हो गई थीं जिससे आभास होता था कि सारे कैदियों को भेज दिया गया है। थोड़ी देर में संतरी ने आवाज लगाई 'वीरेंद्र से मिलने वाले' और जब हम लोग आगे बढ़े तो उसने भीतर जाने का रास्ता छोड़ दिया। फाटक में बनी उस छोटी सी खिड़की से लाँघकर हम लोग अंदर पहुँचे तो हमारे हाथ पर मोहर लगा दी गई ताकि जेल से बाहर जाते समय मोहर दिखाकर हम अपनी पहचान करवा सकें।

ड्योढ़ी वास्तव में दो लोहे के विशाल फाटकों के मध्य एक गलियारा सा है जिसमें से दोनों ओर के बरामदों में जाने का रास्ता है। वहीं पर एक बरामदे के साथ मेज लगाकर उसे ऑफिस का रूप दे दिया गया है। यहाँ पर बैठनेवाले अधिकारी 'डिप्टी' कहलाते हैं और इन्हीं अधिकारियों का सिक्का वहाँ चलता है। हमें एक बरामदे के अंदर जाकर

बैठने को कहा गया। वहाँ पर पड़ी एक बैंच पर हम बैठ गए। इस बरामदे के एक ओर जेल के कुछ कार्यालय थे एवं दूसरी ओर लोहे की मजबूत सलाखों के पीछे सजा काट रहे कैदी आकर खड़े हो जाते और लगभग 5 फीट के रिक्त स्थान के बाद लगी सलाखों के पीछे उनके मिलनेवाले मुलाकाती। इस प्रकार दोनों के मध्य लगभग 4-5 फीट का अंतर रहता और लोहे की मजबूत सलाखों से बनी दीवारें उन्हें आपस में हाथ तक मिलाने की संभावना से भी वंचित किए रहती। वहाँ पर खड़े कैदियों और उनके संबंधियों का परस्पर बात करना बहुत मर्मस्पर्शी था। दोनों एक-दूसरे से अधिक-से-अधिक कह-सुन लेना चाहते थे, और वह भी कम-से-कम समय में।

बरामदे में एक अजीब सी घुटन और बदबू भरी हुई थी। रोशनी का वहाँ पूरी तरह अभाव था। हम सोच रहे थे कि जब जेल के कार्यालयों का यह हाल है तो जेल कैसी होगी, और उसकी कोठरियों की दशा और भी शोचनीय हो तो आश्चर्य नहीं। बाद में मुझे एक मित्र ने बताया था कि अंदर का जीवन इतना नारकीय है कि उसका वर्णन नहीं किया जा सकता। सौ-दो सौ लोगों के लिए एक शौचालय और उसकी सफाई इत्यादि का भी कोई प्रबंध नहीं। चारों ओर कुलमुलाते कीड़े। सीलन भरी कोठरियों में भी मक्खियों और मच्छरों का साम्राज्य। हमें वहाँ खड़े होते ही खीज होने लगी थी।

थोड़ी देर बाद मुझे बरामदे की सीढ़ियों पर एक पहाड़ सा खड़ा दिखाई दिया, तभी रजनी लपककर खड़ी हो गई और भागकर उस व्यक्ति के सीने से चिपक गई। मुझे लगा कि उस पहाड़ ने अपने सीने पर एक सुदृढ़ चट्टान को चिपका रखा हो। रजनी अपने पिता का हाथ थामे मेरी ओर बढ़ी और मेरा परिचय देने के बाद उनके साथ ही बैंच पर बैठ गई। वीरेंद्रजी ने दाढ़ी बढ़ा रखा थी जो उनके चौड़े मुख पर बहुत भव्य लग रही थी। सादे खादी के धोती-कुरते में भी उनका व्यक्तित्व बहुत असाधारण लग रहा था। मुझे लगा कि मैंने इस व्यक्ति के विषय में जैसा सोचा था, उसे वैसा ही पाया।

बातचीत के अनंतर उन्होंने ऐसी कोई बात नहीं की जिससे हमें यह आभास होता कि वह कहीं से टूट रहे हैं। उन्हें भले ही रजनी के इस तरह के विवाह पर रंज था, परंतु वह इस बात से असंतुष्ट नहीं थे। यदि कोई कसक उनके मन में थी तो वह अपनी अनुपस्थिति को लेकर। वह जिस प्रकार उत्साह से विवाह में भाग लेना चाहते थे, वह भी संभव नहीं हुआ था फलतः इकलौती बेटी के प्रति उनका जो कर्तव्य था उसका भली-भाँति निर्वाह नहीं हो पाया, ऐसा वे अनुभव करते थे।

जीवन से वीरेंद्रजी बहुत अधिक प्रसन्न थे और उसके चरित्र से भी पूरी तरह प्रभावित हुए थे। कितनी ही देर तक वह जीवन की प्रशंसा ही करते रहे। मोहन सिंह के संबंध में भी उन्होंने मुझे बहुत कुछ बताया।

खाना खाते समय हम लोग यह चर्चा करते रहे कि यह सब कब तक चलेगा। मैंने

जब इस संदर्भ में अपनी शंका व्यक्त की तो वह बोले कि इसमें निराश होने जैसी कोई बात नहीं है। जो कुछ किया जा सकता है, वह किया जा रहा है और वक्त आने पर अवश्य ही लोकतंत्रीय शक्तियों की विजय होगी। आवश्यकता सिर्फ उन्हें जाग्रत् रखे रहने की है। वह बोले थे कि मैंने तो न जाने कितनी बार जेल-यात्राएँ की हैं, लेकिन जितना अपमान इस बार सहना पड़ रहा है ऐसा पहले कभी नहीं हुआ, अंग्रेजी शासन में भी नहीं। निश्चय ही यह तानाशाही की अवधि को कम करने का संकेत है क्योंकि ज्यों-ज्यों अत्याचार बढ़ता है, उसका विरोध भी बढ़ता जाता है। अत्याचारपूर्ण दमन से भले ही यह लगे कि सब ओर शांति है परंतु यह शांति मरघट की सी शांति होती है। समय आते ही अन्याय और अत्याचार का किस प्रकार अंत होता है, यह सब हमने इतिहास से खूब सीखा है।

हमें आश्वासन देते हुए उन्होंने कहा वह दिन दूर नहीं जब देश पुनः इस उत्पीड़न से स्वयं को मुक्त कर लेगा। तुम्हारा काम है अपना कर्तव्य करते रहना और वह कर्तव्य आप लोगों को किसी भी मूल्य पर करते रहना चाहिए। बाधाएँ, विपत्तियाँ तो जीवन में आती ही हैं, इनसे डरकर बैठना पूरी तरह से कायरता है और मैं जानता हूँ कि तुम लोग कायर नहीं हो। इतना कहकर वह उठ खड़े हुए और हम भी वापस लौट आए।

□

## महेश नैयर

मैं प्रातः ही तैयार होकर घर से चल पड़ा। मैंने सोचा कि ऑफिस में जाने से पूर्व यह अच्छा रहेगा कि मैं नैयर साहब से उनके घर पर मिल लूँ ताकि ऑफिस की सारी गतिविधियों की जानकारी मिल सके। नैयर साहब दरियागंज में रहते थे, फलतः मैंने उचित समझा कि मैं रिंग रोड पकड़ूँ और राजघाट से पहलेवाले मोड़ से अंदर मुड़ जाऊँ, जहाँ से एक छोटी सड़क अंसारी रोड से मिलती थी; उसी के किनारे पर नैयर साहब का मकान था।

राजनाथ नैयर स्वतंत्रता प्राप्ति से पूर्व ही दिल्ली में आ बसे थे और यहाँ पर उनकी गृहस्थी पूरी तरह से जम गई थी। दो बड़े बेटे नरेंद्र और सुरेंद्र अमरीका में जा बसे थे और यदा-कदा ही भारत आ पाते थे। सबसे छोटा लड़का था महेश जो इस समय राजनीति विज्ञान में एम.ए. (प्रीवियस) का छात्र था दिल्ली विश्वविद्यालय में। बहुत ही कोमल स्वभाव का था महेश, पर जितना उसका दिल कोमल था, उतनी ही दृढ़ थी उसकी इच्छाशक्ति। राजनीति विज्ञान का छात्र होने के कारण लोकतांत्रिक मूल्यों, मानवीय अधिकारों एवं नागरिक स्वतंत्रताओं के महत्त्व को वह भली-भाँति जानता था। वह दिल्ली विश्वविद्यालय का सर्वश्रेष्ठ वक्ता था। छात्रों और अध्यापकों के मन में उसने एक विशेष स्थान बना रखा था अपने लिए। उसके सुलझे विचारों के कारण प्राध्यापक भी उससे विचार-विमर्श करने में रुचि लेते थे।

जब इलाहाबाद हाई कोर्ट का निर्णय आया एवं इंदिरा गांधी को चुनाव में भ्रष्ट साधन अपनाने का दोषी पाया गया तो जनता में हर्ष ही लहर दौड़ गई। इसी आधार पर उनका चुनाव रद्द किया गया, इसके साथ ही उन्हें 6 वर्षों तक चुनाव लड़ने के अधिकार से भी वंचित किया गया। महेश न्यायपालिका के इस निर्णय को पढ़कर बहुत प्रसन्न हुआ था, उसे लगा कि इससे भारत में न्यायपालिका की प्रतिष्ठा बढ़ेगी और कार्यपालिका का जो अनावश्यक प्रभुत्व सारे देश पर बढ़ता जा रहा था, उसमें कमी आएगी; परंतु ऐसा कुछ नहीं हुआ बल्कि इसके विपरित एक बहुत बड़े नाटक का आयोजन किया गया। सरकारी खर्चे पर दिल्ली के सीमांत प्रदेशों से ग्रामीणों को वाहनों में भर-भरकर दिल्ली लाया गया और इस तरह का ढोंग किया गया जैसे सारा राष्ट्र एक स्वर से इंदिरा गांधी की तानाशाही स्वीकार करने को तैयार है। कितनी बड़ी विडंबना थी—लोकतंत्रीय साधनों से राजतंत्र की स्थापना। किराए के इन हजारों लोगों के समूह को इंदिराजी ने संबोधित करते हुए कहा कि ऐसी अड़चनों से वह घबराने वाली नहीं, और जब जनता साथ है तो फिर कमी किस बात की है। सुनकर उबल उठा था महेश। यह कैसा लोकतंत्र है। यदि न्यायपालिका के निर्णय का कोई अर्थ नहीं तो न्यायपालिका के प्रभुत्व का ढोंग क्यों।

पर ढोंग तो चल ही रहा था चारों ओर। ढोंग की विरासत मिली थी कांग्रेस को अंग्रेजों से। अंग्रेज भी हर बात को न्यायपूर्वक ढंग से करने का दिखावा शुरू से करते आए थे। उनका इस देश में व्यापारी के रूप में आना, यहाँ पर राजनीतिक प्रभुत्व स्थापित करना, पोषण की आड़ में शोषण, उन्नति की आड़ में लूट, धर्म के प्रति आस्था के रूप में धार्मिक वैमनस्यता, अल्पसंख्यकों के हित-साधनों के द्वारा देश विभाजन—सभी ढोंग ही तो थे। ढोंग और ढोंग की राजनीति सीखी थी कांग्रेस ने विदेशी शासकों से। पर अंग्रेज तो विदेशी थे; इस देश को लूटने के पीछे उनके कुछ निहित स्वार्थ थे। उन स्वार्थों को पूरा करने के लिए उन्हें जो भी करना पड़ा उन्होंने किया।

कांग्रेस के नेता तो यहाँ के निवासी है, यहीं की मिट्‌टी में पैदा हुए हैं। उनके हित इसी देश और इसकी मिट्‌टी से जुड़े हैं। उनके सामने दरिद्र, शोषित एवं पीड़ित भारत की तसवीर है फिर कोई ठोस सृजनात्मक कार्यक्रम क्यों नहीं अपनाया गया इन दिनों। तीस वर्षों में निरंतर कांग्रेस ने ढोंग की राजनीति का सहारा क्यों लिया। उज्ज्वल भविष्य की आड़ में बड़ी-बड़ी योजनाओं का ढोंग, अधिक स्वायत्तता के नाम पर राज्यों का पुनर्गठन और सत्ता के केंद्रीयकरण को बढ़ावा देने के रूप में भाषाई एवं प्रांतीय दंगे। न जाने क्या-क्या ढोंग होते रहे हैं इस देश में। सबसे बड़ा ढोंग जो यहाँ होता रहा है, वह है प्रजातंत्र की आड़ में व्यक्तिवाद की स्थापना। सत्ता के विकेंद्रीयकरण के नाम पर सत्ता का केंद्रीयकरण। जब तक लोकतंत्र के नाम पर यह सब चलता रहा, चलने दिया गया

और आज जब लोकतंत्र कुरसी बचाए रखने में आड़े आया तो इस तरह के हथियारों का सहारा लेकर लोकतंत्र की हत्या कर दी गई। पराकाष्ठा है यह सब इस ढोंग की, और इस नीति की चरम परिणति, जिसका प्रारंभ श्री नेहरू बहुत पहले कर गए थे।

एक बहुत बड़ा जुलूस ले गया था महेश पार्लियामेंट स्ट्रीट तक। छात्रों के उस जुलूस को आगे बढ़ने से पुलिस द्वारा रोक दिया गया था। लोकतंत्र की रक्षा की उनकी माँग का उत्तर दिया गया था लाठियों के प्रहारों से। सैकड़ों छात्र गिरफ्तार कर लिये गए। इससे पहले कि जुलूस छिन्न-भिन्न होता और वह गिरफ्तार कर लिया जाता, वहाँ से निकल आया था महेश। श्रीमती गांधी ने जयप्रकाश नारायण पर जिस पुलिस को भड़काने का आरोप लगाया था, वह किस कदर सत्ता की स्वामिभक्त थी, स्वयं देख चुका था वह। कितनी निर्ममता से छात्रों को पीटा गया था, जैसे वे इस देश के नागरिक न होकर किसी शत्रु देश के आक्रमणकारी हों। पुलिसकर्मियों ने शायद यह भी भुला दिया था कि उनके अपने लड़के-लड़कियाँ भी इस जुलूस में हो सकते हैं। जैसे अंग्रेजों ने कुछ थोड़े से हिंदुस्तानियों की पुलिस और सेना बनाकर उनकी सहायता से वर्षों भारत को गुलाम रखा, वैसे ही श्रीमती गांधी पुलिस दमन के दम पर प्रजातंत्र की हत्या कर अपना राजतंत्र स्थापित करने पर आमादा थीं शायद।

अपने घर लौटना उसने उचित नहीं समझा और वह श्रीराम कॉलेज ऑफ कॉमर्स के छात्रावास में जाकर सोने की योजना बना विश्वविद्यालय की ओर बढ़ चला। मौरिस नगर के चौराहे पर उसे ऐसे अपरिचित चेहरे दिखाई देने लगे जो उसके मन में शंका उत्पन्न करने के लिए पर्याप्त थे। उसने टहलते-टहलते एक चक्कर लगाया था विश्वविद्यालय का और लगभग सभी 'पॉइंट्स' पर उसे संदिग्ध चेहरे तैनात दिखाई दिए थे। महेश समझ गया कि किसी बहुत बड़े अभियान की भूमिका बन रही है, और लौट पड़ा था वह वहाँ से भी।

ज्योंही वह रोशनारा रोड के थाने के सामने से गुजरा, उसे एक सबइंस्पेक्टर ने रोक लिया। अपने आपको पुलिस की हिरासत में समझकर ठिठक गया और स्वयं को निर्भीक दिखाता हुआ उसकी ओर बढ़ा ही था कि इंस्पेक्टर ने हलो कहते हुए अत्यंत आत्मीयता से उसका हाथ थाम लिया था। उसे अचंभा हुआ था, जैसे कोई जल्लाद फाँसी पानेवाले से कहे कि यहाँ से भाग जाओ। वह सब इंस्पेक्टर बोला, 'तुम कमाल के आदमी हो, कितने ही लोग तुम्हें पहचानते हैं। जितनी जल्दी हो सके, यहाँ से निकल जाओ; और फिर जब तक स्थिति सामान्य न हो, इस ओर मत आना।' पास आते स्कूटर को हाथ देकर उसने रुकवा लिया था। महेश तत्काल बिना सोचे-समझे ही बैठ गया था उसमें। रात उसने एक परिचित के घर जाकर काटी थी।

प्रात: एक अन्य मित्र से पता चला था कि रात्रि विश्वविद्यालय के लगभग सभी

छात्रावासों पर छापे मारे गए। कई छात्रों को नाइट सूट में उठाकर ही थाने ले जाया गया है। कइयों को बड़ी बेरहमी से पीटा भी गया है। गर्ल्स हॉस्टल को भी पुलिसवालों ने रौंद डाला था। अनेक दर्दनाक और शर्मनाक किस्से हवा में तैरने लगे थे। पुलिस को खुलकर खेलने का अवसर मिल रहा था, जिसका वह पूरा-पूरा फायदा उठा रही थी।

थोड़ी देर बाद यह भी पता लग गया था कि कई छात्र नेताओं को उनके घरों से भी पकड़ा गया है और महेश की खोज जोर-शोर से की जा रही है। रात को उसके घर पर भी पुलिस पहुँची थी परंतु उसे वहाँ न पाकर उसे वापस लौटना पड़ा था। उसके पिता का उच्च अधिकारी होना भी उन्हें अपमान के घूँट पीने से नहीं बचा पाया था। पुलिस ने नैयर साहब के स्पष्ट इनकार के बाद भी घर की पूरी तलाशी ली थी। सारा फर्नीचर तथा घर अस्त-व्यस्त कर डाला था पुलिस ने। लगा किसी सरकारी अधिकारी के घर की बजाय किसी तस्कर अथवा अपराधी के अड्डे पर छापा मारा गया हो। पुलिस ने जाते समय धमकी भी दी थी कि यदि महेश को शीघ्र ही थाने में उपस्थित नहीं किया गया तो उसके गंभीर परिणाम होंगे। संकेत रूप में पुलिस इंस्पेक्टर यहाँ तक कह गया था कि आप तो सरकारी कर्मचारी हैं, यदि आपको अपनी नौकरी बचानी है तो महेश को इस प्रकार के 'देशद्रोही' कार्यों से बाज आना ही होगा।

नौकरी ही तो नहीं बचानी थी राजनाथ नैयर को, उनको बचाना था अपना स्वाभिमान, नागरिक अधिकार एवं लोकतांत्रिक मूल्य। यही तो सिखाते रहे हैं वह आज तक अपने बच्चों को। इसी के दम पर ही तो वह सदैव कहते रहे हैं कि भले ही पाकिस्तान बन गया और हजारों व्यक्तियों को जान से हाथ धोना पड़ा, लाखों को घरबार छोड़कर आना पड़ा पर स्वतंत्रता प्राप्ति के लिए यह मूल्य देने में हमें गर्व है। क्या इसीलिए यह मूल्य चुकाया गया था कि देश में तानाशाही की स्थापना हो? नहीं, ऐसा कैसे संभव है।

नैयर साहब जानते थे कि महेश की रगों में गरम खून दौड़ रहा है, जो मार्ग उसे चुनना चाहिए था, वह उसने स्वयं चुन लिया है। मेरा क्या है पका फल हूँ किसी भी दिन टपक पड़ूँगा। नौकरी रहे या जाए, मुझे तो वही करना है जो आज तक करता आया हूँ। हाँ, आगे बढ़कर इस्तीफा दे दूँ तो क्यों? क्या मुझे नौकरी देना किसी व्यक्ति विशेष की कृपा दृष्टि पर निर्भर रहा है? मैंने अपने पद पर रहते हुए सदैव राष्ट्र की सेवा की है। जैसे भी बन पड़ा, अब भी करूँगा। जो भी मूल्य चुकाना पड़े, चुकाऊँगा। मेरा उद्देश्य देश की सेवा है, किसी नेता अथवा अफसर की चापलूसी करके रोटी कमाना नहीं।

नैयर साहब ने ऑफिस में आपातकाल का कभी विरोध नहीं किया। अपने से उच्च अधिकारियों के आदेशों को भी चुनौती नहीं दी परंतु उनके किसी भी अन्यायपूर्ण आदेश को क्रियान्वित भी नहीं होने दिया। धरे-के-धरे रह जाते थे सारे-के-सारे आदेश उनके पास। कोई-न-कोई ऐसा सरकारी अड़ंगा अड़ाते कि या तो उच्च अधिकारियों को मौन

हो जाना पड़ता अथवा काफी समय व्यतीत हो जाने के कारण उस आदेश की उपयोगिता ही समाप्त हो जाती। कितने ही आदेश नैयर साहब की 'पॉकेट वीटो' के कारण ही समाप्त हो गए। इस पर तुर्रा यह कि नैयर साहब अपने अधिकारियों की नजर से कभी नहीं गिरे। वह पहले की तरह ही निरंतर उन्हें सबसे अधिक कुशल अफसर मानते रहे। प्रत्येक बैठक में नैयर साहब अपने अधिकारियों के आदेशों एवं प्रस्तावों का खुलकर समर्थन करते और जब फाइल उनके पास आती तो कोई ऐसी घुंडी फँसाते कि जिसे काटने में अधिकारी तो अधिकारी, स्वयं मंत्री भी हिचकिचाते।

कार्यालय में फैले गुप्तचरी के तंत्र को भी उन्होंने इस तरह छिन्न-भिन्न कर रखा था कि एक ही विषय पर भिन्न-भिन्न रिपोर्ट ऊपर पहुँचती, फलत: किसी पर भी अमल न हो पाता। जब से आपातस्थिति की घोषणा हुई नैयर साहब ने हरसंभव प्रयत्न द्वारा न केवल अनुचित आदेशों को क्रियान्वित होने से रोकने का प्रयास किया बल्कि प्रत्येक आवश्यक समाचार आंदोलनकारियों तक भी पहुँचे, इसकी व्यवस्था भी की। अपने अधीनस्थ कर्मचारियों के अधिकारों की रक्षा वह जैसे-तैसे कर रहे थे, यह तो मैं स्वयं भी जानता था। हमारे सैक्शन के कितने ही लोग उनके कारण भूमिगत आंदोलन से जुड़ गए थे और नैयर साहब थे कि पूरी तरह निर्लिप्त, जैसे किसी से कुछ लेना-देना ही नहीं।

महेश को लेकर वह कभी उद्विग्न नहीं हुए। जिन दिनों उन्होंने महेश को मेरे पास भेजा था, उसकी गिरफ्तारी की जी-तोड़ कोशिश की जा रही थी। महेश का इस प्रकार मेरे यहाँ आना अत्यंत जोखिम का काम था। परंतु नैयर साहब ने इसमें तनिक भी हिचकिचाहट नहीं दिखाई थी बल्कि दृढ़ता से काम करने का आदेश दिया था। मुझे भी जिस विषम स्थिति में बचा लिया था उन्होंने, वह उन्हीं के बूते का काम था। वास्तव में वह जिस धीरज एवं गंभीरता से काम करते थे वह अविश्वसनीय था, परंतु शायद आयु एवं अनुभव की परिपक्वता ने उन्हें यह सब सिखा दिया था।

अंडरग्राउंड होने के बाद भी महेश का उनके साथ निरंतर संपर्क रहा, परंतु किसी को कानों कान खबर नहीं हुई जब तक कि वह गिरफ्तार नहीं हुआ। उसका मेरे साथ भी निरंतर संपर्क रहा। तानाशाही की जड़ें उखाड़ फेंकने के लिए जो कुछ भी वह कर पाया, उससे पीछे नहीं हटा। मुझे आज भी आश्चर्य होता है कि मेरे लिखे समाचारों की छपी हुई प्रति वह मात्र 12 घंटे में लाकर मुझे सौंप देता था। कितना सक्रिय संगठन खड़ा कर लिया था उसने छात्रों का। एक बार मैंने उससे पूछा था, 'तुम नेता नहीं हो फिर यह सब संगठन-क्षमता कहाँ से आई है तुममें?'

'क्या आप समझते हैं कि केवल नेता लोग ही काम कर सकते हैं, हम नहीं।' उसने धीमे लेकिन दृढ़ स्वर से कहा था। 'काम तो उत्साह और लगन से होता है। नेता तो निमित्त मात्र होता है। यह बात ठीक है कि नेता के चारों ओर इकट्ठे होने की प्रवृत्ति

होती है लोगों में। इस कारण ऐसा लगने लगता है कि सब नेता के इशारे पर हो रहा है। छात्रों में जो उत्साह है, मैंने उसे मात्र दिशा दी है। दिशा न दी जाती तो संभव है कि कोई छात्र हिंसक हो उठता तो कोई निराश।

'जो संत्रास छात्र वर्ग में व्याप्त था उसकी परिणति पागलपन में भी हो सकती थी और राजनीतिक हत्याओं के दानवपन में भी। मैंने मात्र यह प्रयत्न किया है कि तानाशाही शक्तियों को मात दी जाए तो वह भी लोकतांत्रिक साधनों के द्वारा। गांधीजी के रास्ते पर चलने में भले ही अधिक कष्ट सहने पड़े, परंतु जीत अवश्य ही सुनिश्चित रहती है।

'मेरे कितने ही मित्रों ने कहा कि वह पुराना तरीका अब नहीं चल पाएगा। इसके लिए उन्होंने तर्क दिया कि अंग्रेज लोकतांत्रिक मूल्यों के महत्त्व को स्वीकार करते थे और विदेशी होने के कारण वे सर्वत्र घृणा के पात्र भी थे। जबकि इंदिरा सरकार का एकमात्र उद्‌देश्य सत्ता में रहना है और उसके लिए लोकतांत्रिक मूल्यों का हनन किसी भी सीमा तक करने को वह तैयार हैं। इसके अतिरिक्त एक बहुत बड़ा वर्ग सुविधाभोगी वर्ग है। इस वर्ग में ऐसे लोग सम्मिलित हैं जिनके सीधे स्वार्थ सत्ता के साथ जुड़े हैं और वे लोग किसी भी हालत में इंदिरा शासन को डोलने देना नहीं चाहते।' उसने पुनः कहा था, 'यद्यपि इन तर्कों को झुठलाया नहीं जा सकता फिर भी हमारी जनता अभी इतनी शिक्षित नहीं है कि उसे वर्तमान सत्ता के विरुद्ध हिंसक रूप से भड़काकर पुनः संयत कर लिया जाए। अराजकता के माध्यम से लोकतंत्र की स्थापना कभी भी संभव नहीं हुई और यदि कभी इस प्रकार लोकतंत्र आया भी है तो वह समूचा न होकर कहीं-न-कहीं से अपंग अवश्य हुआ है।' उसकी दूरदृष्टि और राजनीतिक सूझबूझ का मैं कायल हो गया था। वह जिस उत्साह, तीव्रता और निर्भीकता से इस कार्य में लगा था, उसे देखकर विस्मय होता था।

अपने विचारों में खोया जब मैं नैयर साहब के घर पहुँचा तो वह ऑफिस जाने के लिए तैयार ही थे। मुझे देखते ही बोले—'अरे नरेंद्र, तुम्हें तो ऑफिस में बुलाया था। खैर, ठीक है। आओ, मेरे साथ चलो। स्कूटर यहीं छोड़ दो। रास्ते में एक काम भी है, तुम्हारी शायद जरूरत ही पड़ जाए।' यद्यपि मैं समझ नहीं पाया, फिर भी स्कूटर को एक साइड में खड़ा करके ताला लगा दिया और उनके साथ कार में बैठ गया।

कार स्टार्ट करते हुए उन्होंने बताया, 'ऐसा लगता है कि शीघ्र मुझे भी नौकरी से अलग कर दिया जाएगा। कुछ-कुछ भनक मेरे विषय में मंत्रीजी तक पहुँच गई है। महेश को लेकर भी वह बहुत बिगड़े हुए हैं। वास्तव में महेश के पास से कुछ ऐसे पेपर्स प्राप्त हो गए है जिनसे यह सिद्ध हो सकता है कि मैं कहीं-न-कहीं 'इनवॉल्व्ड' रहा हूँ इन मामलों में। इसी बात को ध्यान में रखते हुए मैंने तुम्हें बुलाया था। तुम्हारी छुट्टी भी दो बार बढ़ा चुका हूँ, शायद तीसरी बार मुमकिन न हो। अच्छा हो, तुम ड्यूटी ज्वॉइन कर

लो ताकि यदि मुझको अलग भी कर दिया जाए तो बिगड़ी हुई हालत को तुम थोड़ा सँभाल सको। मैंने देखा कि नैयर साहब की आँखों में एक विचित्र प्रकार की चमक है जैसे वह मन-ही-मन कोई निश्चय कर रहे हों।

मैंने पूछा महेश कैसे गिरफ्तार हो गया तो वह बोले एक प्रेस में वह कुछ लिट्रेचर छपवाने गया था, वहीं पकड़ा गया। असल में पंजाबी बाग में एक प्रेस है। उसका मालिक छात्र जीवन से ही एक सक्रिय राजनैतिक कार्यकर्ता था और लोकतंत्रीय तथा राष्ट्रभक्त शक्तियों का समर्थक भी। गत दिनों वह मुख्य कार्यकारी पार्षद का दुमछल्ला बन गया था और उसने कई स्वचालित मशीनें सरकार की मदद से लगा ली थीं। जब से इमरजेंसी लगी वह एक मुखबिर का रोल अदा कर रहा था। क्योंकि उसके जनसंघ के कुछ नेताओं से अच्छे ताल्लुकात थे, चुनाँचे जनसंघ के काफी आदमियों को गिरफ्तार करवाने में कामयाब हो चुका था वह और इस सबके बदले में ईनाम भी खूब मिला था उसे। न जाने क्यों महेश को इस सबकी खबर नहीं थी। एक दिन जब कई प्रेसवालों ने उसे निराश कर दिया तो वह पंजाबी बाग जा पहुँचा। प्रेस का मालिक तो उसे जानता था ही, कॉलेज में उससे दो साल सीनियर रहा था। उसने उसकी बहुत आवभगत की और तुरंत ही काम करके देने को तैयार हो गया। रेगुलर काम करते रहने का वादा भी किया। आंदोलन से हमदर्दी दिखाते हुए काम के बदले में कुछ लेने को भी तैयार नहीं हुआ। उसका पूरा विश्वास जम गया महेश पर। महेश के साथ उसका एक साथी और था, वह भी बहुत प्रभावित हुआ था उससे। प्रेस के मालिक का नाम मैं भूल रहा हूँ। बहरहाल उसने तुरंत मैटर प्रैस में दे दिया और महेश एवं उसके साथी को आराम करने की सलाह दी। शायद बेचारे सप्ताहों से सोए नहीं थे। बाहर चिलचिलाती धूप थी और प्रेस के ऑफिस में चल रहा कूलर उन्हें आलस में घेर रहा था। उन्होंने वहीं थोड़ी देर आराम करने की बात मान ली और थोड़ा नाश्ता करके लेट गए। लेटते ही उन्हें नींद आनी ही थी परंतु जब वे उठे तो सारे मैटर सहित पुलिस हिरासत में थे। उन्हें जेल में जाकर ही यह पता लग पाया कि उस व्यक्ति के कारण कितने ही लोग पहले भी गिरफ्तार हो चुके हैं।

नैयर साहब ने बताया कि पुलिस ने गिरफ्तार करने के बाद तीन दिन तक उन्हें अदालत में पेश नहीं किया और हमें यह ज्ञात ही नहीं हो सका कि पुलिस ने उन्हें थाने में बंद कर रखा है। चौथे दिन उन्हें अदालत में पेश किया गया और पूछताछ के लिए उन्हें पुलिस की हिरासत में ही रखने की आज्ञा दे दी गई। सात दिन तक वे पुलिस रिमांड में रहे। पुलिस ने उन पर क्या-क्या जुल्म किए यह बात विस्तार में महेश ने तो नहीं बताई। शायद उसने समझा हो कि घरवालों को दुःखी करने से क्या फायदा परंतु दूसरे लड़के सुरेश ने कुछ बातें मुझे अदालत में बताई थीं। पुलिस ने उन्हें पहले तीन दिन तो बिलकुल

भूखा-प्यासा रखा और बीच-बीच में उनकी हलकी पिटाई की जाती रही ताकि वे अपने पूरे स्रोत उन्हें बता दें। वह निरंतर यही पूछते रहे कि कौन व्यक्ति इस आंदोलन को चला रहा है। वह कहाँ है और पैसा कहाँ से मिलता है? कहाँ-कहाँ से वे सामग्री छपवाते हैं और कौन-कौन उसे बाँटता है? उन्होंने जैसा कि तय था, निरंतर यही उत्तर दिया कि जयप्रकाश नारायण हमारे नेता हैं। पैसा जनता स्वयं देती है और सामग्री कहाँ छपती है, उन्हें पता नहीं। जिस भी व्यक्ति को पर्चे मिलते हैं, वह बाँट देता है। बहुत संख्या है ऐसे व्यक्तियों की। उनके नाम न तो उन्हें पता है और न ही यह संभव है। महेश तो इस मामले में और भी जिद्दी था; वह निरंतर यही कहता रहा मैं कुछ नहीं जानता और यदि जानता भी हूँ तो आपको बताऊँगा नहीं, आप चाहे मुझे पीटते-पीटते जान से मार डालें।

सुरेश ने बताया था कि महेश जितनी जिद्द करता उतने ही अधिक सिपाही उस पर पिल पड़ते। जितनी अधिक मार उस पर पड़ती, उतनी ही सख्ती से उसके होंठ बंद हो जाते। यद्यपि सुरेश मार से बहुत डरता था पर न जाने अंदर से क्या मनोबल आ गया था कि उसने कुछ उगला नहीं। उसे हर घड़ी यही डर लगा रहता कि कहीं वह कुछ बोल न दे। जब मार खाते-खाते वह बेहोश हो जाता तो उसे होश में लाने के लिए पानी के लोटे सिर पर डाले जाते। होश में आते ही वह अपने चारों ओर खड़े जल्लादों के चेहरों पर पढ़ने की कोशिश करता और शीघ्र ही आश्वस्त हो जाता कि बेहोशी की हालत में भी वह कुछ बुदबुदाया नहीं।

सुरेश ने बताया था कि महेश का हाल ठीक इससे उलटा था। उस पर अमानुषिक अत्याचार किए जाते थे परंतु अधिकांशतया वह होश में रहता था और जब तक होश में रहता था उसकी जुबान चलती रहती थी। वह या तो पुलिस को खरी-खोटी सुनाता अथवा 'इंदिरा सरकार मुर्दाबाद' के नारे लगाता। कभी-कभी वह बरदाश्त नहीं कर पा रहा होता तो किसी-न-किसी मंत्र का जाप शुरू कर देता। सुरेश जानता था कि किस सीमा तक पिटाई की जा रही है, फलतः जब भी महेश की तरफ देखता उसका मनोबल कुछ और बढ़ जाता। कभी-कभी वह भावुक होकर रो पड़ता। उसे लगता कि महेश की आयु तो उससे काफी छोटी है इसलिए अधिक मार उस पर पड़नी चाहिए। साथ ही यह भी सोचता कि क्या वह उस सीमा तक सहन कर पाता जिस तक महेश सहन कर रहा है। शक होने लगता था उसे अपने आप पर। उन दोनों के व्यवहार से पुलिस को यह अनुमान हो गया था कि पूछताछ के सिलसिले में महेश ही अधिक महत्त्वपूर्ण है, फलतः उनका ध्यान अधिकतर उसी की तरफ रहता।

दस दिन तक उन्होंने जिन नारकीय यातनाओं को सहा है, आज भी उसकी कल्पना से रोंगटे खड़े हो जाते हैं। पुलिस की हिरासत में उन्हें निरंतर दीवार के साथ हाथ ऊपर बाँधकर खड़े रखा गया था। उनके गुप्त अंगों पर पुलिस द्वारा बूटों के प्रहार किए जाते

रहे। महेश की नाक में निरंतर मिर्चों का पानी डाला जाता था। एक बार किसी पुलिसवाले ने मिर्चों की चुटकी ही डाल दी थी उसकी आँखों में। उन्हें खड़े-खड़े ही शौच क्रिया से निवृत्त होना होता था और जान-बूझकर उसकी सफाई की व्यवस्था नहीं की जाती थी। नैयर साहब ने बताया कि कुछ बोलने के कारण सुरेश तो कुछ हलका भी 'फील' कर रहा था परंतु महेश ने पूरी तरह चुप्पी साधी हुई थी। मुझे लगा था कि कुछ बहुत भयानक घट रहा है उसके मन में। मैंने जेल में कुछ लोगों को संदेश भिजवा दिए थे कि उसका खास ख्याल रखें और धीरे-धीरे उससे सारी जानकारी ले लें ताकि उसका मन भी हलका हो जाए।

नैयर साहब का गला रुँध गया था यह सब सुनाते-सुनाते। मेरे भी रोंगटे खड़े हो गए थे। जहाँ दुःख और विवशता से आँखों में आँसू उमड़ आए थे, वहीं क्रोध से मेरी नसें फड़कने लगी थीं। मुँह खिड़की की तरफ करके नैयर साहब ने रुमाल से आँसुओं को सुखा दिया था। कुछ संयत होकर बोले, 'मुझे खुद की इतनी परवाह नहीं पर जब महेश की माँ को रोते देखता हूँ तो हौसला छूटने लगता है। वैसे तो वह भी शेर बेटे की माँ है, फिर भी माँ तो है न। अंग्रेजों से लड़ाई करते हुए मैं जितनी बार जेल गया, उसने हँसते-हँसते विदा किया मुझे। घर-गृहस्थी उसने कैसे चलाई; मुझे भनक तक नहीं लगने दी, पर तब उसमें जवानी का जोश था और लगता था कि हम एक विदेशी ताकत से अपने देश को स्वतंत्र कराने के लिए लड़ रहे हैं। पर अब क्या है—कुरसी, केवल अपनी कुरसी को बचाने के लिए एक जननी दूसरों की जान ले ले। अपने बच्चों की ममता में दूसरी माँओं की कोख उजाड़ दे। अपने परिवार का सिक्का चलाने के लिए बाकी सारे सिक्कों को खोटा करार दे दिया जाए, वह भी देश की सुरक्षा के नाम पर। मातृभूमि का कौन सा टुकड़ा तोड़कर दे रहा था मेरा बेटा किसी दुश्मन को। वह तो अपनी मातृभूमि की पूजा करते हुए उसकी गोद में खेलना भर चाहता है। वह चाहता है कि जिस हवा में वह साँस ले, वह गुलामी की दुर्गंध से दूषित न हो। जहाँ वह खड़ा हो, वह जमीन भ्रष्टाचार एवं अन्याय के खून से रँगी हुई न हो। जब वह शिक्षा ग्रहण करके समाज में आए तो उसका वांछित स्थान उसे मिल जाए।' नैयर साहब मेरी ओर देखकर रुँधे गले से बोले, 'नरेंद्र, क्या गलत कहती है महेश की माँ? क्या केवल इंदिरा गांधी ही एक माँ है जिसे अपने बेटे के लिए पूरा देश और उसकी आजादी चाहिए। दूसरी माँओं की कोख से क्या इनसानों ने जन्म नहीं लिया। एक औरत इतना गिर सकती है, वह भी कुरसी के लिए। कभी ख्वाब में भी नहीं सोचा था और आज सबकुछ अपनी आँखों से देखना पड़ रहा है; और देखना ही क्यों भुगतना पड़ रहा है। कितने निर्दोष व्यक्तियों की आह झेल पाएगी यह जालिम सरकार? यह स्याही मुल्क से खत्म तो होगी ही, आज न सही कल; पर इतना तय है कि यह स्याही इतिहास के पन्ने काले कर देगी और इंदिरा गांधी और

उसकी संतानों के मुँह पर यह कालिख पुती रह जाएगी युगों-युगों तक।'

हम एक लंबा चक्कर लगाकर नई दिल्ली रेलवे स्टेशन तक पहुँच गए थे। यहाँ पर पंक्चर लगानेवाली एक दुकान के सामने गाड़ी रोक दी थी नैयर साहब ने। उनका इशारा पाकर एक छोकरा जल्दी से आया और चाबी लेकर डिक्की से उसने स्टेपनी निकाल ली। मुझे इस संबंध में विशेष कुछ पता नहीं था, फलतः मैं चुप ही बैठा था। नैयर साहब ने उस व्यक्ति को बुलाकर कहा, 'इस्माइल, इसमें सारे-के-सारे माइक्रो प्रिंट्स हैं, किसी भी तरह आज ही यह टायर बी.बी.सी. के रिपोर्टर तक पहुँचना चाहिए। वैसे उस तक यह खबर पहुँच चुकी है कि वह तुम्हारे यहाँ कार का पंक्चर लगवाने आए। उसकी गाड़ी का नंबर तुम्हें मालूम ही है। यदि वह न भी आए तो वह किसी को भेजेगा अवश्य अपनी गाड़ी में। उसकी गाड़ी से स्टेपनी उतारकर रख लेना और जब वह वापस लौटे तो यह स्टेपनी उसकी डिक्की में रखना तुम्हारा खुद का जिम्मा है। किसी तरह की गलती हमें मुसीबत में डाल देगी।' नैयर साहब ने हिदायत देते हुए कहा। इस्माइल ने आश्वासन दिया कि चिंता न करें सारी बातें वह ठीक से समझ गया है। वहाँ से मैं नैयर साहब के साथ ऑफिस पहुँच गया। रास्ते में उन्होंने मुझे बताया कि कितनी कठिनाई से उन्होंने लगभग सारे समाचारों, संदेशों और पत्रों के फोटो-प्रिंटस बना लिये हैं यदि सब ठीक-ठाक हो गया तो कल से हमारी सब खबरें बी.बी.सी. से ब्रॉडकास्ट होने लगेंगी।

नैयर साहब ने बताया, 'शुरू में वह इस बात पर सहमत नहीं थे हम किसी विदेशी संचार एजेंसी का इस प्रकार सहारा लें परंतु जब हमारी सरकार ने दमन के सारे रास्ते अपनाने शुरू कर दिए तो मैंने भी तय किया कि सरकार के यंत्रों का सरकार के खिलाफ इस्तेमाल किया जाए। तुम्हें ताज्जुब होगा कि यह सारा काम अपनी ही मिनिस्ट्री में हमारे स्टाफ ने किया है। अब अगर मुझे नौकरी से अलग कर भी दिया जाए तो तुम उन तमाम लोगों को एक-दूसरे से बाँधे रहोगे जो मुसीबत की इस घड़ी में हमारे साथ आ जुड़े हैं या जिन्हें यह विश्वास हो गया है कि बिना कुछ किए भाग्य के सहारे यह संकट की घड़ी टल नहीं सकती। मैंने ऐसा भी इंतजाम कर दिया है कि मेरे बाद मेरी सीट पर टेंपरेरी तौर पर तुम्हें ही बिठाया जाए। इस प्रकार बने बनाए कॉण्टैक्ट्स को तुम ठीक से चला पाओगे, ऐसी मुझे उम्मीद है। मैंने नैयर साहब को आश्वासन दिया कि वह चिंता न करें और जब सब लोग इतना कह रहे हैं तो क्या मैं यह छोटा सा काम भी नहीं कर पाऊँगा। मैं तो वैसे ही यह मान बैठा हूँ कि यह नौकरी छोड़ चुका हूँ। आप न होते तो मैंने अपना त्यागपत्र किसी और को दे ही दिया होता। मैं किसी भी कीमत पर पीछे नहीं हटूँगा। इस बात का आप भरोसा रखें। मैं तो यह नौकरी बोनस के रूप में कर रहा हूँ।

कार्यालय पहुँचकर मैंने अपनी बाकी बची छुट्टियाँ उसी समय 'कैंसिल' करवा लीं और कल से ऑफिस आने का वायदा करके लौटने लगा तो नैयर साहब ने कहा, 'चाहो

तो मेरी कार ले जाओ पर रास्ते में इस्माइल से मिलते जाना। मैंने श्री व्हीलर पर जाना ही उचित समझा और इस्माइल से प्राप्त सूचना उन तक पहुँचाने का वायदा करके चल पड़ा।

श्री व्हीलर मैंने कनॉट प्लेस में ही छोड़ दिया और पैदल नई दिल्ली रेलवे स्टेशन की ओर बढ़ा। अभी मैं इस्माइल की दुकान के पास पहुँचा भी नहीं था कि मुझे हरे रंग की एक अंबेसेडर कार वहाँ रुकती दिखाई दी। इस्माइल की दुकान के साथ ही जूस की एक दुकान थी, मैं वहाँ खड़ा होकर जूस लेने का उपक्रम करने लगा। इतने में उस ड्राइवर ने इस्माइल को कहा, 'क्यों मियाँ, हमारी स्टेपनी बनी या नहीं?' 'हाँ साहब, अभी लीजिए' यह कहकर वह जिस स्टेपनी के ऊपर बैठा था, उसे उठाकर कार की ओर ले जाने लगा। यह वही स्टेपनी थी जो हमने प्रात: इस्माइल को दी थी। अब मुझे इस्माइल से बात करने की आवश्यकता नहीं थी, फलत: मैं स्कूटर पकड़कर दरियागंज चल पड़ा। यहाँ भी मैंने गोलचा सिनेमा के पास स्कूटर छोड़ दिया और पैदल चल पड़ा अंसारी रोड की ओर।

महेश की माँ द्वार पर ही मिल गईं। मेरी हिम्मत न हुई कि मैं भीतर जाकर उनसे कुछ बातचीत करूँ। मुझे डर था कि यदि अंदर चला गया तो बातों का सिलसिला चल निकलेगा और यह महिला खुद को रोक नहीं पाएगी। मेरी स्थिति उस समय क्या होगी, इसका अनुमान मैं सहज ही लगा पा रहा था। उस स्थिति को टालने के लिए मैंने स्कूटर का ताला खोलते हुए उन्हें कहा, 'बाबूजी से कह देना कि उनकी स्टेपनी कोई माँग ले गया है।' हालाँकि वह मेरी बात नहीं समझीं पर फिर भी स्वीकृति में सिर हिलाकर बोलीं, 'चाय नहीं पियोगे बेटा? सुबह भी ऐसे ही चले गए थे और अब बाहर ही से जा रहे हो। हाँ, कोई हो तब न आओ घर में। इस बुढ़िया से क्या बात करोगे।' मुझे लगा कि यदि बुढ़िया रो पड़ी तो मैं भी अपने आँसू रोक नहीं पाऊँगा, फलत: शीघ्रता से स्कूटर स्टार्ट कर मैं वहाँ से चल दिया और जान-बूझकर उनकी तरफ देखा तक नहीं।

इर्विन अस्पताल के सामने से निकलकर ज्यों ही मैं रणजीत होटल की तरफ स्कूटर घुमाने लगा मुझे बुलडोजरों की घड़घड़ाहट सुनाई दी। तुर्कमान गेट की तरफ दृष्टि घुमाई तो देखा कितने ही तिमंजिले मकान धराशायी हो चुके थे। सैकड़ों की तादाद में पुलिस के जवान यहाँ-वहाँ छितराए हुए थे। आसपास आते-जाते व्यक्ति यदि उत्सुकतावश रुकते तो भी अधिक समीप नहीं जाते थे। एक-दो मिनट बाद ही अपना रास्ता नापने में ही उन्हें भलाई दिखती थी। कौन जाने किस पर किसी पुलिसवाले की नजर अटक जाए और वह धर लिया जाए।

तुर्कमान गेट के बहुत अंदर तक धँसकर बुलडोजर काम कर रहे थे। इस गेट का

नाम सूफी संत हजरत शाह तुर्कमान बयावानी के नाम पर रखा गया था। मुझे ज्ञात था कि वहाँ पर वर्षों से अनेक मुसलमान परिवार रहते हैं बल्कि अब तो रहते थे ही कहना होगा और छोटे-मोटे रोजगार से अपना गुजारा चलाते थे। मुस्लिम संप्रदाय की सहज एवं सीधी झलक इस क्षेत्र में प्रवेश करते ही मिल जाती थी। अपने आपमें पूरी तरह मस्त थे यहाँ के लोग। दिल्ली की जो अपनी खास सभ्यता है उसे अक्षुण्ण बनाए रखने में इस क्षेत्र के निवासियों का विशेष योगदान रहा है। न जाने कब इनके दादा-परदादा यहाँ आकर बसे होंगे। इन लोगों ने कभी सपने में भी सोचा नहीं होगा कि कयामत से पहले ही इन पर कयामत टूट पड़ेगी। अपनी छोटी सी दुनिया में ये लोग इतने रमे थे कि कनॉट प्लेस के एकदम निकट होते हुए भी इनको वहाँ की विलायती सभ्यता छू तक नहीं पाई थी। यहाँ की नन्हीं-नन्हीं लड़कियाँ रामलीला मैदान के सामने बने कॉरपोरेशन के विद्यालय में पढ़ने जाती और ज्यों ही वे पाँचवीं-छठी कक्षा में पहुँचतीं उन्हें बुर्का पहना दिया जाता।

यहाँ के युवक भी अभी क्रिकेट की अपेक्षा गुल्ली-डंडा खेलने में ज्यादा रस लेते थे और दिनभर इन लड़कों की टोलियाँ रामलीला मैदान की रौनक बनी रहती थीं। हाँ, जब कभी कोई बहुत बड़ा कार्यक्रम होता और रामलीला का ऐतिहासिक मैदान सैकड़ों लाउडस्पीकरों से सजाया जाने लगता तो ये लड़के मैदान से बाहर खड़े-खड़े अंदर हो रहे नजारों का आनंद लेते। इसी प्रकार प्रतिवर्ष होनेवाली रामलीला की भी यहाँ के निवासी बड़ी उत्सुकता से प्रतीक्षा करते। उन दिनों तो यहाँ की चहल-पहल देखने लायक होती, जैसे रोशनी का समुद्र उमड़ पड़ा हो। आने-जानेवाले स्त्री-पुरुष एवं बच्चों का निरंतर प्रवाह भी केवल इन्हीं दिनों देखने को मिलता। यहाँ के निवासी इन दिनों यहाँ छोटी-मोटी दुकानें जमा लेते पटरी पर और देर रात गए तक उनकी बिक्री का कार्यक्रम चलता। इन दिनों इतनी आमदनी हो जाती थी इनकी कि आनेवाले जाड़ों के मुकाबले के लिए ये लोग तैयार हो जाते।

वैसे मैंने जब भी तुर्कमान गेट के आसपास फैली हुई सभ्यता को देखा है, मुझे एक पृथक् सी झलक मिली है उसमें। अधिकांश लोगों को आसफ अली रोड पर खड़ी विशालकाय इमारतों के मध्य यह छोटा सा टुकड़ा दागनुमा लगता था। परंतु मैं हमेशा यह कहा करता था कि जैसे आसफ अली रोड नई दिल्ली और पुरानी दिल्ली की सीमा रेखा है वैसे ही तुर्कमान गेट की यह आबादी विशाल गगनचुंबी भवनों की आधुनिकता को अपनी ऐतिहासिक पुरातनता की निरंतर याद कराती रहती है। लोग इसे नई दिल्ली की सभ्यता पर दाग समझते थे तो मैं इसे पुरानी दिल्ली की सभ्यता की धरोहर। यह धरोहर कभी यूँ ही एकाएक मिट्टी में मिला दी जाएगी, ऐसा कभी ध्यान में आया ही नहीं था।

वास्तविकता यह थी कि आसफ अली रोड स्वतंत्रता प्राप्ति के बाद पूरी तरह व्यावसायिक क्षेत्र बनकर दिन-रात उन्नति कर रहा था। यहाँ पर छोटे-से छोटे स्थान के भाव आसमान छू रहे थे। ऐसी परिस्थिति में तुर्कमान गेट की आबादी बड़े-बड़े धन्नासेठों की आँखों में गड़कर रह जाती थी। सोने के से मोल की जमीन भूखमरे लोगों के अधिकार में? उनका कहना था कि यहाँ के लोगों को तो भूखे-नंगे रहना ही है तो कहीं भी रहें। चाहे यहाँ रहें अथवा दस-बीस मील इधर-उधर क्या अंतर पड़ता है? अंतर तो उन्हें पड़ेगा जो यहाँ की सोना उगलनेवाली जमीन से रत्न उगाना शुरू करेंगे। एक-एक वर्ग फीट अपने ऊपर खड़े किए गए ढाँचे का मनमाना दाम दिलवा सकता है।

कुछ लोगों का विचार था कि इंदिरा गांधी के कुछ विशेष सलाहकार जामा मसजिद क्षेत्र को सीधा कनॉट प्लेस के साथ जोड़ने की योजना पर वर्षों से विचार-विमर्श करते रहे थे। उनका विचार था कि पर्यटकों के लिए नई दिल्ली तक का सबसे अच्छा और सीधा रास्ता तुर्कमान गेट से ही बनाया जा सकता है। दिल्ली को एक खूबसूरत शहर बनाने के लिए भी यह अनिवार्य माना जा रहा था कि कनॉट प्लेस से जामा मसजिद ठीक उसी तरह से दिखाई देनी चाहिए जैसे इंडिया गेट से राष्ट्रपति भवन। इसके लिए जरूरी था कि न केवल तुर्कमान गेट से राजपथ सरीखी सीधी और चौड़ी सड़क जामा मसजिद तक बनाई जाए बल्कि उसके आसपास की आबादी को वहाँ से हटाकर बोट क्लब जैसे परिदृश्य का निर्माण भी किया जाए। इतने महत्त्वपूर्ण निर्णय को कार्य रूप देने के लिए जरूरी था कि वहाँ की भूमि को बुलडोजरों द्वारा समतल कर दिया जाए।

सत्ता के मद में चूर वे लोग यह भी मानते थे कि खरगोश का क्या है? उसे तो कोई-न-कोई खाएगा ही, चाहे भेड़िया खाए या शेर। वह तो बना ही खाए जाने के लिए है। इसी तरह यहाँ की जमीन पर समृद्ध लोग अपना पूरा-पूरा आधिपत्य समझते थे और इस बात के लिए अपने पुरखों को कोसते थे कि उन्होंने इस जगह को किसलिए यूँ ही छोड़ दिया था। इस वर्ग की आँखें इस क्षेत्र पर उसी तरह लगी थीं जैसे गिद्ध की अपने शिकार पर। और जिस प्रकार वह अपने शिकार पर झपटने से पहले उसके ऊपर मँडराती है, उसी प्रकार ये लोग भी यहाँ का पूरा लेखा-जोखा रखते थे।

बड़े-बड़े अधिकारियों से मिलकर साँठ-गाँठ करके अनेक योजनाएँ बनतीं परंतु कोई-न-कोई कानून हमेशा आड़े आ ही जाता। अनेक नए-नए धन्ना सेठों एवं नेताओं को भी यह जगह निरंतर खटकती रहती थी। उनका कहना था कि रामलीला मैदान में तो देश-विदेश के बड़े-बड़े नेता आकर भाषण देते हैं; उस समय जब उनकी दृष्टि इस क्षेत्र पर पड़ती है तो हमारी आँखें शर्म से झुक जाती हैं। इस क्षेत्र की सुंदरता बढ़ाने के लिए हर व्यक्ति हमेशा लालायित रहता था परंतु अवसर था कि आता ही नहीं था। इतनी घनी आबादी का इलाका था यह कि जरा सी बात पर लाखों वोट इधर-से-उधर हो जाएँ तो

सब किया-कराया धरा-का-धरा रह जाएगा। फिर इस क्षेत्र के जामा मसजिद के साथ जुड़े हुए होने के कारण इसका न केवल राष्ट्रीय बल्कि अंतरराष्ट्रीय महत्त्व भी था।

आपातकाल का सुनहरा अवसर भला क्या रोज-रोज आता है? इस अवसर से पूरा-पूरा लाभ उठाने की योजना बन गई और आज पूरी सजधज के साथ बुलडोजर इस स्थान की 'सुंदरता' बढ़ाने के लिए सक्रिय हो गए। इन नए बननेवाले उद्यान के माली चारों ओर हथियारों से लैस खड़े थे ताकि बुलडोजरों की शान में कहीं कोई गुस्ताखी न हो जाए। बाद में पता लगा था मुझे कि इस मुहिम पर तो स्वयं युवराज तक अपने मुसाहिबों सहित पधारे थे। युवराज से लोगों का अभिप्राय संजय गांधी से था जो आपातकाल में बेताज बादशाह बना हुआ था। प्रधानमंत्री का पुत्र होने के कारण कुछ लोग उसे युवराज कहते थे। जब इस क्षेत्र में तोड़-फोड़ प्रारंभ हुई तो लोगों के अनुसार संजय गांधी वहाँ स्वयं उपस्थित रहा। अभी मैं घर पहुँचा ही था कि मुझे सूचना मिली कि तुर्कमान गेट पर गोली चल गई है और पुलिस ने कई लोगों को भूनकर रख दिया है। वहाँ के निवासियों ने पत्थरों की वर्षा करके पुलिस का मुकाबला किया परंतु पत्थर और गोली का क्या मुकाबला। बाद में पता लगा कि उस क्षेत्र में इतने अत्याचार पुलिस प्रशासन के बड़े-बड़े अधिकारियों की उपस्थिति में किए गए, कि नादिरशाह की याद ताजा हो आई। दिल्ली शायद केवल विदेशी नादिरशाहों के कत्लेआम और अत्याचार देखने के लिए ही अभिशप्त नहीं थी बल्कि अपने बंधु-बांधवों के जुल्म देखना भी उसकी किस्मत में लिखा था।

उस क्षेत्र में जाने पर पता लगा कि जो भी घर बुलडोजर की चपेट में आया उसका साजो-सामान पुलिसवालों की व्यक्तिगत संपदा बन गया। सामान के साथ-साथ यदि किसी के हाथ सामान की रक्षा कर रही बहू-बेटी लग गई तो उस व्यक्ति का भाग्य माना गया जो अनायास ही अबला की इज्जत-आबरू का मालिक बन बैठा। जितनी खुलकर बेशर्मी, दरिंदगी, लूट-खसोट एवं मारपीट इस क्षेत्र में हुई, उतनी संभवत: कहीं भी नहीं हुई। इस क्षेत्र के समस्त नवयुवकों को बंदी बनाकर जेलों में ठूँस दिया गया था जिनमें कइयों का तो बाद में भी पता नहीं मिला। बहू-बेटियों की इज्जत-आबरू लूट ली गई और बूढ़े-बुढ़ियों को कुछ कूड़े-कचरे सहित ट्रकों में ठूँसकर दूरदराज के इलाकों में फेंक दिया गया। भारत विभाजन के समय भी इस तरह के दृश्य देखने में कम ही आए थे। अपने ही शहर के लोगों को विस्थापित कर दिया गया था। कैसा स्वराज था और कैसी गरीबों की हितैषी सरकार थी! हर भले पुरुष का सिर शर्म से झुका जा रहा था।

इस संदर्भ में मैं एक-दो संसद् सदस्यों से मिला तो वे भी अपना-अपना माथा ठोंककर चुप रह गए थे। बोले थे, 'भाई, जो न हो वही अच्छा। हम अभी तक संसद् के सदस्य हैं, ऐसा हम नहीं मानते। यह तो मात्र मैडम की कृपा है कि अभी तक शहर में

घूमघाम सकते हैं; शायद कांग्रेस की सेवा का ही यह प्रताप है जो आज भी शरीर से जीवित हैं, आत्मा तो वास्तव में मर गई है; और यदि नहीं भी मरी तो इतनी छलनी अवश्य हो गई है कि उससे कुछ करते ही नहीं बनता।

'यह सबकुछ करने के लिए तो कांग्रेस नहीं बनी थी। क्या इस सबके लिए कांग्रेस ने अंग्रेजों से संघर्ष किया था। ब्रिटिश शासन काल में भी ऐसे अत्याचारों के विषय में कभी नहीं सुना था। इस तरह के बेईमान, भ्रष्ट प्रचार एवं झूठ की कल्पना भी नहीं की थी। आज जो कुछ हो रहा है सबका सब अवैधानिक है परंतु कहा यह जा रहा है कि यह सब अवैधानिक, संवैधानिक रूप में राष्ट्रीय हितों की रक्षा करने को किया जा रहा है। सुरक्षा और स्वतंत्रता के नाम पर ही इनका हनन हो रहा है—न जाने यह कैसा चमत्कार है!

'आपातकाल की घोषणा हुई। चलो ठीक था यदि कुछ राष्ट्र-विरोधी तत्त्व थे भी तो निपट लो। परंतु सभी कांग्रेसी विरोधी नेता राष्ट्रद्रोही एवं कांग्रेस के गद्दार भी राष्ट्रभक्त? यह कहाँ का न्याय है? न्याय के सम्मुख समानता, जीवन का अधिकार, सुरक्षा का अधिकार इत्यादि मौलिक अधिकारों को निलंबित करने की आवश्यकता क्योंकर आ पड़ी और यह सब किससे पूछकर किया गया। संसद् तक को विश्वास में नहीं लिया गया। अरे भाई हम किस गिनती में हैं, मंत्रियों तक को नहीं पूछा गया। एक व्यक्ति की ही तानाशाही चलनी है तो संसद् की आवश्यकता क्या है! आपको क्या बताएँ कि व्यक्तिवाद कहाँ तक सिर उठा चुका है, संसद् और यहाँ तक कि मंत्रिमंडल को भी नकारा जाने लगा है। प्रधानमंत्री के घर में ही प्रत्येक मंत्रालय से संबंधित निर्णय किए जा रहे हैं और संबद्ध मंत्री को ऐसे निर्णयों की सूचना अगले दिन समाचार-पत्रों द्वारा ही मिलती है कि उसने अपने मंत्रालय से संबंधित अमुक-अमुक निर्णय किए हैं। कैसा मजाक बनाया जा रहा है संसदीय प्रजातंत्र का?

'हम तो यह कहते हैं कि जब संसद् में ही सांसद को बोलने का अधिकार न हो तो उसमें और जेल में बंद व्यक्ति में अंतर क्या है। विशेष रूप से उस समय जब कि सरकार द्वारा स्वीकृत विषयों पर की गई उसकी टीका-टिप्पणी समाचार-पत्रों में छप न सके तो संसद् का अस्तित्व एवं महत्त्व किस काम का?

'और अब तो संसद् सदस्यों के लिए भी नए आदेश अधिकारियों को मिल गए है कि जिस संसद् सदस्य की बात का उत्तर सरकार न दे पाए उसे तुरंत गिरफ्तार कर लिया जाए। गिरफ्तारी से बढ़िया कोई और साधन किसी को चुप कराने का हो भी क्या सकता है, विशेषतया जब उसे न्यायालयों में उपस्थित किया जाना भी आवश्यक न हो। इतना ही नहीं उसकी गिरफ्तारी एवं स्थान को भी गुप्त रखा जा सकता है ताकि यदि वह पुलिस द्वारा मार भी दिया जाए तो किसी को न कुछ पता चले और न ही किसी पर कोई दायित्व

आए। इन सब बातों को संवैधानिक रूप देने के लिए ही तो सरकार ने धड़ाधड़ संविधान में संशोधन स्वीकृत कराए हैं।'

उन संसद् सदस्यों ने संविधान में संशोधन करने की तत्परता पर भी आश्चर्य व्यक्त किया था। उनके अनुसार जब एक व्यक्ति का मौखिक आदेश संविधान की किसी भी धारा से अधिक प्रभावशाली है तो ऐसे संशोधन लाने का क्या लाभ है, यह सब उनकी समझ में नहीं आ रहा था। परंतु मैं जानता था कि यह सब मंजिल पर पहुँचने के सोपान मात्र थे, मंजिल तो अभी दूर थी।

□

## धर्म चंद बाटलीवाल

देवेश के दिए हुए पुरजे को मैंने ब्रेजियर ठीक करने के बहाने ब्लाउज में खोंस लिया और अपने चेहरे को पूरी तरह निर्विकार करके चारों तरफ दृष्टि घुमाई, कहीं भी कुछ असाधारण नहीं लगा। मेरे मन में रह-रहकर पुरजे के अक्षरों को पढ़ने की उत्कंठा जाग्रत हो रही थी, फिर भी मैं कुछ देर संयत होकर बैठी रही और अपनी उँगलियों से साड़ी ठीक करती रही।

मेरे बिलकुल सामने एक परिवार बैठा था जिसमें किशोर अवस्था की दो लड़कियाँ अपने माता-पिता के साथ आगरा घूमने जा रही थीं। क्योंकि ये लड़कियाँ पहली बार आगरा जा रही थीं, फलतः उनके मन में ताज के प्रति एक अजीब सा आकर्षण था। अपनी बातचीत का विषय वह मात्र ताजमहल तक ही सीमित रखना चाहती थीं, जिसके कारण उनके माता-पिता दोनों ही तंग नजर आ रहे थे। सामने बैठे पुरुष की आयु चालीस से कुछ कम थी जबकि स्त्री लगभग पैंतीस वर्ष की लगती थी। पहनावे और बोलचाल से लगता था कि वह कोई निम्न मध्य वर्ग का व्यापारी परिवार है जो बहुत कठिनाई के बाद इस प्रकार के भ्रमण की योजना बना सका है। मेरे साथ ही सीट पर एक औरत बैठी थी जो पीली साड़ी पर नीला ब्लाउज पहने थी। न जाने क्यों, मुझे बहुत बुरा लगा था उसका यह चयन। कुछ चुभा था मेरी आँख में, फलतः मैंने तय किया कि मैं इस औरत की तरफ देखूँगी भी नहीं। उस औरत के बाद एक सूटेड-बूटेड पुरुष बैठा था जो अखबार पढ़ने में ऐसा व्यस्त था कि उसने सिर उठाकर अन्य सहयात्रियों की ओर देखना तक उचित न समझा था; और उसी के साथ बैठा था एक अन्य युवक जो शक्ल-सूरत से चुस्त, पर पहनावे से भुक्कड़ लगता था। मैंने जब पुनः उसे देखा तो लगा कि यह व्यक्ति कोई साधारण व्यक्ति नहीं है। मुझे याद आया कि जब मैं खिड़की में आकर बैठ गई थी तब भी वह दूर खड़ा चाय पी रहा था। उस समय भी उसका ध्यान चाय में कम और मुझमें ज्यादा था। जब रेंगती गाड़ी में देवेश मुझे कागज पकड़ा रहा था तब भी वह गाड़ी के साथ दौड़ रहा था। अब भी मुझे लगा कि वह निरंतर मुझे ही देख रहा है।

मैंने अपनी रीढ़ की हड्डी में एक सनसनाहट सी अनुभव की। मुझे लगा कहीं मैं किसी षड्यंत्र का शिकार तो नहीं हो रही हूँ, परंतु मुझे अपनी संस्था और उसके संगठन पर पूरा विश्वास था। उस व्यक्ति की उपस्थिति ने मुझे कुछ नर्वस सा कर दिया था, पर मैं घबराई बिलकुल नहीं थी। हाँ, अब मेरी वह कागज पढ़ लेने की इच्छा और भी तीव्र हो गई। कौन जाने वह युवक अपना ही साथी हो। कुछ देर पहलू बदल-बदलकर और वक्त काट लिया था मैंने, परंतु अब मेरे धैर्य की सीमा समाप्त हो रही थी। वे किशोर लड़कियाँ मुझसे बात करना चाहती थीं, परंतु मैंने कोई ध्यान नहीं दिया था उनकी ओर। वे पुनः आपस में बातचीत करने लगी थीं। थोड़ी देर बाद टी.टी.ई. आया और ज्यों ही वह टिकट चैक कर मुड़ा, मैं उठी और अपने बाल ठीक करते हुए बाथरूम की ओर बढ़ी। गाड़ी के झटके से मैं उस युवक के ऊपर गिरते-गिरते बची, पर एक बार पुनः मेरे मन में संशय उठा कि यह व्यक्ति मित्र नहीं हो सकता।

बाथरूम को भली-भाँति बंद करके मैंने वह कागज निकाला, उस पर लिखा था—नलिनी जी, आपको यह कार्य सौंपकर आश्वस्त हूँ। आगरा स्टेशन पर आपको आपके पिताजी के पुराने मित्र धर्म चंद बाटलीवाल मिलेंगे। आप एक-दूसरे को पहचानते हैं। आप तुरंत उनकी तरफ न बढ़ें और आसपास की स्थिति को भाँप लें। यदि सब ठीक लगे तो उनसे मिलकर कार्यक्रम तय कर लें। यदि कहीं कुछ गड़बड़ हो तो तुरंत संपर्क न करें बल्कि उन्हें उनकी दुकान पर ग्राहक के रूप में मिलें। दुकान तुम जानती ही हो। शेष वह सब बता देंगे। तुम आ रही हो, इसकी जानकारी बाटलीवालजी को है। संभव हो तो वह मुझे फोन पर संपर्क कर लें। नंबर उन्हें ज्ञात है। यहाँ तक बहुत स्पष्ट शब्दों में लिखा था उसके आगे की लिखाई काफी अस्पष्ट थी पर फिर भी उसे पढ़ा जा सकता था। बाद वाली इबारत में उसी युवक से सावधान रहने की बात थी। देवेश को उसे देखकर शक हो गया था शायद परंतु जिस समय देवेश ने उसे देखा होगा तब कार्यक्रम रद्द करना संभव नहीं रहा होगा और फिर इससे संदेह को विश्वास में परिवर्तित करने की बात ही होती। मैंने मन-ही-मन देवेश के चौंकन्नेपन की प्रशंसा की।

कागज को हाथ में लेकर पूरी तरह मसलते हुए मैंने एक लंबी साँस छोड़ी और होंठों में बुदबुदाई तो यह मिस्टर खुफिया विभाग के हैं। कागज मसलकर मैंने कमोड में फेंक दिया और फ्लश चला दी। ठीक से मुँह-हाथ धोकर मैंने अपने को पूरी तरह तरोताजा कर लिया। बहुत धीमे से कुंडी खोली और तेजी से दरवाजा अंदर को खींच लिया। वह युवक तेजी से पीछे हटा। मैं समझ गई कि वह दरवाजे पर ही खड़ा था, परंतु क्यों? मुझे समझ नहीं आया? मैंने पुनः उस कागज की खोज में चारों तरफ दृष्टि दौड़ाई पर वह तो न जाने रेल की पटरियों के मध्य कितना पीछे छूट गया था। बहुत सहज भाव से बाहर निकली और अपनी सीट पर जाने के बजाय 'डाइनिंग कार' की तरफ चल दी।

सुबह जल्दी में मैंने नाश्ता भी नहीं किया था, इसका मुझे स्मरण हो आया। डाइनिंग कार में खासी भीड़ थी। दो कुरसियाँ खाली हुईं तो मैं वहाँ आकर बैठ गई एक पर। पूरे नाश्ते का ऑर्डर दिया मैंने। अभी वेटर प्लेंटें रख ही रहा था कि वह युवक डाइनिंग कार में आया और अनजाना सा बनता हुआ मेरे सामनेवाली खाली सीट पर बैठ गया। वहाँ बैठने की आज्ञा माँगने की औपचारिकता की आवश्यकता थी भी, तो उसने उसका निर्वाह नहीं किया। वेटर के आने पर उसने मटन कटलेट और स्लाइस मँगाया। यह ऑर्डर उसके वेश के अनुकूल नहीं था। परंतु वेटर को शायद हिप्पियों का अनुभव था। फलतः वह चुपचाप लौट पड़ा। थोड़ी देर बाद साथ में बैठे अन्य दोनों व्यक्ति नाश्ता समाप्त करके उठ गए। मैं सावधान होकर बैठ गई।

'अभी मथुरा आने में तो देर है' उस युवक ने मुझे संबोधित करते हुए कहा। मैंने तुरंत अपनी 'स्ट्रेटजी' तय कर ली और बोली 'हाँ, लगभग पौन घंटा और लगेगा।'

वह बहुत सभ्य ढंग से अंग्रेजी में बात कर रहा था, इससे मुझे लगा था कि या तो देवेश को गलतफहमी हुई है या यह व्यक्ति निहायत बेवकूफ है। उसकी कोई भी हरकत उसके पहनावे और चेहरे के भावों से मेल नहीं खा रही थी। मुझसे घनिष्ठता बढ़ाने के अंदाज में उसने कहा, 'आगरा जा रही हैं आप? खुद ही अपने प्रश्न पर झेंपते हुए बोला, 'मेरा मतलब था कि क्या पहली बार जा रही हैं?'

'जी नहीं, बीसियों बार जा चुकी हूँ।' मेरे स्वर में कुछ तीखापन आ गया था परंतु उसकी सभ्यता भरी वाणी के कारण मैं बहुत कटु होना नहीं चाहती थी।

'बुरा मान गईं आप तो, मैंने तो यूँ ही जानकारी चाही थी। क्या आपके परिचित हैं आगरा में?' उसने आगे बात जारी करते हुए कहा।

'जी हाँ! मेरा मायका है', मैं साफ झूठ बोल गई।

'तो वह व्यक्ति जो आपके साथ आए थे आपके पति थे और दूसरे…'

'उनके भाई', मैंने बीच में ही टोकते हुए कहा।

शायद मेरे स्वर की तेजी के कारण वह चुप हो गया और क्योंकि उसने अपनी बातचीत में देवेश का जिक्र किया था, इसलिए मैं और भी चौकन्नी हो गई। पर उसके बाद वह कुछ नहीं बोला और मैंने भी अपना ध्यान नाश्ते पर केंद्रित कर लिया जो वेटर मेरी प्लेट में लगा रहा था। उसका नाश्ता भी आ गया था और वह बड़े सलीके से काँटा-छुरी चला रहा था। जैसे काफी अभ्यस्त हो इन सब बातों का। मुझे पुनः गलतफहमी का शिकार होने या उसके बेवकूफ होने का ध्यान आया, परंतु मैं चुपचाप नाश्ता करती रही।

मथुरा आने से पूर्व ही मैंने नाश्ता समाप्त कर लिया और चुपचाप अपनी सीट पर जा बैठी। अब मैं दोनों लड़कियों की बातचीत मैं रुचि लेने लगी थी। उनमें से बड़ी दसवीं और छोटी आठवीं में पढ़ती थी। उनके नाम आभा और विभा थे और दोनों ने

ताजमहल का वर्णन अपनी किताबों में पढ़ा था। इसके अतिरिक्त ताजमहल फिल्म भी देखी थी उन्होंने। ताजमहल कितना सुंदर होगा, इसकी अनेक सुकुमार कल्पनाएँ की हुई थीं उन दोनों ने और वे निरंतर ताजमहल से संबंधित प्रश्न पूछ-पूछकर मुझे परेशान करने लगी थीं। मजा आ रहा था मुझे इस सब में, परंतु उस युवक का ध्यान आते ही कँपकँपी सी उठने लगी थी शरीर में।

ज्यों ही मथुरा स्टेशन से गाड़ी चली, वह युवक आकर अपनी सीट पर बैठ गया। ऐसा लगता था कि उसकी श्रवण इंद्रियाँ मेरी हर आहट की टोह लेना चाहती हैं। वह मेरी ओर बिलकुल लगातार नहीं देख रहा था, हाँ, कभी-कभी उचटती दृष्टि अवश्य डाल लेता था। स्टेशन से मैंने थोड़े पेड़े खरीद लिये थे जो मैं उन लड़कियों के साथ मिलकर खा रही थी। ऐसा लग रहा था जैसे लड़कियाँ अपने माँ-बाप के साथ न होकर मेरे साथ यात्रा कर रही हों। वह मुझे इस प्रकार 'दीदी, दीदी' कह रही थीं जैसे मेरी उनसे वर्षों की पहचान हो अथवा मैं सचमुच ही उनकी बड़ी बहन होऊँ।

यद्यपि भय का कोई कारण नहीं था, फिर भी मैंने तय किया कि किसी भी प्रकार उस युवक को गच्चा देना है और कम-से-कम इसके होते हुए मुझे बाटलीवालजी से संपर्क बिलकुल नहीं करना चाहिए। मेरे मस्तिष्क में एक के बाद एक योजनाएँ बनने लगीं। ज्यों ही गाड़ी ने आगरा के क्षेत्र में प्रवेश किया, मैं अपने भीतर एक उत्तेजना का अनुभव करने लगी।

लगभग चार वर्ष बाद आ रही थी आगरा। पहले भी अनेक बार आ चुकी हूँ यहाँ और यहाँ का चप्पा-चप्पा मेरा जाना-पहचाना है। कितने ही रिश्तेदार हैं यहाँ और मेरी एक सहेली कल्पना भी, जो दिल्ली विश्वविद्यालय में मेरे साथ पढ़ती थी। उसका घर राजा मंडी स्टेशन के एकदम पास था और रेल में बैठे-बैठे भी देखा जा सकता था। मैं उसके पास ठहर भी चुकी थी शादी से पहले। ज्यों ही बिलोचपुरा का स्टेशन निकला, मैं अपना एयरबैग उठाकर डिब्बे के गेट पर आ खड़ी हुई। ताज एक्सप्रेस केवल मथुरा पर रुकती है, इस कारण आगरा कैंट से पहले उसकी गति में कोई अंतर नहीं आता। दरवाजे में खड़े होने से थोड़ा डर भी लग रहा था, परंतु मैं कल्पना के घर को ट्रेन से ही देखने का मोह छोड़ना नहीं चाहती थी। कौन जाने, आज ही रात को वापिस लौटना हो। मैंने तय किया कि यदि मुझे रात यहाँ रहना पड़ा तो अवश्य कल्पना से मिलूँगी।

राजा मंडी स्टेशन समीप आ रहा था और मेरा मन उत्तेजित हो रहा था। ज्यों ही गाड़ी ने 'आउटर सिग्नल' पार किया, उसकी गति धीमी होने लगी। शायद लाइन 'क्लियर' नहीं थी। स्टेशन पर गाड़ी चीं-चीं करती हुई रुकती सी लगी। मैंने लपककर डिब्बे का हैंडिल थाम लिया। अब तक काफी लोग उठ खड़े हुए थे। तभी गाड़ी ने पुनः रेंगना शुरू किया और मैंने इस अवसर का पूरा-पूरा लाभ उठाते हुए प्लेटफार्म पर छलाँग लगा दी।

गिरते-गिरते बची थी मैं। हाँ! एयरबैग का फीता अवश्य टूट गया था। अचंभा हो रहा था प्लेटफॉर्म पर खड़े यात्रियों को एक स्त्री को इस प्रकार चलती ट्रेन से छलाँग लगाते देखकर, पर मैंने किसी की परवाह न करते हुए पुल की ओर अपने पग बढ़ा दिए। गाड़ी अब तक अपनी स्पीड पकड़ चुकी थी और मैं एक बहुत बड़े भय के चुंगल से मुक्त हो चुकी थी।

अभी दस बजने में थोड़ा समय बाकी था और सूरज काफी चढ़ आया था। मैं पुल पार करके स्टेशन के उस तरफ उतर गई जिधर न्यू राजा मंडी की नई कॉलोनी बस गई है। यह कॉलोनी भी मेरे देखते-देखते ही बनी है। जब मैं पहली बार आगरा आई थी तो इसका नामो निशान भी नहीं था। राजा मंडी स्टेशन से एक कच्ची सड़क चली गई थी लोहा मंडी की तरफ। उस समय यह मौजूदा स्टेशन भी नहीं था। यह तो बाद में इधर बनाया गया था। पहला स्टेशन तो जहाँ आज राजा की मंडी का बाजार है, वहीं था। जब-जब मैं आगरा आई, यहाँ पर नई-नई कोठियाँ बनी पाईं। अब ऐसा लग रहा था कि जैसे दिल्ली की ही किसी कॉलोनी में आ गई हूँ।

स्टेशन से उतरते ही जो पहला मोड़ आता है, उसी के किनारे वाली कोठी है कल्पना के पापा की। कल्पना के पिता डॉ. राजवंश ग्रेवाल शहर के बहुत नामी-गिरामी डॉक्टर है। मेडिकल कॉलेज में रीडर होने के साथ-साथ प्राइवेट रूप में भी मरीज देखते हैं। फलतः अच्छी आमदनी हो जाती है उनकी। स्वभाव के इतने हँसमुख कि रोगी का आधा रोग उनकी मुसकुराहट देखकर ही भाग जाए। जब मैं पहली बार कल्पना के साथ यहाँ आई थी तो कितनी आवभगत हुई थी मेरी। मुझे आज तक याद है। कल्पना के माता-पिता अपनी इकलौती संतान की सहेली के आतिथ्य में बिछे जा रहे थे। पंद्रह दिन ठहरकर गई थी यहाँ, पर मन यहीं रह गया था कल्पना के माता-पिता के पास।

ज्यों ही मैंने फाटक खोला, अंदर से कल्पना आती दिखाई दी। शायद उसने फाटक की खड़खड़ाहट सुन ली थी। गीले बालों को तौलिए में लपेटकर सुखा रही थी वह, उसका सद्यःस्नाता का रूप मुझे बड़ा भला लगा था। बहुत तरस भी आया था मुझे उस पर, बेचारी अब तक कुँआरी थी। बहुत खोजने पर भी उसके योग्य वर नहीं मिल पाया था। मैंने स्वयं शुरू-शुरू में काफी कोशिश की थी। माँ-बाप भी थोड़े निराश हो गए थे और सारी बात भाग्य पर छोड़कर बैठ गए थे। वे मेरी समवयस्का थी और मैं अब तक दो बच्चों की माँ बन चुकी थी जबकि उसकी शादी ही नहीं हुई थी। अपनी माँग में सिंदूर भरकर जब मैं पहली बार नरेंद्र के साथ आगरा आई थी तो मुझे भीतर-ही-भीतर बहुत संकोच हुआ था परंतु कल्पना के माथे पर सलवट तक नहीं देखी थी मैंने। वह बेचारी तो 'जीजाजी, जीजाजी' करती घूमती रहती थी। चार वर्ष बीत चुके थे इस बात को अब तो।

एक ही पल में कई वर्ष की अनेक घटनाएँ घूम गई थीं मेरे मस्तिष्क में। ज्यों ही

कल्पना की दृष्टि मुझ पर पड़ी वह बेतहाशा दौड़ी और मुझसे लिपट गई। 'अरे नलिनी तू, न चिट्ठी, न पत्री, न फोन, न तार—सब सकुशल तो हैं? तू खाली हाथ कैसे हैं? जीजाजी कहाँ, बच्चे कैसे हैं? उन्हें क्यों नहीं लाई।'''और एक पल को चुप होकर फिर बोली, 'कहीं लड़-वड़कर तो नहीं आई न।' मैं मंद-मंद मुस्काती उसके उतावलेपन का मजा ले रही थी। जब वह शांत हुई और उसने मुझे मुसकुराते देखा तो शायद उसकी चिंता दूर हो गई; मेरी चुप्पी पर खीझ उठी वह, 'बोल न, सब कैसे हैं?'

तू मुझे बोलने दे तो न बोलूँ। तेरी यह आदत अब तक नहीं गई। साँस ही नहीं लेती जब बोलने लगती है। भई, मैं एक बहुत ही आवश्यक कार्य से आई हूँ। शायद आज ही वापिस जाना हो। तेरे जीजाजी और तेरे जीजाजी के बच्चे सब सकुशल हैं। तू अपनी सुना, मम्मी-पापा कहाँ हैं और हमारे जीजाजी की खोज अभी तक जारी है या खत्म हुई?

'पापा अभी हॉस्पिटल गए हैं और मम्मी अंदर हैं और''' उसने बात बीच में ही छोड़ दी।

'और क्या पगली, बोल न, मुझसे कैसी शर्म?' मैंने कहा।

'नहीं, तुम मम्मी से पूछ लो। अंदर चल मैं तेरे लिए कुछ खाने-पीने को लाऊँ, यह कहती हुई वह मुझे घसीटते हुए अंदर ले गई और एयरबैग उसने बरामदे में रखे सोफे पर फेंक दिया।

कमरे में घुसते ही चिल्लाई, 'माँ देखो, कौन आया है?'

रसोईघर से उठती महक से मुझे लगा कि कहीं कुछ विशेष बात है—या तो कोई आयोजन है अथवा कोई व्रत इत्यादि। घर वैसे भी बहुत साफ-सुथरा लग रहा था।

माँ मैदे के सने हाथों सहित ही आँगन में आ गई मेरे पास। आते ही बोली, 'बहुत बढ़िया समय पर आई हो बेटी! इसी को कहते हैं दिल को दिल से राह होती है।'

'मैं समझी नहीं माँजी,' मैंने पूरी तरह अनजान बनते हुए कहा जबकि मुझे कुछ अनुमान होने लगा था।

'अरे आज तेरी कल्पना की सगाई है शाम को। कितने वर्षों बाद भगवान् ने मेरी मुराद पूरी की है। तू बैठ, नहीं तो यह स्टूल ले आ रसोई घर में ही।'

इतने में कल्पना फलों से भरी एक प्लेट लेकर आई और बोली, 'माँ, पहले इसे कुछ खा तो लेने दो। सुबह से पता नहीं कुछ खाया भी है या नहीं।'

'नहीं रे। नाश्ता कर लिया था मैंने ट्रेन में। बल्कि करना पड़ा था मुझे,' मैंने कहा।

'तो क्या ताज से आई है आज ही? परंतु वह तो अभी स्टेशन पर पहुँची ही होगी। फिर तू यहाँ कैसे?' कल्पना ने आश्चर्य में भरकर पूछा। 'झूठ बोल रही है तू, बहाना बना रही है क्योंकि सीधे मेरे यहाँ नहीं आई। है न?'

'नहीं री चलती ट्रेन से कूद पड़ी थी।' मैंने चुटकी ली।

'चल झूठी। तुझ जैसी डरपोक और चलती ट्रेन से छलाँग। इंपॉसिबल!' कल्पना ने बच्चोंवाली मुद्रा में कहा। मुझे लगा कि शायद समय वापिस लौट पड़ा है। हम लोग ऐसे बातें कर रही थीं मानो छोटी-छोटी लड़कियाँ हों और किसी बहुत बड़े चमत्कार को होते देख लिया हो।

फलों की प्लेट एक हाथ में थामे कल्पना ने मुझे दूसरे हाथ से लिपटाया और अपने रूम में ले गई। माँजी रसोईघर में जाकर व्यस्त हो चुकी थी।

कल्पना के बैड पर बैठते हुए मैंने कहा, 'अच्छा बता बात क्या है? आज तू छलक-छलक क्यों पड़ रही है।'

'वह बाद में बात करेंगे, पहले तू बता यहाँ एकाएक आना कैसे हुआ?'

'बात बहुत छोटी सी ही है, काम भी कोई लंबा नहीं। हाँ! कहानी बहुत बड़ी है, मेरा स्वर कुछ गंभीर हो गया था जिसे कल्पना ने तुरंत समझ लिया था। मैंने बात को सँभालते हुए कहा, 'पर तू चिंता न कर। थोड़ा नहा-धो लूँ तो बैठकर बात करेंगे। फिर मैंने बाजार भी जाना है एक आवश्यक काम से।'

'ऐसा लगता है कि कोई बात छिपा रही है तू मुझसे', कल्पना ने रूठने का नाटक किया।

'नहीं नहीं' तुझसे क्या छुपाना। पहले यह बता जीजाजी कैसे हैं? कौन हैं? कहाँ के हैं…'

'जीजाजी नहीं कमबख्त, भाई कह, भाई—तेरे तो भाई ही लगते हैं। ननद होनेवाली है तू मेरी।' कल्पना ने लजाते हुए कहा।

'यह क्या पहेली है, मेरा तो कोई भाई नहीं। फिर यह कौन टपक पड़ा तेरे लिए।' मेरे स्वर में स्पष्ट जिज्ञासा थी।

कल्पना ने तत्काल तकिए के नीचे रखे एक फ्रेम को निकाला और तसवीर का रुख मेरी ओर करती हुई बोली—'तो यह क्या मेरा भाई है?'

'अरे, यह तो अपना राजेंद्र है—बाटलीवालजी का सुपुत्र। क्या इससे शादी हो रही है तेरी?' मुझे कुछ अतिरिक्त खुशी हुई थी जानकर।

राजेंद्र बाटलीवालजी का सबसे छोटा लड़का और मेरा हमउम्र था। अमरीका से डॉक्टरी पढ़कर लौटने के बाद यहीं हॉस्पिटल में सर्विस मिल गई थी उसे और अच्छी-खासी प्रैक्टिस भी चल रही थी। छात्र जीवन से ही राजनीति में सक्रिय था और गत चुनावों में एसेंबली में मनोनीत भी कर लिया गया था। बाटलीवालजी पिताजी के घनिष्ठतम मित्रों में से थे, फलतः हम लोग एक-दूसरे को बचपन से जानते थे। कितनी ही बार हम लोग दिल्ली या आगरा में एक साथ रहे थे।

चार वर्ष पहले जब मैं आगरा आई थी तो एक दिन मुझे और नरेंद्र को राजा मंडी ड्रॉप करने आया था राजेंद्र। हमें छोड़कर उसे हॉस्पिटल जाना था। ज्यों ही दरवाजे पर गाड़ी रुकी और हम लोग बाहर निकले तब कल्पना के पिताजी, जो हॉस्पिटल जाने के लिए तैयार होकर गाड़ी बाहर निकाल रहे थे, दिखाई दिए। राजेंद्र उन्हें देखते ही नीचे उतर आया था और उन्हें 'गुड मॉर्निंग' सर, कहते हुए भावुक हो उठा था। बाद में उसने बताया था कि डॉ. ग्रेवाल उसके प्रोफेसर हैं और वह उनका बहुत अधिक आदर करता है। उसे पता तक नहीं था कि हम लोग उन्हें जानते हैं।

डॉक्टर साहब ने हमारा उत्साह से स्वागत किया था और राजेंद्र को आग्रहपूर्वक चाय पीने को कहा था। क्योंकि उनका 'ऑपरेशन डे' था, फलत: स्वयं नहीं रुक पाए थे। राजेंद्र के लिए डॉक्टर साहब के किसी आग्रह को ठुकराना संभव ही नहीं था।

हम लोग ड्राइंग रूम में जा बैठे थे और कल्पना की माँ रसोईघर में नौकर को आवश्यक आदेश देने चली गई थी। मैंने परिचय कराया था राजेंद्र का कल्पना से।

कल्पना ने बताया कि वही मेरी डॉक्टर राजेंद्र से प्रथम भेंट थी और इसके बाद कभी पिताजी से कोई परामर्श करने और कभी हालचाल पूछने के बहाने राजेंद्र का उनके घर आना-जाना बढ़ने लगा था। हम लोगों ने इस ओर कभी ध्यान ही नहीं दिया। कई मास व्यतीत हो गए। एक दिन डॉक्टर साहब के जाने के बाद मैंने सुना, मम्मी पापा से कह रही थीं, 'लड़का तो अच्छा है कल्पना के लिए। बातचीत क्यों नहीं करते इसके माँ-बाप से?'

'पापा के साथ-साथ बात मुझे भी जँची थी और मुझे अपनी मूर्खता पर हँसी आई। सोचा क्यों नहीं इस ओर, अब तक। तभी पापा की आवाज मेरे कान में पड़ी, लड़का तो हर विचार से अच्छा है पर ये लोग जैन हैं। पता नहीं इसके घरवालों के कैसे विचार हों।'

'अजी, तो आप घरवालों को छोड़कर लड़के को टटोलो। अगर वह राजी हो तो कोई समस्या नहीं।'

पापा 'हूँ' भरकर चुप रह गए थे पर मेरे मन में फुलझड़ियाँ छूटने लगी थीं। रात देर तक खोई रही थी राजेंद्र के ख्यालों में। न जाने क्या-क्या कल्पना कर डाली थीं मैंने।

'उसके बाद राजेंद्र के सामने आते समय मैं थोड़ा सचेत होकर आती। मेरे बनाव-शृंगार और पहनावे में विशेष परिवर्तन आने लगा। जब मैंने इस ओर ध्यान दिया तो मुझे लगा कि डॉक्टर साहब भी मात्र पापा से ही मिलने यहाँ नहीं आते। कुछ-न-कुछ है जरूर जो उन्हें यहाँ खींच लाता है। यद्यपि हमें कई बार एकांत में बात करने का अवसर मिला, परंतु न कभी उन्होंने कुछ कहा, न मैंने। मुझे अपनी ओर से बात चलाने में झिझक होती थी, साथ ही मुझे लगता है कि कहीं इसे मेरी बेशर्मी ही न मान लिया जाए।'

'मैं प्रतीक्षा करती रही कि पापा ही इस संबंध में कुछ करेंगे। पर पापा ने कभी

दुबारा जिक्र ही नहीं किया। वास्तव में पापा ने यह बात बाटलीवालजी के एक घनिष्ठ मित्र से चलाई तो उन्हें पता लगा कि ये लोग बहुत दकियानूसी हैं और पढ़े-लिखे एवं सामाजिक कार्यकर्ता होने के बावजूद ये अपनी जाति से बाहर रिश्ता करने की बात सोच भी नहीं सकते। पापा ने इस मसले पर चुप रहना ही उचित समझा परंतु राजेंद्र के प्रति उनके व्यवहार में कोई अंतर नहीं आया।'

'एक दिन डॉक्टर नवलकिशोर की लड़की की शादी में हमारी भेंट हुई। पापा ने इस विवाह के अनेक दायित्व अपने ऊपर लिये हुए थे और वह इस तरह व्यस्त थे कि जैसे उन्हीं की लड़की की शादी हो। तबीयत खराब होने के कारण मम्मा इस विवाह में सम्मिलित नहीं हो पाई थीं। मैं विशेष किसी को जानती नहीं थी, फलत: बाहर एक कोने की कुरसी पर चुपचाप बैठी थी कि डॉक्टर साहब आ पहुँचे। मुझे देखते ही उनकी आँखों में जो एक विशेष चमक आ जाती थी उसे मैंने तुरंत लक्ष्य कर लिया। आते ही बोले, 'हैलो कल्पना, लुकिंग वैरी ब्यूटीफुल, वेयर इज सर' वह पिताजी को सदैव सर ही कहते थे। मैंने बताया कि यहीं कहीं व्यस्त होंगे, और जब मैंने उन्हें बैठने को कहा तो वह मेरे साथ वाली कुरसी पर बैठ गए।

'गैबडीन का बहुत बढ़िया सूट पहन रखा था राजेंद्र ने। सचमुच एक राजकुमार सा लग रहा था। मैंने तय किया कि आज मुझे ही कुछ करना होगा—या तो बात बन जाएगी या हमेशा के लिए किस्सा खत्म।

बात तुम्हें ही लेकर शुरू हुई थी, तुमने अपने दूसरे बच्चे की सूचना मुझे नहीं भिजवाई थी परंतु बाटलीवाल परिवार में यह समाचार पहुँचा था। राजेंद्र ने कहा था बधाई हो, तुम दूसरी बार मौसी बनी हो। नलिनी के यहाँ दूसरा लड़का हुआ है।

'रियली? कब? मैंने अपने पेट में एक गुदगुदी सी अनुभव करते हुए कहा था।

'लास्ट वीक, पर क्या तुम्हें नहीं पता? कैसी सहेली हो?'

मैंने धीरे से कहा, 'शायद उसका पत्र न मिल पाया हो मुझे। वैसे नलिनी मुझे इंफॉर्म अवश्य करती, 'क्यों नहीं भेजी थी मुझे सूचना?' उसने उलाहने से भरे स्वर में पूछा।

'अच्छा नहीं लगा था मुझे यह सब लिखना।' खैर, तू अपनी बात तो कह। हाँ··उसने बात का सूत्र पकड़ते हुए कहा, 'डॉक्टर साहब ने भी यही कहा था कि शायद नलिनी को अच्छा न लगा हो इंफॉर्म करना।'

'क्यों?'

'वह भावुक है। सोच सकती है कि मेरी गोद में तो दो बच्चे आ गए और कल्पना की अभी शादी तक नहीं हुई।' अपनी बात को जारी रखते हुए डॉक्टर साहब ने कहा, 'क्यों नहीं कि अब तक शादी? कोई विशेष बात है क्या?'

मैंने सोचा यह अवसर चूकना नहीं चाहिए। फिर भी मात्र इतना ही कह पाई— 'नहीं विशेष कुछ नहीं, शायद संयोग ही नहीं बना।'

'संयोग क्या अपने आप बनते हैं, तुम पढ़ी-लिखी होकर ऐसी बातों में विश्वास करती हो?'

'हाँ, कम-से-कम विवाह के मामले में। आई फील दे आर फिक्स्ड इन हैवन। मगर आपने क्यों नहीं की अब तक। संयोग के सहारे तो बैठे नहीं रहे होंगे।'

'बात संयोग की नहीं है, पर कोई मिली ही नहीं, ऐसी जो तुरंत जम जाए और जो मिली है वह पूरी तरह उदासीन।' मैं कुछ-कुछ इशारा समझ गई और मेरे कानों में मधुर संगीत बजने लगा। फिर भी मैं हर बात स्पष्ट कर लेना चाहती थी, साफ, जैसे बिलकुल आईना। फलतः मौन ही रही। वह फिर बोले, 'मुझे पता नहीं कि उसके मन में क्या है। कहीं यह न हो कि मैं आगे बढ़ूँ और वह साथ न दे।'

'साथ क्यों न देगी, आप आगे तो बढ़ो' मेरे मुँह से अनायास अपने दिल की बात निकल गई।

खुशी में भरकर राजेंद्र ने मेरे दोनों हाथ थाम लिये, 'कल्पना, क्या वास्तव में साथ दोगी मेरा? तो क्या मैं सर से बात करूँ?'

'सर से नहीं श्रीमान, अपने पिताजी ही से बात कर लें तो बहुत है। आपके सर से तो मैं ही बात कर लूँगी।' मेरी आवाज में चुहल सी आ गई थी, जिसका अचंभा मुझे आज भी होता है।'

'न जाने उस समय कैसे कह पाई यह सब। खैर हमें एक-दूसरे के विषय में पता लग गया। अगले ही दिन प्रातः राजेंद्र हमारे घर आए और बोले, मेरे घरवालों को तो कोई आपत्ति नहीं है, हाँ तुम देख लो हमारे मिले; जुले परिवार में रह सकोगी और हाँ, सर से बात करूँ क्या?'

'जरूर करो' मैंने कहा।' रही अविभाजित परिवार में रहने की बात तो वह तो हमारी संस्कृति है और मैं एक हिंदू लड़की हूँ। मुझे तो प्रसन्नता होगी बुजुर्गों की सेवा करने में।'

अभी हम बात कर ही रहे थे कि पापा भीतर आ गए। राजेंद्र अभिवादन करते हुए खड़े हो गए और बोले, 'सर आपसे एक बात करनी है।'

'उसकी अब जरूरत नहीं रही। मैंने सब सुन लिया है। मुझे तुमसे बढ़कर अच्छा लड़का कौन मिलेगा।' पिताजी अंदर से बहुत प्रसन्न थे शायद उनका बहुत बड़ा भार अपने आप हलका हो गया था।

पिताजी राजेंद्र को बता रहे थे, 'मैं तो तुम्हारे संबंध में बहुत पहले ही तुम्हारे पिताजी से बात करना चाहता था परंतु किसी ने बताया कि वह जात-पात में विश्वास

करते हैं, इसीलिए चुप रह गया।'

'आपको किसी ने बिलकुल गलत बताया है सर, मेरे तो दोनों बड़े भाइयों का विवाह 'इंटर कास्ट' है। पिताजी का तो निश्चय ही है कि वह 'इंटर कास्ट मैरिज' को अधिक-से-अधिक प्रोत्साहित करें। लगता है कि या तो आपको कुछ गलतफहमी हुई है अथवा शरारत की है किसी ने आपके साथ।'

'खैर, जब जो होना था, तभी होना था। तुम लोग बातचीत करो; मैं आज ही तुम्हारे पिताजी से मिल रहा हूँ।'

'शीघ्र ही सब तय हो गया। आज सगाई है और एक मास बाद विवाह। तुम कल्पना नहीं कर सकती कि आज मैं तुम्हें कितना याद कर रही थी।'

'मतलब आज कुछ और भी माँगती तो मिल जाता। अच्छा तू शाम की तैयारी कर, मैं नहाकर आती हूँ, फिर मुझे काम भी करने हैं जिनके लिए आई हूँ मैं यहाँ,' मैंने कहा और एयर बैग उठाकर कमरे में ले आई। अभी मैं तौलिया निकाल ही रही थी कि कल्पना बोल पड़ी, 'नलिनी, तूने यह तो बताया ही नहीं कि तू यहाँ किस काम से आई है? मेरे तो सारे-के-सारे सवाल धरे-के-धरे रह गए इस आत्मकथा में।'

'तूने कहा न कि वह लंबी कहानी है, आराम से बताऊँगी; अभी तो जरा तुम्हारे ससुराल फोन कर लूँ।'

मैंने सोचा कि नहाने से पहले ही बाटलीवालजी से बात कर लूँ; कहीं कोई झंझट ही न हो, और दूसरे उन्हें चिंता भी हो रही होगी। मेरे अनुमान से वह अब तक दुकान पर पहुँच चुके होंगे, फलतः वहीं का नंबर घुमाया।

'हैलो, उधर से आनेवाले स्वर को मैं तुरंत पहचान गई।

'अंकल, मैं बोल रही हूँ नलिनी।'

'मगर तुम कहाँ हो, मैं तो तुम्हारी प्रतीक्षा करके अभी लौटा ही हूँ।'

'डॉक्टर साहब के यहाँ से बोल रही हूँ। सब ठीक है न। मैं कल आऊँ दुकान पर।' मैंने कहा।

'अब आने की आवश्यकता नहीं है, तुम वहीं रहो। शाम को हम आएँगे ही। और अब तो तुम रुकोगी ही रात को।'

'आप कहेंगे तो रुकना ही होगा। मेरा कार्यक्रम तो आपको तय करना है न। मेरी कुशलता का समाचार दे दें ताकि दिल्ली में कोई चिंतित न हो।' मैंने कहा।

'हाँ, हाँ। अभी फोन करता हूँ, अच्छा मिलते हैं शाम को।' और उधर से फोन का संपर्क काटने की आवाज आई।

मैंने दूसरा फोन दिल्ली मिलाया। रजनी थी फोन पर। मैंने बता दिया कि सकुशल पहुँच गई हूँ और आज रात यहीं रहूँगी। कल ताज एक्सप्रेस से ही लौटूँगी। स्टेशन पर

रसीव कर लें तो उचित रहेगा।

अब मैं निश्चिंत होकर नहा-धो सकती थी और बाद में कल्पना के साथ गपशप भी की जा सकती थी। किसी प्रकार की जल्दी नहीं थी। मन में ऐसा लगने लगा जैसे मैं वास्तव में ही कल्पना की सगाई में भाग लेने के लिए आई हुई हूँ।

जब तक मैं नहाकर 'फ्रेश' हुई, कल्पना मम्मी का हाथ बँटाती रही थी। मेरे तैयार होने तक खाना मेज पर लगा दिया गया था। खाना खाकर हम दोनों आराम करने के लिए कल्पना के कमरे में चले गए। पलंग पर लेटते ही वह बोली, 'अच्छा अब बताओ अपने यहाँ आने का कारण।'

'मैं थोड़ी देर चुप रही, सोच रही थी कि कहाँ से शुरू करूँ। कोई सूत्र पकड़कर बात आगे बढ़ानी आसान होती है। परंतु सूत्र ढूँढ़ना ही तो कठिन होता है। फिर भी बात शुरू तो करनी ही थी। मुझे चुप देखकर कल्पना फिर बोली थी—चुप क्यों हो, बताओ न, और उसने मेरी ओर करवट ले ली।

'तू जानती है कि अपने देश में क्या हो रहा है आजकल', मैंने कहा।

'हाँ, क्यों नहीं जानती, देश में आपातस्थिति लागू है ताकि विरोधी लोग बेकार ही सरकार की उचित नीतियों में बाधा उत्पन्न न करें। स्मगलरों एवं स्टोरियों के विरुद्ध कड़ी कार्यवाही की जा सके। टैक्स चोरों को सजा मिले, भ्रष्टाचार का उन्मूलन किया जा सके। मतलब यह कि राष्ट्र एक अनुशासित एवं शांतिप्रिय जीवन व्यतीत कर सके।'

मैं कल्पना का दृष्टिकोण सुनकर दंग रह गई और बोली, 'तू तो अखबारी भाषा में बात कर रही है। लगता है सरकार के पूरे प्रचारात्मक साहित्य को तूने घोंटकर पी लिया है। वास्तविकता क्या है इसका तुझे अनुमान तक नहीं कि सरकार ऐसा क्यों कर रही है...।'

मेरी बात को बीच में काटकर वह बोली, 'वाह सरकार क्या कर रही है मैं खूब जानती हूँ। रेलें बिलकुल निश्चित समय पर चल रही है। नई-नई आर्थिक योजनाओं द्वारा गरीबी दूर कर रही है। परिवार नियोजन के अभियान द्वारा सुनियोजित परिवार रखने का प्रचार कर रही है। शहर में फैली गंदगी को दूर कर प्रत्येक नगर को पेरिस की तरह सुंदर बना रही है। झुग्गी-झोंपड़ियों को शहरों से दूर हटा रही है ताकि नागरिकों को स्वच्छ वायुमंडल में साँस लेने का अवसर मिले।'

'धन्य हो तुम और तुम्हारा ज्ञान।' मैंने उसे हाथ जोड़ते हुए कहा।

'क्यों? क्या मैं गलत कह रही हूँ। रोज ही तो मैं अखबार पढ़ती हूँ और रेडियो भी सुनती हूँ। रेलों का समय पर आना और शहर में अनधिकृत निर्माणों की रोकथाम देख भी रही हूँ।'

'तुमने ठीक कहा, कल्पना, अखबारों में यह सब लिखा रहता है और रेडियो भी

निरंतर यही जहर हमारे कानों में उँड़ेलता रहता है जिसके फलस्वरूप अनेक भोले-भाले व्यक्ति तेरी तरह मूर्ख बन जाते हैं। यही तो चाहती है यह सरकार।'

'तो तुम बताओ, वास्तविकता क्या है?'

'तो सुनो। क्या तुमने कभी सोचा है कि अखबारों में यही सब क्यों लिखा रहता है? सत्तारूढ़ पार्टी के कुछ विशेष नेताओं के फोटो और वक्तव्य ही क्यों छपते हैं? कांग्रेस विरोधी नेताओं की क्या इन दिनों कोई गतिविधियाँ नहीं हो रहीं। क्या पूरे देश में कहीं दंगा-फसाद नहीं हो रहा? इन दिनों क्या कोई दुर्घटना नहीं हुई?'

'हाँ, ऐसा तो है, पर मैंने कभी ध्यान से सोचा ही नहीं इस संबंध में।'

'तो अब सोचो। सरकार ने अखबार पर 'सेंसरशिप' लागू कर रखी है। कोई भी समाचार अखबार में तब तक नहीं छप सकता जब तक कि सरकारी अधिकारी से उसे पास न करा लिया जाए। किसी भी प्रकार की सभा करने और जुलूस इत्यादि निकालने पर पूरी तरह से पाबंदी लगा दी गई है।'

मैंने पुनः कहा, 'रही रेडियो की बात, तो वह मात्र इंदिरा सरकार का भोंपू है। वहाँ पर नियुक्त कर्मचारी बड़े-बड़े वेतन पाते हैं और सरकार की मुनादी करते हैं। जनता पर इन सबका क्या असर होता है उनकी बला से। उन्हें तो मात्र अपनी स्वार्थ सिद्धि से मतलब है।'

'यदि ऐसा ही है तो क्यों नहीं जनता उठ खड़ी होती इस सरकार के विरुद्ध।' कल्पना ने कहा।

'लोकतंत्र में जनता स्वयं बहुत कम उठती है। विरोधी दल के नेता जनता को सरकारी पक्ष की नीतियों के संबंध में बताते रहते हैं। इस प्रकार जनता के सामने दोनों पक्ष होते हैं और वह किसी एक को भी चुन सकती है। लोकतंत्र का अर्थ ही होता है व्यक्तिगत अधिकारों की सुरक्षा एवं अभिव्यक्ति की पूर्ण स्वतंत्रता।' मैंने उसे समझाते हुए कहा।

'हाँ, सो तो है।' वह बोली।

'वर्तमान सरकार ने अखबारों पर सेंसर लगाकर अभिव्यक्ति की स्वतंत्रता का पूरी तरह हनन कर दिया है। तुम्हें जानकार आश्चर्य होगा कि महात्मा गांधी, जवाहरलाल नेहरू एवं रवींद्रनाथ टैगोर तक की उक्तियाँ प्रकाशित करने पर प्रतिबंध है। अधिकांश विरोधी नेताओं को जेलों में ठूँस दिया गया है और जो थोड़े-बहुत बचे हैं, उन्हें पूरी तरह से आंतकित किया जा रहा है। कोई साहस ही नहीं कर पा रहा कुछ कहने का। जरा सी बात जेल की सींखचों के पीछे ले जा सकती है।'

'क्या वास्तव में ऐसा हो रहा है? भई, मैं तो घर से बाहर निकलती ही नहीं। डैडी से भी कभी बैठकर ऐसी बातों पर चर्चा नहीं हुई। वास्तव में मेरी राजनीति में रुचि है ही

नहीं बिलकुल। तुम तो जानती ही हो और तुम से इतनी गाढ़ी दोस्ती कैसे हो गई, मुझे अचंभा ही होता है। तुम्हें याद है न, मैं हमेशा तुम्हें मीटिंग इत्यादि में जाने से रोकती रहती थी।' कल्पना ने कहा।

'यही तो दुर्भाग्य है हमारे देश का। तुम जैसी पढ़ी-लिखी स्त्रियाँ भी भेड़ों जैसा जीवन जीने में विश्वास करती हैं। जन्म से लेकर मृत्यु तक दूसरे के आश्रय में रहना ही अपनी नियति समझती हैं। जब कुछ सोचती ही नहीं तो प्राप्त क्या कर पाएँगी, मेरी समझ में नहीं आता। आज भी तुम जैसी नारियाँ अच्छे वर की प्राप्ति को अपने जीवन का सबसे बड़ा वरदान समझती हैं। इससे आगे सोचना ही नहीं चाहतीं। फलस्वरूप देश की आधी जनसंख्या किसी भी गंभीर समस्या के प्रति पूरी तरह उदासीन हो जाती है।' मेरे स्वर में कुछ आवेश आ गया था, जो मैंने स्वयं अनुभव किया था। शायद मेरी आवाज रसोईघर तक पहुँच रही थी। क्योंकि रसोईघर में खटपट होनी बंद हो गई थी। मैंने स्वयं को संयत करते हुए अपना स्वर धीमा किया और पुनः कहना प्रारंभ किया, 'तुम जानती ही नहीं क्या हो रहा है तुम्हारे चारों ओर। देश में स्वतंत्र स्वर का गला घोंट दिया गया है। लाखों निर्दोष व्यक्तियों को जेलों में ठूँस दिया गया है, क्योंकि वे सरकार की नीतियों से पूरी तरह सहमत नहीं थे। उन्हें या तो बिना मुकदमा चलाए ही जेलों में रखा जा रहा है, या झूठे आरोप लगाए जा रहे हैं उन पर। दमन का कैसा भयानक चक्र चल रहा है तुम कल्पना ही नहीं कर सकती। लाखों लोगों की जबरदस्ती नसबंदी की जा चुकी है और यह अभियान तूफानी गति से चल रहा है। सैकड़ों लोग इस कारण बीमार पड़े हैं और अनेकों मौत के मुँह में जा चुके हैं। इसी प्रश्न को लेकर गुड़गाँव, मुजफ्फरनगर और भिलाई में जनता ने आंदोलन किए जिनको पुलिस ने क्रूरता से कुचल डाला। कितनी मौतें हुईं, किसी को पता नहीं; कौन जाने कभी पता चलेगा भी या नहीं।

'और तुम कह रही हो कि शहरों साफ किया जा रहा है, तो यह शहर ऐसे बेढंगे रूप में बसने किसने दिए थे। यह सब किया जा रहा है लोगों को आंतकित करने के लिए। क्या एक ही रंग के बोर्ड सभी दुकानों पर लगाने से बाजारों की शोभा बढ़ जाएगी, और हजारों रुपयों की लागत से बने बोर्ड शोभाजनक नहीं थे? शहर की सफाई के नाम पर निर्धनता और हरिजनों के घर उजाड़ना कौन सी गरीबी हटाओ नीति का अंग है? झुग्गी-झोंपड़ी के लोगों को शहर से कोसों दूर जंगलों में फेंका जा रहा है जिससे उनके सामने अनेक समस्याएँ खड़ी हो गई हैं।

'क्या उनके लिए यह संभव है कि मीलों पैदल चलकर शहर में रोजी-रोटी की तलाश में आएँ। बस, बिजली, पानी और सफाई की सुविधाओं के अभाव में वे लोग नारकीय जीवन व्यतीत करने को बाध्य किए जा रहे हैं। क्या यह उचित है? तुर्रा यह कि कर कौन रहा है? समाजवादी सरकार—जो खुद को निर्धनों का सहायक बताती है,

जिसने चुनाव में इतने अधिक मत 'गरीबी हटाओ' के नाम पर बटोरे हैं कि किसी के लिए भी विश्वास करना कठिन था। अब यह समाजवादी कल्याणकारी सरकार क्या खूब कल्याण कर रही है जनता का!' मैंने व्यंग्य भरे स्वर में कहा।

कल्पना बोली, 'यह तो वास्तव में बहुत ही भयानक बातें हैं। हालाँकि मैंने कई बार लोगों को राशन, महँगाई और नसबंदी के संबंध में बातें करते सुना तो है पर कभी विशेष ध्यान नहीं दिया।'

'इसलिए कि अभी तुम सुरक्षित हो। एक ऐसे वर्ग की अंग हो जिसे हर सुविधा न माँगने पर भी उपलब्ध है। कल्पना करो कि आज ही तुम्हारी सगाई हो और कल राजेंद्र की नसबंदी कर दी जाए। तुम अस्पताल में ईलाज कराने जाओ या किसी भी प्रकार का लायसेंस, परमिट या कोटा माँगो तो बदले में नसबंदी का सर्टिफिकेट दिखाने को कहा जाए। सत्ता के साथ जुड़े लोग तुम्हारे पिताजी से जबरन चंदा वसूल करें। तुम्हारे घर की किसी भी दीवार को अचानक तोड़ दिया जाए या घर के किसी भी सदस्य को बिना कारण बताए महीनों जेल में बंद कर दिया जाए और उस पर अमानुषिक अत्याचार हों। अस्पतालों में मरीजों को बताए बिना उनके अंग निकाल लिये जाएँ। दफ्तरों में कोई काम रिश्वत के बिना नहीं हो। आखिर कौन उत्तरदायी है इन सब बातों के लिए।'

'यह सब तो वास्तव में मेरी कल्पना से परे की चीजें हैं। मैं तो इसका एक अंश मात्र भी न सोच सकती हूँ, न देख सकती हूँ; और यदि देख ही लूँ तो भय के मारे मेरे प्राण ही निकल जाएँ।' कल्पना ने एकदम डरे हुए लहजे में कहा।

'ठीक ऐसे ही हर आदमी डरा हुआ है। इतना डरा हुआ कि उसे स्वयं अपने आपसे भी डर लगता है; और जो डरे हुए नहीं है उन्हें किसी-न-किसी प्रकार डराया जा रहा है। उसके लिए वे सब घिनौने हथकंडे प्रयोग में लाए जा रहे हैं जिनका प्रयोग हिटलर और उसके साथियों ने जर्मनी में किया था।'

'बहुत थोड़े बल्कि मुट्ठी भर लोग ही ऐसे हैं जो इस तानाशाही के विरुद्ध झंडा उठाकर खड़े हैं; जो इस काली रात में भी कहीं-न-कहीं से सुनहरी किरण फूटने की प्रतीक्षा कर रहे हैं और सुबह की वह किरण जल्दी फूटे इसके लिए जी जान से लगे हुए हैं—अपनी जान हथेली पर रखकर—अपने घर परिवार और कारोबार की चिंता छोड़कर। वे लोग आज लड़ रहे हैं ताकि कल उनका हो। आज की घुटन कल के वातावरण को दूषित न करे। जिस प्रकार हमारे से पहली पीढ़ियों ने अंग्रेजों से संघर्ष किया था ताकि हम स्वतंत्र हो जाएँ, उसी प्रकार आज की पीढ़ी संघर्ष कर रही है ताकि कल की पीढ़ी गूँगी और बहरी पैदा न हो। उसे अभिव्यक्ति की स्वतंत्रता हो। वह अपनी इच्छानुसार अपना जीवन व्यतीत कर सके। जो लोकतंत्र हमारे पूर्वजों ने अपने लहू से सींचकर प्राप्त किया था वह पुन: किसी एक परिवार का राज्य मात्र बनकर न रह जाए।'

'यह सब तो ठीक है और तेरी बातों में दम भी है पर तुझे इससे क्या लेना-देना। अपनी बात तो यह हो रही थी कि तू यहाँ क्योंकर''' ?'

'मैं यहाँ इसी के लिए आई हूँ। इतना तो तू समझती है कि जंग में बहुत थोड़े लोग लड़ने जाते हैं परंतु उनके पीछे भी बहुत बड़ी फौज होती है। या यूँ समझ ले कि एक-एक आहुति से ही यज्ञ संपूर्ण होता है। मैं अपना अदना सा योगदान देने आई हूँ इस यज्ञ में। मेरी यात्रा एक छोटी सी आहुति भर ही है।'

'मैं पूरी तरह समझी नहीं, जरा विस्तार से बता न।'

'विस्तार से बताना भी चाहूँ तो भी बता नहीं सकती। कुछ ऐसा ही नियमों का तकाजा है। मोटे रूप में इतना समझ ले कि मुझे दूसरी स्वतंत्रता की इस लड़ाई में जो भूमिका निर्वाह करनी है उसी की खातिर यहाँ पहुँची हूँ। वास्तव में तो मेरा तेरे से मिलने का कोई कार्यक्रम था ही नहीं। वह तो कुछ कारण ही ऐसा बना कि मैं यहीं उतर पड़ी; और तेरी सगाई की रस्म देखना मेरे भाग्य में था।'

'देख नलिनी, मुझसे पहेलियाँ तो बुझा मत। साफ-साफ बता बात क्या है? शायद मैं भी तेरे कुछ काम आ सकूँ। तेरी बात सुनकर मेरी आँखों के आगे से प्रचार का परदा तो हट गया है। जो घिनौनी तसवीर वर्तमान सत्ता की तूने मुझे दिखाई है, उसे देखकर किसका खून न खौल उठेगा।'

'मुझे प्रसन्नता है कि तू मेरी बात समझी तो सही। अभी तो तुझ जैसे करोड़ों लोगों की आँखों से यह परदा उठाना है। तू मात्र इतना कर कि अपने चारों ओर हो रही गतिविधियों को ध्यान से देख। स्वयं इन बातों पर मनन कर। सरकार के प्रचार को भूलकर उनके पीछे छिपी वास्तविकता को देख और हर मिलनेवाले को उससे परिचित करा। इस समय तेरा इतना ही सहयोग बहुत है। वैसे कुछ आवश्यकता होगी तो मैं तुझे बताऊँगी ही। हाँ एक बात और, तेरी सगाई में दी जानेवाली रकम यदि मैं अपने यज्ञ की आहुति के रूप में ले लूँ तो तुझे कोई दुःख तो नहीं होगा न।'

'वह रुपया तो देने के बाद मेरा नहीं रहेगा। एक हजार एक रुपया तिलक में देना चाह रहे हैं पापा। मैं तुझे इतने रुपए स्वयं ही दे दूँगी और फिर तू कैसे बात करेगी बाटलीवालजी से इस विषय पर?'

'भूल गई पगली, वह मेरे अंकल है और मुझे कभी मना नहीं करेंगे। यदि तुझे बुरा न लगे तो मैं माँग लूँगी उनसे। यह तुम मुझ पर छोड़ दो।'

'तेरी मरजी, मुझे क्या। मैं पापा के आते ही तुझे अपना हिस्सा दे दूँगी। आज तूने जिस वास्तविकता का बोध कराया है, यह उसकी गुरु दक्षिणा समझना।'

अभी मेरी आँख झपकी ही थी कि बाटलीवालजी का फोन आ गया और उन्होंने मुझे तुरंत दुकान पर पहुँचने को कहा। मेरे कारण पूछने से पहले ही उन्होंने फोन काट

दिया था।

मैं जल्दी-जल्दी तैयार होकर निकल पड़ी और जाते-जाते मम्मी को बताती गई कि मैं किनारी बाजार तक जा रही हूँ। अब मेरे सामने सबसे बड़ी समस्या उस कड़कती धूप में रिक्शा पकड़ने की थी। रिक्शा करने के लिए या तो मुझे स्टेशन पार करना था अथवा सड़क के पुल तक पहुँचना था। न जाने क्यों मुझे सुबहवाला युवक याद आ गया और मैंने स्टेशन से जाने का विचार स्थगित करके पुल तक के लंबे रास्ते पर जाना तय किया। राजा मंडी स्टेशन के एकदम बाद पूरी-की-पूरी लाइनें मध्यमवर्गीय होटलों से भरी है। यहाँ न जाने कितने ही यात्री प्रतिदिन आते हैं और एक-दो दिन ठहरकर चले जाते हैं। मुझे लगा, हो-न-हो वह युवक भी इनमें से ही किसी होटल में ठहरा होगा।

आगरा में होटलों का भी अजीब माजरा है। किसी भी कोने में चले जाइए कोई-न-कोई होटल मिल जाएगा। अत्यंत साधारण से लेकर फाइव स्टार तक। यह सारे होटल और धर्मशालाएँ मिलकर भी यहाँ आनेवाले यात्रियों को नहीं सँभाल पाते। विशेष रूप से शरद पूर्णिमा के अवसर पर तो होटलवाले अपने गलियारों में भी बिस्तर लगा देते हैं। एक बार किसी संबंधी के साथ मुझे एक ऐसे होटल में जाने का अवसर मिला था। वहाँ पर भीड़ को देखकर मुझे दिल्ली के अस्पताल याद आ गए थे। गलियारों में पड़े बिस्तर बिलकुल एक ही जैसे थे, अंतर सिर्फ यही था कि वहाँ मरीज होते हैं और यहाँ यात्री थे। वहाँ नर्सों का ताँता तो यहाँ वोटरों का।

इस ऐतिहासिक नगरी की आधी जनसंख्या तो इसके इतिहास पर ही जीवित है और शेष चमड़ा उद्योग एवं पेठे की मिठाई पर। मुगलों की इस राजधानी में न जाने कितनी ऐतिहासिक इमारतें अपना-अपना इतिहास प्रतिदिन देश-विदेश के पर्यटकों को दिखाती हैं। बार-बार दुहराया जाता है इनका इतिहास—हर एक के सामने। इनमें भी जो इमारतें अपनी पूरी चमक-दमक से खड़ी हैं, वही बाजी मार ले जाती हैं; और जिनके मात्र खँडहर बचे हैं, उनमें उल्लू बोलते हैं। समय की गति का यह उपहास कितना क्रूर है। यहाँ जो भी आता है, वह ताजमहल की ओर खिंचा चला जाता है, कितना आकर्षण है इस इमारत में। विश्व का शायद ही कोई कोना हो जहाँ के निवासियों के कदम न खिंच आए हों इस इमारत की ओर। इसी प्रकार जितने छोटे-छोटे ताजमहल के मॉडल अब तक बन चुके हैं, उतने शायद ही किसी और इमारत के बने हों।

मैं जिस पुल पर चढ़ रही थी उसके दाई ओर छोटी-छोटी दुकानों की लंबी कतार थी। इन्हीं दुकानों के पीछे बने अँधेरे कमरों में ही निवास करते हैं इन दुकानदारों के परिवार। भोर होते ही छोटे-छोटे औजार लेकर ये लोग ताजमहल का मॉडल बनाने में जुट जाते हैं और देर रात तक बनाते रहते हैं। ये सब मॉडल विश्व के किस-किस नगर में पहुँच जाते

हैं, इसका कोई हिसाब-किताब नहीं। सीढ़ियाँ चढ़ते हुए मेरे कानों में नन्ही-नन्ही रेतियाँ चलने की आवाज आ रही थी, पर वास्तव में तो यह मेरा वहम ही था। मैं यहाँ कुछ समय रह चुकी हूँ, फलत: इस स्थान की इस आवाज से मेरे कान भली-भाँति परिचित थे। अब तक मैंने उस सड़क की ओर दृष्टि ही नहीं डाली थी। पुल की आखिरी सीढ़ी पर पहुँचकर ज्यों ही मैंने अपनी दाईं ओर देखा तो मैं दंग रह गई। सारी-की-सारी दुकानें साफ थी वहाँ से। अब वहाँ पर थे उन दुकानों के टूटे हुए खँडहर। इमारतों की नगरी में इन खँडहरों को देखकर मेरा जी कसैला हो गया था। मैंने तुरंत नजर हटा ली थी उधर से, पर मेरे मन पर अभी भी वही चित्र अंकित था। छोटे-छोटे ताजमहल बनानेवालों के घरों पर जब बुलडोजर चले होंगे तो उनके कितने ही 'ताज' मिल गए होंगे मिट्टी में। कहाँ गए होंगे यहाँ के सब लोग। यह तो कोई सफाई नहीं हुई। कड़वाहट सी भर आई थी मेरे मुँह में।

तभी एक रिक्शा मेरी बगल में आकर खड़ा हो गया। चढ़ाई चढ़कर आने के कारण रिक्शावाला बुरी तरह से हाँफ रहा था। उसकी छाती धौंकनी की तरह ऊपर-नीचे हो रही थी। एक-एक हड्डी दिखाई पड़ रही थी। वह केवल एक पुरानी सी निकर पहने था। धड़ पर वस्त्र के नाम पर उसके गले में काले सूत का एक डोरा था। देश को स्वतंत्र हुए इतने वर्ष हो गए और आज भी यहाँ के नागरिकों को भरपेट रोटी तक देने में सरकार सफल नहीं हुई। शायद इनके लिए कोई योजना बनाई ही नहीं गई आज तक। जो भी योजना बनी, वह ऊपर से नीचे की ओर, जैसे नदी को सहज रूप में पहाड़ पर ढुलका दिया जाए। वातानुकूलित कमरों में बैठे मंत्रालयों के बड़े-बड़े सचिव क्या जानें कि जेठ की तपती दोपहरी में नंगे बदन पर सूर्य की गरमी को झेलते हुए रिक्शा खींचना कितना कठिन है, और इतने कठिन काम के बाद जब पेट के भूख की आग शरीर को अंदर से खाती है तो यह दो तरफा गरमी शरीर को कितनी जल्दी राख कर देती है। इसका ज्ञान न तो हमारे नेताओं को है, और न ही अफसरों को।

रिक्शावाले ने बहुत बेबस नजरों से मुझे देखा। उसे लगा कि शायद मुझे रिक्शा चाहिए ही नहीं, पर जब मैं रिक्शे पर बैठ गई तो उसकी बाँछें खिल गईं। अपनी मंजिल बताकर मैं अपने विचारों में डूब गई। ढलान पर उतरते समय जब पसीने से भरे बदन पर से लू गुजरती है तो वह भी ठंडी लगती है। इसी ठंड का अनुभव किया होगा उसने और वह दोनों पैडलों पर पाँव रखकर खड़ा हो गया, शायद अधिक-से-अधिक पसीना सूखा लेना चाहता था वह इस ढलान पर।

सेंट जॉन्स कॉलेज से सीधी जाती हुई सड़क फौहारे पर समाप्त होती है और वहीं से शुरू होता है किनारी बाजार। इस बाजार में घुसते ही दाएँ हाथ पर दुकान है बाटलीवालजी की। शहर के सबसे बड़े जौहरी हैं वह। न जाने कितनी पीढ़ियों से यही धंधा होता आया है उनके खानदान में। इस परिवार ने मुगलों के पतन के बाद अंग्रेजों

का प्रभुत्व और पतन भी देखा है। कांग्रेस में शामिल होकर तो स्वयं बाटलीवालजी भी जेल गए थे। उन्होंने कांग्रेस का धन ही से नहीं, मन और तन से भी साथ दिया था। इसी कारण स्वतंत्रता प्राप्ति के बाद कांग्रेस के बदलते तेवरों से उन्हें छटपटाहट हुई थी और वह भारतीय जनसंघ में शामिल हो गए थे। काश्मीर में डॉ. श्यामाप्रसाद मुकर्जी की मृत्यु के बाद तो उन्हें कांग्रेस की जात से घृणा हो गई थी और वह जी जान से जुट गए थे भारतीय जनसंघ की जड़ों को गहराई तक ले जाने के लिए। पिछले दस वर्षों से स्वास्थ्य ठीक न रहने के कारण वह राजनीति में पूरी तरह सक्रिय नहीं हो पाते थे पर उनके मन में तड़प अभी बाकी थी।

बाटलीवालजी की मित्रता पिताजी के साथ जेल में हुई थी। इंजीनियरिंग की शिक्षा प्राप्त करके पिताजी ज्यों ही स्वदेश लौटे, उन्हें अच्छी सरकारी नौकरी मिल गई। उन दिनों स्वतंत्रता का आंदोलन अपने पूरे जोरों पर था। अंग्रेजों को अपने पैर उखड़ते लग रहे थे। ऐसी दशा में किसी भी विवेकशील व्यक्ति का सरकारी नौकरी में जाना उचित नहीं था। समय की आवाज को सुनते हुए पिताजी नौकरी ठुकराकर कांग्रेस के आंदोलन में कूद पड़े और सत्याग्रह करके जेल चले गए।

जेल में बाटलीवालजी से ऐसी दोस्ती हुई कि अब तक वह उसी दमखम से कायम है। हालाँकि दोनों अलग-अलग शहरों में रहे, पर दोनों ने शायद ही कोई ऐसा अवसर हाथ से जाने दिया हो जबकि वे मिल सकते हों और मिले न हो। शहरों की दूरी ने मित्रता में दूरी पैदा नहीं की बल्कि दोनों ने एक-दूसरे का अभाव और भी गहराई से समझा। 'आँख से दूर, दिल से दूर, वाली बात को झूठा कर दिया था दोनों की दोस्ती ने। अपने-अपने व्यवसायों और घर-गृहस्थी के दायित्वों को निभाते हुए भी दोनों ने एक-दूसरे के सुख-दु:ख को अपने अंदर तक गहराई से अनुभव किया है। पिताजी तो जेल जीवन को इसीलिए अपने जीवन की सुखद घड़ी मानते हैं कि उन्हें बाटलीवालजी जैसा अभिन्न मित्र प्राप्त हुआ।

धर्मचंद बाटलीवाल पूरा नाम है उनका, आगरा के जाने-माने जौहरी, सामाजिक कार्यकर्ता हैं। पीढ़ियों से उनका परिवार यहीं बसा है। मुगलों के काल में जब आगरा अपना ऐतिहासिक रूप ग्रहण कर रहा था तभी उनके पूर्वज यहाँ आ गए थे। बाटलीवालजी का जन्म एवं पालन-पोषण यहीं होने के कारण आगरा की संस्कृति उनकी रग-रग में बसी हुई है। आगरा की विभिन्न बस्तियों में उनकी कई दुकानें और मकान हैं। अधिकतर संपत्ति किराए पर उठाई हुई है। बाटलीवालजी स्वयं किनारी बाजार में सर्राफे की दुकान पर बैठते हैं। शहर में उनका पर्याप्त मान-सम्मान है। शहर का कोई भी समारोह उनकी उपस्थिति के बिना अधूरा माना जाता है।

बाटलीवालजी भारतीय संस्कृति के सच्चे उपासक हैं परंतु पाश्चात्य सभ्यता से

कुछ भी अच्छा सीखने अथवा अपनाने में उन्हें कभी भी आपत्ति नहीं रही। उनके बच्चे विदेशों से ही उच्च शिक्षा प्राप्त करके लौटे हैं। भारतीय समाज में व्याप्त कुरीतियों के वह कटु आलोचक हैं। रूढ़ियों को तोड़ने में युवा वर्ग का उत्साह निरंतर बढ़ाने के कारण वह इस वर्ग में काफी लोकप्रिय हैं।

स्वतंत्रता के लिए उन्होंने अपने घर-परिवार की परवाह न करते हुए अंग्रेजों से जमकर लोहा लिया और अब दूसरी आजादी की लड़ाई में भी वह तन-मन-धन से सहयोग दे रहे हैं। मेरे पिताजी के अभिन्न मित्र होने के कारण मुझ पर उनका अपार स्नेह रहा है। मुझे उनके परिवार में पर्याप्त समय तक रहने के अवसर प्राप्त हुए हैं। दिल्ली आने पर वह हमारे पास ही ठहरते रहे हैं। उनसे मिलना मेरे लिए हमेशा ही सुखद रहा है, पर आज मैं उनसे योजना के अनुसार नलिनी के रूप में नहीं मिलूँगी, ऐसा मैंने मन-ही-मन निश्चय किया।

ज्यों ही फव्वारे पर रिक्शा रुकी, मैंने पर्स में से दो रुपए का नोट निकालकर उसे थमा दिया। वह अपनी निकर की जेब में से एक मैला-कुचैला रुमाल निकालकर मुझे कुछ लौटाने का उपक्रम करने लगा, परंतु मैं तो बिना कुछ कहे ही चल दी थी बाजार की ओर। अवाक् सा देखता रह गया था वह।

बाटलीवालजी की दुकान पर पहुँचने से पहले मैंने दो-तीन अन्य दुकानों पर जाना उचित समझा ताकि एक ग्राहक के रूप में उस दुकान पर जाने में आसानी हो। यद्यपि इस अतिरिक्त सावधानी की आवश्यकता नहीं थी, पर फिर भी हर्ज ही क्या था। थोड़ा सा इधर-उधर घूमकर मैं जब बाटलीवालजी की दुकान पर पहुँची तो वह एक अन्य महिला को जेवर इत्यादि दिखा रहे थे। वह स्त्री स्वयं भी जेवरात की चलती-फिरती प्रदर्शनी सी लग रही थी। उसका इतने जेवर पहने होना मुझे अखर सा गया, न जाने यह स्त्रीयोचितडाह थी या कुछ और।

मुझे देखते ही बाटलीवालजी ने मेरा स्वागत उत्साहपूर्वक करते हुए कहा, 'आओ बेटी, बैठो। बाहर बहुत धूप है, थोड़ा सुस्ता लो, मैं अभी फारिग होकर तुम्हें जेवर दिखाता हूँ। तुम्हारे जेवर तैयार हो गए हैं।' उन्होंने भी सावधानी से काम करना ठीक समझा। मैं वहीं पर ग्राहकों के लिए पड़ी एक कुरसी पर बैठ गई, तभी नौकर शर्बत का गिलास लिए उपस्थित हुआ। मुझे शायद इसकी बहुत आवश्यकता थी, मैं पूरा गिलास एक ही साँस में पी गई। एक ठंडी सी लकीर कंठ से पेट तक खिंच गई। मैंने पर्स से रुमाल निकालकर अपना चेहरा साफ किया और सोचने लगी कि मुझे बुलाने की आवश्यकता क्योंकर हुई होगी इन्हें। मैं इसी सोच में डूबी हुई थी और कोई विशेष बात समझ में नहीं आ रही थी कि बाटलीवालजी मेरे सामने आकर बैठ गए। यद्यपि दुकान में घुसते ही उन्हें नमस्कार कर चुकी थी पर अनायास ही पुनः अभिवादन को हाथ जुड़ गए। बाटलीवालजी ने अपनी

सदाबहार मुसकान से अभिवादन स्वीकारा और आशीर्वाद दिया।

बैठते ही उन्होंने कहना शुरू किया, 'बेटी, मैंने तुम्हें इसलिए बुलाया है ताकि अपने कुछ कार्यकर्ताओं से तुम्हें मिलवा सकूँ जिनकी सहायता से मैंने यह पचास हजार रुपए एकत्र किए हैं। इसमें राशि की उतनी बात नहीं है जितनी उनके योगदान की। तुमसे मिलकर उनका उत्साह बढ़ेगा। इसी प्रकार कुछ महिलाओं से भी मैं तुम्हें मिलवाना चाहूँगा ताकि यहाँ की स्त्रियों को पता लग सके कि इस आंदोलन में तुम्हारे जैसी पढ़ी-लिखी और संभ्रात घरों की महिलाओं का भी सक्रिय सहयोग है। मैंने तुम्हारे लिए दो छोटी-छोटी बैठकों का आयोजन किया है। क्योंकि समय बहुत कम है फलत: ये बैठकें अभी करनी हैं। मैं समझता हूँ कि तुम्हारे विचारों का अच्छा-खासा प्रभाव होगा यहाँ के लोगों पर। हाँ, एक बात और; कल्पना अथवा उसके परिवारवालों को यह बताने की आवश्यकता नहीं है कि मैं इस आंदोलन से जुड़ा हूँ। साथ ही यह बात भी पूरी तरह गुप्त रहनी चाहिए कि तुम पचास हजार की राशि लेकर जा रही हो यहाँ से।'

'सो तो ठीक है। मैंने न तो किसी को कुछ बताया है और न ही इसकी आवश्यकता है। हाँ, आपकी बहू को जरूर आज पूरा भाषण पिलाना पड़ा है। वह मुझे एक हजार रुपए देने पर सहमत है। मैं चाहती हूँ कि सगाई से मिला धन आप कल्पना के सामने ही मुझे दें ताकि कल्पना का मन आनेवाले समय का सामना करने के लिए पक्का हो सके। एक ही मास बाद तो शादी है और शादी के बाद तो उसे पता लगेगा ही कि आप लोग इस गुप्त आंदोलन से कितना अधिक जुड़े हो। ऐसे अवसर पर वह हमारा साथ दे, इसी में सबकी भलाई है।' मैंने कहा।

'हाँ! हाँ! मुझे कोई आपत्ति नहीं। ज्यों ही संबंधी लोग चले जाएँ मैं कल्पना को बुलाकर वह रुपया तुम्हें सौंप दूँगा। बल्कि यहाँ तक भी कह दूँगा कि तुमने मुझे अपनी बातों से इतना प्रभावित किया है कि मैं वह राशि सहर्ष तुम्हें सौपने को तैयार हूँ।'

बाटलीवालजी दो मिनट तक चुप रहे और फिर बोले, 'जो राशि तुम्हें दिल्ली ले जानी है, वह मेरे पास तैयार है; परंतु मैं चाहता हूँ कि जब स्टेशन से गाड़ी चले तभी तुम्हें सौंपूँ। या कल्पना के घर में ही मैं यह राशि तुम्हें सँभलवा दूँगा। मुझे विश्वास है कि तुम जैसी साहसी लड़की को कोई समस्या न होगी, और यदि कुछ गड़बड़ लगती हो तो मैं तुम्हारा कार से जाने का प्रबंध कर दूँ। ड्राइवर विश्वसनीय व्यक्ति है ही।'

मुझे यह प्रस्ताव पसंद आया और मैंने तुरंत अपनी स्वीकृति दे दी। बाटलीवालजी ने मेरे ही सामने फोन करके एक मित्र से कार माँग ली जिसमें उन्हीं का ड्राइवर हरी मुझे दिल्ली छोड़कर लौट आएगा, यह तय किया गया।

'लगभग दस मिनट बाद बाटलीवालजी अपने मुनीम को कुछ निर्देश देकर उठ खड़े हुए और मुझे अपने साथ आने का इशारा करते हुए दुकान से नीचे उतर पड़े। मैं

अपने हाथ में एक पैकेट थामे थी जिसमें कल्पना के लिए चूड़ियाँ पैक थीं। ये चूड़ियाँ उन लोगों ने आज के लिए ही बनवाई थीं।

दुकान से उतरकर दाईं ओर की पहली गली से मुड़ गए थे हम लोग पर यह गली तो बाटलीवालजी के घर की ओर नहीं जाती। मैंने सोचा शायद किसी और स्थान पर बैठक हो। सारा बाजार सूना-सूना सा लग रहा था जबकि इस बाजार की चहल-पहल तो दूर-दूर तक मशहूर है। वैसे मुझे इस बाजार में दोपहर में घूमते हुए भी घृणा होती है और एक अजीब सी घुटन अनुभव करती रही हूँ मैं यहाँ आकर। दोपहर होने के कारण अधिकांश दुकानों पर तिरपाल तने थे या वे बंद थीं। दुकानों के ऊपर बने झरोखों में लिपे-पुते चेहरों ने अभी झाँकना शुरू नहीं किया था। मेरी वितृष्णा का कारण यही लिपे-पुते चेहरे थे। मुझे याद आया कि जब मैं पहली बार इस बाजार में आई थी तो मेरी क्या हालत हुई थी। संभ्रांत घरों की स्त्रियों का शाम को इस ओर आना संभव ही नहीं। वास्तव में मैं भूल से इस बाजार में घुस आई थी एक बार। मैंने सोचा घर जाने का यह छोटा रास्ता होगा। बाटलीवालजी का मकान इसी सड़क की दाईं ओर है। किनारी बाजार में आगे जाकर जो गली बाएँ मुड़ती है, वहीं से होकर साधारणतया हम जाया करते थे। न जाने क्यों मुझे लगा कि इधर से जल्दी पहुँचा जा सकता है। सायंकाल का शो देखने जाना था हम सबको और मैं कुछ देर के लिए हरि पर्वत तक गई थी अपने किसी परिचित से मिलने। वहीं से लौट रही थी मैं।

उस गली में सौ कदम अंदर जाने के बाद मुझे चारों ओर कुछ ऐसे वातावरण का आभास हुआ जिससे मैं सर्वथा अपरिचित थी। मैंने अपने आगे-पीछे चलते लोगों को देखा तो जो बात असामान्य लगी वह उनकी दृष्टि का रह-रहकर ऊपर जाना था। अब तक मैं धीरे-धीरे सिर झुकाए चल रही थी। जिज्ञासावश मैंने अपनी दृष्टि ऊपर उठाई तो मैं सन्न रह गई। ऐसा लगा जैसे बीच बाजार में नंगा कर दिया गया हो मुझे।

यह रूप का बाजार था, और रूप का क्यों? शरीर का बाजार था! जहाँ जिंदा मांस बिकता था। दूर तक झरोखों में से तरह-तरह के झाँकते चेहरे मैंने एक ही दृष्टि में देख लिये थे। हर चेहरा विवशता और निर्लज्जता का एक अजीब संगम था। देश के कोने-कोने के चेहरों की झलक देखी थी मैंने उस बाजार में। पर अधिकांश चेहरे उत्तर-पूर्व के पहाड़ी क्षेत्रों की लड़कियों के थे। न जाने कौन सी विवशता इन लड़कियों को अपना शरीर बेचने को बाध्य करती थी। नि:संदेह कोई भी महिला स्वेच्छा से यह काम करना भी नहीं चाहेगी। झरोखे पर खड़ी उन लड़कियों की नजरें मुझे अपने शरीर में गड़ती अनुभव हो रही थी। मैंने अपने कदम तेजी से बढ़ा दिए और दाईं ओर मुड़ती एक गली में चली गई। सारा शरीर पसीने से नहा उठा था। इस गली में पहुँचकर मुझे ऐसा लगा जैसे किसी सुरक्षित स्थान पर पहुँच गई हूँ। अब पुन: मैंने अपने रास्ते की चिंता करनी

शुरू की और कई स्थानों पर पूछताछ करती हुई पहुँची थी मैं। शॉर्टकर्ट के चक्कर में मैंने काफी लंबा रास्ता तय किया था।

सब लोग तैयार ही थे, केवल मेरी प्रतीक्षा हो रही थी। मेरा मन वह सब देखने के बाद बुरी तरह खट्टा हो गया था। शरीर में जैसे सुइयाँ सी चुभ रही थीं। परंतु सिनेमा जाना तो पहले से ही तय था। मरे हुए मन से मैंने सबका साथ दिया। पिक्चर सबको बहुत पसंद आई थी, परंतु मेरा मन रम नहीं रहा था। परदे पर रह- रहकर उन लड़कियों के चेहरे उभर आते जो स्वतंत्र भारत में अपना शरीर बेचने पर विवश थी। शोषण की पराकाष्ठा थी यह। मैंने सोचा अभी भी दुनिया पर पुरुष, और केवल पुरुष का ही आधिपत्य है; भले ही हमारी प्रधानमंत्री नारी ही है। प्रारंभ से ही किसी-न-किसी प्रकार पुरुष नारी के शरीर का व्यापार करता आया है। मंदिर में देवदासी बनाकर, उप-पत्नी के रूप में घर बिठाकर या हरम में डालकर या फिर इस प्रकार उसे दुकानों पर सजाकर। न जाने ये सब कब समाप्त होगा। मेरे विचार थे कि समाप्त ही नहीं हो पा रहे थे, पर फिल्म को तो अपनी लंबाई तय करने के बाद समाप्त होना ही था। हम सब लोग घर की ओर चल दिए पर मेरा मन अभी भी भारी था। हम प्रधानमंत्री के पद पर किसी महिला के आसीन होने पर गर्व से स्त्रियों के अधिकारों और समानता की बात करते हैं, वहीं नारी के इस रूप को सर्वथा विस्मृत करते रहे हैं जिस कारण हमारी गरदन शर्म से झुकी ही रहनी चाहिए। मैंने सोचा यह कैसी विडंबना है जिसकी समाज को कोई परवाह ही नहीं।

मैं चुपचाप बाटलीवालजी के पीछे-पीछे चल रही थी। एक गली में मुड़कर वह तीसरे मकान के सामने रुक गए और उस मकान के किवाड़ खटखटाए उन्होंने। शीघ्र ही द्वार खुला और हम लोग अंदर चले गए। पुराने समय का बना यह मकान काफी साफ-सुथरा था। दलान के बाद छोटा सा आँगन था जिसके ऊपर जंगला लगा था। सामने ही बैठक थी जिसमें आठ-दस व्यक्ति पहले से ही बैठे थे। बाटलीवालजी मुझे लेकर वहाँ पहुँचे और सबसे मेरा परिचय करा दिया; और एक व्यक्ति को मुझे वापिस पहुँचाने का दायित्व सौंपकर लौट गए।

वहाँ पर उपस्थित सभी व्यक्तियों से मैं पहली बार मिल रही थी। मेरे अतिरिक्त वहाँ और कोई स्त्री नहीं थी पर मुझे किसी प्रकार की झिझक अनुभव नहीं हुई। बारी-बारी से सभी व्यक्तियों ने अपने अनेक संदेहों का समाधान चाहा था मुझसे। दिल्ली से आने के कारण मैं उनके लिए बहुत महत्त्वपूर्ण हो उठी थी, जबकि ऐसी बात थी नहीं। गुप्त आंदोलन में मेरा सहयोग तो सागर में बूँद जितना भी नहीं था। फिर भी मैंने उन लोगों में उत्साहवर्धन अपना विशेष कर्तव्य माना और काफी बातें बढ़ा-बढ़ाकर उन्हें बताईं कि किस प्रकार बहुत बड़े पैमाने पर तैयारियाँ चल रही हैं। आप जैसे लोगों का साथ रहा तो शीघ्र ही तानाशाही को घुटने टेककर इन्हीं गलियों से गुजरना होगा। यद्यपि

मैं स्वयं नहीं जानती थी कि इस भयावह रात का अंत कब होगा, पर उन्हें मैंने बहुत ही सुंदर और सुखद सुप्रभात के शीघ्र ही आने की सूचना दी। क्योंकि अधिकांश सूचनाएँ कानोंकान पहुँचती थीं, फलतः मेरी बातें उनके लिए बहुत प्रामाणिक थी और ये सब बातें वे स्वयं सुन रहे थे। अपने कानों से सुनी-सुनाई अफवाहें नहीं थीं। उन लोगों ने भी बताया कि किस प्रकार एक-एक व्यक्ति आतंकित है। वह हमारी पूरी तरह सहायता तो करना चाहता है परंतु स्वयं सामने नहीं आना चाहता। शायद उसे यह विश्वास ही नहीं होता कि इस सर्वसाधन-संपन्न तानाशाही की जड़ें अब इस देश से उखड़ सकेंगी। हमारा यह मत है कि यदि पब्लिक को एक बार यह विश्वास हो जाए कि उनका प्रयत्न शत-प्रतिशत सफल होगा तो वह पूरी ताकत से उठकर खड़ी हो सकती है। मैंने उन्हें बताया कि किस प्रकार हम इन विश्वास की भीत्तियों का निर्माण कर रहे हैं और उसी के लिए प्रचार के तमाम साधन जुटाने पड़ते हैं—'जो लोग इस कार्य में दिन-रात लगे हैं या यूँ ही कार्य करते हुए जेलों में ठूँस दिए गए हैं उनके परिवारों के भरण-पोषण का प्रबंध करना भी अनिवार्य होता है। आप जैसे उत्साही लोगों के दम पर ही तो चल रहा है यह आंदोलन हालाँकि मैं जानती हूँ कि नए इतिहास के भवन में तुम्हारे और मेरे नाम की ईंट कहीं नहीं होगी, पर नींव के पत्थरों को अपने प्रदर्शन एवं मान्यता प्राप्ति की आवश्यकता ही कब पड़ती है। आप लोग जिस नव-निर्माण में लगे हैं उनका निश्चित लाभ आपकी अगली पीढ़ियों को भी मिल जाए तो घाटे का सौदा नहीं है। मेरा मतलब है कि हमें तैयारी लंबे समय तक के लिए करनी है। हमारी योजना है तानाशाह की भूल को पकड़ना, ज्यों ही कोई गलती हुई हमने उसे दबोचा। यह गलती शीघ्र ही होगी क्योंकि इसके आसार नजर आने लगे हैं। इंदिरा गांधी के चारों ओर चाटुकारों की भीड़ बढ़ती जा रही है और साहब-मुसाहिबों के अत्याचारों का बोलबाला बहुत तेजी से बढ़ रहा है। कांग्रेसी राजमहल में षड्यंत्रों का बोलबाला है। यह सब शुभ लक्षण है हमारे लिए, देश के लिए और लोकतंत्रीय प्रणाली के लिए। आप लोग डटे रहे तो फिर विजयश्री तो मिलेगी ही।

थोड़ी देर बाद सभी लोग मेरा अभिवादन करके और सतत सहायता का आश्वासन देकर चले गए। केवल वही व्यक्ति रह गया जिस पर मुझे वापस पहुँचाने का दायित्व था। वह बोला, 'बेटी, तुम कुछ देर चाहो तो ऊपर चली जाओ और जलपान कर लो। वे महिलाएँ यहाँ आती ही होंगी। मैंने सबको सूचना तो भिजवा दी थी और समय भी हो गया है।' मैंने बहुत नम्रता से जलपान का आग्रह ठुकरा दिया क्योंकि मुझे थोड़ी सी भी भूख नहीं थी। धीरे-धीरे पंद्रह-सोलह महिलाएँ वहाँ आ जुटीं। उसी व्यक्ति ने मेरा परिचय दिया सबको। इन महिलाओं में लगभग सभी का कोई-न-कोई पति, पुत्र अथवा भाई जेलों में ठूँस दिया गया था। आर्थिक समस्याओं के अतिरिक्त इनके सम्मुख सबसे

बड़ी कठिनाई थी अनिश्चितता की। आर्थिक समस्याओं का समाधान तो यहाँ के कार्यकर्ता कुछ-न-कुछ कर रहे थे, परंतु इस अनिश्चय वाली स्थिति का उत्तर किसी के पास नहीं था। बिना किसी सुनवाई या मुकदमे के कब तक ये लोग जेलों में बंद रहेंगे, यह कोई नहीं जानता था। मैंने उन्हें ढाढ़स बँधाया, 'चिंता की कोई बात नहीं है, तुम्हारे जैसी स्त्रियों के हजारों लाल जेलों में बंद है। देश की आजादी की रक्षा के लिए जो कीमत चुकानी है। उनमें आपका पूरा-पूरा योगदान है वैसे वर्तमान सरकार अपनी तानाशाही नीतियों के कारण इतनी खोखली हो चुकी है कि अधिक दिन तक यह सब आडंबर सँभाल नहीं पाएगी। झूठ और अन्याय पर टिके इस तंत्र का शीघ्र ही नाश होगा। ऐसे समय में आपका पुनीत कर्तव्य है कि आप न केवल स्वयं हौसला रखे बल्कि अन्य लोगों का हौसला भी बढ़ाएँ।' स्वयं प्रताड़ित होते हुए भी ये स्त्रियाँ जिस प्रकार दिन-रात जुटी हुई थीं, और घर-घर जाकर स्वतंत्रता की अलख जगा रही थीं, वह वास्तव में प्रशंसनीय था।

उन्होंने मुझे बताया कि किस प्रकार वे घर-घर में सूचनाएँ पहुँचाकर सरकार की झूठी खबरों का खंडन करती हैं और लोगों को वास्तविक परिस्थितियों का ज्ञान कराती हैं। मुझे यह जानकर आश्चर्य हुआ कि रूप बाजार की लड़कियाँ भी उन्हें पूरी तरह सहायता देती हैं और उनके समाचार बड़ी तीव्रता से चारों ओर फैला देती हैं। मेरा ध्यान उसी गली में चला गया। मुझे जानकर आश्चर्य हुआ कि समाज द्वारा तिरस्कृत शरीर में आत्मा इतनी सुंदर हो सकती है। अपना शरीर बेचते हुए भी उन्हें अभिव्यक्ति की स्वतंत्रता के महत्त्व का ज्ञान है। यह मेरे लिए एक सुखद समाचार का विषय था। इससे यह संकेत मिलता था कि शासन के अत्याचार से अब कोई वर्ग नहीं बचा था और सभी उत्पीड़न की चक्की में पिस रहे थे।

उन महिलाओं के जाने के बाद जब हम लोग मुख्य सड़क पर आए तो मैंने अकेले ही राजा मंडी जाने का निर्णय किया और धन्यवाद करके उन सज्जन को विदा कर दिया। मुझे रिक्शा पर बैठाकर वह लौट गए। मैंने उन्हें कह दिया था कि वह लौटते हुए बाटलीवालजी को मेरे चले जाने की सूचना देते जाएँ।

मैं रिक्शावाले को राजा मंडी जाने के लिए कह ही चुकी थी। उसके पैर का दबाव पैडल पर पड़ते ही रिक्शा ने गति पकड़ना शुरू किया। अभी रिक्शा 25-30 कदम ही चला होगा कि मेरे मन में विचार आया कौन जाने कल्पना के विवाह में आ भी सकूँ या नहीं। अच्छा हो उसे एक बढ़िया सा उपहार देती जाऊँ। किनारी बाजार की ओर लौटना मुझे उचित नहीं लगा, फलतः मैंने रिक्शावाले को सदर बाजार चलने के लिए कहा। थोड़ा सा आश्चर्य हुआ था उसे और उसने गरदन घुमाकर एक क्षण को मुझे देखा और

हींग मंडी की तरफ हैंडिल मोड़ दिया। वह सदर बाजार जाने का सबसे छोटा मार्ग था।

आगरा की एक बहुत बड़ी आबादी जिस उद्योग से अपना जीवन निर्वाह करती है, वह है चमड़ा उद्योग; और चमड़े की यह सबसे बड़ी मंडी है। घर-घर में दिन-रात जूते बनाने की खटपट, चमड़ा काटने की कर्रकर्र-कर्रकर्र और दुर्गंध यहाँ के वातावरण के अभिन्न अंग हैं। आँख पर पट्टी बाँधकर भी चलें तो आपके कान और नाक बता देंगे कि आप आगरा की हींग मंडी में पहुँच गए हैं। दिन-रात जो अपनी मेहनत से चमड़े को जूतों का रूप देते हैं ऐसे सैकड़ों श्रमिक परिवार फैले हुए है सर्वत्र इस क्षेत्र में। छोटी-छोटी गलियाँ, गंदे कच्चे-पक्के घर, मैले-कुचैले बच्चों का जमघट और लगभग हर घर में से आती चमड़े की दुर्गंध मेरी जानी-पहचानी है। इस क्षेत्र की बस्तियों को मैं अपने विद्यार्थी जीवन से ही देख रही हूँ। जानती हूँ कि दूसरों के पाँवों में जूता पहनानेवाले स्वयं जूता खरीदने में असमर्थ हैं। यहाँ के निर्मित जूते भारत के अतिरिक्त विश्व की सबसे बड़ी मंडियों में अपना सिक्का पूरी तरह जमा चुके हैं। बहुत बड़ी-बड़ी कंपनियाँ जो जूतों का निर्यात करती हैं, यहाँ से अपना माल बनवाती हैं और उन पर अपने लेबल लगाकर बेचती हैं। अनेकों प्रतिष्ठित फर्में भी यहाँ से जूते बनवाकर अपनी 'गुडविल' के आधार पर बहुत ऊँचे दामों पर बेचती हैं और बदले में इन श्रमिकों को देती हैं भूख, अपमान एवं घिनौना और घटिया रहन-सहन। शोषण की चक्की में पिसते ये श्रमिक इसे समय की विडंबना मानकर स्वयं को शांत कर लेते हैं अथवा शाम को कच्ची और कभी-कभी ठेके की शराब पीकर अपने गमों का इलाज करते हैं। रात के समय यहाँ के वातावरण में चमड़े के साथ शराब की बू हर आने-जानेवाले के नथुनों में घुसकर उसे परेशान कर देती है। शराबियों के झुंड यहाँ-वहाँ नजर आते हैं और आगरा के अधिकांश अपराध यहीं जन्म लेते हैं।

जब रिक्शा हींग मंडी के मुख्य मार्ग से गुजर रहा था तो मैंने देखा कि सिपाहियों से भरे ट्रक पर ट्रक चले आ रहे हैं। भेड़ों की तरह ट्रक में ठुँसे सिपाही बिलकुल ऐसे लग रहे थे जैसे कोई व्यापारी मंडी में माल लेकर पहुँचा हो। ट्रक रुकते ही सिपाही उसमें से ऐसे कूदते जैसे ऊपर से किसी ने उठाकर पटक दिया हो, बिलकुल भेड़ों की ही तरह वह इधर-उधर भीड़ बनाकर खड़े होते जा रहे थे। उनके हाथ में बेंत की एक ढालनुमा टोकरी और दूसरे में कोई-न-कोई शस्त्र था। शीघ्र ही उस क्षेत्र की नाकाबंदी की जाने लगी। रिक्शावाला पैडल पर अपने पैरों का दबाव अधिक-से-अधिक बढ़ाता जा रहा था।

'मुझे लगा कि शायद वह मुझे इस मौत की घाटी से दूर—बहुत दूर ले जाना चाहता है। उसने बताया कि ट्रक से कूदनेवाली भेड़ें नहीं बल्कि भेड़िए हैं। अब सारा क्षेत्र घेरकर यहाँ तोड़-फोड़ मचा दी जाएगी। चंदे के नाम पर रिश्वत ली जाएगी। इनामों के

लालच के लिए लोगों को जबरदस्ती जिबह किया जाएगा और नसबंदी के आँकड़े समय से पहले पूरे कर लेने के बड़े-बड़े विज्ञापन समाचारपत्रों में छपेंगे। अब इस क्षेत्र में दरिंदों का खुलकर नाच होगा। सारे शहर का आवागमन इस क्षेत्र से होकर गुजर नहीं सकेगा। जिन लोगों की दुकानें नहीं भी खुली हुईं उन्हें भी जबरदस्ती खुलवाया जाएगा या उनका ताला तोड़ दिया जाएगा। जिसके हाथ में जो लगेगा वह माल उसका, भले ही वह कोई वस्तु हो या लड़की। अपने-अपने हाथ आई वस्तु को लूटने-खसोटने का पूरा अधिकार दिया है इन्हें शायद कानून ने।

'कबसे हो रहा यह सब?' मैंने पता नहीं किया उससे अथवा स्वयं से सवाल किया।

'रोज ही तो यही सब देखते हैं, मेम साब। कभी रकाब गंज तो कभी बेलन गंज, कभी घटिया तो कभी हरि पर्वत, कभी लोहा मंडी तो कभी रुई मंडी। कोई बचा है इन राक्षसों से जो यह इलाका बचेगा। मुझे तो यही ताज्जुब है कि ये दरिंदे इतने दिनों तक इस इलाके को भूले क्यों रहे? यहाँ के व्यापारी बड़े मालदार हैं मेम साब। हो सकता है मोटी रकमें पहुँचाते रहे हों।'

'तो फिर अब क्या हुआ?' मैंने जिज्ञासा की, जैसे यह रिक्शावाला न होकर शहर का हाकिम हो।

'सब्र की भी हद होती है न। खून भी तो एक सीमा तक ही चुसवाया जा सकता है। कब तक भरते रहें नजराने। कल नहीं भरा तो आज यह होना ही था, आज नहीं तो कल।' उसने दार्शनिकता भरे स्वर में कहा।

'ये सब मिलकर आवाज क्यों नहीं उठाते।' मैंने सुझाव दिया।

'क्या आवाज उठाएँ मेम साब? मरे चाम का व्यापार करनेवाले खुद भी मरे हुए होते हैं और यह इंतजार करते रहते हैं कि उनकी आह की गरमी से अन्याय का लोहा स्वयं ही पिघल जाएगा। पिसते हैं और बद्दुआ देकर रह जाते हैं। सोचते हैं कि कलयुग में कोई अवतार लेगा और उनकी सब मुसीबतें खुद ही दूर हो जाएँगी।' उसने घृणा और उपेक्षा भरे स्वर में मुझे समझाया।

मुझे लगा कि यह व्यक्ति साधारण रिक्शावाला नहीं है, अवश्य ही इसमें कुछ-न-कुछ असाधारण है जो इसके दिल और दिमाग को इस प्रकार झिंझोड़ रहा है।

रास्ते के दोनों ओर तोड़-फोड़ के चिह्न दृष्टिगोचर हो रहे थे जिसके कारण मेरा मन बेकाबू होता जा रहा था। दिल्ली और आगरा ही नहीं, भारत के अनेक नगरों और कस्बों की यही दशा थी। इसके समाचार हमारे पास निरंतर आते रहते थे। घुटन और उत्पीड़न से साँस रुकने सी लगी थी। मैंने अनुभव किया कि मेरी मनःस्थिति अब ऐसी नहीं है कि मैं कोई उपहार इत्यादि खरीद सकूँ।

जब मैंने रिक्शेवाले को राजा मंडी की ओर चलने को कहा तो वह चौंक पड़ा। 'क्या बात है मेम साब? अब तो वह सामने ही है सदर। पाँच मिनट ही की तो बात है और।'

'नहीं भाई। बात पाँच मिनट की नहीं है, बात मन की है। तुम लौट चलो जल्दी, मेरा जी खराब हो रहा है।' मैंने कहा।

उसने सोचा शायद मेरी तबीयत खराब हो रही है। मेरी माँग में सिंदूर देखकर उसने जी खराब होने का अर्थ भी दूसरा लगाया था शायद। इसलिए बोला 'पास में ही एक लेडी डॉक्टर है। 'एंग्लो इंडियन' है। बहुत बढ़िया अंग्रेजी इलाज करती है। मेरी रिक्शा उसके यहाँ महीने पर बँधी है। आप कहें तो वहीं ले चलूँ। मेरी बीवी को दो बार मरते-मरते बचाया है उसने और दोनों ही बच्चे अब उसी की कृपा से अच्छे स्कूल में पढ़ रहे हैं। बहुत ही अच्छी है वह और औरतों की बीमारियों की तो माहिर।'

मैंने उसकी बात पर ध्यान न देते हुए कहा, 'तुम रिक्शा मोड़ लो बस।'

'अच्छा' कहकर उसने ब्रेक लगाई और नीचे उतरकर रिक्शा को उलटी तरफ घुमा दिया। मैं अपने विचारों में डूब सी गई। प्रताप नगर का क्षेत्र भी तोड़-फोड़ से नहीं बचा था, सिवाय पेट्रोल पंप और उसके साथ लगी बड़ी-बड़ी कोठियों के। किसी बड़े कांग्रेसी नेता की जायदाद थी यह, ऐसा मुझे किसी ने बताया था। जब वह पहली बार असेंबली में चुने गए थे तो यहाँ पर बने एक छोटे से मकान में रहते थे। चुनाव जीतते ही आसपास की सारी जमीन उनके पूर्वजों द्वारा छोड़ी हुई संपत्ति हो गई और एक लंबा-चौड़ा घेरा बनाकर उन्होंने इस बात की घोषणा कर दी थी। किसकी हिम्मत थी जो उनके दावे को चुनौती देता। वह जमीन सरकारी कागजों पर भी उनके नाम चढ़ी थी या नहीं, कोई नहीं जानता। हाँ, धीरे-धीरे वहाँ पेट्रोल पंप और मकानों-दुकानों का फैलाव होने लगा। रिहायशी क्षेत्र होने के बावजूद भी वहाँ एक के बाद एक दुकानें खुलने लगीं। बड़ी कंपनियों की एजेंसियाँ वहाँ आ पहुँचीं और आज यह क्षेत्र पूरी तरह कमर्शियल हो गया था। प्रताप नगर के पहले छोर को जैसा सुरक्षित पाया, दूसरा छोर वैसा ही असुरक्षित था। अच्छे-अच्छे 'शो रूम' खंडित हो चुके थे और मलबे से माल को निकालने में कई लोग लगे हुए थे। रिक्शावाले ने बताया कि परसों रात को लगभग ग्यारह बजे के करीब बुलडोजर आए थे और इन बंद पड़ी दुकानों को तोड़ गए थे बिना किसी सूचना या नोटिस के। लोग कहते हैं कि इनमें से कुछ दुकानों के मालिक उस नेता के खिलाफ कुछ प्रचार कर रहे थे। उसी के आगे कचहरी थी, वहाँ पर भी वकील और मुंशी अपनी-अपनी किताबें ढूँढ़ रहे थे। बुलडोजर उनके खोखों पर भी चला था।

बिलकुल ऐसा ही तो हुआ था दिल्ली की तीस हजारी कोर्ट में भी। जब सुबह वकील लोग कोर्ट में आए तो दंग रह गए थे सारा दृश्य देखकर। सरकार द्वारा अलॉट

किए गए स्थान पर ही तो उन्होंने अपनी फाइलें और पुस्तकें इत्यादि रखने के लिए खोखे बनाए थे। उन्हें क्यों तोड़ा गया कोई नहीं जानता था। किसी को कोई पूर्व सूचना नहीं थी। बहुत रोष में भर उठे थे वकील और जब उनका एक शिष्टमंडल प्रशासन के अधिकारियों से मिला तो उन्होंने स्पष्ट कह दिया कि तुम्हारे साथ ऐसा होना ही चाहिए था। क्या किया है तुमने आपातकाल में सरकार के लिए? भले ही वकीलों ने जनता की अपेक्षाओं की अवेहलना करते हुए चुप्पी साध रखी थी पर इससे ही तो अधिकारी खुश नहीं हो सकते थे। अपना सा मुँह लेकर लौट आए थे वे। रोष भरा था उनके अंदर, पर बाहर से कुछ करने में इतना डरते थे कि मुँह से आवाज तक निकालना नहीं चाहते थे आपातकाल के विरुद्ध।

जब मुझे इसकी सूचना मिली थी तो मुझे लगा था कि क्या यह वर्ग भी नपुंसक हो गया है। माना कि पत्रकारों के ऊपर अखबार के मालिक दबाव डालता है, पर वकील तो पूरी तरह स्वतंत्र हैं, क्यों नहीं खुलकर विरोध करते तानाशाही का। पर कुछ नहीं हुआ था। एक-दो वकीलों ने अपनी सफाई देते हुए यहाँ तक कह दिया था हम कानून की कीमत जानते हैं और उसे किसी भी तरह तोड़ना नहीं चाहते। मुझे लगा था कि जैसे किसी बच्चे ने खिलौना हाथ में लेकर यह तर्क दिया हो कि वह खिलौने की कीमत जानता है। दिन-रात कानून से खिलवाड़ करनेवाला वर्ग, हर कानून की तोड़ ढूँढ़नेवाला वर्ग कानून की कीमत की बात कर रहा था। कानून की बारीकियों का माहिर उसमें फँसा स्वयं छटपटा रहा था और अपनी कायरता को खिसियानी हँसी में छिपाकर कह रहा था कि वह कानून की कीमत जानता है। कितना खोखलापन था इस तर्क में!

उन्हें यह स्वीकार करने में लज्जा आ रही थी कि न्याय नाम की कोई चिड़िया नहीं रही है इस देश में। न्याय के नाम पर जो नाटक हो रहे थे अदालतों में, उनमें वे अपनी भूमिका बखूबी निभा रहे थे और उस भूमिका के बदले में अपनी जेबें गरम कर रहे थे, साथ ही कानून की रक्षा की दुहाई भी दे रहे थे। यह बात उनके लिए बेमानी थी कि उनकी जेब में नोट आ कहाँ से रहे हैं, सरकार की ओर से या ऐसे लाचार और गरीब लोगों की ओर से जिन्हें तानाशाही सरकार के अत्याचारों के कारण रोजी-रोटी तक से वंचित किया जा रहा है। अपना खून बेचकर किसी शोषित के संबंधी जो धन लाते थे वह सुविधाभोगी वकील रात को विदेशी शराब की पार्टियों में लुटा देते थे। वह तो भली-भाँति जानते थे कि तानाशाही सरकार का शिकंजा न्यायपालिका पर कितना कस चुका है। सरकार द्वारा प्रताड़ित लोगों को अदालत में पेश करने का जो ड्रामा है उसका अंत क्या होनेवाला है, उनसे छिपा नहीं था। फिर भी वह उन असहाय लोगों के रहे-सहे खून को पूरी तरह चूस लेना चाहते थे; भले ही इसके लिए उन्हें भी सरकार के विरोध का नाटक क्यों न करना पड़ता। वे जानते थे कि इन मुकदमों का परिणाम क्या निकलनेवाला

है, परंतु जानबूझकर लोगों को भ्रम में डाले रखते थे ताकि उनका स्वार्थ सिद्ध होता रहे।

इस प्रकार एक ओर वह सरकार के अनुरूप अपनी भूमिका निभा देते, दूसरी ओर अपनी जेबें भरते जाते। मुकदमे के अंत में एक ब्रह्म वाक्य कहकर छुट्टी पा ही जाते थे कि 'मजिस्ट्रेट को ऑर्डर ऊपर से आए हैं, सजा तो उसे देनी ही थी।' जब सजा होनी ही थी तो यह सब क्योंकर किया। पहले भी तो जानते थे वे यह सब, पर उन्हें किसी की भावनाओं से क्या सरोकार। उनका असली ध्येय पैसा कमाना ही तो है, आजादी की लड़ाई लड़ना तो नहीं। हमारे एक मित्र ने बहुत अच्छी टिप्पणी की थी इस संबंध में, जब उसने कहा था, 'दे आर द क्लास विच बिट्रेड अस द मोस्ट, दैट टू ऑन अवर ऑन कास्ट।' अर्थात् यह वह वर्ग है जिसने हम सबको सबसे अधिक धोखा दिया है, वह भी हमारे मूल्य पर।

मुझे लगा था कि इस वर्ग को निरंतर भयभीत करने के लिए शायद यह अभियान देशव्यापी हो। पर फिर विचार आया कि किसी भी सुविधा भोगी वर्ग को भयभीत करना क्या कठिन है। उसे एक छोटी सी हानि की आशंका मात्र करवा दो कि वह स्वयं ही घुटने टेक देगा। उसमें संघर्ष का माद्दा होता ही कितना है! मुझे पूरी आशा थी कि यहाँ अदालतें अपना सामान्य काम-काज सुचारु रूप से कर रही होंगी और वकील अपने मुवक्किलों के साथ यहाँ-से-वहाँ दौड़ रहे होंगे; और जब कुछ समय खाली होता होगा इस मलबे से कानून के मोटे-मोटे पोथे निकालकर घर ले जाएँगे ताकि लोगों पर उनकी विद्वत्ता का अधिक-से-अधिक रौब पड़ सके। अधिक रौब का सीधा-सादा मतलब है अधिक पैसा।

'देश में तानाशाही प्रवृत्तियों ने जो जड़ें जमाई हैं उसके लिए यदि कोई वर्ग सबसे अधिक दोषी है तो वह वर्ग है पत्रकारों एवं वकीलों का, किसी भी देश में यही दो वर्ग होते हैं जो स्वतंत्र रूप में किसी आंदोलन का नेतृत्व करते हैं और यहाँ जब इन्होंने ही घुटने टेक दिए तो क्या नौकरशाही से यह अपेक्षा की जाए कि वह उठ खड़ी होगी। नौकरशाही का तो सीधा-सादा स्वार्थ जुड़ा है तानाशाही से। तानाशाही में जितना खुलकर खेलने का अवसर नौकरशाही को मिलता है, उतना और किसी को नहीं मिल सकता।

न जाने कहाँ-कहाँ से संयत-असंयत विचार मेरे दिमाग में आकर घुमड़ने लगे थे। कुछ विचार तो ऐसे थे जिनका कोई सूत्र मेरी समझ में नहीं आ रहा था। मुझे ऐसा लगने लगा कि मैं किसी सुनसान घाटी में फँस गई हूँ, चारों ओर अँधेरा-ही-अँधेरा है, कोई रास्ता सुझाई नहीं दे रहा है। उन अँधेरों में घिरी मैं अकेली चली जा रही हूँ, मेरे कानों में सीटियाँ सी बज रही हैं। मुझे पता ही नहीं लगा कि कब रिक्शावाला राजा मंडी की कॉलोनी में पहुँच गया। शायद मेरी तबीयत को बहुत खराब समझकर वह तेजी से रिक्शा चला रहा था और मुझे परेशान देखकर उसने बातचीत भी बंद कर दी थी।

मुझे थोड़ा होश में आया देखकर वह बोला, 'किधर चलना है मेम साब?'

बिलकुल स्टेशन के सामने, 'मैंने कहा और उसे रास्ता बताने लगी।'

रिक्शा रुके, उससे पहले ही मैंने अपने पर्स से पाँच रुपए का नोट निकाल लिया था। रिक्शा के रुकते ही मैंने वह नोट उसे थमा दिया।

'मेरे पास छुट्टा नहीं है मेम साब।' उसने कहा।

'कोई बात नहीं भाई, सब ले जाओ।' इतना फुसफुसाकर मैं गेट की ओर बढ़ गई। तीन-चार मिनट तक वह मुझे भीतर जाते हुए देखता रहा, जैसे उसकी दृष्टि मेरी पीठ पर चिपक गई हो और मैं उसे बिना छुड़ाए चली जा रही हूँ।

कल्पना ने दरवाजा खोला और मैं सीधा उसके कमरे में जाकर पलंग पर पसर गई। मुझे परेशान देखकर वह बोली, 'क्या बात है? इतनी घबराई हुई क्यों है?'

'कुछ नहीं बेहद थक गई हूँ। एक गिलास पानी पिला दो।' मैंने कहा।

कल्पना मेरे लिए फ्रिज से ठंडी पानी की बोतल निकाल लाई और मेरे ही सामने गिलास में डालते हुए बोली, 'क्यों बुलाया था बाटलीवालजी ने?'

'यूँ ही तेरे लिए चूड़ियाँ देनी थीं और मुझे घर में सबसे मिलना भी था।' मैंने कहा। पर कल्पना के चेहरे से साफ था कि उसे विश्वास नहीं हुआ। भला पुराने परिचितों से मिलने के बाद इस तरह मुरझाकर लौटता है कोई, जैसे मैं लौटी थी, यही सोच रही थी वह शायद। मुझे संयत होने में 15-20 मिनट लग गए। तब तक कल्पना कई बार अंदर-बाहर चक्कर लगा चुकी थी। सगाई की सारी तैयारियाँ पूर्ण थीं और अब थोड़ी देर में वे लोग आनेवाले ही होंगे। यह सोचकर मैं उठी ताकि शाम के लिए अपने आपको तैयार कर सकूँ।

ज्यों ही आँगन में पहुँची कल्पना के पापा की आवाज सुनाई दी, 'अरे बेटी, तुम कब आई।?'

'सुबह ही पापा।' मैंने कहा।

'पर मुझे किसी ने बताया ही नहीं। कमाल है। अरे भई सुनो, नलिनी के लिए भी चाय लगा दो मेज पर'।

'हाँ, हाँ आपकी बड़ी लाडली है न यह। चाय रख दी है मेज पर, आप पीने तो चलो।' फिर कहा 'मुँह धो ले बेटी जल्दी।' और यह कहकर मम्मी पुनः अपने काम में व्यस्त हो गईं। मुझे समझ नहीं आ रहा था कि मम्मी आखिर ऐसा क्या क्या काम कर रही हैं कि समाप्त होने में ही नहीं आ रहा। सुबह से जुटी हैं रसोई में।

मुँह धोकर मैंने काफी ताजा महसूस किया था। कुरसी पर बैठते ही पापा ने कहा था, कहो कैसी हो, और नरेंद्र कैसा है, बच्चे कैसे हैं? इत्यादि।' दो-चार औपचारिक

बातों के आदान-प्रदान के बाद बात वहीं आजकल के हालात पर आ गई थी। पापा बहुत क्षुब्ध थे इस सारे वातावरण में और खुद को काफी असुरक्षित भी पाते थे। अस्पतालों में चल रहे भ्रष्टाचार को वह बखूबी जानते थे परंतु समझते थे कि किसी के विरुद्ध आवाज उठाने का स्पष्ट अर्थ है अपनी जान मुसीबत में डालना।

'क्या-क्या नहीं चल रहा था उनके यहाँ। कीमती और बढ़िया दवाइयाँ कैसे सिर्फ रजिस्टर में ही रिसीव की जातीं, किसी नेता के आदमी का किस प्रकार स्पेशल इलाज होता। निर्धन व्यक्ति किस प्रकार बिना किसी डॉक्टर और नर्स के छुए ही मर जाता। रोज ही तो देखते थे यह सब, पर सब पी जाते। व्यवस्था में यह सब चलता है, शायद इसी धारणा के शिकार थे। अपनी एकाकी आवाज को अंदर-ही-अंदर घोंट देते थे और बाहर की जिस संगठित आवाज की प्रतीक्षा उनका अंतर्मन करता था, वह उभरती ही नहीं थी। यदि कहीं छुटपुट उभरी, तो भी तत्काल ही दबा दी गई।

रोज ही विचित्र आदेश आते थे ऊपर से। कभी लिखित और कभी मौखिक। किसी में हिम्मत नहीं थी कि वह इन आदेशों की वैधता को चुनौती देता। सब सिर झुकाकर माने जा रहे थे, बिना सोचे-समझे कि परिणाम क्या होगा।

एक रोज उनसे एक डॉक्टर और एक कंपाउडर की फरमाइश की गई थी जिन्हें वैन में तत्काल पास के एक गाँव में पहुँचना था—नसबंदी के ऑपरेशन के लिए। लौटने पर उस जूनियर डॉक्टर ने बताया था कि उन्होंने लगभग सौ ऑपरेशन किए हैं बिना पूरे औजारों एवं व्यवस्था के। ऑपरेशन का इतना सामान था ही कहाँ, पर उसके ऐसा कहने पर उसे ही बुरी तरह झिड़क दिया गया था। वहाँ पर नियुक्त अफसर ने उसे बताया था कि वह पहले ही रिपोर्ट दे चुके हैं कि इस गाँव में सारे ऑपरेशन हो चुके हैं। नामों की सूची तक ऊपर भेजी जा चुकी है और प्रेरित करने के एवज में आया पैसा तो वह कबके खा भी चुके हैं। कल ही मुख्यमंत्री का दौरा है इस तरफ, कौन जाने इस गाँव में किसी से पूछ बैठें। इसलिए यह ऑपरेशन तो जरूर होने हैं चाहे वह जैसे भी करो, औजारों से या बिना उनके। उस डॉक्टर ने बताया था कि उस अधिकारी का रोब ऐसा था कि मैं भयभीत हो गया और निरंतर वह सब करता रहा जो किसी भी डॉक्टर को किसी भी इनसान के साथ नहीं करना चाहिए। ऑपरेशन करते हुए मुझे लग रहा था कि जैसे मुझे किसी नाजी कैंप में कैद कर दिया गया हो और मैं वह सब करने पर विवश था जो भी मुझसे करवाया जा रहा था।'

मैंने उस डॉक्टर की पीठ थपथपाकर उसे ढाढस बँधाया था और अगले ही दिन इस विषय पर चर्चा करने के लिए डॉक्टरों की मीटिंग बुलाने का प्रयत्न किया था। रातों ही रात न जाने पुलिस को कैसे खबर लग गई और उस डॉक्टर सहित अन्य 25 युवा डॉक्टरों को उनके घरों से सोते हुए गिरफ्तार कर लिया गया। उत्तेजना का एक वातावरण

सा बना, परंतु तुरंत शांत हो गया। सब लोग डरकर अपने-अपने दड़बों में घुस गए और जिन दो-चार ने थोड़ा बोलने का साहस दिखाया उन्हें अगले ही दिन ट्रांस्फर ऑर्डर थमा दिए गए। किसी को कुमाऊँ भेज दिया गया तो किसी को पीलीभीत के दूरदराज गाँवों में।

'ऐसे में कोई क्या बोले। झक मारकर चुप्पी साध ली थी और मन में सोच लिया कि ये दिन भी देखने थे, सो देख रहे हैं। कितने अपमानजनक वातावरण में जीना पड़ रहा है बेटी, तुम कल्पना नहीं कर सकती।'

मैं चुपचाप उनकी बातें सुन रही थी। वह फिर बोले, 'पूरे अस्पताल का प्रशासन यहाँ का एक गुट चला रहा है, जो सरकार का खास कृपा पात्र है। किसी भी अधिकारी में साहस नहीं है कि उनकी किसी बात को चुनौती दे। ऐसे लगता है कि जैसे हम सरकारी नौकर न होकर उन दो-चार लोगों के घरेलू नौकर हैं। दिन-रात उत्पात किया करते हैं वे अस्पताल में, जैसे सब उनकी जागीर हो और उनके संरक्षण के लिए पुलिस सदैव तत्पर रहती है।

पापा की पीड़ा सिर्फ उनकी ही पीड़ा नहीं थी, सभी की पीड़ा थी। हर दिल में यह पीड़ा नासूर बनकर पल रही थी पर उसे अभिव्यक्ति का माध्यम नहीं मिल पा रहा था। पका हुआ नासूर बह जाना चाहता था पर कोई नश्तर लगानेवाला तो हो। हर दिल में ज्वालामुखी धधक रही थी जबकि चारों ओर शांति दिखाई देती थी।

मैं मन में कुछ आश्वस्त हुई। मुझे लगा कि अब यह रात ज्यादा लंबी चलने वाली नहीं। सूरज को अब और अधिक कालिमा में लपेटकर रखा नहीं जा सकता। बात सिर्फ 'इनीशिएटिव' की है। हर व्यक्ति प्रतीक्षा में है कि कोई और पहल करे। पहल करनेवाले नेता जेलों में बंद हैं। भारतीय लोकतंत्र की यह विडंबना रही है कि यहाँ किसी भी राजनीतिक दल ने दूसरी श्रेणी के नेता उत्पन्न नहीं किए। यहाँ सदा ही सर्वोच्च नेताओं का बोलबाला रहा है। हर पार्टी दो वर्गों में विभाजित रही है नेता और कार्यकर्ता। जब शीर्षस्थ नेता जेलों में हैं तो कार्यकर्ता स्वयं को निराश्रित समझ रहे हैं। उनके जोश को कोई मार्ग दिखानेवाला नहीं है। काफी समय के बाद अब दूसरी श्रेणी के नेताओं का आविर्भाव शुरू हुआ है। यह स्वाभाविक स्थिति है और इसका कारण भी जनता की मन:स्थिति है, किसी राजनीतिक पार्टी का संगठनात्मक ढाँचा नहीं।

वहीं चाय की टेबल पर बैठे-बैठे मुझे न जाने क्यों एकाएक आशा की किरण दिखाई देने लगी। दोपहर बाद मैं जितनी हताश थी, इस समय उतनी ही उत्साहित; लेकिन क्यों, यह मुझे स्वयं समझ नहीं आया। मैंने स्वयं को आश्वस्त करने के लिए सोचा कि शायद अत्याचार अपनी सीमाओं का अतिक्रमण कर गया है। शायद शोषण की चपेट में संपूर्ण समाज आ गया है। अन्याय का अजगर शायद प्रत्येक वर्ग को शनै:-शनै: लील लेना चाहता है। हमारे देश में यह आम विश्वास है कि जब पाप का घड़ा भर जाता

तो फूटता ही है। मुझे लगा कि अब यह घड़ा फूटने ही वाला है। मैंने सभी को संबोधित करते हुए कहा, 'मुझे एक कविता याद आ रही है—सुनो।' जब तीनों का ध्यान मेरी ओर केंद्रित हुआ तो मैंने कहना शुरू किया।—

'तुमने कहा था
कि
सूरज मर गया है
और
तुमने उसकी
लाश देखी है
तुमने कहा था
कि
अँधेरा उजाले पर भारी है
कोहरा हर दृश्य पर भारी है
और
तुम उसका मातम मना के आए हो
तुमने कहा था
कि अत्याचार मुक्ति को ग्रस गया है
आतंक न्याय को डस गया है
और तुम अर्थी उठाने की होड़ के गवाह हो।
धत्
सूरज कभी मरा है
छिप गया होगा।
लो, प्रकाश
बादलों का कफन फोड़
चोटियों की कब्र तोड़
चिलचिलाने लगा है।
हाँ,
रात
इस बार बहुत गहरी थी,
पर कितनी गहरी थी?
अन्याय के हाथ
बहुत लंबे थे

पर कितने लंबे थे ?
मेरे दोस्त
कोहरा कफन नहीं होता है,
सूरज दफन नहीं होता है।'

शाम का समारोह सादगी के साथ हँसी-खुशी में समाप्त हुआ। कल्पना के सामने ही बाटलीवालजी ने शगुन का धन मुझे सौंप दिया। कल्पना भी अपना भाग दे चुकी थी। कल दस बजे ही मेरे रवाना होने की बात भी तय कर दी गई। बाटलीवालजी मुझे तैयार रहने को कहकर विदा हुए। मैं इस आयु में भी उनकी लगन और तपस्या के विषय में देर तक सोचती रही।

प्रातः नाश्ता इत्यादि करने के बाद मैं दिल्ली जाने के लिए तैयार हो गई। घर पर फोन मिलाने के सारे प्रयत्न असफल हुए थे। मेरे पहले फोन के अनुसार मुझे रात को दस बजे ताज एक्सप्रेस द्वारा नई दिल्ली पहुँचना था और वहीं पर नरेंद्र मुझे लेने आनेवाले थे। इस नई योजना के अनुसार मैं दोपहर बाद ही वहाँ पहुँच जाऊँगी। मैंने कल्पना की ड्यूटी लगाई कि वह निरंतर फोन 'ट्राई' करती रहे।

दस बजने के साथ ही एक एंबेसडर गाड़ी बाहर आकर रुकी। हरि ही चला रहा था गाड़ी को। हरि बाटलीवालजी को बहुत पुराना ड्राइवर है; इतना पुराना कि मैं और राजेंद्र उसकी गोद में खेले हैं। बाटलीवालजी पिछली सीट पर बैठे थे। मेरे बाहर आते ही उन्होंने दरवाजा खोला, राशि मुझे सँभलवा दी और नीचे उतर गए। चलते समय उन्होंने एक-दो हिदायतें हरि को दीं और मुझे आशीर्वाद देकर डॉक्टर साहब के साथ खड़े हो गए। कल्पना, मम्मी एवं पापा से भी मैं विदा ले चुकी थी। एक बार पुनः कल्पना की शादी पर आने की याद दिलाई थी उन्होंने और मैंने कल्पना को चिढ़ाते हुए कहा था इस बार मैं बारात में आऊँगी। सगाई में सहेली की तरफ से आई थी। शादी में भाई की तरफ से आना चाहिए न।

हरि ने गाड़ी को गियर में डाला और एक झटके के साथ उसे बढ़ा ले चला। कुछ ही देर में हम दिल्ली जानेवाली मुख्य सड़क पर आ गए थे। यह सड़क सेंट जॉन्स कॉलेज के बीच में से गुजरती थी। वास्तविकता तो यह थी कि लगभग सवा सौ साल पुराना यह कॉलेज सड़क के दोनों ओर बना था और कॉलेज के छात्र-छात्राएँ निरंतर एक छोर से दूसरे छोर को आते-जाते दिखाई देते जिससे ऐसा लगता कि सड़क इस कॉलेज के बीच से निकलती है। इसी प्रकार रेल की पटरी भी गुजरती थी कॉलेज के बीच से। जब भी यहाँ से ट्रेन गुजरती क्लासों के दरवाजे- खिड़कियाँ बजने लगते थे। इसका विस्तारपूर्वक वर्णन राजेंद्र किया करता था। जब वह इस कॉलेज में पढ़ता था तो कभी-

कभी गर्व से यह भी कह दिया करता था कि है कोई दुनिया में ऐसा कॉलेज जिसमें रेल की पटरी और राष्ट्रीय राजमार्ग निकलता हो। दुनिया में ऐसा कोई महाविद्यालय है या नहीं यह तो मैं नहीं जानती, पर इस समय भी राजेंद्र के वे हाव-भाव याद करके मैं मुसकुरा उठी थी।

इसी कॉलेज से संबंधित मुझे एक और घटना राजेंद्र सुनाया करता था खूब मजे ले-लेकर। आगरा के रिक्शावाले पर्यटकों को किस प्रकार मूर्ख बनाते हैं उसी से संबंधित किस्सा था यह। किसी भी पर्यटक से यह रिक्शावाले ताजमहल, लालकिला और सिकंदरा दिखाने का भाड़ा तय कर लेते। पर्यटक क्योंकि शहर में अजनबी होता, फलतः वह रिक्शावाले की बातों में आकर चल देता। ऐसे रिक्शावाले पर्यटक को सीधे ताजमहल ले जाते और वहाँ से लालकिला दिखाते हुए लौटते। सेंट जॉन्स कॉलेज की लाल पत्थर से बनी भव्य इमारत को दूर से दिखाते हुए कहते कि साहब यही सिकंदरा है। आप यहाँ उतर जाएँ और इत्मीनान से इसे देखें वापसी के लिए रिक्शा आपको मिल ही जाएगा; इसलिए हमें छुट्टी दें।

पर्यटक थका-माँदा होने के कारण रिक्शावाले को भाड़ा चुकाकर विदा करता और सोचता कि अब वह यहाँ कुछ देर आराम करेगा। कॉलेज के बरामदे में टहलते हुए लड़कियों और लड़कों के झुंड उसे पर्यटकों के झुंड लगते और वह तेजी से डग भरता हुआ मुख्य भवन तक पहुँच जाता। वहाँ ज्यों ही किसी से कोई बात करता तो ठगा सा रह जाता क्योंकि तब उसे ज्ञात होता वह मूर्ख बनाया गया है और आसपास खड़े लोग उस पर हँस रहे हैं। ऐसा कोई-न-कोई किस्सा तीसरे-चौथे रोज होता ही था। वास्तव में सिकंदरा आगरा के एक छोर पर है तो ताजमहल और लालकिला दूसरे छोर पर। इस प्रकार रिक्शावाले लंबी दूरी की बात करके भाड़ा तय करते और बीच में ही सवारी को छोड़कर चलते बनते।'

लड़कपन में यह किस्सा बहुत मनोरंजक लगता था। अब याद आया तो मन उदास हो गया। सोचा सरासर ठगी है यह। हमारे देश में कोई भी ठगी का अवसर चूकना नहीं चाहता। शोषण करना सबका स्वभाव बन चुका है। माना कि अमीर गरीबों का शोषण करते हैं परंतु ज्यों ही अपनी संगठित श्रमशक्ति के कारण श्रमिकों को अवसर मिलता है वे हड़ताल, घेराव और 'धीरे काम करो' के हथकंडे अपनाकर उद्योगपति का इतना अधिक शोषण करते हैं कि कई बार तो अनेक उद्योग-धंधे बंद ही हो जाते हैं। शोषण की लड़ाई के पीछे शायद ठगने की ही मनोवृत्ति है। यह मनोवृत्ति मानव में सहज ही उग आती है—ज्यों ही वह सुविधा को नैतिक मूल्यों से अधिक महत्त्व देने लगता है। मुझे लगा कि रिक्शावाले भी पर्यटक की अज्ञानता के कारण उसका शोषण करते हैं। पूँजीवाद में श्रमिकों के शोषण के ढिंढ़ोरे खूब पीटे गए हैं। इसी प्रकार साम्यवाद में श्रम की प्रभुता

को पूर्णतया स्वीकारा गया है। हमारे देश में क्योंकि मिश्रित अर्थव्यवस्था है, फलतः इस बात का पूरा प्रयत्न किया जाना चाहिए कि न तो पूँजी श्रम का और न ही श्रम पूँजी का शोषण कर सके। शोषण की दोहरी सुरक्षा के बिना यहाँ का अर्थतंत्र किसी ठोस धरातल पर टिक पाएगा, इसकी संभावना मुझे कभी भी नहीं लगी।

पिछले वर्षों के अनुभव से मेरा यह मत और भी दृढ़ हो गया है कि जितनी सुरक्षा की आवश्यकता श्रमिकों को है, उतनी ही सुरक्षा की आवश्यकता आज पूँजीपति या कहें कि कारखानों और दुकानों के मालिकों को भी है। हमारे देश में पूँजीपति की परिभाषा भी विश्व के अन्य देशों से सर्वथा पृथक् है। यहाँ पर छोटे-से-छोटे दुकानदार को भी पूँजीपति माना जाता है और बड़े-से-बड़े इंजीनियर को श्रमिक। संक्षेप में जो भी निजी उद्योग-धंधे में लगा है वह पूँजीपति है और जो नौकरी करता है वह श्रमिक। इसी परिभाषा के आधार पर हमारे यहाँ यह संघर्ष बहुत गहरा न होकर बहुत ही व्यापक एवं विस्तृत है। घर-घर, गली-गली में है और इसीलिए उद्योगों में होनेवाले झगड़ों की संख्या यहीं कहीं अधिक है। इसी दोहरी शोषण प्रणाली के कारण न तो यहाँ निजी उद्योग पनपे और न ही राष्ट्रीयकृत उद्योग। क्योंकि दोनों वर्गों का मुख्य उद्देश्य अपनी शोषक प्रवृत्तियों के कारण अधिक-से-अधिक पाना और कम-से-कम देना रहा है। इसलिए राष्ट्रीय आय में वृद्धि कम दर पर हुई और वह उत्थान हो ही नहीं सका जो कि किसी विकासशील देश का होना चाहिए था। अनेक वृहद् योजनाओं के बाद भी देश उसी धुरी पर कोल्हू के बैल की तरह घूम रहा है और हम समझ रहे हैं कि बहुत लंबा सफर तय कर लिया है हमने स्वतंत्रता प्राप्ति के बाद, जबकि वास्तविकता है वही ढाक के तीन पात।

मथुरा में हमने गाड़ी रोककर चाय इत्यादि पी थी। हरि घर से जल्दी ही चल पड़ा था। वह मथुरा में एक दुकान से पूड़ियाँ खरीदने गया। मैं कार में बैठी मथुरा के उस भीड़ भरे बाजार को देख रही थी। सब स्वाभाविक सा ही लग रहा था परंतु भीतर-ही-भीतर कुछ भय छिपा है यह आभास हर वस्तु दे जाती थी। मुझे लगा कि शायद यह मेरा भ्रम हो और असल में हर चीज अपने ढर्रे पर ठीक ही हो। मैं स्वयं जिस वातावरण से प्रभावित हूँ उसी का प्रतिबिंब पड़ रहा हो मेरे विचारों पर, और यदि ऐसा नहीं है तो ये सब त्रस्त क्यों हैं—हर आदमी के मन में खटका क्यों, भय क्यों और असुरक्षा की भावना क्यों है? हरि को कुछ अधिक देर लग रही थी पर मैं उसे देखने के लिए नीचे नहीं उतर सकती थी।

हरि हाथ में पूड़ियों का दोना और एक दोने में सब्जी लिये पहुँचा तो मैंने देर से आने का कारण पूछा। उसने बताया कि सरकार का आदेश है कि हर वस्तु पर उसके

भाव अंकित हों एवं उसका स्टॉक लिखा जाए। इसलिए दुकानदार हर मिठाई पर कीमतें लिखने के बाद ही बिक्री शुरू करना चाहता था, साथ ही सारी वस्तुओं का स्टॉक भी लिखना था उसे। पूड़ियाँ तो वह केवल सुबह ही तलता है। मेरे अनुरोध पर वह पूड़ियाँ बनाने को तैयार हो गया पर अपने सब काम पूरे करने के बाद। हरि ने बताया कि किस प्रकार वह दुकानदार खिसिया रहा था। हर चीज पर लेबल चिपकाओ—कब खराब होगी और क्या दाम है, कितना वजन है।

हरि ने उसे कहा था पर यह तो अच्छी बात है इससे ग्राहक को हर बात का पता सुगमता से हो जाएगा और लालची दुकानदार ग्राहकों से अधिक मूल्य भी नहीं ले सकेंगे। तो दुकानदार ने उत्तर दिया था कि भाई सरकार को न तो ग्राहक की चिंता है और न ही दुकानदार की? सरकार में बैठे लोगों को तो जेबें भरने से मतलब। इन लेबलों से जो परेशानी बढ़ी है वह तो अलग, सरकारी कर्मचारियों ने अलग से नाक में दम कर रखा है। एक-एक बात की चैकिंग कराओ और हर कदम पर रिश्वत दो। सरकार ने दो ही कारणों से यह मूल्य-सूची का झंझट डाला है। कर्मचारियों के लिए रिश्वत के कुछ दरवाजे और खुल जाएँ, साथ ही व्यापारी लोग परेशान होकर राजनीतिक एवं सामाजिक जीवन से कट जाएँ। और भी न जाने क्या-क्या बताता जा रहा था हरि। पूड़ियाँ खाकर उसने गाड़ी स्टार्ट कर दी और हम बढ़ चले मंजिल की ओर।

मुझे लगा कि हम लोग कैसे अपनी वास्तविक मंजिल से दूर होते जा रहे हैं। दिल्ली में भी कुछ लोगों से चर्चा करने पर पता लगा था कि मूल्य-सूची टाँगने से ग्राहकों के शोषण में कैसे और भी वृद्धि हुई है। सरकार ने एक विशेष दिन से पूर्व निर्मित वस्तुओं पर लेबल चिपकाने का आदेश दिया था जिसके अनुसार यह घोषित करना आवश्यक था कि अमुक वस्तु का उत्पादन अमुक मास से पहले हुआ था और साथ में तौल एवं मूल्य इत्यादि का विवरण भी। फलस्वरूप दुकानदारों ने अपनी प्रत्येक सड़ी-गली वस्तु पर भी वह लेबल चिपका दिया; और क्योंकि लेबल के अनुसार वह वस्तु अमुक मास में निर्मित हो गई फलत: उसे बेचने का अधिकार प्राप्त कर लिया गया और मनमर्जी से कीमतों का लेबल चिपका दिए गए।

इसी प्रकार इन लेबलों पर मनमाने दाम छाप दिए जाने से ग्राहक के लिए अब सौदेबाजी तक करना संभव नहीं रहा। किसी वस्तु के दाम पूछने पर दुकानदार का एक ही उत्तर होता—अजी लेबल लगा है, इससे कम तो किया ही नहीं जा सकता। इसी प्रकार 'टैक्स एक्सट्रा' की आड़ में दुकानदार मनमर्जी के दाम वसूल कर ले, इसकी उसे पूरी आजादी है। बेईमान व्यापारियों की तो बन आई थी ऐसे अनेक ऊल-जलूल आदेशों से। वास्तव में आदेशों में मूल रूप से कोई कमी नहीं थी। परंतु उन्हें बहुत जल्दबाजी में लागू किया गया था। उसकी मुख्य बातों के अध्ययन विवेचन के अभाव में प्रत्येक

व्यक्ति उसकी व्याख्या अपने ढंग से करता। इसी प्रकार प्रत्येक सरकारी कर्मचारी भी अपनी सुविधानुसार इन आदेशों का पालन करवाने के नाम पर मनमानी कर रहा था।

सरकारी यंत्र की एक ऐसी ही ऊल-जलूल बात मुझे याद आ गई। हमारे एक संबंधी का लोहे का बहुत बड़ा बिजनेस है दिल्ली में। वह दुकान पर बैठे अपने लड़के को गणित का एक प्रश्न समझा रहे थे, फलतः सामने पड़े पैड पर उन्होंने कुछ बड़ी-बड़ी रकमें लिखी थीं। थोड़ी देर बाद इनकम टैक्स विभाग ने उस दुकान पर छापा मारा और उस छापे में जो सबसे मुख्य जाँच का प्रश्न उभरकर आया वह था कि पैड पर लिखी रकमों का ब्यौरा दो। उन्होंने लाख समझाया परंतु अधिकारियों ने एक बात न मानी और उस प्रकार रकम लिखने को स्पष्टतया अवैध घोषित करके उन पर मुकदमा चलाए जाने की कार्यवाही पूरी की जाने लगी। मजेदार बात यह थी कि उन अधिकारियों को कागज पर लिखी उन रकमों के अतिरिक्त और कुछ भी गड़बड़ी नहीं मिली थी। सारे खाते बिलकुल ठीक-ठाक थे।

कागज के उस टुकड़े को साक्ष्य बनाकर जब कार्यवाही प्रारंभ कर दी गई तो हमारे संबंधी घबराए। दो-चार नेतानुमा दुकानदारों ने बीच-बचाव यानी सौदे-समझौते की बात की। बहुत कठिनाई से वह अधिकारी एक मोटी रिश्वत लेकर इस मामले को रफा-दफा करने के लिए तैयार हुए। रिश्वत लेने के बाद परामर्श रूप में वह यह भी बताते गए कि इस प्रकार के साधारण पैडों पर कुछ भी राशि लिखना अपराध है, और यदि इन पैडों पर 'ऐस्टीमेट' शब्द छपा रहे तो कोई हर्ज नहीं। हमारे वह रिश्तेदार तुरंत भागे-भागे एक समीप की प्रिंटिंग प्रेस पर गए थे और 'एस्टीमेट' के पैड बनवा लाए थे। उस सवाल की उन्हें कितनी बड़ी कीमत चुकानी पड़ी थी, यह जानकर बहुत दुःख हुआ था मुझे; और मेरे मुँह से निकला था यह भी कोई कानून है, मजाक है सारी व्यवस्था का और व्यवस्था के नाम पर लूटने का बहाना मात्र है। सरकार के ऐसे ही नियमों से जनता को क्या-क्या सहना पड़ रहा है, इसकी गणना ही नहीं की जा सकती।

रास्ते भर मुझे लगता रहा कि कहीं कुछ भी सामान्य नहीं है। आपातकाल की छाया कहीं-न-कहीं हर वस्तु पर पड़ी ही है। यह छाया हर उस वस्तु को पूरी तरह से ढक चुकी है या नहीं इसका आभास उसके पास आए बिना संभव नहीं था। परंतु सारे रास्ते में उस छाया के चिह्न मुझे निरंतर आक्रांत करते रहे। रास्ते में लगे प्रचार के बड़े-बड़े बोर्ड। प्रत्येक वाहन पर लिखी मोटी-मोटी इबारतें और अनेकानेक सूत्री वाक्य। हर दीवार पर सजी उक्तियाँ, ऐसे लगता था कि पूरा देश एक साइन बोर्ड बन गया हो और तानाशाही के चेहरे के भिन्न-भिन्न भागों का चित्रण वहाँ बारीकी से किया गया हो। वे नारे पढ़ने से साफ लगता था कि लोगों को जबरदस्ती नारों की घुट्टी पिलाई जा रही है। तानाशाही की तसवीर पर कृत्रिम नकाब चढ़ाकर उसे लोगों के दिलों पर अंकित किया

जा रहा है। हर दिल और दिमाग पर जैसे आक्रमण कर दिया गया हो। जिधर देखें एक ही तरह के नारे, एक ही तरह की बातें, एक ही तरह की तसवीर। सबका मंतव्य झूठ को सच में बदलने का प्रयास। हिटलर की नीति का यह वाक्य कि सौ बार बोलने पर झूठ भी सच लगने लगता है इस मनोवृत्ति के पीछे साफ झलक रहा था। इस प्रकार के प्रत्येक पट्ट पर कहीं-न-कहीं हिटलर अंकित है जिसकी स्पष्ट छवि मैं देख पा रही थी।

जब मैं घर पहुँची तो रजनी रसोईघर में व्यस्त थी। उसने बताया कि आगरा से फोन पर बात हो गई थी और मैंने आपके लिए खाना भी बना लिया है परंतु भाईसाहब को अभी आपके आने के विषय में पता नहीं है। सुबह से कार्यालय गए हैं, न जाने कब लौटेंगे। मेरे विचार से अब तक तो आ ही जाना चाहिए था। न जाने क्या काम आ पड़ा होगा। मैंने सारी राशि को सँभालकर अलमारी में रख दिया और हरि को अंदर आकर आराम करने को कह स्वयं स्नानागार में जा पहुँची। शरीर बेहद दर्द कर रहा था और तन के साथ-ही-साथ मन भी पीड़ा से भरा हुआ था। आगरा के सफल अभियान के बाद भी मेरे मन में खुशी की लहर नहीं उठी थी। इसका कारण था आपातकाल की घोषणा के बाद मेरा पहली बार आगरा जाना। जहाँ की दुर्दशा देखकर मन बुझ सा गया था। दिल्ली में तो फिर भी कुछ-कुछ विरोध और सत्याग्रह चलता रहता था जिसके कारण कभी-न-कभी अत्याचारों के निरंतर चलने में व्यवधान सा आ जाता था। इसके अतिरिक्त दिल्ली में सरकार को थोड़ा बहुत भय विदेशी पत्रकारों का भी था। इसलिए सारा काम सावधानी से करने की विवशता थी सरकार की।

सरकार ने अपनी ओर से पूरी सावधानी बरती थी कि किसी भी विदेशी पत्रकार को कोई ऐसा समाचार न मिल पाए जो विदेशों में उसकी छवि धूमिल करनेवाला सिद्ध हो। बी.बी.सी. के संवाददाताओं के लिए तो देश के बाहर चले जाने के आदेश बहुत पहले ही हो चुके थे। इतना सब होने के बाद भी प्रत्येक समाचार की सूचना शीघ्रातिशीघ्र बी.बी.सी. के मुख्य कार्यालय में पहुँच जाती थी। समाचारों की सत्यता पर ए.आई.आर. के समाचारों की प्रामाणिकता जानने के लिए भी लोगों के कान बी.बी.सी. सुनने को आतुर रहते। इन दिनों भारत में बी.बी.सी. ने जितनी साख अर्जित की थी, उतनी शायद किसी भी अन्य एजेंसी ने किसी भी देश में नहीं की होगी। इसी के साथ 'ऑल इंडिया रेडियो' अपनी साख इतनी बुरी तरह खो रहा था कि जनता उसके द्वारा प्रसारित समाचारों का खासा मजाक बनाती थी और कभी-कभी सत्य समाचारों को भी झूठा मान लिया जाता था।

स्वयं आप भी तो कई बार विदेशी संवाददाताओं से गुप्त क्रांतिकारी नेताओं की भेंट वार्त्ताएँ करवा चुके हैं और ये भेंट वार्त्ताएँ विदेशों में काफी विस्तार से प्रकाशित एवं प्रसारित होती रही थी।

लेटे-लेटे मैंने अपनी यात्रा का विस्तृत वृत्तांत समाप्त किया तो नरेंद्र ने मेरे मन की

पीड़ा के साथ स्वर-में-स्वर मिलाते हुए कहा—तो यह थी तुम्हारी आगरा की यात्रा। अच्छा अब आगरा की यात्रा से बाहर निकलकर भविष्य के विषय में विचार करो। नरेंद्र ने मुझे आश्वस्त करते हुए करते कहा—'चिंता न करो, शायद ही कोई सुलह हो ही जाए। अपने नेताओं की इंदिराजी से बातचीत हो रही है। शायद स्वतंत्रता दिवस तक कोई समझौता हो जाए।' नरेंद्र ने मुझे बताया कि उसने छुट्टियाँ रद्द कराकर कार्यालय जाना शुरू कर दिया है।

पंद्रह अगस्त आया और चला गया परंतु किसी प्रकार के समझौते की संभावना दिखाई नहीं दी। सब उसी तरह चलता रहा। हाँ, किसी-न-किसी केंद्रीय नेता को पैरोल इत्यादि पर छोड़ा जाता तो ज्ञात होता कि जेल में बंद नेताओं के स्वास्थ्य को किस प्रकार बिगाड़ा जा रहा है। जेलों में हो रहे अत्याचारों की खबरें नित्य आती रहतीं। जयप्रकाश नारायण, अटल बिहारी वाजपेयी इत्यादि शीर्षस्थ नेताओं को निरंतर अस्पतालों में रखा जा रहा था और जनता में इस बात को लेकर आक्रोश बढ़ता जा रहा था।

□

## बलराम

जेलों में अत्याचार तो होते ही थे परंतु एक दिन जब कई जेलों से राजनीतिक बंदियों पर लाठी चार्ज की खबरें बाहर आईं तो हम लोगों में एकाएक बहुत जोश आ गया। योजना बनाई गई कि इस घटना को विदेशी पत्रों से अधिक-से-अधिक प्रसारित करने का प्रयास किया जाए। इस कार्य का उत्तरदायित्व मुझे सौंपा गया था। मैंने अधिक-से-अधिक तथ्य इस संबंध में एकत्र करने की योजना बनाई ताकि सही-सही विवेचन किया जा सके।

मैंने विभिन्न स्रोतों से तथ्य एकत्र करने शुरू किए तो मैं इस परिणाम पर पहुँचा कि वास्तव में यह सब सरकार की किसी सुनियोजित नीति के अंतर्गत ही हुआ था। राजनीतिक बंदी प्रारंभ से ही उन सब सुविधाओं की माँग कर रहे थे जो उन्हें नियमानुसार मिलनी चाहिए थीं। उदाहरणतया उन्हें ठीक से भोजन नहीं दिया जा रहा था और जो खाना मिलता भी था उसकी क्वालिटी बहुत घटिया होती थी। इस विषय पर हमेशा कुछ-न-कुछ कहा-सुनी होती रहती थी। उनके वार्डों में सफाई की कोई व्यवस्था नहीं थी और बदबू से पूरी जेलों का वातावरण निरंतर दूषित रहता था। सर्दियाँ आनेवाली थीं परंतु उससे बचाव का कोई भी प्रबंध नहीं किया जा रहा था। चिट्ठियाँ या तो बंदियों तक पहुँचती ही नहीं थीं और यदि पहुँचती थीं तो इतनी देर के बाद कि उनका कोई अर्थ ही नहीं रह जाता था। यदि किसी संबंधी ने अपने मिलने की सूचना भेजी होती तो वह चिट्ठी जब उसे मिलती, उससे पहले तो वह संबंधी मिलकर भी चला गया होता। इसी प्रकार बंदियों द्वारा लिखे गए पत्र महीनों दफ्तर में ही पड़े रहते और अपने गंतव्य स्थान तक पहुँचते ही नहीं। ये समस्त सुविधाएँ कागजों पर तो पूरी तरह उपलब्ध थीं परंतु

वास्तविकता में इनका दूर तक कोई अता-पता नहीं था।

कभी-कभी कोई व्यक्ति किसी-न-किसी व्यक्तिगत विवशता से रिश्वत देकर ये सब सुविधाएँ तत्काल प्राप्त कर लेता था। एक निश्चित राशि देने पर मनचाहे व्यक्ति से टेलीफोन पर बात तक की जा सकती थी। कभी-कभी ऐसा भी सुनने में आता कि कोई संगीन पेशेवर अपराधी रात भर जेल से बाहर रहता और प्रातः होते ही लौट आता। इसी प्रकार अनेक मनचाहे पकवान अंदर उपलब्ध थे परंतु इनके पीछे जो शक्ति काम करती थी, वह होती थी रुपया। जब राजनीतिक बंदी स्वयं को साधारण कैदियों से भी हीन पाते तो अपमान के मारे उनका खून खौलने लगता। कई राजनैतिक बंदियों को सश्रम कारावास के दंड भी दिए गए थे। क्योंकि राजनीतिक बंदी अधिकारों की प्राप्ति के लिए ही जेलों में बंद थे, फलतः वे यहाँ भी अपने अधिकारों को छोड़ने के लिए तैयार नहीं थे। वे लंबी अवधि की सजा काट रहे कैदियों के प्रशासन में रहना भी नहीं चाहते थे जो कि पूरी जेल पर शासन करते हैं। ऐसे कैदी वहाँ बेताज बादशाह के समान होते हैं और जेल अधिकारी इन्हीं के द्वारा माल-मलाई उड़ाया करते हैं। इन लोगों की अपमानजनक भाषा सुनने के लिए राजनीतिक बंदियों के कान अभ्यस्त नहीं थे, फलतः प्रतिदिन किसी-न-किसी बात को लेकर तनातनी रहती थी।

जब अधिकांश लोग बहुत तंग आ गए तो दो अक्तूबर—'गांधी जयंती' का दिन राजनीतिक बंदियों ने अपने अधिकार प्राप्त करने के लिए चुना और भूख हड़ताल करने का निश्चय किया। इस निश्चय के विषय में जेल अधिकारियों को पहले ही सूचित कर दिया गया था परंतु उन्होंने इस संदर्भ में किसी भी प्रकार की बातचीत करना उचित नहीं समझा था।

राजनीतिक बंदियों में अधिकांश तो मीसा के अंतर्गत बंद थे जिन पर किसी प्रकार के आरोप नहीं लगाए गए थे परंतु कुछ व्यक्तियों को डी.आई.आर. में गिरफ्तार करके उन पर मुकदमे चलाए जा रहे थे। इन दोनों श्रेणियों के बंदी पृथक्-पृथक् वार्डों में रखे जाते थे और बहुत कम अवसरों पर इन्हें एक-दूसरे से संपर्क की आज्ञा मिलती थी—विशेषतया जब ये लोग राशन इत्यादि लेने के लिए एकत्र होते। अधिकतर इनके सूचना-सूत्र भी जेल के साधारण कैदी होते जो एक वार्ड की बात दूसरे वार्ड तक पहुँचाते थे।

तिहाड़ जेल के बैरक नंबर बारह में बीस-पच्चीस ऐसे व्यक्ति थे जिन्हें डी.आई.आर. में बंद किया गया था। इनमें एक व्यक्ति ऐसा भी था जिसके मुकदमे का निर्णय सुनाकर उसे दो वर्ष के कठोर कारावास का दंड दिया गया था। इस व्यक्ति का नाम था बलराम।

बलराम को डी.आई.आर. की धारा 33 एवं 43 के अंतर्गत गिरफ्तार किया गया था। दुबले-पतले नाटे कद का साधारण सा व्यक्तित्व था उसका। एक मध्यवर्गीय परिवार का मुखिया था वह, आयु यही लगभग पैंतीस वर्ष। अपना एक उद्योग लगा रखा था

बलराम ने और अच्छी तरह अपनी गृहस्थी की गाड़ी खींच रहा था वह।

एक रात पुलिस आई और उसे गिरफ्तार करके ले गई। अदालत में पेश किया गया था उसे दूसरे दिन कि यह व्यक्ति जनता को भड़काकर इंदिरा सरकार का तख्ता पलटना चाहता था और उसी की साजिश के लिए तैयारियाँ कर रहा था। एक अदद नकली गवाह के दम पर दो वर्ष का दंड सुना दिया गया था उसे। दोनों बच्चे सिसक पड़े थे अदालत में ही। बलराम की बहन किसी प्रकार ढाढ़स बँधाकर बच्चों को ले गई थी। माँ तो थी ही नहीं दोनों की। कोई भी ऐसा व्यक्ति नहीं था जो उसके काम-काज को सँभाल सकता। फलतः चलती मशीनों के पहिए मालिक के अभाव में जाम हो गए। बिना बाप के संरक्षण के बच्चे बुआ के घर जा पहुँचे परंतु उनकी पढ़ाई में कभी पूरा न होनेवाला व्यवधान आ उपस्थित हुआ।

फैक्ट्री में जो माल रखा था उसे नौकर-चाकर ले उड़े। यूँ तो बलराम सदैव हँसता रहता परंतु कल से कुछ बुझा-बुझा था। पिता द्वारा विरासत में मिली फैक्ट्री और उसकी अब तक की कमाई लूट ली गई थी। कसूर यदि था तो केवल इतना कि वह लोक संघ की बैठक में आता-जाता था। सामाजिक गतिविधियों में खुलकर भाग लेता था और किसी को भी कष्ट में देखता तो उसकी सहायता करना अपना मानवीय कर्तव्य समझता था।

अच्छा-खासा खाता-कमाता था वह फिर भी अपना एक निश्चित समय झुग्गी-झोपड़ियों में गुजारता था। वहाँ के निवासियों की जो भी बन पड़े सेवा करता था और कभी-कभार आड़े वक्त में किसी की आर्थिक मदद से भी हाथ पीछे नहीं हटाता था। एक प्रकार से वह झुग्गी-झोंपड़ी कॉलोनी का सर्वमान्य मुखिया था जबकि ऐसा दावा उसने कभी नहीं किया था। वहाँ के लोग उसे देखते ही आधे दुःख भूल जाते थे। इसी प्रकार किसी भी मुसीबत में उसके पास दौड़े आने में उन्हें तनिक भी झिझक नहीं होती थी।

जब उस झुग्गी-झोंपड़ी कॉलोनी के परिवेश को 'सुंदर' बनाने अर्थात् मटियामेट करने का अभियान चलाने की योजना प्रशासन ने बनाई तो उन्हें बलराम की तरफ से स्वाभाविक विरोध उठने की आशंका हुई। बलराम का उस क्षेत्र में कितना उठना-बैठना है, कितने लोग उसके प्रभाव में हैं, यह बात स्थानीय कांग्रेसी नेताओं से छिपी हुई नहीं थी। यद्यपि उन्हें व्यक्तिगत रूप में उससे कोई शिकायत नहीं थी परंतु इस मामले में किसी प्रकार का 'रिस्क' नहीं लिया जा सकता था। इस मार्ग में आनेवाली इस संभावित बाधा को रात में ही दूर कर दिया गया था।

बलराम और उसके बच्चों को इसका कितना मूल्य चुकाना पड़ा था इस सबसे उन्हें क्या मतलब! कल जब से उसकी बहन उसे फैक्ट्री का हाल बताकर गई थी, वह

बहुत उदास था। सबने उसे बहुत समझाने का प्रयत्न किया परंतु दिल में लगी आग बातों से नहीं बुझ सकती। पूरी रात जाग कर काटी थी उसने। भाग्य के आगे घुटने टेकने ही पड़ते हैं, इसलिए धीरे-धीरे उसने स्वयं को आश्वस्त कर लिया था; और बाहर निकलकर किस प्रकार से अपने धंधे को फिर से चालू करेगा, इसकी योजना भी बनाने लगा था वह मन-ही-मन। यह दूसरी बात थी कि अभी यह भी निश्चित नहीं था कि कभी इस जेल से छुटकारा मिलेगा भी या नहीं।

सुबह उठा तो वह पूरी तरह नॉर्मल था। उसे ध्यान ही नहीं रहा था कि आज उपवास है, फलतः उसने राशन के लिए बाहर जाना चाहा जिस पर वहाँ तैनात कर्मचारी बिगड़ उठा और नौबत गाली-गलौज तक पहुँच गई। वार्ड के अन्य बंदी भी वहाँ एकत्र हो गए और शीघ्र ही मामला रफा दफा हो गया।

मीसा बंदियों के वार्ड में भी यह सूचना पहुँच गई कि डी.आई.आर. के बंदियों के साथ दुर्व्यवहार किया गया है, फलतः उन्होंने नारे लगाने प्रारंभ कर दिए। जेल कर्मचारी चिढ़े ही बैठे थे। उन्होंने कुछ अपमानजनक शब्द कहे और एक नेता को गाली देते हुए नीचे गिरा दिया। अब तो वातावरण तनावपूर्ण हो उठा परंतु जेल अधिकारियों के पहुँचने से मामला ठंडा पड़ गया। जेल अधिकारियों की बातचीत से यह स्पष्ट लग रहा था कि वह केवल मामले की लीपा-पोती कर रहे हैं और इनके इरादे कुछ और ही हैं। जाते-जाते वे सब कर्मचारियों को भी साथ ले गए और एक घंटे बाद ही पुनः जेल की पुलिस और कैदी-कर्मचारी लाठियों से लैस होकर वहाँ पहुँच गए। डी.आई.आर. के बंदियों को भी मीसा वाले वार्ड में बुला लिया गया और उन्हें आदेश दिया गया कि वे तुरंत भोजन करें। जैसा कि तय था सबने भोजन करने से इनकार कर दिया और कहा कि जब तक उनकी उचित माँगें स्वीकार नहीं की जाएँगी, वे भोजन नही करेंगे। अधिकारी बातचीत में निरंतर भड़कानेवाली बातें कर रहे थे जबकि बंदी गांधीजी के जन्मदिन पर कड़वा भी बोलना नहीं चाहते थे। इसी कारण गांधीवादी ढंग से सत्याग्रह का निर्णय ही लिया था उन्होंने।

जब अधिकारी अपने सभी प्रयत्नों के बाद भी बंदियों को भड़काने में सफल नहीं हुए तो एकाएक लाठी चार्ज करने का हुक्म सुना दिया गया। सुनते ही पुलिस के जवान एवं कैदी-कर्मचारी टूट पड़े उन सत्याग्रहियों पर और लगभग दो घंटे तक जमकर पिटाई की गई सबकी। शायद ही कोई व्यक्ति बचा हो जिसे चोट न आई हो। बलराम के सिर और घुटनों पर अनगिनत प्रहार किए गए थे। उस बंद वार्ड में भागकर स्वयं को बचा ले जाना तो संभव था ही नहीं, फलतः सत्ता ने पूरी निर्ममता से खुलकर बर्बरता का परिचय दिया था और बेबस बंदियों को लहू में लिपटा छोड़कर चल दिए थे ये दरिंदे।

गंभीर चोटें होने के कारण बलराम सहित अन्य कई बंदियों को अस्पताल में

दाखिल करा दिया गया था और लगभग दो हफ्तों तक किसी राजनीतिक बंदी के संबंधियों को उनसे मिलने की आज्ञा नहीं दी गई थी। अधिकारियों ने प्रयत्न किया था कि सारा मामला पूरी तरह गुप्त रहे परंतु फिर भी अगले ही रोज खबर बाहर आ गई थी। इसी प्रकार की रिपोर्ट अन्य सात-आठ जेलों से भी आईं तो हमारे कान खड़े हुए थे। एक ही दिन विभिन्न स्थानों पर लाठी चार्ज होना मात्र संयोग नहीं हो सकता था। निश्चय ही तानाशाही दमनचक्र को तीव्र करने का यह पूर्वाभ्यास था। यह मानकर हमने अपनी गतिविधियों को और भी सतर्क व गोपनीय बना दिया। न जाने कब तक संघर्ष करना पड़े इस बर्बरता के विरुद्ध।

कुछ दिन बाद पता लगा था कि गांधी जयंती के शुभ दिन पर लगभग एक सौ बंदियों को गंभीर चोटें आई थीं। वीरेंद्र शर्माजी को भी काफी चोट लगी थी। वही सत्याग्रह का नेतृत्व कर रहे थे। उन्हें लाठियों की चोट से बचाने के प्रयास में जीवन भी काफी चोटें खा गया था। मोहनसिंह ने तो अपना सत्याग्रह का धैर्य ही छोड़ दिया था और एक कर्मचारी से लाठी छीनकर पिल पड़ा था वह पुलिसवालों पर। क्योंकि सादे कपड़ों के पुलिसिए लाठियाँ बरसा रहे थे फलतः मोहन सिंह को नोटिस ही नहीं किया था किसी ने शुरू में। एक के बाद एक लगभग तीस-पैंतीस पुलिसवालों को गिरा दिया था मोहन सिंह ने और जब अधिकारियों को यह पता लगा कि उनका मुकाबला किया जा रहा है तो पूरी फोर्स ने घेर लिया था मोहन सिंह को और चारों ओर से लाठियों के अनेक घाव खाते हुए वह जमीन पर गिर पड़ा था। उसके गिरने पर भी लाठियाँ रुकी नहीं थीं और वह बेहोश हो गया था। बेहोशी ही में ही उस दीवाने सिख को चालीस चक्की में बंद कर दिया गया था। उसे हथकड़ी एवं बेड़ियों से जकड़ दिया गया था। साथ ही कई फौजदारी मुकदमे भी बना दिए थे मोहन सिंह पर।

बलराम अभी पूरी तरह ठीक नहीं हुआ था फिर भी चल-फिर सकने में समर्थ था। वह अपने वार्ड में धीरे-धीरे टहल रहा था, शाम घिरने लगी थी और अँधेरा अपने आँचल में जेल की दीवारों को छिपाने की कोशिश कर रहा था। तभी बाहर का दरवाजा खुला और एक वयोवृद्ध को भीतर धकेल दिया गया। वह वृद्ध व्यक्ति बिना लाठी के सहारे उठने में असमर्थ था, ऐनक के बिना वह लगभग अंधा ही था। बलराम ने तुरंत आगे बढ़कर उस वृद्ध को सहारा दिया और उसे अपने बिस्तर तक लाया। पूछने पर पता लगा कि वह हिंदी के सुप्रसिद्ध उपन्यासकार श्रीदत्त थे। उन्हें भी इंदिरा सरकार का तख्ता उलटने के षड्यंत्र में गिरफ्तार किया गया था और जेल में आते ही उनकी छड़ी एवं ऐनक छीन ली गई थी।

जब उस बुद्धिजीवी व्यक्ति ने छड़ी की माँग की तो स्पष्ट कह दिया गया कि अब अपनी कलम को ही छड़ी बना लेना। वैसे भी अब वह किसी काम आनेवाली नहीं और

जब कलम ही का काम नहीं रहा तो चश्मा क्या करोगे। जब दत्तजी को गिरफ्तार किया गया तो उन्हें 104 डिग्री बुखार था एवं शारीरिक रूप से वह बहुत अधिक दुर्बल थे। हालत यह थी कि वह किसी सहारे के बिना तो शौच इत्यादि से निवृत्त भी नहीं हो सकते थे। ऐसा आदमी सरकार का तख्ता उलट रहा था, न जाने क्या और कितना बड़ा तख्ता था कि सारी दुनिया उसे उलटने लगी थी और वह कमबख्त हिलता ही नहीं था। बलराम नित्य प्रति दत्तजी के लिए वे सभी सुविधाएँ जुटाने का प्रयत्न करता जो उसके वश में होती।

बाद में ज्ञात हुआ कि अनेक प्रकाशकों एवं राजनीतिज्ञों के शिष्टमंडलों के प्रयत्नों के फलस्वरूप दत्तजी की जमानत स्वीकार कर ली गई थी और जब दत्तजी को कहा गया कि वह जमानती लाएँ तो उन्होंने स्पष्ट कहा कि जब तक आप नहीं बताएँगे कि मेरा अपराध क्या है, मैं कोई जमानती नहीं लाऊँगा। दत्तजी के प्रकाशक मित्र बेचारे उनके इस जिद्दी स्वभाव से परेशान थे, किसी तरह उन्हें सहमत कर उनके हस्ताक्षर कागजों पर करवाए गए और बाकी काम तो वकील और प्रकाशक बंधु को ही करना था। दत्तजी के साथ लौटता हुआ वह प्रकाशक झींक रहा था—कमाल है! शुक्र नहीं करते कि उन्होंने जमानत स्वीकार कर ली, उलटा लड़ रहे हैं। यदि जेल में रहते तो क्या हालत होती आप जानते ही हैं? ऊपर से सर्दी आनेवाली है। घर में रोज डॉक्टरों का ताँता लगा रहता है तब तो कहीं काम चल पाता है। वहाँ क्या यह संभव था? दत्तजी यद्यपि ऊपर से कुछ नहीं बोल पा रहे थे; अपने मित्रों के प्रति कृतज्ञ भी थे परंतु भीतर-भीतर इतनी घुटन अनुभव कर रहे थे कि उनके चेहरे की नसें निरंतर बढ़नेवाले तनाव से खिंचती जा रही थीं। बचपन से ही अति भावुक मनोवृत्ति पाई थी उन्होंने। बहुत कठिनाई से घिसटते पैरों वह चल रहे थे। लग रहा था कि न तो उनकी छड़ी उनका बोझ सँभाल रही है और न ही उनका एक हाथ थामे उनका मित्र।

अदालत से बाहर आकर ज्यों ही प्रकाशक महोदय उन्हें कार के दरवाजे के सहारे खड़ा करके दूसरी ओर ताला खोलने गए, दत्तजी लड़खड़ाए और जब तक कोई हाथ सहायता के लिए बढ़े, भूमि पर गिर पड़े। ऐसे गिरे कि फिर नहीं उठे। मूर्च्छित अवस्था में भी निरंतर यही प्रलाप करते रहे कि उनका दोष क्या था, क्या सच्चाई को कलम की नोंक पर लाना शाश्वत सत्य नहीं है और यदि नहीं तो आज तक उन्हें क्यों नहीं रोका गया। 'यदि मेरा लेखन सत्य की नींव पर नहीं खड़ा तो मेरा जीना व्यर्थ है' और अपना पार्थिव शरीर छोड़ दिया उन्होंने। सरकार की ओर से बड़े-बड़े आयोजन एवं समारोह किए गए थे। बहुत भाव-भीनी श्रद्धांजलियाँ अर्पित की गई थीं उन्हें और साथ में यह कहने की औपचारिकता भी पूरी कर दी गई थी कि दत्तजी के निधन से जो क्षति हिंदी भाषा और भारतीय समाज को हुई है उसे भविष्य में कभी पूरा नहीं किया जा सकेगा।

हिंदी का एक स्तंभ और ढह गया। उनकी याद में स्मारक बनाने और पुरस्कार प्रारंभ करने की घोषणाएँ की गईं। इस तरह के कई वक्तव्य दिए थे मंत्रियों ने और अपनी बड़ी-बड़ी फोटो मुखपृष्ठों पर छपवा ली थीं परंतु यह किसी को ज्ञात नहीं हो सका कि उनके निधन का वास्तविक कारण क्या था, किसी को जानने की आवश्यकता ही क्या थी।

बहुत दु:ख हुआ था बलराम को, यद्यपि साहित्य और साहित्यकारों से उसका कुछ लेना-देना नहीं था, परंतु जो दो-चार रोज उसने उनकी सेवा की थी और बदले में जो आशीर्वाद उस आत्मा ने दिए थे, वे अविस्मरणीय थे। इन दिनों फिर बलराम बहुत दु:खी रहने लगा था—बिलकुल चुपचाप एवं गुमसुम।

परंतु एक दिन खिल उठा था वह। एक स्थानीय नेता उस दिन पुन: जेल में लौट आए थे। बहुत बड़े व्यापारी थे यह नेता और दुनिया भर के काले धंधों के माहिर परिवार के सदस्य भी। संपूर्ण परिवार ने अपनी-अपनी योग्यतानुसार काम बाँटे हुए थे। काफी बड़ा संयुक्त परिवार था इनका। बलराम इनके पड़ोस में रह रहा था कई वर्षों तक।

कुछ खाद्यान्नों एवं पेय पदार्थों में मिलावट इनका विशेष काम था और इस प्रकार की आय का एक निश्चित प्रतिशत वह मिलावट विरोधी अभियान समिति को निरंतर देते थे। एक भाई वकालत करते थे ताकि कभी भी कोई ऐसी गड़बड़ हो जाए तो कानून के शिकंजे से साफ बचा सकें। यह बात अलग है कि अदालत में उन्हें जाने की आवश्यकता कभी पड़ी ही नहीं। इसी प्रकार एक भाई राजनीति को समर्पित किया गया था एवं परिवार के मुखिया सामाजिक एवं धार्मिक गतिविधियाँ प्रारंभ करने के प्रेरणास्त्रोत थे। हर धार्मिक-सामाजिक कार्यक्रम उनके द्वारा दी गई आर्थिक सहायता से प्रारंभ होता था।

शाम का झुटपुटा था जब यह नेता बैरक नं. दो में आए, बलराम ने उन्हें दूर से ही पहचान लिया था। पड़ोसी होने के कारण बलराम इनको प्रारंभ से ही जानता था और इस जेल में भी यह इस अवधि में यदा-कदा आते-जाते रहे थे। इस प्रकार से यह जेल उनके लिए सैरगाह सी थी—जब जी में आया चले आए और जब भी इच्छा हुई लौट गए।

एक अन्य नेता ने बलराम को बताया था कि वास्तव में यह तो यहाँ यह देखने आते हैं कि भविष्य के लिए क्या योजनाएँ बन रही हैं। क्योंकि एक भाई सरकार में है तो दूसरा विरोधी पक्ष जगह बनाए हुए है। दिनभर एक-दूसरे को सार्वजनिक रूप में गालियाँ देते हैं और रात को एक ही घर में एक ही मेज पर पकवान उड़ाते हैं।

बलराम के सामने ही यह सज्जन चार बार जेल में आए थे और दो-दो दिन बाद ही इन्हें रिहा किया जाता रहा, कभी पैरोल पर तो कभी जमानत पर। इस बार शायद यह कुछ लंबे समय के लिए आए थे क्योंकि इनके साथ काफी साजो सामान भी आया था। रात को भोजन की पंगत में जली हुई रोटी के कंकड़ भरे टुकड़ों की पतली दाल में

भिगोते हुए बलराम ने घोषणा कर दी थी हम लोग शीघ्र ही रिहा किए जानेवाले हैं, भले ही आपातस्थिति हो या न हो।

दाल में आनेवाले कंकड़ भी आज उसे स्वादिष्ट लग रहे थे। कोई व्यक्ति भी उसकी बात पर ध्यान नहीं दे रहा था और उसे गंभीरता से भी नहीं लिया जा रहा था। यह जानते हुए भी वह अपने आपमें मस्त था और जब वह देर तक चुप रहा तो उसके चेहरे के उल्लास ने अन्य बंदियों को आकर्षित किया, फलतः एक ने पूछा कि क्या कारण है जो वह ऐसा सोचता है।

बलराम कुछ देर के लिए चुप रहा था। वास्तव में जेल के अंदर राजनीतिक कैदियों की एक विचित्र सी मनोवृत्ति बन जाती है। ऐसा कई बार होता था कि कोई छोटी सी सूचना तो तत्काल बिजली की गति से सारी जेल में फैल जाती। लोगों में अपार उत्साह दृष्टिगोचर होता परंतु कुछ ही समय बाद सब के चेहरे मुरझा जाते—जैसे किसी की मौत का समाचार मिला हो, क्योंकि तब तक यह पता लग चुका होता कि पहले वाली बात मात्र अफवाह थी। यद्यपि यह जानने का किसी के पास भी कोई साधन नहीं था कि अब वाली सूचना भी अफवाह है या सच।

अनिश्चितता इतनी बुरी तरह सब पर हावी रहती थी कि किसी बात का यकीन मात्र क्षण-दो क्षण को ही आता और तुरंत लुप्त हो जाता। बलराम की बात पर ध्यान इसलिए नहीं दिया गया था क्योंकि आज उसकी तो मिलाई भी नहीं थी, फलतः उसके माध्यम से किसी प्रकार के समाचार की उम्मीद नहीं थी; परंतु बलराम तो जो बात कहना चाहता था वह अपने अनुभव और परख बुद्धि से ही कह रहा था। उसके पास भी कोई ठोस आधार तो था ही नहीं।

खाना खाने के बाद कोई काम न होने के अभाव में लोग पुनः एक साथ जुड़ आए थे बलराम के चारों ओर तो उसने कहा कि मैं स्पष्ट रूप से कह देना चहता हूँ कि यह जो स्थानीय नेता अभी आए हैं उनका यहाँ आना इस बात का द्योतक है कि हमें छोड़ा जानेवाला है। यह लगभग उसी प्रकार की बात है जैसे कुछ विशेष पक्षियों के आगमन पर किसी विशेष मौसम के आने के बारे में पता लग जाता है।

बलराम ने कहा था कि मुझे विश्वास है कि यह नेता खून लगाकर शहीद बनने आए हैं। जब इन्हें पता लगा होगा कि सब लोगों को रिहा किया जा रहा है, तो अपनी धाक जमाने के लिए यह भी चले आए ताकि विरोधी दलों में साख बनाए रखी जा सके। सब लोग अपने-अपने ढंग से इस बात की प्रामाणिकता पर वाद-विवाद करने लगे थे। उस नेता को यह टिप्पणी बहुत बुरी लगी थी, परंतु उस समय कुछ बोलने की स्थिति में वह थे नहीं।

जेल में हुई बातचीत की भनक मुझ तक भी पहुँची थी और मुझे इस सारी गणना में

कुछ सत्यता भी दिखाई दी थी। अपने स्तर पर जाँच करने पर मुझे लगा भले ही यह बात बलराम ने सहज रूप में ही कही हो परंतु इसकी प्रामाणिकता को नकारा नहीं जा सकता। इसी बात को आधार मानते हुए मैंने एक छोटा सा नोट तैयार करके विभिन्न जेलों में भिजवा भी दिया था। मैंने सोचा भले ही इससे कोई और लाभ न हो तो भी गिरफ्तार व्यक्तियों एवं उनके संबंधियों का मनोबल तो बढ़ेगा ही।

जनवरी मास में दिल्ली काफी सर्द हो उठती है, इसका अहसास मुझे बहुत पहले से ही था। ठंड का प्रकोप प्रारंभ होने से पहले ही मैंने इस बात का प्रबंध कर लिया था कि शर्माजी, मोहन सिंह, जीवन और महेश इत्यादि को गरम कपड़े पहुँच जाए। रजनी ने अपने हाथों से शर्माजी और जीवन के लिए पुलोवर बुने थे। महेश के लिए एक ऊनी स्वेटर और मफलर नलिनी ने बुन दिया था। मोहन सिंह को अपर्णा द्वारा भेजे गए कपड़ों से मैं संतुष्ट था पर एक बार जब मैं मोहन सिंह से मिलने जेल में गया तो पाया कि उसके बदन पर स्वेटर है ही नहीं। बहुत जोर देने पर बताया कि किसी जेलकर्मचारी ने हथिया लिया था। मन तड़प उठा था। मैं उसे अगली मुलाकात में गरम कपड़े पहुँचाने का वादा करके लौट आया था।

पर अगली भेंट पर मोहन सिंह से जेल में करने का अवसर ही नहीं आया। सरकार ने धीरे-धीरे राजनीतिक बंदियों को छोड़ना शुरू कर दिया था। राजनीतिक बंदियों से पहले अनेक गुडों और असामाजिक तत्त्वों को रिहा किया गया था, ऐसी सूचनाएँ हमें मिली थीं। मोहन सिंह, जीवन और महेश इत्यादि घर लौट आए थे। मोहन सिंह और जीवन को उनकी नौकरी पर दोबारा रख लिया गया था परंतु शर्माजी को अभी तक रिहा नहीं किया गया था। नलिनी और रजनी के संबंध इतने प्रगाढ़ हो गए थे कि जीवन ने भी कहीं और जाकर रहने की अपेक्षा हमारे साथ ही रहना पसंद किया। अब हम सब लोग मिलकर रजनी के पिताजी की रिहाई की प्रतीक्षा करने लगे ताकि भावी कार्यक्रम तय करने में सुविधा हो। एक बुजुर्ग का साया हम लोग वैसे भी अपने सिर पर चाहते थे।

जीवन और रजनी को प्रसन्न देखकर हमारा मन आत्मविभोर हो उठता था। जीवन जेल में हुई तमाम ज्यादतियों को भूलकर नॉर्मल होने लगा था। हाँ, बीच-बीच में जब कभी भी उसे जेल के दिनों की याद आती, उसका मन घृणा से भर उठता।

जीवन के विपरित मोहन सिंह एक-एक अत्याचार का विस्तार से वर्णन करता और अत्याचारों में अपने परिवार के सदस्यों के द्वारा झेले गए कष्ट भी सम्मिलित कर लेता। इस बात के लिए बहुत व्यथित था कि वह जेल से बाहर आने के बावजूद भी अत्याचारियों को कोई सबक नहीं सिखा सका। काम में उसका मन बहुत कम लगता था। अपर्णा भी ड्यूटी पर जाने लगी थी परंतु वह भी मोहन सिंह की छटपटाहट से बहुत

चिंतित थी। हमें सदैव ही यह डर बना रहता कि कभी कहीं आवेश में यह कोई ऐसा काम न कर बैठे जिसके लिए बाद में जीवन भर पछताना पड़े। उसके गुस्से से हम सब भली-भाँति परिचित थे और सदा यह प्रयत्न करते रहते थे कि उसका मन किसी-न-किसी कार्य में लगा रहे।

लोक सभा के चुनावों की घोषणा कर दी गई थी। हम लोग बहुत उत्साहित थे। जनता हमें हाथों-हाथ उठा रही थी। रामलीला मैदान में हुए भाषण के समय की उपस्थिति को देखते हुए तो हमारे हौसले बहुत बुलंद हो गए थे। रामलीला मैदान में किस प्रकार जनता समुद्र की तरह उमड़ पड़ी थी इसका वर्णन तो संभव ही नहीं, एक ऐतिहासिक सभा थी वह। सभी मुख्य-मुख्य विरोधी पार्टियों ने परस्पर मतभेदों को भुलाकर जनता पार्टी के गठन की घोषणा कर दी थी। वास्तव में यह पार्टी जेल की देन ही थी, भले ही इसकी आधारभूमि गुजरात के चुनावों के दौरान पहले ही तैयार हो चुकी थी।

एक नई गठित पार्टी के पहले ही कार्यक्रम में किस प्रकार जनता उमड़ी थी उससे स्पष्ट था कि उन्होंने आपातकाल के 'उन्नीस महीने' कैसे भयानक वातावरण में व्यतीत किए थे। जनता में कितना आक्रोश था, इसका सहज ही अनुमान लग गया था। तानाशाही के प्रति घृणा एवं लोकतंत्र में आस्था ही ऐसे आकर्षण थे जो जनता को बहुत बड़े पैमाने पर जनता पार्टी के झंडे तले खींचकर ला रहे थे। इन उन्नीस महीनों के आपातकाल ने विभिन्न दलों को इस प्रकार जोड़ दिया और वह कर दिखाया जो वर्षों की राजनीतिक वार्त्ताओं और बड़े-बड़े नेताओं के अथक प्रयासों से संभव नहीं हो सका था।

भारतीय जनसंघ, भारतीय लोक दल, सोशलिस्ट पार्टी एवं पुरानी कांग्रेस इत्यादि पार्टियाँ अपना-अपना अस्तित्व छोड़कर नया परिवेश धारण करने के लिए एकत्र हुईं। एक नवीन संविधान नया-निशान और नूतन परिधान मिला नव गठित पार्टी को। बहुत बड़े-बड़े संशय जनता के सामने रखे गए परंतु एकता की अनिवार्यता को सबने स्वीकारा था। अकल्पनीय एवं अभूतपूर्व मिलना था इन चारों पार्टियों का। कभी किसी ने सोचा भी न था कि भारत में इस प्रकार राजनीतिक दलों का ध्रुवीकरण भी हो सकता है जबकि इसकी आवश्यकता बहुत पहले से ही अनुभव की जा रही थी। इस ध्रुवीकरण में जयप्रकाश नारायण, मोरारजी देसाई, अटल बिहारी वाजपेयी, चौ. चरण सिंह और लालकृष्ण आडवाणी इत्यादि कई शीर्षस्थ नेताओं का योगदान था ही परंतु जनता की इस संबंध में सर्वसम्मति एक बहुत बड़ा कारण थी। हर कंठ की यह आवाज थी कि तानाशाही को पराजित करने के लिए चारों दलों का संपूर्ण विलय अनिवार्य है।

चार छोटी-बड़ी धाराओं ने एक साथ मिलकर महानदी का रूप ग्रहण कर लिया तो अनेक प्रांतीय दलों और मार्क्सवादी कम्युनिस्ट पार्टी ने भी अपनी नावें उसी के प्रवाह में लाना स्वीकार कर लिया। इस प्रकार जनता पार्टी के नाम से गठित यह पार्टी बहुत

तेजी से शक्तिशाली रूप धारण करने लगी।

राजनीतिक दलों के इस ध्रुवीकरण से कांग्रेस का दु:खी एवं चिंतित होना स्वाभाविक ही था परंतु अभी भी उसके शीर्षस्थ नेता सत्ता के नशे में चूर थे और सत्ता के सहारे थोथे नारों की नाव पर बैठकर वह इस चुनाव की वैतरणी पार कर लेंगे, ऐसा उन्हें विश्वास था। रामलीला मैदान के बाद की चुनाव सभाओं ने तो कांग्रेस के होश ही गुम कर दिए।

सर्वत्र एक हवा बह रही थी जो निश्चय ही इंदिरा विरोधी थी। इस हवा के आने का अनुमान कांग्रेस को प्रारंभ में हो गया था और उन्होंने बहुत बड़े प्रचार-तंत्र द्वारा यह राग अलापना शुरू कर दिया था कि वे दल एक हो ही नहीं सकते और हो भी गए तो एक झंडे पर सहमत नहीं हो सकते, एक झंडा बन भी गया तो भी चुनाव चिह्न पर तो फूट पड़ेगी ही। यह कांग्रेस का दुर्भाग्य था कि कहीं कुछ नहीं हुआ। एक पार्टी बन गई ठीकठाक तो उन्होंने नया राग अलापना शुरू किया कि जनता पार्टी घोषित करे कि उनका संभावित प्रधानमंत्री कौन होगा। यह सब इतनी बचकानी हरकतें थीं कि देख-देखकर दु:ख होता था कि लगातार तीस वर्षों तक सत्ता पर बने रहनेवाली पार्टी इतने भोंडे ढंग से प्रचार कर रही है। जनता के मन से यह पार्टी उतर चुकी थी और उसे किसी प्रकार का प्रचार प्रभावित नहीं कर पा रहा था।

इंदिराजी की साख निरंतर गिरती जा रही थी। उनके तूफानी चुनावी दौरों में आए किराए के व्यक्ति भी लौटते समय उनके प्रति अपमानजनक शब्द ही उछालते जाते थे। कहीं कुछ समझ नहीं पा रही थी कांग्रेस पार्टी। इंदिराजी को लगने लगा कि शायद सबकुछ हाथ से फिसला जा रहा है। इसीलिए घड़ी-घड़ी हाथों को मलतीं और देखती कि त्रुटि हुई तो हुई कहाँ। क्या सी.बी.आई. की गलत रिपोर्ट पेश की गई या 'रॉ' ने उन्हें गुमराह किया? कभी-कभी सोचतीं कि कहीं उनके साथी ही तो भीतर-ही-भीतर उनसे कटते नहीं जा रहे हैं? राजनैतिक चालों और सौदेबाजी के सब हथकंडे अपना रही थीं वह इस समय। हवा के रुख को भाँपते हुए पहले ही युवक कांग्रेस को सीटों के मामले में वह धता बता चुकी थीं, भले ही यह सब उन्हें विवश होकर करना पड़ा था। सेफ गेम खेलने की दृष्टि से ही उन्होंने वे सब मोहरे आजमा लेने चाहे थे जिन्हें वह बहुत पहले ही राजनीति में पिटवा चुकी थीं। इसके फलस्वरूप भले ही पार्टी का अस्तित्व बना रह सका परंतु पिटे मोहरों के बल पर अब बाजी मार लेना तो किसी भी प्रकार से संभव नहीं रहा था।

इन्हीं दिनों बाबू जगजीवन राम कांग्रेस छोड़कर बाहर आ गए और उन्होंने हेमवती नंदन बहुगुणा एवं नंदनी सतपथी के साथ मिलकर कांग्रेस फॉर डेमोक्रेसी नाम की पार्टी की स्थापना की। यह पार्टी भी जनता पार्टी से चुनाव समझौता करने में सफल हुई। बाबूजी का ऐसे समय में कांग्रेस छोड़ना उसके पतन का स्पष्ट द्योतक था। एक प्रकार से यह कांग्रेस के लिए आखिरी धक्का था। स्वयं श्रीमती गांधी ने इसे अपनी पीठ में छुरा

घोंपने की संज्ञा दी थी। यह छुरा तो वास्तव में घोंपा गया था परंतु इसका उद्देश्य विश्वासघात न होकर लोकतांत्रिक मूल्यों की रक्षा करना माना गया था। ऐसा ही तर्क दिया था बाबू जगजीवन राम ने। फिर भी ऐसे बहुत से व्यक्ति थे जो मानते थे कि बाबूजी हवा का रुख पहचानने में बहुत माहिर हैं। उनके बिना भी जनता पार्टी की जीत सुनिश्चित लग रही थी, परंतु उनके कांग्रेस छोड़कर बाहर आने पर हवा का रुख एकदम इंदिरा कांग्रेस के विरुद्ध हो गया। कांग्रेस विरोधी वातावरण बनाने में बाबूजी का खासा योगदान रहा था, इस बात से इनकार नहीं किया जा सकता।

इंदिरा गांधी को पूरी तरह से विश्वास हो गया था कि हवा का बहाव पूरी तरह से उनके विरुद्ध है, फिर भी पत्ते फेंक देना उनके स्वभाव में था ही नहीं। अनेक घृणित हथकंडों के साथ-ही-साथ धन की नदिया बहाई जाने लगी। पूरा प्रशासन चुनाव में झोंक दिया गया। सत्ता का दुरुपयोग खुलकर होने लगा परंतु जनता को न डिगना था, न डिगी। चारों ओर से आती पराजय को देख इंदिराजी ने 'नेशनल सरकार' की बात कहनी प्रारंभ की थी। लोक संघ से सौदेबाजी के प्रयत्न शुरू किए गए। जिस संस्था को निरंतर गालियाँ निकालने का काम उन्होंने विरासत में लिया था उसी संस्था के साथ दोस्तों की बात उनके मुँह से सुनकर मुझे बहुत अजीब लगा था।

राजनीतिक स्वार्थ व्यक्ति को कहाँ-से-कहाँ तक ले जाते हैं, मैं इसकी कल्पना मात्र से डरने लगा था। लोक संघ के हजारों कार्यकर्ताओं को जेलों में ठूँसकर उन्हें अमानुषिक यातनाएँ देनेवाली शक्ति आज लोग संघ पर से प्रतिबंध उठा लेने की बात करने लगी थी। एकाएक उन्हें लोक संघ राजनीति से ऊपर दिखाई देने लगा। ये सब बातें मात्र राजनीतिक स्वार्थों की पूर्ति के लिए की जा रही है ऐसा हर व्यक्ति का कथन था। इंदिराजी के इस नकली मुखौटे से हर कोई परिचित हो चुका था।

चुनाव के दिन ज्यो-ज्यों समीप आ रहे थे हमारा उत्साह बढ़ता जा रहा था परंतु आशंकाएँ भी हमें घेरे रहतीं। मुझ जैसे कई व्यक्तियों को अभी से पार्टी के गठन के संबंध में कई गलतियाँ दिखाई देने लगी थीं। मेरे कुछ साथियों ने तो स्पष्टतया यह कह दिया था कि गैर-कांग्रेस दलों को चुनावों का बहिष्कार कर देना चाहिए। उनका तर्क था कि कांग्रेस ने सोच-समझकर यह पग उठाया है। कांग्रेस द्वारा चुनाव की सारी तैयारियाँ पूरी कर ली गईं और विरोधियों को बहुत कम समय दिया गया है। यह समय इतना कम था कि हम लोग चाहकर भी अपना प्रिंटिंग का काम भी पूरा नहीं करवा सकते थे। साथ ही चुनाव के अनंतर काम आनेवाली सभी वस्तुओं की व्यवस्था हमारे पास नहीं थी। इन सबसे ऊपर भी जो बात अत्यंत आवश्यक थी, वह थी पर्याप्त मात्रा में धन की व्यवस्था। कांग्रेस के पास धन का भंडार था। आम लोगों का मत था कि वर्षों शासन करने के दौरान कांग्रेसी नेताओं ने अतुलनीय धन अर्जित किया है। भले ही इस बात के कोई स्पष्ट

प्रमाण न रहे हों परंतु इतना निश्चित है कि कांग्रेसी उम्मीदवार चुनावों में भारी मात्रा में धन व्यय करते रहे हैं और पार्टी की ओर से भी उन्हें भरपूर सहयोग मिलता रहा है।

हमें समझ में नहीं आ रहा था कि चुनावों के लिए इतना धन आएगा कहाँ से। अभी तो पुराने बिलों के भुगतान ही होने शेष थे। आपातकाल में छिन्न-भिन्न स्रोत अब पुन: एकत्र हो पाएँगे, इसकी भी शंका थी। उन्नीस महीनों के डरे लोग राजनीति में रुचि लेंगे, इस बात में बहुत संदेह था। बहुत से लोग तो इस सीमा तक भी सोचते थे कि विरोधी पार्टियों को चुनाव के लिए कार्यकर्ता तो क्या प्रत्याशी तक नहीं मिलेंगे। शायद ये सब बातें थीं जिनको ध्यान में रखकर कांग्रेस ने एकाएक चुनाव की घोषणा की थी और इन्ही कारणों से प्रभावित कुछ लोग चुनावों के बहिष्कार का सुझाव दे रहे थे।

पर नई पार्टी बनी और उसके नेता जनता की नब्ज को खूब अच्छी तरह पहचान रहे थे। जनता ने न केवल वोट देने का वादा किया बल्कि नोटों से हमारी झोलियाँ भी भर दीं। न जाने कौन सा उत्साह था चारों ओर; जो भी काम करने की योजना बनती, वह तुरंत ही पूरा हो जाता। किसी भी प्रकार की बाधा मार्ग में आई ही नहीं। बहुत सुचारु रूप से देशव्यापी चुनाव सभाएँ आयोजित हुईं, बहुत दूर-दूर तक विरोधी दलों के केंद्रीय नेताओं ने दौरे किए, प्रत्येक सभा के बाद हमारे उत्साह में कुछ-न-कुछ वृद्धि ही होती गई।

मतदान का दिन आ पहुँचा। हम लोग दिन-रात चुनाव प्रचार में जुटे थे। हमारे जैसे अन्य लाखों व्यक्तियों की परीक्षा का समय था यह। देश के सम्मुख जीवन-मरण का प्रश्न भी था। जनता को दो में से एक को चुनना था। लोकतंत्र या तानाशाही। हर पल आशंका होती कि न जाने चुनाव शांति से पूरे हो भी पाएँगे या नहीं, परंतु ऐसा विशेष कुछ नहीं हुआ जिससे चुनावों में व्यवधान पड़ता।

भारतीय नागरिकों ने लोक सभा के इस छठे चुनाव में जोर-शोर से हिस्सा लिया। विगत चुनावों की अपेक्षा, जनता में कहीं अधिक उत्साह था, जबकि कभी-कभी यह शंका व्यक्त की जा रही थी कि भयग्रस्त नागरिक शायद मतदान करने के लिए ही न निकलें। परंतु ऐसा कुछ नहीं हुआ और जनता ने पूरी रुचि के साथ मतदान किया, बल्कि खुलकर किया।

मोहन सिंह पागल बना दिन-रात चुनाव की व्यवस्था की देखभाल करता रहा था। उसे लग रहा था कि जैसे वह अंतिम लड़ाई लड़ रहा हो। अभी नहीं तो कभी नहीं। अपना सारा क्रोध एवं घृणा मन से निकाल देना चाहता था वह। उसका ध्येय था कि चुनावों में तानाशाही को करारी मात दी जाए। अपना काम-काज, घर-परिवार सभी भुला बैठा था वह इन दिनों। हफ्तों घर नहीं जा पाता था। पार्टी के कार्यालय में जुटा रहता था दिन-रात; अपर्णा को भी कभी बात करनी होती तो टेलीफोन का सहारा लेना पड़ता।

सीधा जाकर बात करना तो संभव था ही नहीं। न जाने कितने उत्तरदायित्व ओढ़ लिये थे उसने अपने आप पर। उसे देखकर कभी-कभी मैं हँसी में कह देता था कि तुम अकेले ही हराने वाले हो इंदिरा कांग्रेस को। यद्यपि वह मेरी बात सुनकर वह मुसकुरा भर देता था पर उसकी दृष्टि से यह स्पष्ट था कि वह अकेला ही टक्कर लेने में पीछे नहीं हटेगा किसी भी तानाशाह से।

मैं उसके स्वभाव को भली-भाँति जानता था, फलत: कुछ अधिक नहीं कहता था उससे। हाँ, मुझे कभी-कभी यह चिंता अवश्य होने लगती थी कि कहीं वह बीमार ही न हो जाए काम के इतने बोझ से और एक दिन मैंने अपनी यह चिंता व्यक्त कर दी थी उस पर। अपर्णा भी वहीं थी। उसने बहुत सपाट शब्दों में दो टूक उत्तर दिया मुझे—अभी तो मेरे पास बीमार होने की फुरसत ही नहीं है; मौत भी आएगी तो उसे मतदान के दिन तक प्रतीक्षा करनी ही होगी। मैं उसके स्वाभिमान के सामने नतमस्तक हो गया था।

वही हुआ जिसका डर था। मतदान के एकदम बाद मोहन सिंह बीमार पड़ गया। घंटों तक उसे होश नहीं आया। जब होश में आया तो मैंने पूछा था, 'मोहन सिंह, क्या चुनावों के परिणामों के विषय में जानने की इच्छा नहीं थी तुम्हें जो ऐसे बेहोश हो गए थे?' वह क्षीण स्वर में बोला था, 'वह मैं जानता हूँ। हमारी जीत निश्चित है। शहीदों का खून भी कभी बेकार गया है जो अब जाएगा। मुझे तो सिर्फ यह देखना है कि इंदिरा हारती है या नहीं, और यदि कांग्रेस सारी सीटें भी खो दें और इंदिरा गांधी जीत जाए तो भी मुझे तसल्ली नहीं होगी। मैं उस जीत को भी अधूरी समझूँगा, और यदि इंदिरा गांधी हार जाए तो बाकी औरों के जीतने का तो सवाल ही नहीं है। इसी कारण मुझे यदि जिज्ञासा है तो केवल रायबरेली का चुनाव परिणाम जानने की। बाकी के प्रति तो मैं आश्वस्त हूँ।'

उसकी आँखों की चमक से मुझे विश्वास हो गया कि मोहन सिंह मुझे उल्लू नहीं बना रहा। जनता पार्टी की जीत का अनुमान तो मैंने भी लगाया था परंतु इस सीमा तक नहीं जिस सीमा तक मोहन सिंह पहुँच चुका था। मैं मानकर चल रहा था कि अधिक-से-अधिक जनता पार्टी को सरकार बनाने लायक बहुमत मिल जाएगा और स्वयं इंदिराजी की जीत की भी मुझे संभावनाएँ नजर आती थीं।

मेरे सारे आँकड़े घूम-घामकर जनता पार्टी के बहुमत पर रुक जाते थे। कांग्रेस ने इस बार ऐसे दिग्गजों को चुनाव में खड़ा किया था जिनकी हार की कल्पना साधारणतया नहीं की जा सकती थी। इसी प्रकार जनता पार्टी में कई ऐसे नौजवान थे जो जीवन में पहली बार चुनाव लड़ रहे थे। पूरे-के-पूरे देश में चुनाव लड़ने का अनुभव भी जनता पार्टी के पास कम था। अपेक्षाकृत नया झंडा, नया ही निशान था—नाम तो नया था ही। इन सब बातों को हम मतदाताओं तक किस सीमा तक पहुँचा पाए हैं, इसका पता तो

चुनाव परिणामों से ही लग सकता था।

चुनाव परिणाम आने तक अनेक अटकलें लगाई जाती रहीं और एक बार पुनः भय का वातावरण सर्वत्र हावी होने लगा। हम लोगों ने किसी भी स्थिति का सामना करने के लिए स्वयं को तैयार कर रखा था। जिस रात चुनावों के परिणाम आने थे, उस रात नींद ही नहीं आ रही थी।

चुनावों में कांग्रेस की पूरी तरह ही नहीं बल्कि बुरी तरह हार हुई। जनता ने जमकर लोकतांत्रिक शक्तियों के पक्ष में मतदान किया था। उत्तर भारत में तो कांग्रेस का नाम लेवा ही नहीं बचा था शायद। इंदिरा गांधी, संजय गांधी, बंसीलाल, विद्याचरण शुक्ला और न जाने ऐसे कितने बड़े-बड़े कांग्रेसी स्तंभ धराशायी हो गए थे।

चुनावों के बाद राजनीतिक बंदियों को भी रिहा कर दिया गया। वीरेंद्र शर्मा भी रिहा हुए और उनका सार्वजनिक रूप से बहुत जोर-शोर से स्वागत किया गया। जनता पार्टी के गठन के लिए शर्माजी ने जेल में भरसक प्रयत्न किए थे, फलतः उन्हीं पार्टी के संगठनात्मक कार्य सौप दिए गए थे। पार्टी के शीर्षस्थ नेता तो उन्हें मंत्रिमंडल में लेना चाहते थे परंतु उन्होंने संगठन की सेवा करना ही उचित समझा। शर्माजी जैसे सात्विक वृत्तिवाले व्यक्ति के लिए यह उचित भी था।

जेल में शर्माजी का स्वास्थ्य बहुत गिर गया था, फलतः रजनी एवं जीवन ने उनकी देखभाल का दायित्व अपने कंधों पर ले लिया। जीवन ने पहले ही बैंक की नौकरी से त्यागपत्र दे दिया था ताकि अपना अधिक-से-अधिक समय शर्माजी के साथ व्यतीत कर सके। वैसे भी शर्माजी को ऐसे व्यक्ति की निरंतर आवश्यकता थी जो उनके प्रतिदिन के कार्यक्रमों को ठीक से देख सके और उसे थोड़ी-बहुत राजनीतिक सूझबूझ भी हो। जीवन से बढ़कर ऐसा व्यक्ति कौन हो सकता था।

संगठन की ओर से शर्माजी को जो आवास मिला, उसी में जीवन-रजनी के साथ शिफ्ट कर गया। जब रजनी हमारे घर से जाने लगी थी तो नलिनी के साथ जिस प्रकार वह गले लगकर रोई थी उसमें मुझे लगा कि लड़की का माँ-बाप से विदा होना कितना कठिन होता है। मेरा भी मन भर आया था। मुझे लगा था कि जैसे आज मैं अपनी बहन को अपने घर से विदा कर रहा हूँ। रजनी जो कि अपने पति के साथ पिता के घर जा रही थी, उसी प्रकार से हो रही थी जैसे पीहर से ससुराल जा रही हो। रजनी का अभाव हमको तो खला ही था, हमसे भी अधिक यह अभाव अनुभव किया था हमारे बच्चों ने जो उससे बहुत ही हिल-मिल गए थे। शुक्र था कि रजनी उसी शहर में थी और ज्यों ही शर्माजी एवं जीवन कहीं बाहर जाते, वह हमारे यहाँ चली आती। फोन पर उससे बातचीत तो हमारी दिनचर्या में सम्मिलित हो गई थी।

चुनाव के बहुत दिनों बाद मोहन सिंह मिला था मुझे। इधर वह चुपचाप सा रहता

था और इन दिनों मेरे घर भी नहीं आया था। मुझे लगा कि अंदर-ही-अंदर कहीं वह टूट सा गया है। मेरे पूछने पर वह टाल सा गया और बोला, 'बस भाईसाहब, सब ठीक हो गया। इसीमें मुझे खुशी है और मेरी कामना है कि देश में फिर कभी वह उन्नीस महीने लंबी काली रात न आए जो सूरज को निगलने का प्रयत्न करे। रही मेरी बात तो मैं वैसे ही कहाँ था राजनीति में। यह तो वक्त की हवा ने खदेड़ दिया था इस ओर, शायद वह इस यज्ञ में मेरे हिस्से की आहुति थी। मैंने आहुति दे दी और अपना अभीष्ट प्राप्त कर लिया। अब मैं राजनीति से कोई सरोकार रखना नहीं चाहता, इतना कहते ही वह चुपचाप एक ओर चल दिया। मुझे लगा कि एक जिंदा इनसान अपने जीवन में ही मोक्ष पा गया है और उसे किसी अन्य बात की कामना रही ही नहीं।

□□□